T0276419

La cautiva de la Alhambra

ANTONIO TORREMOCHA SILVA

La cautiva de la Alhambra

ALMUZARA

© Antonio Torremocha Silva, 2022
© Editorial Almuzara, s.l., 2022

Primera edición: febrero de 2022

Reservados todos los derechos. «No está permitida la reproducción total o parcial de este libro, ni su tratamiento informático, ni la transmisión de ninguna forma o por cualquier medio, ya sea mecánico, electrónico, por fotocopia, por registro u otros métodos, sin el permiso previo y por escrito de los titulares del *copyright.*»

Editorial Almuzara • Colección Novela histórica
Director editorial: Antonio Cuesta
Edición de Rosa García Perea

www.editorialalmuzaracom
pedidos@almuzaralibros.com - info@almuzaralibros.com

Imprime: Romanyà Valls
ISBN: 978-84-16750-97-9
Depósito Legal: CO-1419-2021
Hecho e impreso en España - *Made and printed in Spain*

Muhammad ben Yusuf (Muhammad V) es el apoyo
y el sostén de la religión; hombre instruido en la
providencia; protector de las artes y las letras y
caudillo insuperable de la experiencia. Su imperio
esclarecido, su buena estrella y su excelente gobierno
han logrado que el pueblo olvide los tiempos de
zozobra y que todo marche de manera pacífica y justa.
¡Que Dios le ayude y lo fortalezca con su gracia!

(Lisan al-Din ben al-Jatib,
Historia de los Reyes de la Alhambra).

Índice

I

El molino de Fuente Fría

Las dos acémilas, transportando sobre sus lomos sendos costales de lona con las fanegas de trigo que enviaba el regidor de Zuheros, don Martín de la Cruz, para su molienda, se detuvieron junto a la cabecera del puente de piedra que daba acceso al molino harinero de Hernán Díaz Patiño, menestral que ejercía ese oficio por encargo y bajo la autoridad del concejo de aquella enriscada villa cordobesa.

Los animales, agotados por el peso que soportaban y el empinado sendero que constituía el último tramo de su recorrido desde la amurallada población, que se divisaba como a unos doce kilómetros, movían nerviosos sus patas delanteras y olisqueaban el aire que les llevaba el olor y el sonido del agua fresca y cristalina que corría por debajo del puente.

—¡Va..., mis acémilas! Un último esfuerzo. Alcanzad el molino y podréis libraros de los costales y beber toda el agua que deseéis —gritaba el arriero, azuzando con la vara de acebuche que portaba a las agotadas mulas, que no aspiraban sino a que les quitaran de encima los fardos y poder descender hasta el arroyo para saciar su sed.

Empujadas por los azotes y por las ansias de beber, las dos acémilas, realizando un postrer esfuerzo, accedieron a la plazuela que antecedía al edificio de dos plantas donde se localizaban la sala de molienda y la parte doméstica del molino.

Allí las esperaba el molinero acompañado de su hijo Fadrique.

Sin mediar palabra, Hernán Díaz procedió a liberar a los cansados animales de los costales de lona que transportaban, quedando depositados sobre el suelo terrizo de la plazuela, cerca de la puerta con arco de medio punto que daba acceso al obrador. Cuando las dos mulas estuvieron libres de las fanegas de trigo, se dirigió al acemilero:

—Toma las riendas, Alonso, y lleva estos pobres animales al arroyo antes que desfallezcan.

El arriero hizo lo que el molinero le decía y desapareció jalando de las acémilas por el terraplén que conducía al tramo del cao donde desaguaba la corriente de agua después de mover los rodeznos en la sentina del viejo molino. Entretanto, Hernán Díaz, ayudado por su vástago, cargaba con los costales y los trasladaba a la sala de molienda.

El molino harinero de Hernán Díaz Patiño se hallaba situado en una de las laderas de la sierra meridional cordobesa, en el conocido valle de Fuente Fría, a unas dos leguas y media al sur de la villa de Zuheros. Decían que había sido construido por los musulmanes cuando dominaban aquella comarca. Aunque, después de que el rey don Fernando III la tomara y la añadiera a sus posesiones en 1241, lo entregó, por haber participado en la toma de la villa, a su abuelo Lucas Díaz, natural de Córdoba. Este, procedió a remodelarlo y ampliarlo, añadiéndole un nuevo cao o canal, más ancho y mejor labrado que el antiguo, para incrementar el flujo de agua que llegaba a los dos cubos y sendos rodeznos que se hallaban situados en la sentina del molino y que movían las dos grandes piedras volanderas que se utilizaban para moler el grano.

La familia Díaz recibió el molino mediante una carta o privilegio de donación que le reconocía la plena propiedad del bien con carácter hereditario, pero con la condición de moler todo el trigo que le proporcionara el concejo de Zuheros, recibiendo, por ese servicio, la vigésima de la harina obtenida, es decir, un cinco por ciento. Varias veces en el transcurso de la temporada de molienda, el regidor ecónomo de Zuheros, que en el año 1354 era don Martín de la Cruz, visitaba a Hernán Díaz para hacer balance y calcular las fanegas de trigo de la panera del pueblo molidas durante ese verano y el otoño y la cantidad de harina que debía quedar en poder del molinero como remuneración por su trabajo.

Hernán Díaz podía, también, moler trigo de los particulares que acudieran a su molino para solicitar el servicio de molienda, una vez que hubiera atendido las necesidades del concejo y molido las cantidades de grano que, por medio de los arrieros, le enviaba, una vez a la semana, el ecónomo.

Zuheros era una aislada población de blancas casas encaramada sobre un imponente roquedal dominado, en su cumbre, por un inexpugnable castillo. La villa, que pertenecía a la gobernación de Córdoba, se hallaba situada en el camino que, desde la antigua capital de al-Andalus, conducía a Priego y al reino de Granada. Los más viejos del lugar aseguraban que, cuando se hallaba bajo el dominio de los seguidores de Mahoma, aquella población serrana era conocida con el nombre de *al-Sujayra*, que quiere decir en su lengua «peña o risco». En tiempos del rey don Pedro I estaba habitada por unos cien vecinos, la mitad de ellos agricultores y ganaderos que ejercían, a la vez, los oficios de lanceros, ballesteros y atajadores por la cercanía en que se hallaba la frontera granadina, aunque la amistad del rey de Castilla con el sultán y el todavía príncipe, Muhammad ben Yusuf —que reinaría desde el mes de octubre de 1354 con el nombre de Muhammad V— hacía innecesario el esfuerzo por mantener una guarnición numerosa y aguerrida en las villas de la frontera.

Al menos eso pensaban los poderosos e influyentes señores de la corte, entre los que sobresalía el conde don Juan Alfonso de Alburquerque, noble portugués que, por los grandes servicios prestados al anterior monarca, ostentaba los cargos de canciller del reino y alférez mayor de Castilla. Estos aristócratas, por el alejamiento en que vivían de la frontera con los musulmanes, desconocían la inseguridad que dominaba las tierras del sur a causa de la inestabilidad crónica que sufría el sultanato nazarí. Sin embargo, como la política era un mudable viento que, ora soplaba para un lado y ora para el otro, el Adelantado Mayor de la Frontera, el infante don Fernando de Aragón, buen conocedor de lo que acontecía en el vecino reino de Granada, desconfiaba de las buenas intenciones y de las manifestaciones pacíficas del sultán —que estaba rodeado de algunos miembros de su familia deseosos de derrocarlo y retomar la guerra con los castellanos— y procuraba mantener alertas y bien guarnicionadas las villas y los castillos cercanos a la frontera. Y más, desde que los partidarios del rey castellano y los de su hermanastro, Enrique de Trastámara, se hallaban enzarzados en una pugna entre cristianos, todavía larvada, pero que, se recelaba, que a no mucho tardar se transformaría en una sangrienta y destructiva guerra fratricida. Los regidores y vecinos de Zuheros estaban convencidos de que, tarde o temprano, aquel inevitable enfrentamiento civil haría disminuir las guarniciones que el rey don Pedro mantenía en los castillos que se hallaban próximos a la frontera musulmana para reforzar, con ellas, sus ciudades del norte, amenazadas por los seguidores del Conde, su hermano.

La familia de Hernán Díaz estaba constituida por su esposa, Elvira García, que había nacido en Zuheros, aunque sus progenitores procedían del reino de León, de donde habían venido a repoblar aquellas tierras en tiempos del rey don Alfonso Décimo; por Fadrique Díaz, su único hijo varón, que había nacido el mismo día, 30 de octubre de 1340, en que el rey don Alfonso XI y el soberano de Portugal vencieron a los ejércitos de Granada y Fez, coaligados, en la famosa batalla del río Salado; y por Almodis, la hija pequeña, que contaba ocho años cuando el rey don Pedro mandó matar a su valido, don Juan Alfonso de Alburquerque, acusado de deslealtad, en el mes de septiembre de 1354.

Elvira había dado a luz dos hijos más después del nacimiento de Almodis, pero, desgraciadamente, no lograron sobrevivir: el primero de ellos a causa de un aborto tardío provocado por una mala caída de la madre a los ocho meses de gestación, y el segundo, murió a los pocos días de haber nacido por unas fiebres que casi se llevan también a la tumba a la afligida Elvira.

Almodis era una niña risueña, graciosa, de cabello rubio y ensortijado que ayudaba a su madre en las tareas del hogar y, cuando disponía de un rato de ocio, jugaba debajo de la parra que crecía delante de la fachada del molino con una muñeca de trapo que le había regalado el regidor de la Cruz en una de sus visitas. Era la alegría de sus padres y el orgullo de su hermano, que no dejaba transcurrir un minuto sin que se interesara por su bienestar y su seguridad. La llamaba cariñosamente «Princesita» y se había erigido en su báculo y en su sostén, procurando que no le acechara ningún peligro cuando correteaba y saltaba entre los peñascales que rodeaban el molino.

Ni ella ni su hermano podían asistir a la escuela parroquial que los frailes franciscanos regentaban en el atrio de la iglesia de Zuheros, dedicada a Santa María, antigua mezquita en tiempos de los musulmanes, porque la gran distancia existente entre el molino y la villa era un serio obstáculo para que los dos hijos del molinero pudieran recibir las someras enseñanzas que impartía uno de los esforzados frailes seguidores de san Francisco de Asís que atendían las necesidades religiosas de los habitantes de la población. Aprendían los rudimentos del cálculo, la lectura y la escritura con las breves y parcas enseñanzas que les proporcionaba su buena madre que, en su infancia y juventud, sí había asistido a la citada escuela.

Sin embargo, sorprendentemente, Fadrique, desde que alcanzó los cuatro años mostraba gran interés por el dibujo y la escritura y una extraña habilidad al ejecutar los trazos de los signos caligráficos, aún desconociendo su significado. Copiaba, con enorme soltura y fidelidad, las frases del Ave

María que su madre le mostraba en fragmentos de loza verde y blanca sevillana decorados, también, con el anagrama de Cristo, en trozos de tela vieja o retazos de lona de los costales desechados. También dibujaba animales, plantas y personas aplicándoles colores que obtenía con trozos de carbón, para el negro, y de arcilla para el ocre y el rojo mezclados con grasa de cerdo. Su padre no veía con buenos ojos esa inusual afición de Fadrique, reprendiéndolo y diciéndole que de poco le iba a servir el saber escribir y garabatear figuras en su futuro oficio de molinero.

—Deja, hijo mío, la escritura y esos dibujos con los que emborronas los viejos trozos de costal, para los monjes y los hijos de los mercaderes y los funcionarios —le decía, con la intención de que abandonara aquella afición, que él consideraba superflua, y dedicara su tiempo y su afán a poner trigo en la tolva o coser los sacos de harina cuando estuvieran colmados—. El hijo de un molinero no tiene que hacer otra cosa que aprender con entusiasmo el oficio de su padre para que lo herede sin merma ni quebranto cuando él desaparezca.

—Pero, padre —le replicaba el muchacho—, si estoy siempre atento a la tolva y no dejo que se derrame la harina cuando está colmado el saco, como me enseñaste. Mas, si me hallo ocioso, me gusta copiar palabras y dibujar figuras. Con esa distracción no hago daño a nadie ni perjudico las labores que me mandas hacer.

—Tú, atiende a la tolva y a la piedra volandera para que no se desperdicie ni un grano de trigo. Ese es tu trabajo en este molino, hijo mío.

Y así quedaba concertada y establecida cuál era la posición de cada miembro de la familia Díaz en el universo laboral de aquel aislado molino de Fuente Fría.

Sin embargo, lo que no sabía el bueno de Hernán Díaz era que la madre de sus dos vástagos apoyaba sin fisuras y en secreto las aficiones intelectuales y artísticas de Fadrique, quizás porque deseaba para su único hijo, que daba muestras de una excepcional habilitad para el dibujo y la caligrafía, un futuro mejor que ser molinero en aquel apartado, abrupto y solitario paraje de la sierra cordobesa. Cuando tenía ocasión, a espaldas del bueno del molinero, lo animaba a que continuara con sus someras caligrafías y sus dibujos coloreados, proporcionándole trozos de tela vieja y fragmentos de lona de los costales que su marido arrojaba al arroyo.

Se había iniciado el otoño, y el rendimiento del molino de Fuente Fría se hallaba a su máximo nivel de producción con el trigo recolectado aquel verano en las tierras de Zuheros y en otras villas y alquerías cercanas. Había sido un buen año, y la cosecha obtenida era abundante y de gran calidad, gracias a la favorable climatología de aquel invierno y la pasada primavera después de varios años de sequía y de escasez. Los campesinos de la región habían logrado obtener, por término medio, unos ochenta granos de trigo por cada grano sembrado y ese era un rendimiento que había dejado satisfecha a la gente de aquella tierra montuosa, no siempre favorecida por buenas y abundantes cosechas de cereales panificables.

El molino de Hernán Díaz Patiño se hallaba situado, como se ha dicho, a unos doce kilómetros de Zuheros, en la ladera de la montaña conocida como de la Fuente Fría, junto a un arroyo que nacía en la cumbre de la sierra de caudal abundante todo el año. El cao o canal conducía el agua desviada del cauce principal a una media milla del molino, llenando dos cubos de mampostería recubiertos de argamasa de unos dieciséis codos de altura por tres de anchura. Con la presión acumulada por la masa de agua almacenada se obtenía un potente chorro del líquido a través de los dos saetillos, con tanta fuerza, que movía sin dificultad las palas de los rodeznos de madera y, con ellos, los ejes del árbol que, atravesando el pavimento de la sala de molienda y las pesadas piedras soleras, hacían girar las piedras volanderas molturando el trigo que se iba poniendo en la tolva. Por un canalillo, excavado en cada piedra solera, la harina producida era conducida hasta los sacos o costales que el molinero colocaba en su borde hasta que se hallaban colmados y se cosían y cerraban con una cuerda de cáñamo.

Entre el ruido producido por los chorros de agua al mover los rodeznos en la bóveda, que llamaban alcoba o sentina, y el giro de las piedras volanderas, la estancia en la sala de molienda era un verdadero martirio para quien no estuviera acostumbrado a tan ensordecedor estruendo. Sin embargo, hay que decir que para el molinero y su familia valía la pena sufrir tan incómodo, ruidoso y esforzado trabajo, pues las ganancias no eran desdeñable, sobre todo si se trataba de un molino dependiente del concejo de una villa, como era el de Fuente Fría, que le aseguraba el trabajo todo el año y unos beneficios estables que permitían vivir con cierto desahogo en un tiempo y una comarca en la que las frecuentes sequías, la carestía, el hambre y las enfermedades carenciales estaban a la orden del día.

En las villas de señorío —que no era el caso de Zuheros, pues desde que la tomó el rey don Fernando III había gozado de privilegios y libertades por ser villa de realengo— la vida de los molineros, los mesoneros, los dueños de los hornos y otros monopolios que pertenecían a los señores, era más penosa que la de los súbditos del rey, porque la nobleza, siempre egoísta y acaparadora, así como los monasterios, acuciaban a sus vasallos para sacar de ellos el mayor rendimiento posible con el menor coste e inversión económica. Los habitantes de Zuheros estaban respaldados por las franquicias y libertades concedidas por los reyes y su vida era más llevadera que la de sus vecinos que habitaban las villas y castillos que se hallaban bajo la autoridad jurisdiccional de un noble o del abad de un monasterio; aunque, como ellos, no estaban a salvo de las veleidades del clima, de las sequías y del hambre generalizada cuando las cosechas escaseaban y lo obtenido con la molienda no permitía reunir el dinero suficiente para poder mantener y alimentar a los miembros de la familia.

Finalizaba el mes de septiembre, que había sido tan caluroso y falto de precipitaciones como los pasados julio y agosto, cuando el regidor ecónomo, don Martín de la Cruz, acudió al molino de Fuente Fría, acompañado del fraile franciscano

Francisco de Talavera, cura de la parroquia de Santa María, para ajustar las cuentas de la molienda realizada en los últimos treinta días con el molinero Hernán Díaz.

Atardecía cuando los dos perros alanos que tenía el molinero atados en la cerca que circundaba el huerto, situado en la solana del molino, dieron la alarma con sus ladridos anunciando la llegada de unos visitantes.

Hernán Díaz abandonó la labor que estaba realizando en la sala de molienda y salió a la plazuela que había delante del edificio.

—Cesad tan desapacibles ladridos, Milano y Navalón, que ya os he oído —gritó a los dos canes, entretanto que se acercaba a la cabecera del puente para reconocer a los dos hombres que, cabalgando sobre sendas monturas, surgían de la densa niebla vespertina que ocultaba el camino de Zuheros.

A poco, los dos jinetes, uno montado sobre un hermoso caballo alazán y el otro en una mula blanca, se hallaban a unas cincuenta varas de distancia y pudo Hernán Díaz reconocerlos.

—Don Martín de la Cruz y fray Francisco, sed bienvenidos —dijo, cuando los dos visitantes se hallaban al otro lado del puente—. No esperaba vuestra llegada, señor regidor, hasta mediados del mes de octubre.

—He tenido que adelantar unas semanas mi visita al molino, Hernán Díaz, porque el alcaide y dos de los regidores habremos de viajar a Córdoba la semana próxima, donde nos espera el Adelantado Mayor de la Frontera para tratar un asunto de lindes con el reino de Granada —manifestó don Martín de la Cruz, alcanzando el lugar donde los esperaba el molinero y procedía a descender de su caballo.

—Y a vos, fray Francisco. Me sorprende veros acudir a esta humilde casa.

—Cierto es que nunca os he visitado en vuestro hogar, Hernán Díaz. Pero no ha mucho que nos vimos y conversamos. Fue el domingo pasado cuando os recibí a ti y a tu mujer e hijos en la iglesia de Santa María para asistir a la santa misa—replicó el cura, quizás para recordarle la obligación que todo buen cristiano, aun residiendo lejos de una iglesia, tenía de acudir los domingos y fiestas de guardar a oír y participar en la más importante ceremonia de la religión cristiana.

—Y no sin dificultad y esfuerzo nos desplazamos cada domingo a vuestra parroquia desde este apartado lugar para cumplir con lo estipulado por la Santa Madre Iglesia —señaló Hernán Díaz—, que dos leguas y media hemos de andar y otras tantas hacer en el camino de vuelta para poder oír de vos la misa que con tanto celo celebráis.

—Podéis estar seguro que Dios os premiara tanta devoción y tanto esfuerzo, buen molinero —argumentó el franciscano descendiendo de la mula y atándola a la argolla de hierro que, para tal fin, había en el murete que constituía parte de la fachada del molino.

—Cierto es que acudir todos los domingos y días festivos a Zuheros representa un enorme sacrificio que, sin duda, el Divino Creador habrá de tener en cuenta cuando hagas el obligado tránsito a la otra vida, Hernán. De eso no cabe duda —dijo el regidor, acercándose a la otra argolla y pasando por ella la rienda de su montura—. Pero, como estamos agotados y hambrientos, después de cabalgar toda la jornada por caminos resecos y abruptos peñascales, mejor será que continuemos la conversación en el interior del molino.

Los tres accedieron al salón que hacía de vestíbulo de la parte doméstica del edificio, donde ya se encontraba Elvira y la pequeña Almodis.

—Sed bienvenidos, señor don Martín y fray Francisco —musitó la esposa del molinero haciendo una reverencia en señal de respetuoso saludo.

—¿No está en la casa el joven Fadrique Díaz? —demandó el fraile.

A Hernán Díaz le extrañó el inusitado interés que mostraba el franciscano por su primogénito.

—Se encuentra en el monte reuniendo la piara de cabras. Casi ha anochecido. No tardará en dejar a los animales en el aprisco y unirse a nosotros —aseguró Hernán Díaz—. Pero, permitidme que os enseñe vuestras habitaciones. Elvira procederá a prepararlas. Y también a aderezar la cena que tomaréis con nosotros en el comedor.

—Os lo agradecemos molinero, pues estamos desfallecidos y deseosos de ingerir una comida reparadora —manifestó el regidor—. Pero, si os parece, antes de cenar nos acercaremos al arroyo para refrescarnos. Un sol inclemente nos ha estado martirizando durante todo el viaje y necesitamos el contacto con el agua que corre por el canal.

Mientras que el caballero regidor y el fraile franciscano se solazaban a orillas del arroyo de Fuente Fría, Elvira se afanó en preparar las camas en las que iban a pernoctar los recién llegados y a disponer sobre la mesa del comedor los platos de cerámica vidriada, las jarras de loza para el vino —que el molinero había adquirido en un viaje que hizo a Úbeda—, y las cucharas de madera que él mismo había tallado en la rama seca de un acebuche.

Entretanto que la esposa de Hernán Díaz se ocupaba de las labores antedichas y los dos visitantes se refrescaban con el agua del arroyo, un runrún cadencioso, producido por las piedras volanderas en su roce con las soleras y el gorgoteo incesante del agua en la bóveda del molino, después de mover los rodeznos, se dejaba oír de fondo, como una música ronca, repetitiva y grave que rompía el silencio del atardecer en tan agreste y solitario lugar.

Transcurrido un cuarto de hora estaban el molinero, Elvira, la pequeña Almodis y los dos visitantes sentados en torno a la mesa esperando que la mujer les sirviera la cena.

No habían acabado aún de ocupar sus respectivos asientos cuando entró en la estancia el joven Fadrique Díaz que había dejado a buen recaudo la piara de cabras en el corral situado detrás del molino. Saludó cortésmente al regidor y al fraile y, a continuación, tomó asiento en el lugar que su madre le tenía reservado.

Fadrique no había cumplido aún los catorce años. Era de complexión delgada y de estatura mediana, aunque de brazos nervudos y fuertes, cualidades debidas, sin duda, a las labores que su padre le encomendaba trasladando los sacos de harina o cebando de grano la tolva. Tenía el cabello ensortijado formando mechones de color castaño oscuro, casi negro, y la tez morena. Los ojos grandes, algo almendrados, y la mirada serena, no exenta de cierta altivez, característica esta que se compensaba con una leve sonrisa que parecía adornar de continuo su rostro afable e inocente.

Elvira comenzó a servir un guiso de carne de conejo con berza que hizo las delicias de los comensales. Antes de que presentara el segundo plato, consistente en queso de cabra fresco aderezado con miel, el caballero regidor tomó la palabra:

—Estimo, Hernán Díaz, que el venir en esta ocasión acompañado del cura-párroco de la iglesia de Zuheros, el santo varón fray Francisco de Talavera, te haya producido cierta extrañeza, pues es la primera vez que se desplaza hasta el molino de Fuente Fría.

—No he de llevaros la contraria en este asunto, señor regidor —respondió Hernán Díaz—, pues, en verdad, es la primera vez que venís a hacer el recuento de las fanegas de trigo que he molido para el concejo en compañía de fray Francisco. Aunque he de reconocer que me es grato tener a tan santo varón de la Iglesia de Cristo en mi humilde casa y darle hospedaje.

—La presencia de fray Francisco de Talavera está plenamente justificada en esta ocasión, molinero —continuó diciendo don Martín de la Cruz, al tiempo que se acercaba la jarra de vino a la boca y tomaba un buen trago del excelente caldo con que les había obsequiado Hernán Díaz—. Tiene que ver con tu hijo y sus aficiones.

—¿Con Fadrique? —exclamó el molinero.

El vástago de Hernán Díaz y Elvira García se sobresaltó al sentirse objeto y protagonista de la conversación que mantenían los recién llegados con su padre. Casi se atragantó con el trozo de conejo que acababa de llevarse a la boca.

—Con el joven Fadrique, señor Díaz —insistió el franciscano—. Don Martín de la Cruz me ha hecho relación de las sobresalientes cualidades que vuestro hijo posee como dibujante y prometedor calígrafo.

—Cierto es, padre, que se ha aficionado a garabatear y a hacer dibujos en los retazos de tela que yo desecho. Pero, es una afición banal e inútil que poco aporta a los conocimientos que debe adquirir como futuro molinero —alegó el progenitor de Fadrique Díaz, extrañado al ver que un miembro de la Iglesia se trasladara a aquel perdido rincón de la sierra cordobesa para interesarse por la infantil afición de su hijo.

—No es tan banal como crees —aseguró don Martín de la Cruz—. Fray Francisco desea ver las caligrafías y los dibujos que Fadrique traza sobre retazos de tela vieja y trozos de lona de costal y que, en ocasiones anteriores, doña Elvira me ha enseñado.

Fadrique no salía de su asombro. ¡Aquellos señores, personas relevantes de la villa de Zuheros, querían contemplar unas simples frases y unos dibujos que él realizaba con la anuencia de su buena madre y con la única intención de ocupar sus ratos de ocio!

—Fray Francisco cree que tu hijo posee unas sobresalientes cualidades artísticas que Dios le ha concedido, aunque no haya asistido a ninguna escuela parroquial ni catedralicia, residiendo, como reside, en un lugar tan apartado y sin maestro que lo instruya —señaló don Martín para reforzar la opinión emitida por el franciscano.

—Pero, si casi no sabe leer ni escribir —adujo el padre, que no entendía cómo una afición tan poco edificante, según su criterio, podía atraer la atención y el interés de aquel ilustrado sacerdote.

—Has de saber, Hernán, que el Divino Hacedor reparte los conocimientos y las habilidades entre los hombres a su libre albedrío, sin tener en cuenta la alcurnia, la riqueza o la edad de quien las recibe —aseguró el fraile franciscano—. Es probable que a tu hijo le haya otorgado una habilidad innata para la escritura y el dibujo que aprendices de calígrafos tardan meses en alcanzar.

—Si vos lo decís, deberá ser así —replicó el molinero sin estar totalmente convencido.

—Deseo ver los escritos y dibujos que ejecuta Fadrique —casi ordenó el cura de Zuheros.

—Haz lo que dice fray Francisco —insistió el caballero regidor con la intención de vencer la leve resistencia que le parecía estaba oponiendo el molinero a los deseos y a la petición del sacerdote.

Hernán Díaz, asumiendo que los visitantes no cejarían en su empeño hasta que no les trajera los escritos y dibujos realizados por su retoño, ascendió, acompañado del sorprendido Fadrique, los escalones de madera que conducían a la sala de molienda, en uno de cuyos muros laterales se abría una puerta que daba a un pequeño almacén o desván. En ese lugar reservado, el hijo del molinero, con el beneplácito de su madre, que procuraba apoyar a su hijo en su afición artística, se recluía en los ratos de ocio para copiar y dibujar motivos de las estampas de la Virgen María y los Santos que Elvira le proporcionaba para que, según entendía ella, aprendiera, al mismo tiempo, a leer y a escribir.

Al cabo de un rato, Hernán y el niño regresaron al comedor con una docena de retazos de tela que contenían los dibujos y las caligrafías realizadas por Fadrique. Los depositaron sobre la mesa para que el fraile franciscano pudiera contemplarlos. El sol hacía un buen rato que se había ocultado detrás de las montañas, y Elvira había encendido una almenara de hierro con cuatro brazos, sosteniendo candiles de aceite, que dejó sobre la mesa para que iluminara la sala.

Fray Francisco tomó los trozos de tela y los estuvo ojeando, en tanto que Fadrique se mostraba nervioso y expectante al ignorar, en todo y en parte, cuál era el motivo y la intención del caballero regidor y del fraile al solicitar, con tanto interés, ver sus humildes trabajos. Hernán Díaz observaba la escena con cierta desazón, pues no era lerdo y sabía que la inusual presencia del franciscano acompañando al caballero del concejo podría torcer los planes que tenía pensado para su único hijo que asegurarían la futura existencia del molino.

El rostro de fray Francisco mostraba la sorpresa y la satisfacción que le producía la contemplación de los dibujos y las caligrafías garabateadas en los trozos de tela que, con muy escasos medios, pero con inusual maestría, había realizado el joven y habilidoso vástago del molinero de Fuente Fría.

—¿Qué instrumento has utilizado, Fadrique, para escribir estas palabras? —preguntó el fraile, señalando un retazo de tela blanca en el que el joven había escrito con elegante grafía la frase *Ave María mater dei ora pro nobis* rodeada de ramas de lo que parecía hiedra y de dos rosas de color rojo.

El muchacho estaba azorado, porque, como su ignorante padre, creía que sus inocentes labores no eran más que un infantil pasatiempo sin mayor trascendencia.

—Empleo una pluma de ganso que he recortado en su extremo y la tinta la obtengo del carbón molido disuelto en clara de huevo —respondió el joven.

Fray Francisco de Talavera no salía de su asombro.

—¿Y las ramas de lo que parece hiedra y el color rojo de las rosas?

—El color rojo lo saco de la arcilla molida y las ramas de hiedra las pinto de color negro, señor, porque no sé cómo obtener el verde que es el color natural de esa planta.

—El verde no puedes usarlo, muchacho, porque es difícil de obtener. Mis hermanos, que trabajan como copistas en los *scriptorium* de algunos monasterios, lo sacan de la malaquita molida, que es un mineral caro que, creo, no se da por estas tierras.

—¿Y cómo es que escribes con tanta perfección las frases en lengua latina? ¿Quién te ha enseñado? —demandó el caballero regidor.

—Mi buena madre me instruyó en los rudimentos de la lectura, la escritura y el cálculo, pero nadie me ha enseñado a copiar las frases que aparecen en las estampas de la Virgen que ella me proporciona para que practique.

—¿Nadie? —insistió el sacerdote.

—Nadie, fray Francisco. Mi madre dice que es un don de Dios con el que he nacido.

—Eso es algo que no ofrece duda —reconoció el párroco de Zuheros.

A continuación, el franciscano guardó silencio y meditó durante algunos segundos sobre la sorprendente habilidad de Fadrique para copiar las frases en una lengua que desconocía y para dibujar motivos adicionales con tan escasos medios.

—Ya os decía, fray Francisco, que eran algo excepcional y, casi un milagro, las habilidades que Fadrique muestra a la hora de copiar frases en latín y dibujar elementos vegetales coloreados —apostilló don Martín de la Cruz.

—Pero no creí que alcanzara tal perfección cuando no posee ni un simple cálamo como los elaborados por los escribanos y los expertos copistas para trazar las letras y dibujar los motivos vegetales —manifestó el fraile—. Es verdaderamente obra del Altísimo que un muchacho criado en un lugar tan apartado, sin haber cursado estudios en escuela alguna, sea capaz de escribir frases en lengua latina y decorarlas con dibujos coloreados como si se tratara de las miniaturas de un códice.

—¿Y qué pensáis hacer? —preguntó el caballero al franciscano.

—Lo que yo deseo para este habilidoso muchacho dependerá, don Martín, de lo que me permita acometer su padre.

—¿Qué es lo que deseáis, fray Francisco, para mi hijo? —terció Hernán Díaz—. Es mi único vástago varón, el heredero de mis escasas propiedades y en quien espero ver continuada la labor de molinero cuando yo haya desaparecido.

—Hernán Díaz, molinero de mi concejo —intervino el caballero regidor—. Esas excepcionales cualidades de Fadrique no pueden perderse en este apartado rincón de la montaña cordobesa. Creo que fray Francisco de Talavera te quiere proponer que tu hijo ingrese como postulante en uno de los monasterios de la orden franciscana que posea *scriptorium* en el que se copian e iluminan los antiguos códices, labor en la que, a no mucho tardar, podría destacar Fadrique.

Hernán Díaz no sabía qué decir. Desde que vio aparecer al fraile franciscano, acompañando al regidor, por el camino que conducía al molino, sospechó que su visita no era solo de cortesía; que algo tramaban, aunque no alcanzara, en un principio, a comprender la naturaleza de sus secretas intenciones. Pero, ahora se había desvelado en toda su crudeza el propósito de ambos con la propuesta del sacerdote realizada por boca de don Martín de la Cruz, al que debía respeto y obediencia, no en vano de él y del concejo de Zuheros dependía su bienestar y el de su familia: querían arrebatarle la carne de su carne, aquel que debía heredar el molino y continuar la labor que, hacía casi cien años, había iniciado su abuelo.

—Es por el bien de Fadrique, molinero —subrayó el fraile con la intención de aminorar la pena y la desazón que sentía Hernán Díaz.

—No puedes negarte, Hernán, a dar un futuro estable y desahogado a tu hijo lejos de estas montañas, tan cercanas a la insegura frontera, donde la gente se encastilla por temor a un enemigo que, cuando menos lo esperas, llega de improviso para asolar la tierra. Siempre con el miedo en el cuerpo de que unos desalmados almogávares, rompiendo las treguas firmadas, arrasen los campos y cautiven a sus habitantes —expuso con mucha firmeza el caballero regidor—. Además, sería una actitud egoísta y contraria a lo que manda la Santa Madre Iglesia a través de los Santos Evangelios en lo concerniente a hacer que germine y crezca la buena semilla. En este caso, la buena semilla es esa extraordinaria habilidad que posee Fadrique para copiar y dibujar los textos y las miniaturas imitando las labores de los amanuenses que trabajan en los *scriptorium*.

Una vez finalizada la sentida disertación del regidor, el molinero de Fuente Fría no pudo oponerse a la petición y a las justificadas razones que exponían los representantes del concejo y de la Iglesia y tuvo que aceptar, aunque de mala gana, que su hijo abandonara, en un futuro cercano, su hogar e ingresara en la orden franciscana como postulante.

Elvira lo abrazó y rompió a llorar, a sabiendas de que Fadrique sería, más temprano que tarde, un fraile tonsurado y que, con el cambio de estado, se alejaría para siempre de Zuheros, del molino y de su familia para vivir recluido en un lejano monasterio.

A pesar de la actitud mostrada, en un principio, por Hernán Díaz, contraria a que su hijo abandonara el molino de Fuente Fría e ingresara en la orden franciscana, todos los presentes eran conscientes de que la decisión ya estaba tomada. Fadrique acabaría sus días como postulante, luego como novicio y, más tarde, como fraile profeso tonsurado y aprendiz de copista e iluminador en alguno de los monasterios que la prestigiosa Orden de San Francisco regentaba en los reinos de Castilla o de León.

—Enviaré una carta al reverendo padre fray Julián de Alcalá, provincial de la Orden, para que designe la comunidad monástica que mejor se adapte a las habilidades artísticas mostradas por Fadrique —concluyó fray Francisco de Talavera, dejando zanjado un asunto que, sin duda, habían estado urdiendo los dos visitantes desde que el regidor ecónomo expuso al fraile franciscano las sorprendentes cualidades de que hacía gala el hijo del molinero.

La familia Díaz continuó con sus labores diarias en el molino de Fuente Fría. El padre, atendiendo a los arrieros que arribaban cada semana con los costales de trigo que enviaba el concejo para moler; Fadrique, ayudando a su progenitor en la vigilancia de la tolva, recogiendo la harina en los sacos de lona y conduciendo la piara de cabras al monte cercano; Almodis, jugando despreocupada con su muñeca de trapo cerca de su madre y Elvira, dedicada a las faenas del hogar, triste, porque sabía que con el alejamiento de Fadrique del molino de Fuente Fría perdía a su único y querido hijo varón.

Transcurrieron dos meses sin que ninguna noticia proveniente de Zuheros viniera a perturbar la paz que se respiraba en aquel apartado y solitario lugar de la sierra cordobesa. Hernán Díaz continuó recibiendo a los arrieros del concejo con los costales de trigo para moler y, de vez en cuando, la visita administrativa del regidor don Martín de la Cruz, sin que este le revelara cómo se estaban desarrollando las conversaciones de fray Francisco de Talavera con el provincial de la Orden en relación con el ingreso de Fadrique en alguno de los monasterios franciscanos de Castilla o de León. Hasta que un día, mediaba el mes de diciembre del año 1354, apareció el regidor ecónomo acompañado del sacerdote que regía la iglesia de la villa, de lo que dedujo el molinero, cuando los vio aparecer por el camino de Zuheros, que los días de estancia de su hijo en el molino de Fuente Fría habían llegado a su fin.

—El padre provincial, de acuerdo con los otros padres provinciales de los reinos de Castilla y de León, ha decidido que el joven Fadrique ingrese como postulante y, posteriormente, como novicio, en el renombrado monasterio de Santo Toribio de Liébana, en la montaña de Cantabria, que posee uno de los mejores y más prestigiosos *scriptorium* de la cristiandad y la más rica y variada biblioteca de estos reinos —afirmó el sacerdote, una vez que hubo reunido en la sala-comedor a la familia Díaz y en presencia del caballero regidor—. Aunque es una comunidad alejada de Andalucía, se ha considerado que puede ofrecer a vuestro hijo una esmerada educación acorde con sus aptitudes y una vida sana, sosegada y rodeada de los mejores monjes calígrafos y copistas del reino. La convivencia con esos santos frailes franciscanos, no cabe duda, que pronto le permitirá adquirir los conocimientos necesarios para convertirse en un fraile tonsurado experto en copiar los antiguos códices que se custodian en su biblioteca y adornarlos con las caligrafías y las miniaturas que han hecho famoso a ese monasterio.

—No he de alegrarme, fray Francisco, por la marcha de Fadrique; pues, bien sabéis, que con ella pierdo a mi hijo y la posibilidad de que continúe el honrado oficio que desempeño en este molino heredado de mis mayores —manifestó, sin poder ocultar la tristeza que lo embargaba, el molinero—. Pero debo regocijarme, en parte, porque Dios,

Nuestro Señor, que todo lo tiene concertado, ha tenido a bien llamar a mi único retoño varón para que forme parte de la clerecía sirviendo a la Santa Madre Iglesia en un lejano y venerable monasterio, alejado de sus progenitores, pero sin duda, cerca de Él y obrando para el bien de su alma.

Quedó acordado que tres días más tarde llegaría al molino un criado del concejo montado en una mula y otras dos de las riendas, una para el joven Fadrique, que debería viajar vestido con un hábito gris con caperuza, atado a la cintura con el conocido cordón blanco franciscano, aún sin los tres nudos que simbolizaban los votos de pobreza, castidad y obediencia; y una tercera acémila para transportar las vituallas, mantas y tabardos que debían protegerlos del relente, el frío y la lluvia en el transcurso del viaje que los conduciría hasta la montaña de Cantabria. También portaba el hijo del molinero una carta, escrita por fray Francisco de Talavera, para el superior del monasterio de Santo Toribio. Postulante y criado cabalgarían en jornadas de quince o veinte kilómetros, pernoctando en las casas conventuales de franciscanos, benedictinos o dominicos que hallaran a su paso; o en las villas, castillos y aldeas en aquellos lugares donde no hubiera fundaciones monacales; o a la intemperie, si la noche los sorprendía lejos de lugares habitados.

Don Martín de la Cruz opinaba que en algo más de un mes, si el buen tiempo los acompañaba, arribarían los dos viajeros a los montes de Cantabria y a la villa de Potes, donde se hallaba el monasterio de Santo Toribio de Liébana.

El día fijado para la partida, Hernán Díaz y Elvira García despidieron a Fadrique en la cabecera del puente de piedra que, salvando el cao o arroyo, precedía al molino de Fuente Fría, no sin antes haber aprovisionado de viandas para varias semanas a los viajeros en unas alforjas que colocaron sobre la grupa de la acémila que portaba la impedimenta. También le dieron algún dinero y, cuando iban a partir, una emotiva bendición que estuvo acompañada de los desconsolados sollozos y los abrazos de la esposa del molinero.

Abandonaba Fadrique Díaz, a la edad de catorce años, el que había sido su hogar en la montaña de Córdoba, el día 20 de diciembre del año 1354.

La austera vida monacal y el aprendizaje de la elegante y complicada escritura de códices y de las miniaturas trazadas en torno a las letras capitulares en el monasterio de Liébana serían, a partir del día de su llegada a la lluviosa región montuosa del norte, además de la meditación y la oración, las actividades en las que estaría empeñado el resto de sus días el hijo del molinero. Al menos eso pensaban el joven postulante, sus progenitores, el caballero regidor y el franciscano que, con tanto celo, lo había apadrinado.

Pero el veleidoso destino o los inescrutables designios de la Divinidad, que conducen y guían a los incautos hombres a su entera voluntad, y que suelen desbaratar frecuentemente los inconsistentes proyectos elaborados por ellos, le tenían reservado a Fadrique, en un recodo de su joven existencia, un inesperado y doloroso acontecimiento que vendría a trocar su apacible vida de fraile franciscano en una sucesión de aventuras, desdichas e infortunios.

II
El sultán destronado

Abu-l-Nuaym Ridwán depositó el documento que estaba consultando sobre la mesa de su despacho situado junto al Mexuar y, haciendo descabalgar de su prominente nariz las gruesas lentes que usaba para leer, regalo de su amigo Ben al-Jatib, se dirigió a la ventana constituida por dos arcos de herradura que daba al encajado valle del río Darro. Al otro lado de la corriente se extendía el populoso barrio del Albaicín, habitado por los emigrantes musulmanes que habían llegado a Granada huyendo del avance cristiano desde Baeza y Úbeda. Sus casas, lujosas, provistas de amplios jardines con pérgolas y fuentes, arracimadas en la ladera del monte desde la orilla del río hasta la cumbre donde se localizaba el gran aljibe de *Rabadasif* —que proporcionaba agua a aquella parte de la ciudad—, *y la alcazaba Cadima,* resplandecían acariciadas por los rayos del sol de medio día.

Rememoraba, el poderoso chambelán de Muhammad V, los días de su lejana juventud, cuando, superando su condición de cautivo del sultán Muhammad III, pero educado como uno más de sus hijos por el caballero granadino que lo adquirió, comenzaba a ascender, no sin grandes dificultades, en el seno de la aristocrática sociedad nazarí apoyado en su inteligencia y preparación, sorteando las intrigas y los continuos obstáculos que le ponían los miembros de la exclusiva Corte instalada en la Alhambra. Él, que había sido en su niñez cristiano, nacido en la villa de Calzada de Calatrava, de padre castellano y madre catalana, tomado preso por las tropas del emir cuando apenas alcanzaba los ocho años de edad, estaba destinado a servir de por vida a su señor en los palacios nazaríes en tareas domésticas y humillantes, pero no a asumir los relevantes cargos de chambelán y de visir de los sultanes que el caprichoso y mudable destino le tenía reservados.

Y ahora, cerca ya de cumplir sesenta años, cansado de los celos, la envidia y la maledicencia inherentes a los influyentes puestos en la administración que había desempeñado, se hallaba al frente del reino, por tercera vez en su larga existencia, como chambelán y consejero áulico del joven sultán Muhammad V, entronizado hacía dos años, a la edad de quince, tras la muerte violenta de su padre, Yusuf I. Él, que aspiraba a acabar sus días retirado de la política después de toda una vida dedicada al servicio de los reyes nazaríes, se veía, de nuevo, sometido a las confabulaciones palaciegas y obligado a tomar graves decisiones de gobierno.

Pero el desdichado emir Yusuf I, padre del actual sultán, le había hecho prometer, antes de morir asesinado, que protegería al joven monarca de las acechanzas de su ambicioso hermanastro Ismail y de las intrigas de aquellos cortesanos desleales que, siguiendo la vieja y perniciosa costumbre de la dinastía, solo esperaban la ocasión propicia para deponerlo y situar en el trono de la Alhambra a un emir pusilánime y débil que sirviera a sus propios y oscuros intereses.

La sociedad granadina le estaba muy agradecida, gratitud que le mostraba cuando el anciano chambelán cabalgaba a lomos de su caballo tordo por las calles de la ciudad, reconociendo con sus manifestaciones de cariño, que en las etapas que estuvo al frente del ejército y en el visirato, Granada había mejorado en todos los sentidos. Procuró asentar y dar trabajo a los emigrados que acudían a la capital del sultanato desde las ciudades tomadas por los cristianos; los vecinos del

Albaicín lo amaban y respetaban como si de un venerable santón se tratara, porque les había proporcionado bienestar y seguridad al acabar la construcción de la muralla que circundaba aquella parte de la ciudad, y los malagueños, amenazados por Castilla desde el occidente del reino, le mostraban su admiración y respeto por haber ampliado y reforzado el castillo de Gibralfaro y edificado las torres y atalayas que defendían su costa desde Estepona a Almería.

En asuntos políticos, había logrado que los sultanes de Fez y Granada firmaran sólidas alianzas para la defensa mutua y, con el rey de Aragón, un beneficioso acuerdo comercial que permitía a los mercaderes nazaríes arribar sin trabas a los puertos catalanes, valencianos y mallorquines libres de gabelas. Con el rey don Pedro I de Castilla las alianzas fueron más estrechas, si cabe. A cambio de rendir pleitesía al monarca cristiano y aceptar pagar parias todos los años, los castellanos se comprometían a respetar las fronteras establecidas y ayudar, con tropas, si fuera necesario, al sultán nazarí cuando, a causa de alguna traición o rebeldía, viera peligrar su continuidad en el trono.

Por esos motivos, era un personaje relevante, apreciado en todos los círculos políticos y religiosos de Granada y, sobre todo, querido y respetado por el pueblo llano que veía en él a un gobernante sabio, justo, benevolente y laborioso, que no buscaba su encumbramiento personal, sino el bienestar del sultán al que servía y el beneficio de los habitantes del único reino musulmán que aún quedaba en las castigadas y extensas tierras que ocupó al-Andalus.

Unos golpes en la puerta de su despacho lo sacaron de sus elucubraciones.

—Mi señor Ridwán —se oyó al otro lado de las hojas de nogal decoradas con hermosas lacerías—. El gran sultán os espera en la sala de Embajadores.

Ridwán dejó sobre la mesa los documentos que estaba ojeando y se dirigió a la parte palatina de la Alhambra, que había mandado edificar el anterior emir. El joven Muhammad debía haber retornado de su diaria partida de caza en los bosques del Genil —pensó.

El chambelán, una vez que hubo abandonado sus dependencias anexas al Mexuar, se encaminó al palacio de Yusuf I constituido por dos galerías que flanqueaban un patio alargado con alberca, alimentada por dos hermosas fuentes de mármol, en cuya tersa superficie se reflejaba la imponente fachada de la llamada torre de Comares. En su interior se hallaba situado el gran salón de Embajadores o del Trono.

El joven sultán, vestido con una túnica blanca o *zihara*, estaba sentado en un trono formado por varios cojines de seda roja colocados sobre una tarima de madera cubierta con una elegante alfombra, también de color rojo —emblema de la dinastía nazarí—, pero adornada con flecos elaborados con hilos de oro. La cabeza la llevaba descubierta, dejando ver una cabellera espesa que formaba algunos bucles sobre la nuca. Los sultanes nazaríes habían abandonado la moda, heredada de los almohades, de portar turbante, elemento de la vestimenta que ya solamente usaban los jueces y los hombres de religión. Cuando Muhammad paseaba por los jardines de la Alhambra o salía a caballo acompañado de su séquito por el Albaicín o se dirigía a la mezquita mayor los viernes para asistir a la oración o *azalá*, siempre se cubría con un bonete o *kufiya* de fieltro con los bordes plateados.

Cuando Ridwán atravesó la sala de la Barca y accedió al gran salón del trono, observó que, junto al sultán, se hallaba, de pie, su secretario, el poeta y gran visir Lisan al-Din ben al-Jatib, con quien mantenía una gran complicidad y amistad desde que era un mozalbete y ayudaba a su padre, también respetado visir de Granada durante los reinados de Ismail I y Muhammad IV, hasta su muerte.

La guardia del sultán, constituida por un destacamento de soldados cristianos enviados por el rey de Castilla, había quedado formada en el patio de los Arrayanes. Solo dos de ellos se hallaban situados en la entrada a la sala de Barca para vigilar el acceso al salón del trono, de lo que dedujo

Ridwán que el emir deseaba estar a solas con su chambelán y con el gran visir.

—Os ruego que me perdonéis si he requerido vuestra presencia sin seguir las normas del protocolo como es costumbre —manifestó el rey de Granada—, pero el asunto que vamos a tratar es urgente y, hasta cierto punto, secreto.

—Los relevantes cargos que desempeñamos en el gobierno del sultanato, mi señor, nos obligan a estar siempre al servicio del emir y prestos a asistir a las audiencias, sean estas convocadas según el protocolo o sin notificaciones previas —adujo Ben al-Jatib, pues, como gran visir y secretario de Muhammad V, a él correspondía hacer las citaciones para las asambleas y reuniones del consejo de gobierno.

—Entendemos, mi señor, que debe ser un asunto grave el que os obliga a convocarnos al gran visir y a mí al margen y sin conocimiento de los restantes miembros del consejo ordinario —señaló Ridwán.

El sultán permaneció unos minutos en silencio, como si esperara algún acontecimiento que tardaba en producirse.

—Es vuestro sabio consejo el que deseo conocer —expuso, al cabo, el joven rey nazarí—. A no mucho tardar accederá a esta sala del trono un caballero cristiano. Se trata de un embajador que envía mi hermano el rey don Pedro de Castilla. Acude a Granada para hacerme, en nombre de su soberano, una petición que puede trastocar el difícil equilibrio de fuerzas que, con habilidad y gran sutileza, mi buen Abu-l-Nuaym, habéis logrado establecer entre el sultanato de Granada y los reinos vecinos de Castilla y Aragón.

—Verdad es, mi señor, que durante el reinado de vuestro egregio padre, el bondadoso y preclaro sultán Yusuf I, al que Alá haya concedido los goces del Paraíso, logré acordar pactos de amistad y mutua ayuda con el rey don Pedro de Castilla y un beneficioso convenio comercial con el rey don Pedro de Aragón —dijo Ridwán, sin alcanzar a comprender la gravedad del asunto que el emir esperaba oír del embajador del rey castellano.

—Don Gonzalo Fernández de Córdoba, señor de Aguilar y de Priego, es el embajador extraordinario que envía el rey de Castilla —dijo el sultán—. Está esperando a ser recibido por mí. Pronto podremos conocer la petición que me quiere exponer por medio de una carta enviada por su soberano. Por ese motivo os he convocado. Espero que valoréis su propuesta y me aconsejéis sobre la postura que debo tomar una vez conocido su contenido.

Los dos altos funcionarios inclinaron sus cabezas para mostrar al sultán que podía contar con su consejo.

El emir alzó su mano e hizo una señal a uno de los guardias que se hallaban en la puerta de sala de la Barca. Este abandonó su puesto y, raudo, se dirigió al exterior del palacio. Al poco, retornó acompañado del embajador del rey don Pedro y de otro caballero cristiano. Los dos recién llegados se inclinaron delante del sultán en señal de respeto.

En la lejanía se oía la voz del almuédano que, desde el alminar de la mezquita de la Alhambra, llamaba a los fieles a la segunda oración del día.

—Os traemos saludos muy afectuosos de nuestro rey don Pedro y sus mejores deseos de paz —expuso el caballero Fernández de Córdoba, portador de la carta del soberano de Castilla.

—Sed bienvenido. Este es el caballero don Gonzalo Fernández de Córdoba —dijo el sultán, dirigiéndose a sus ministros y señalando al embajador—. Y estos son mi chambelán, Abu-l-Nuaym Ridwán, y mi secretario, el visir Lisan al-Din ben al-Jatib, en quienes tengo depositada toda mi confianza.

Gonzalo Fernández de Córdoba y Biedma era alto y corpulento, bien parecido, de rostro severo adornado con una barba recortada y breve. La cabellera la tenía de color grisáceo, una característica quizás heredada, pues su edad no debía superar los veinticinco años. Iba vestido con una cota de malla cubriendo una blusa de lino de color blanco y portaba, sobre los hombros, una capa parda y, al cinto, una espada larga con empuñadura de plata. El casco con que se cubría, de cuero reforzado con launas de bronce, lo llevaba en su mano derecha el caballero que lo acompañaba. Inclinó la cabeza para saludar a los ministros del sultán y dijo:

—A vos os conozco, chambelán. Estuvisteis en la recepción que dio mi señor el rey en su palacio sevillano con motivo de su ascenso al trono. A vos, estimado visir, no os conozco, pero hasta Castilla ha llegado la justa fama de que gozáis como hábil secretario y leal servidor del emir de Granada.

Los dos funcionarios del sultán respondieron a las elogiosas palabras del embajador con una leve inclinación de sus cabezas.

—Sé que traéis una carta de mi hermano el rey de Castilla —terció el sultán.

—Una carta dirigida a su amigo y vasallo, el sultán de Granada, conteniendo una petición de ayuda —declaró el señor de Aguilar, al tiempo que entregaba un codicilo atado con una cinta de seda roja al señor de la Alhambra—. Como ya os expuse cuando solicité esta real audiencia, es un asunto de extrema gravedad y gran secreto.

—Ese es el motivo por el que os recibo en presencia de mis dos ministros más cercanos y leales, sin el complicado protocolo que exige, de ordinario, la recepción de un embajador real. En cuanto a que se haga público su contenido, no tengáis ningún temor, señor Fernández de Córdoba, que nada de lo que aquí se diga saldrá de los muros de este salón de Embajadores.

—Os ruego, pues, que leáis el mensaje de mi señor don Pedro, que os tiene en gran estima, y respondáis a su petición en breve, pues necesita conocer la respuesta de vuestra alteza para acometer ciertas acciones militares que no pueden retrasarse —manifestó el embajador, al tiempo que entregaba el codicilo al emir.

Muhammad V, que, aunque acabada de cumplir solamente diecisiete años, había aprendido los entresijos y ardides de la diplomacia y la política desde que, siendo un jovencísimo príncipe heredero, participaba con su padre en las conversaciones de paz y en los tratados y alianzas con los reyes de Castilla, Aragón, Fez y Tremecén, no se dejó intimidar por la exigencia que mostraba con sus palabras el embajador del rey don Pedro.

—Veo que a mi hermano, el rey de Castilla, le acucia tomar una grave decisión y que desea contar con mi opinión y, probablemente, con mi ayuda —señaló el sultán—. Pero, por esa misma gravedad que decís encierra el asunto, es necesario que no os dé una respuesta precipitada sin antes haberla discutido con mis dos ministros. Mi secretario redactará dicha respuesta después de que, leída la carta de don Pedro, hayamos tomado la decisión que convenga al sultanato y satisfaga, al mismo tiempo, a vuestro rey.

Y dicho esto, despidió al embajador y a su acompañante emplazándolos a una nueva audiencia cuando hubieran transcurrido dos días.

Una vez que se hubieron quedado a solas, el sultán entregó el codicilo enviado por el rey de Castilla a su secretario.

—Lee la carta de don Pedro, mi leal visir —le ordenó, en tanto que se acomodaba sobre el almadraque de seda que le servía de asiento.

Ben al-Jatib desató la cinta de seda que la mantenía enrollada y, tras desplegar el manuscrito, comenzó su lectura:

«Muhammad ben Yusuf ben Ismail, mi caro amigo y leal vasallo, salud y gracia. Bien sabéis cómo mis pérfidos hermanos, hijos de la concubina de mi padre, doña Leonor de Guzmán, se han confabulado contra mí e intrigan para quitarme el trono que legítimamente heredé de mi progenitor el rey don Alfonso y entregarlo al primogénito de su amante, el conde don Enrique de Trastámara. Hasta ahora habían atraído a su perversa causa a algunos nobles caballeros de Andalucía, de Castilla y de León que, con la fuerza y la legitimidad que me proporcionan la justicia y el derecho, he logrado someter empleando, en ocasiones, la mayor de las severidades. Pero, de un tiempo a esta parte, sé que el dicho conde de Trastámara ha pasado al reino de Aragón y conspira con el rey don Pedro IV y la complicidad de Francia, para atacarme con un gran ejército y destronarme por la fuerza de las armas. Para mayor felonía, el rey aragonés ha enviado a sus embarcaciones para que ataquen a los barcos de comercio placentines y castellanos y campan sin respeto alguno por los mares de Andalucía, Portugal y Levante. No es un secreto, por otra parte, que el rey de Aragón ambiciona apoderarse del reino de Murcia, que nos pertenece, y que aspira a conquistarlo por la fuerza aprovechando la amistad y el apoyo que presta al conde de Trastámara. Es por esos fundados y graves motivos por los que he decidido hacer la guerra al rey de Aragón por tierra y por mar, tomarle algunos castillos y obligarlo a abandonar la alianza que ha sellado con mi desleal hermano. Te expongo este grave asunto, mi fiel vasallo, para que sepas en el trance en que me hallo y, para que, en respuesta a la alianza y al tratado de mutua colaboración y amistad que al principio de tu reinado firmamos, me envíes los mil jinetes que se especifican en la citada alianza y me ayudes en esta guerra que es justa y que pronto pienso declarar para mejoría y salvaguarda del reino de Castilla y escarmiento de los reyes que se tornan mis enemigos.

Dada en la ciudad de Sevilla a 10 días del mes de agosto del año 1356.»

El contenido de la real misiva no cogió por sorpresa ni desprevenido al joven sultán que, a través de los espías que tenía establecidos en Sevilla, conocía las intenciones del rey don Pedro con respecto a las maquinaciones e intrigas de su hermanastro con el propósito de destronarlo. Pero, aquella petición de ayuda que, como alegaba el soberano de Castilla, estaba recogida en las cláusulas del tratado de paz y de amistad firmado por ambos reyes, era un asunto de enorme gravedad y trascendencia que podría acarrear imprevisibles perjuicios al reino. Para cumplir con lo pactado, él debía proporcionar al rey don Pedro mil jinetes granadinos para que este los utilizara en la guerra contra sus enemigos. Pero el envío de dicho contingente armado lo enemistaría con el rey de Aragón, con el que había sellado un pacto de no agresión y de libertad de comercio. ¿Cómo iba a influir aceptar la petición del rey de Castilla en las relaciones de buena vecindad mantenidas hasta ese día con el rey de Aragón? Al margen de representar, el envío de tan numerosa tropa a su costa, una sangría para las arcas del sultanato ya muy quebrantadas por el pago, en concepto de parias, de las doce mil doblas que debía entregar cada año a los castellanos.

—Cuál ha de ser mi respuesta, mis leales consejeros —demandó el sultán a los dos altos funcionarios que lo acompañaban—. No podemos romper nuestra alianza con el rey de Castilla negándole nuestra ayuda, ahora que las fronteras están seguras y en paz, pero tampoco debemos agraviar al rey de Aragón, que siempre ha respetado los pactos firmados y con el que mantenemos beneficiosos intercambios comerciales.

—Mi señor Muhammad, la alianza con el rey de Castilla es gravosa para el reino —intervino el experimentado y sagaz chambelán—, pero necesaria, porque asegura la integridad territorial del sultanato y la tranquilidad y el mantenimiento de sus extensas fronteras. Hemos de ser hábiles con la respuesta que deis al rey don Pedro, a través de su embajador, sin lesionar nuestras buenas relaciones con el soberano de Aragón, cuya alianza y los acuerdos comerciales firmados con ese reino son vitales para la economía de Granada.

El sultán permaneció en silencio mesándose el breve mentón todavía libre de la barba que, con el paso de los años, lo adornaría.

—Podríamos enviarle quinientos jinetes con la condición de que los emplee en la guerra contra su pérfido hermanastro en el reino de León y en Asturias, que es donde tiene sus heredades y más poderosos aliados, pero no contra Aragón —propuso Ben al-Jatib.

El sultán continuaba pensativo. Su mirada estaba concentrada en la tersa superficie de la alberca que, iluminada por los rayos del sol del medio día, se reflejaban en el complejo artesonado del techo y en los paramentos de yesería y alicatados del salón del Trono. Como un nuevo Salomón, pensaba en la difícil respuesta que debía dar a su hermano el rey de

Castilla sin perjudicar las buenas relaciones que mantenía con el rey don Pedro el Ceremonioso, ni herir las susceptibilidades y la amistad existente con el cumplidor y leal soberano de Aragón.

—Mi señor, la respuesta que propone vuestro visir, el ilustre Lisan al-Din, para que el embajador cristiano la lleve a don Pedro, es razonable y aleja de vuestra persona la fatal decisión, trasladando el problema al rey de Castilla —argumentó Ridwán—. No le negáis la ayuda que os obliga los acuerdos firmados con él, pero solo podrá utilizar nuestras tropas contra su malvado hermanastro y sus seguidores establecidos en el norte.

Al fin, después de escuchar las palabras del chambelán, el sultán pareció reaccionar. Su rostro se iluminó, pues creyó que, como aseguraba su respetado y experimentado ministro, el gran visir había encontrado la solución al grave dilema que se le presentaba.

—En ese sentido debes redactar, mi buen visir, la repuesta a la petición de don Pedro —dijo, a modo de conclusión, el emir nazarí—. Pero inicia la carta con el consabido preámbulo conteniendo los halagos de costumbre y los mejores deseos para que, en la guerra que piensa el soberano de Castilla iniciar, el omnipotente y misericordioso Alá le conceda la victoria.

De esa manera redactó Ben al-Jatib la misiva que, dos días más tarde, entregó al embajador del rey don Pedro.

Al mes siguiente, el soberano de Castilla emprendió una larga campaña militar contra su vecino, el rey de Aragón, sin que el sultán de Granada recibiera contestación a su propuesta de enviarle quinientos jinetes con la condición de que no los utilizara para pelear contra los aragoneses. Era notorio que Pedro Primero no necesitaba la ayuda de los guerreros nazaríes para someter a los nobles que secundaban los ambiciosos proyectos de su hermano el conde de Trastámara, pero tampoco deseaba romper su alianza con los granadinos y abrir un innecesario frente en el sur, cuando debía concentrar todo el esfuerzo del reino en su lucha contra el soberano de Aragón.

Ben al-Jatib y Ridwán habían logrado su objetivo, que no era otro que salvaguardar la alianza con Castilla sin agraviar al rey de Aragón. Sin embargo, lo que parecía, para la diplomacia granadina, un éxito, y así fue interpretado por la nobleza, los comerciantes y los mercaderes de Granada, tendría, transcurridos tres años, unas perniciosas consecuencias para el sultanato, cuando Muhammad V necesite la urgente ayuda de su «hermano» el rey de Castilla, como luego se verá.

Pero antes de que los acontecimientos condujeran al reino nazarí a un callejón sin salida y la inestable situación política hiciera peligrar el trono y la vida del buen sultán Muhammad V, la sociedad granadina vivió unos años de tranquilidad y de auge en todos los órdenes: el comercio se incrementaba con los puertos de la Corona de Aragón, Portugal, Castilla, Italia y el sultanato de Fez; los emigrados recibían tierras de cultivo en las vegas de la ciudad y de Loja o en la Alpujarra o podían establecerse en las calles del zoco grande para trabajar en los oficios que habían ejercido en sus ciudades de origen antes de que fueran tomadas por los cristianos. Al mismo tiempo, las alianzas con los emires norteafricanos se hallaban en su mejor momento desde que asumió el poder en Fez el sultán Abu Inán después de destronar a su padre, el sultán Abulhasán, y enviarlo al exilio en las montañas del Atlas.

Pero la autoridad de Muhammad V comenzó a debilitarse y a cuestionarse en los albores del año 1359. Para comprender cómo se había llegado a ese estado de deterioro de las relaciones políticas granadinas, hay que retrotraerse a los días en que fuera entronizado el joven Muhammad ben Yusuf, el quinto de ese nombre. Su hermanastro Ismail, de quien el nuevo sultán desconfiaba por la influencia que sobre él ejercía Maryam, su madre, la segunda esposa del difunto Yusuf I, fue recluido por orden de Muhammad V en un palacete cercano al del emir, bajo la estrecha vigilancia de la guardia personal del sultán, pero gozando de ciertas libertades, como recibir a miembros destacados de la nobleza y que su madre pudiera visitarlo sin impedimento alguno, así como su hermanastra Aisha y el esposo de esta, Abu Abd Alláh.

Y en aquel palacete, que el confiado Muhammad creía un remanso de paz y de respeto a su egregia persona, se estaba gestando, desde los inicios de su reinado, una sórdida confabulación para derrocarlo.

Corría el mes de junio del año 1359. El rey don Pedro continuaba enzarzado en la guerra con Aragón, a pesar de la mediación del rey de Francia y del papa de Avignon, y el trono de Fez había sido ocupado por el emir Abu Zayyán, después del asesinato de su progenitor. A mediados del citado mes, Ridwán, que, como experimentado político y buen conocedor de las intrigas palaciegas, creía estar al tanto de lo que se tramaba en torno a su señor, citó a Ben al-Jatib en los baños del Nogal, situados junto al río Darro, frente al puente del Cadí, para conversar con él sobre los alarmantes rumores de asonada que se oían en la Alhambra y por si fuese oportuno tomar algunas decisiones sin contar con el conocimiento y la autorización del acorralado sultán. Y, ningún lugar más a propósito para hacerlo con la máxima discreción, que en las concurridas termas frecuentadas por las mejores familias de Granada.

Ambos mandatarios, sin despertar sospechas, pues solían acudir juntos a los baños una vez a la semana para tomar los vapores y tonificar el cuerpo con el cambio de temperatura que les proporcionaba la estancia en las salas fría, templada y caliente, accedieron al vestuario para desvestirse, depositar la ropa en los armarios destinados a tal fin y cubrirse con sendas toallas. A continuación, permanecieron unos minutos en la sala de agua fría para acceder, después, a la estancia central de los baños: la sala de agua templada, que era la más amplia y en la que los usuarios, sentados en bancos corridos de mampostería alicatada, charlaban a la espera de pasar a la sala de agua caliente. La habitación de agua templada presentaba una planta cuadrada con galerías en cada flanco sostenidas por arcos de medio punto y esbeltas columnas de mármol. La tenue luz solar penetraba a través de unos óculos acristalados, con forma de estrella, que se abrían en la bóveda que cubría la estancia. En aquella acogedora sala se aposentaron los dos eximios ministros del gobierno de Granada.

—Los rumores, mi buen Lisan al-Din, de un levantamiento en la Alhambra son cada vez más insistentes y alarmantes —manifestó Ridwán, cuando comprobó que los usuarios, que ocupaban el banco cercano, abandonaban la sala templada para pasar al baño caliente—. El alfaquí y poeta de la casa del emir, Abu-l-Qasim ben Atiyya, ha renunciado a sus cargos y marchado con su familia a Almería. Es una mala señal. El sultán hace oídos sordos a mis advertencias —continuó diciendo el chambelán—. Le he aconsejado, en varias ocasiones, que debe encerrar a su hermano Ismail en una de las torres de la alcazaba e impedir que lo visiten su intrigante madre y su yerno o, mejor, que lo envíe y ponga bajo vigilancia en el castillo de Salobreña.

—¿Y qué piensa hacer el emir?

—No es consciente del grave peligro que lo amenaza —respondió Ridwán, sin poder ocultar la desazón que lo embargaba, pues sabía que si Muhammad V era destronado, él, su principal apoyo, sería asesinado y su familia desposeída de sus propiedades y, probablemente, enviada al exilio—. No recela de su habilidoso hermanastro, que sabe presentarse ante él como lobo con piel de cordero. Ha aceptado, en parte, mis consejos y dice que prohibirá a Maryam acudir al palacete donde se halla recluido su hijo. Pero esa es una medida vana y tardía, pues el príncipe Ismail tiene poderosos aliados y seguirá tramando su derrocamiento en connivencia con el marido de Aisha y con otros miembros de su familia y de algunos oficiales de la milicia.

—¿Y cómo podremos intervenir sin contar con la participación del ejército, amigo mío? ¿Existe alguna manera de acabar con la conspiración? —demandó Ben al-Jatib.

—Hay un modo de impedir que la pérfida trama siga adelante, pero implica un derramamiento de sangre, y el noble Muhammad se opone a emplear la fuerza. Habría que movilizar a la guardia personal del emir, degollar al príncipe Ismail y al yerno del sultán y encarcelar en una de las torres de la alcazaba a su madre. Pero son disposiciones que el sultán se niega a aprobar.

—Pues, entonces, será lo que el misericordioso Alá, que todo lo tiene concertado, quiera que suceda —dijo, como conclusión, el visir y secretario del emir, mostrando con sus palabras la incapacidad que ambos tenían para poder evitar lo que parecía inevitable.

Ridwán se enjugó el sudor que comenzaba a resbalar por su frente y clavó la mirada en su viejo amigo. El eminente poeta y visir de Muhammad V percibió el dolor y la inquietud que corroían el corazón del anciano chambelán. Antes de alzarse del poyete en que se hallaban aposentados y dirigirse a la sala de agua caliente, el primer ministro, a sabiendas de las intrigas y frecuentes traiciones que caracterizaban a la familia que ostentaba el poder en Granada, puso su mano derecha sobre el hombro del visir y dijo:

—Lo que ha de acontecer será pronto, amigo Ben al-Jatib. Las espadas ya están desenvainadas y las señales para la rebelión ya se han dado.

—Que Alá nos proteja —manifestó, sin poder ocultar la impotencia que sentía, el gran visir.

Acabada la tensa conversación y después de realizar las últimas abluciones en la alberca del agua caliente, los dos altos dignatarios del gobierno de Granada abandonaron cabizbajos y tristes los baños del Nogal o del arrabal de los Axares y se desplazaron hasta sus despachos en la Alhambra.

El sol había comenzado a declinar y sus rayos vespertinos se reflejaban en los rojos muros de la ciudad palatina produciendo reflejos anaranjados que a los dos respetables personajes les parecieron un presagio nefasto.

En los dos meses que siguieron, nada extraordinario aconteció en Granada.

El sultán marchó con su séquito a la residencia de verano en el Generalife, mientras que sus visires y el gran chambelán permanecían en sus mansiones, dentro de la Alhambra, atendiendo los asuntos ordinarios del gobierno. Parecía que los temores de Ridwán y de Ben al-Jatib se habían esfumado con el paso de los días, como se desvanecen en el aire las volutas de humo surgidas del pebetero, y que la amenaza de traición que, pensaban, se estaba urdiendo en el seno de la propia familia del emir, con la complicidad de algunos jefes desleales de la milicia y de la aristocracia, se había disipado.

El mismo Ridwán, que estaba convencido de la inminencia de la revuelta cuando departió con Ben al-Jatib en los baños del Nogal, al ver que Muhammad V había trasladado su residencia, sin mostrar inquietud ni desasosiego, a la almunia del Generalife, y que su hermanastro permanecía recluido en su palacio, pensó que habían evaluado erróneamente y magnificado los indicios de un pronto alzamiento. Pero, aquella tranquilidad que se respiraba en los palacios reales y en las calles de la ciudad, no era más que la calma que precede a la tempestad.

La tarde del día 22 de agosto del año 1359, el confiado sultán regresó a su palacio de Comares y ocupó las estancias domésticas y su dormitorio, situado sobre la muralla que daba al profundo valle del río Darro, desde el que se divisaban las blancas casas del Albaicín y que, por su inaccesibilidad, parecía representar un obstáculo insalvable para quienes intentaran entrar por escalo en la alcoba real.

Pero no eran tan seguras sus estancias privadas, como el emir creía.

En la noche del día 23 se puso en marcha la insurrección.

Un grupo de soldados, mandados por Abu Abd Alláh, su desleal yerno, se aproximó al pie de la muralla y con garfios atados a largas cuerdas logró trepar por el muro y alcanzar el alfeizar de la ventana de doble ajimez que daba a la alcoba del sultán. Muhammad, al oír el inusual ruido producido por los escaladores, abandonó precipitadamente el dormitorio y salió de la mansión demandando ayuda, pues había intuido el grave peligro que lo amenazaba. Unos soldados de su guardia, que vigilaban la entrada del palacio y le eran absolutamente leales, hicieron frente a los asaltantes, mientras que el emir montaba en un caballo, que un sirviente había sacado de las cuadras, y se lanzaba al galope en dirección al cuartel donde residían los mercenarios cristianos de su guardia personal, pensando que estos le ayudarían a deshacerse de sus perseguidores. Pero, al comprobar que el cuartel estaba desierto, supo que los soldados de su guardia lo habían traicionado y que estaban con los revoltosos o habían optado por mantenerse al margen de la asonada. Entonces, acompañado de varios criados, se dirigió a la casa de Ben al-Jatib, en quien confiaba. Sin poder avisar a su chambelán, el anciano y leal Ridwán, cuya mansión se hallaba muy alejada del palacio de Comares, temiendo por su vida, abandonó la Alhambra por la puerta del Vino acompañado de su visir y de un reducido grupo de siervos y de soldados de su guardia palatina. Amparados por la oscuridad de la noche, emprendieron la huida tomando el camino que conducía a la ciudad de Guadix, cuyo gobernador estaba seguro que seguiría reconociendo su autoridad y le daría amparo.

Los insurrectos, dirigidos por Abu Abd Alláh, sacaron de su palacete a Ismail y le propusieron que asumiera el título de sultán, al que, le decían, tenía derecho como hijo del difunto Yusuf I y hermano del depuesto emir.

Cuando el ingrato y desleal hermanastro de Muhammad V comprobó que una parte de la guardia personal del sultán derrocado y la mayoría de los mandos de la milicia se habían pasado a su lado, y que los que intentaron defender con las armas los derechos del legítimo sultán, habían sido pasados a cuchillo, montó en un caballo y recorrió las calles de Granada escoltado por sus fieles y seguido de un enorme y vociferante gentío que, como en tantas ocasiones ha sucedido, muda de señor con la misma facilidad que la veleta señala una u otra dirección al albur del cambiante viento. El enardecido populacho gritaba: ¡Ismail II, sultán de Granada! ¡Que Alá conceda larga vida a nuestro soberano!

Y así fue como, en la madrugada del día 23 de agosto del año 1359, fue depuesto el joven emir Muhammad V y comenzó el sultanato del hermano traidor, Ismail, aunque no le iba a durar mucho tiempo su alegría y su ilegítimo ascenso a la más alta magistratura del reino nazarí.

No había aún asomado el sol por encima de la sierra de los Filabres, cuando los rebeldes se dirigieron a la casa de

Abu-l-Nuaym Ridwán, al que consideraban el más leal de los ministros del sultán destronado y el influyente y respetado personaje que podría hacer fracasar la sublevación.

El chambelán, que había oído el griterío de los insurrectos aproximándose a su mansión, se asomó a la ventana de su dormitorio y, al verlos armados hasta los dientes y lanzando improperios y amenazas contra su persona, comprendió que sus temores se habían hecho realidad y que el reinado de su valedor, el sultán Muhammad ben Yusuf, había acabado trágicamente. Como hombre avezado en los asuntos de la política y de la milicia, no en vano ostentaba el mando del ejército nazarí, sabía que los soldados rebeldes, para demostrar su obediencia y absoluta lealtad al nuevo sultán, venían a tomar venganza en quien había sido el principal apoyo del emir depuesto.

—¿Que buscáis a deshora en mi casa? —les gritó, cuando estuvieron a un tiro de piedra de su lujosa mansión—. ¿Acaso desconocéis que soy yo quien ostenta la máxima autoridad en Granada después del sultán?

—¡Has sido el báculo en el que se apoyaba el tirano que oprimía a los granadinos! —exclamaron los rebeldes—. ¡Queremos tu cabeza!

—Pues, a qué esperáis. ¡Venid a tomarla!

Y diciendo esto, sacó su espada y esperó el ataque de los sublevados. Uno de ellos le lanzó un viratón con su ballesta, con tanto acierto que atravesó la garganta de Ridwán. Luego abatieron la puerta de la casa y ascendieron la escalera que conducía a la habitación donde se hallaba el cuerpo, aún con vida, del chambelán, no lejos de su mujer y sus dos hijos. El que parecía jefe de los insurrectos, sacó su alfanje y, de un tajo, le cortó la cabeza sin atender a los lamentos de la esposa de quien había sido gran dignatario de Granada. A continuación, la arrojó por la ventana a la calle donde se hallaba reunido el resto de los amotinados. Estos, la patearon y, después, la clavaron en una pica y la llevaron, como un trofeo, por las calles de la ciudad hasta lo más alto del Albaicín, dejándola junto al alminar de la mezquita de la

Kasba, donde, siglo y medio más tarde, se alzaría la iglesia de San Nicolás. Los granadinos que habitaban esa parte de la ciudad, que tanto lo apreciaban y tanto le debían, cerraban las ventanas de sus casas en señal de respeto cuando pasaba el jinete con la cabeza de Ridwán ensartada en la pica, para no contemplar tan denigrante espectáculo.

Al día siguiente, cuando el sol no había alcanzado aún su cenit, unos sirvientes del chambelán hallaron su cabeza arrojada en un estercolero, cerca del puente del Cadí, en la ribera del Darro. La tomaron con delicadeza y, envolviéndola en un paño, la llevaron al lugar donde se hallaba el cuerpo del dignatario asesinado. De allí, trasladaron sus restos al cementerio de la Sabika, en cuyo panteón familiar, la esposa y los hijos del desaparecido jefe de los ejércitos nazaríes, le dieron sepultura casi en secreto, siguiendo el ritual que manda la ley islámica.

La primera decisión del nuevo gobierno de Granada, presidido por el sultán Ismail II, fue decretar la confiscación de todos los bienes de Ridwán y de Ben al-Jatib. La mujer y los hijos del chambelán de Muhammad V se vieron obligados a abandonar Granada y marchar a Almería, ciudad en la que unos familiares le dieron asilo. Antes de acabar aquel día su mansión había sido saqueada e incendiada.

Era noche avanzada del día 25 de agosto, el segundo del levantamiento, cuando la comitiva en la que marchaba el depuesto sultán entraba en la ciudad de Guadix por la puerta de Granada. Al emir lo acompañaban su hijo Yusuf, su fiel secretario Ben al-Jatib, el joven poeta Ben Zamrak —discípulo del anterior—, su hermana Aisha, varios de los sirvientes de su casa y un destacamento constituido por veinte soldados andalusíes que se le habían unido en el transcurso del breve viaje.

Como había previsto Muhammad ben Yusuf, la guarnición y la población de Guadix, que seguían siéndole fieles, lo recibieron alborozados y le dieron cobijo reconociéndolo como verdadero y legítimo sultán de Granada. El alcaide de la alcazaba, Abu-l-Walid, lo acogió y juró defenderlo de los que lo habían traicionado y combatir sin descanso hasta verlo ocupar de nuevo su trono. Luego, le ofreció sus aposentos, situados en la torre del homenaje de la alcazaba, para que se instalara y esperó a recibir las órdenes de quien era, de hecho, señor de la ciudad, aunque la autoridad del sultanato la poseyera desde su alzamiento Ismail II.

Dos días más tarde, el nuevo sultán envió a su cuñado, Abu Abd Alláh, con una numerosa tropa constituida por jinetes y peones que portaban escalas y varios trabucos con los que pensaba amedrentar a los habitantes de Guadix y obligarlos a que entregaran al derrocado Muhammad, a su hijo, al visir, a su hermana Aisha y a los soldados que se habían refugiado con él en la ciudad.

El destituido emir había enviado, el mismo día en que huyó de la Alhambra, una carta a su amigo y aliado don Pedro, rey de Castilla, rogándole que acudiese en su ayuda, aunque era consciente de que este monarca no vendría en su auxilio después de haberle negado el envío de los mil jinetes que, unos años antes, le había solicitado por medio de su embajador don Gonzalo Fernández de Córdoba. Don Pedro alegó, para rechazar su petición de ayuda, que aún se hallaba en plena guerra con el rey de Aragón y que necesitaba disponer de todas sus fuerzas para someter a las tropas de don Pedro IV.

Un mes estuvo el ejército de Ismail II sitiando la ciudad de Guadix sin que los cercados dieran muestras de agotamiento ni los atacantes lograran entrar en la fortaleza por el único flanco en el que habían podido desmochar parte de la muralla.

Antes de que finalizara el mes de septiembre, Muhammad ben Yusuf recibió una atenta carta que le enviaba el sultán de Fez, Abu Salim, por medio del alcaide de las tropas norteafricanas acantonadas en el castillo de Salobreña. Una vez que la hubo leído, convocó a su secretario y al gobernador de Guadix en su aposento de la torre del homenaje para conversar con ellos y comunicarles las noticias llegadas desde la otra orilla y la propuesta que le enviaba el emir de los meriníes.

—Ben al- Jatib, mi leal secretario y visir del consejo de gobierno y de las sentencias judiciales, te ruego que, en presencia del gobernador de esta noble y generosa ciudad, leas las líneas que mi hermano, el sultán de Fez, me ha enviado a través del jefe de las tropas magrebíes que son leales a mi persona —expuso el derrocado emir, al tiempo que entregaba la misiva que portaba a Lisan al-Din.

—«Al sultán Muhammad ben Yusuf ben Ismail, espada del islam, protegido del Sapientísimo Alá y defensor de los creyentes de al-Andalus —comenzó la lectura de la carta el secretario real—. Han llegado hasta mí noticias sobre las desgracias que has sufrido por causa de la maldad y deslealtad de tu medio hermano Ismail y las maquinaciones de su madre Maryam que, con la ayuda de soldados renegados, han consumado su pérfida traición y te han quitado el poder que ostentabas con toda legitimidad en el sultanato. Sé, también, por mi alcaide de las tropas meriníes que están apostadas en al-Andalus, que la ciudad de Guadix te ha acogido y dado protección, pero que Ismail te mantiene cercado en ella y que el rey de Castilla, en quien confiabas como aliado y amigo, no ha podido enviarte la ayuda solicitada. Atendiendo a la mutua amistad y a las alianzas que Granada y Fez mantienen intactas desde hace generaciones, te ofrezco el auxilio de los meriníes y te invito a viajar hasta la capital de mi sultanato para que tú y los leales servidores que te acompañan, podáis vivir sin agobios ni persecución, y tengas ocasión de preparar, desde esta orilla, tu regreso a Granada para que vuelvas a ocupar el trono que legítimamente te corresponde como heredero de la larga y fecunda dinastía iniciada por el noble Muhammad ben Nasr, a quien Alá haya acogido en el Paraíso. Espero tu respuesta, emir de los creyentes de al-Andalus y mi carísimo hermano.

Dada en Fez, a 6 días pasados del mes de *du l-hiyya* del año setecientos sesenta.»

El emir depuesto tomó el escrito de la mano de Ben al-Jatib y, sin poder ocultar un rictus de tristeza que se reflejaba en su rostro, dijo:

—Una vez leída la afectuosa carta que me ha enviado mi hermano el sultán Abu Salim, deseo escuchar vuestra opinión: ¿debe dejar su tierra y refugiarse en un país extranjero quien ha gozado del afecto y la lealtad de sus súbditos hasta que la perfidia y la traición lo arrojaron de su trono? ¿Es una acción propia de un sultán, aunque esté acosado por el enemigo y sitiado en una de sus fortalezas, alejarse de su reino y abandonar a los suyos? ¿No sería más agradable a los ojos de Dios que permaneciera en su tierra e hiciera frente al usurpador, aunque ello implicara perder la vida?

Ben al-Jatib, apesadumbrado y triste al observar la pena y las dudas que afligían el corazón de su señor, tomó la palabra. No en vano era su principal consejero y quien, dejando atrás a su familia y a las propiedades que poseía en Granada, había unido su destino al suyo.

—Mi señor Muhammad —dijo—: la veleidosa fortuna, o la voluntad del que todo lo puede, nos ha conducido a este destierro, no por vuestro mal gobierno y la desafección de vuestros súbditos, que os aman, sino por la felonía de un hermano indigno y de una madrastra intrigante y ambiciosa. Y bien que podíais haber puesto freno y remedio a la perversa confabulación, como os advertía vuestro chambelán, acabando con la vida de Ismail cuando aún estabais a tiempo. Pero vuestro buen corazón y los fuertes lazos de amor familiar impidieron que llevarais a término el sabio consejo de Ridwán. Nada podemos hacer contra aquellos que han usurpado el poder y os han quitado el gobierno como la tormenta de verano arrastra la paja en las resecas eras. Me pedís que os diga si hemos de responder favorablemente la propuesta del sultán de la otra orilla, que os ofrece amparo y protección, y que pasemos a residir en su tierra. Quizás, de esa manera, podáis conservar un hálito de esperanza y preparar vuestro retorno a Granada. En mi humilde opinión, mi señor, es momento de viajar hasta la costa y cruzar el tempestuoso mar para hallar el sosiego y la paz que merecéis en el reino de Fez.

—Y vos, mi buen alcaide de Guadix, ¿qué opináis? —preguntó al gobernador de la ciudad que lo había acogido aún a riesgo de perder su cargo, sus riquezas y, probablemente, su vida.

—Si el gran visir os ha aconsejado marchar a la tierra de África, no he de apartarme de tan experimentada y sabia opinión. Pero permitid, mi señor Muhammad, que mi familia y yo mismo os acompañemos en ese viaje al Magreb, porque, cuando los soldados del pérfido Ismail entren en Guadix, mi vida y la de mis deudos valdrán menos que un felús.

Y así fue como, en aquel improvisado y reducido cónclave se decidió que el depuesto sultán viajara hasta el sultanato de Fez, respondiendo a la generosa oferta del emir Abu Salim, para alejarse de sus enemigos y ponerse al amparo de sus hermanos en la fe bajo el brazo firme del señor de los musulmanes norteafricanos. A sabiendas de que, solo desde ese reino amigo, podría algún día preparar el retorno a la añorada Granada.

El día primero del mes de noviembre del año 1359, aprovechando la oscuridad de la noche y el cansancio de los sitiadores, después de tan largo e infructuoso asedio, abandonó la pequeña comitiva que iba encabezada por el sultán destronado la ciudad de Guadix por la puerta de Baza. El emir iba acompañado de su inseparable y leal secretario, Lisan al-Din ben al-Jatib, del alcaide de Guadix, Abu-l-Walid y su familia, del poeta Ben Zamrak, de su hermana Aisha, que no había querido apoyar a su marido en la conjura, y de medio centenar de sus súbditos que no deseaban someterse a la autoridad del nuevo sultán temerosos de sufrir una cruel represalia, la prisión y, quizás, la muerte.

Doce jornadas estuvieron en el camino.

Para alejarse de la capital del sultanato y de las tropas de Ismail II, sortearon Sierra Nevada por el este y llegaron a la costa en un lugar cercano a Almuñécar. Desde esa población continuaron costeando hasta alcanzar la ciudad y el puerto de Marbella el 15 de noviembre, gracias a la ayuda que le fueron prestando, en el transcurso de tan esforzado viaje, las guarniciones de algunos castillos que, de esa manera, le mostraban su apoyo y fidelidad.

Embarcaron en un cárabo que había armado y enviado el sultán de Fez y que los esperaba en una rada, a respaldo de la muralla marbellí, y que los condujo hasta el puerto de Ceuta. El 28 de noviembre, al atardecer, entraban Muhammad y sus acompañantes, agotados pero satisfechos y agradecidos, en la ciudad de Fez la Vieja por la puerta de Guissa. En la plazuela que había intramuros, junto a la mezquita del mismo nombre, los esperaba el sultán Abu Salim montado en un brioso corcel blanco de largas crines y los miembros de su gobierno, ataviados con sus mejores galas: impolutas almalafas blancas con grandes caperuzas y escarpines de piel de gacela.

Ambos dignatarios descendieron de sus monturas y se fundieron en un conmovedor abrazo. A continuación, Ben al-Jatib recitó un emotivo poema en honor del emir de los meriníes, que, en la lengua de Castilla, decía así:

«Preguntad si acaso hay alguien que sepa si aún crece
la verde hierba en la ribera del río Darro;
si la lluvia otoñal visita aún mi casa en el Albaicín;
si mis huellas se han borrado en Granada
y no queda de ellas más que el recuerdo.
Lo que sucede es que los bienes del mundo son escasos
y los placeres efímeros y el dolor perdura.
¡Quien pudiera estar pronto cerca de mi patria!
Pero el destino es implacable y el pecho es pequeño
para contener la enorme pena que me invade.
Nos dirigimos a ti ¡Oh el mejor de los reyes!
como desterrados, para que hagas justicia
del crimen que han cometido.
Al buscar refugio en tu majestad, ha cesado la ruina,
y al darnos asilo, ha reverdecido la esperanza
de retornar, algún día, a nuestra patria.»

Después de aquel emocionante y sincero acto de amistad y reconocimiento, los dos emires marcharon juntos hasta el palacio del sultán donde el norteafricano les había preparado una suculenta comida de bienvenida. Luego, el desterrado emir de Granada y su hermana pasaron a residir en una casa grande y soleada, acorde con la dignidad y la alcurnia de los exiliados, que les proporcionó Abu Salim en el mejor barrio de Fez la Nueva, con una alberca rodeada de arquerías de estilo granadino y con macizos de arrayanes para que Muhammad ben Yusuf tuviera siempre presente el grato recuerdo de su añorado palacio granadino de Comares.

* * *

El regidor don Martín de la Cruz oteaba el horizonte desde la terraza de la torre del homenaje del alcázar de Zuheros acompañado del alcaide de la fortaleza y de fray Francisco de Talavera. Los atajadores que patrullaban el territorio desde las puertas de la villa hasta las cercanías de Priego habían retornado alarmados: un destacamento de jinetes y peones musulmanes se dirigía a la enriscada población después de haber asolado los campos de viñedos y los trigales de la vega y varias alquerías, cautivando a sus desdichados habitantes e incendiando las casas y los graneros.

—¿Cómo es posible, don Martín, que soldados nazaríes ataquen nuestras villas y alquerías de la frontera? —se preguntaba alarmado don Alfonso Pérez Sarmiento, alcaide de Zuheros—. Cierto es que el sultán de Granada ha sido derrocado y sustituido en el trono por su ambicioso hermano, lo que no es nada nuevo ni sorprendente tratándose de esa retorcida familia; pero, como se acostumbra en esos casos, es seguro que el nuevo emir habrá enviado embajadores a Castilla para confirmar las paces firmadas por su antecesor con nuestro rey y evitar un innecesario conflicto. Sin embargo..., esa algarada en la frontera... ¿No estaremos, por desgracia, abocados a una nueva guerra con los granadinos?

El alcaide mostraba, con estas palabras, la sorpresa, la indignación y el temor que le habían producido las noticias recibidas por boca de los atajadores. Hacía más de diez años que la tranquilidad reinaba en las tierras fronterizas, a excepción de los pequeños conflictos motivados por cuestiones comerciales y por el contrabando de productos prohibidos. Las correrías de los musulmanes eran cosa del pasado. Ningún episodio bélico, ni algarada, se había producido en la frontera desde que fue entronizado el rey don Pedro.

—No habrá una nueva guerra, don Alfonso —le corrigió el caballero regidor—, pues no creo que sean soldados andalusíes los que han cruzado la raya y asolado la tierra. Presumo que son tropas norteafricanas de las guarniciones acantonadas en el castillo de Mawror. Es probable que, aprovechando el desorden provocado por el derrocamiento del sultán Muhammad, su alcaide, el caudillo meriní Yahyá ben Umar, haya decidido hacer una correría por tierras de cristianos para obtener botín sin el conocimiento del nuevo emir, que debe ser el más interesado en no romper las alianzas con Castilla y preservar la paz.

—¡Pero, han matado y cautivado a súbditos de Castilla, y se dirigen a Zuheros con la intención de sitiarnos! —manifestó alarmado fray Francisco de Talavera que, hasta ese instante, había permanecido en silencio observando las colinas que rodeaban por el sur la vega del río Bailón.

—Si su intención es poner sitio a nuestra villa, será necesario prepararse para la defensa y resistir en tanto que nos llega ayuda desde Córdoba o Sevilla —señaló el alcaide—. Mandaré un correo al Adelantado Mayor de la Frontera solicitando el envío de hombres armados. Luego, ocasión tendrá nuestro embajador y los alfaqueques de elevar las reclamaciones oportunas por la ruptura de los acuerdos de paz ante el nuevo sultán.

Lo expresado por don Martín de la Cruz era lo que había sucedido.

Yahyá ben Umar, que, al frente de sus mercenarios norteafricanos, no entraba en combate desde hacía más de una década, estaba deseoso de dar a sus soldados la oportunidad de guerrear, obtener botín y tomar cautivos para venderlos en la otra orilla. Unos días de algarada y de asaltos bastarían para contentar a su inactiva y agresiva hueste antes de que Ismail II los obligara a volver a sus cuarteles.

A la mañana siguiente, vieron aparecer por el camino de Priego las tropas norteafricanas constituidas por unos cuatrocientos infantes y dos centenares de jinetes. El alcaide de la fortaleza dio la orden de que todos los varones de la villa de más de dieciséis años, tanto agricultores como ganaderos y menestrales, se unieran a los soldados de la guarnición y se apostaran en los lugares del adarve que convenía defender y que tenían previamente asignados para rechazar el asalto del enemigo.

A don Martín de la Cruz le correspondió ocuparse del sector de la muralla que se hallaba situado sobre la puerta de Córdoba al mando de cuarenta hombres, la mitad de ellos miembros de la guarnición y la otra mitad labradores y menestrales que, como en otros lugares de la frontera, tenían que ejercer de lanceros o ballesteros cuando la gravedad de la situación lo requería.

Los guerreros norteafricanos acamparon a media milla de la población, pero no pudieron poner cerco a la villa a la redonda por carecer de fuerzas suficientes. No obstante, intentaron asaltar los muros de Zuheros por la parte más accesible del recinto. En dos ocasiones colocaron sus escalas y lanzaron los garfios, aunque se vieron obligados a desistir por lo abrupto del terreno y la enconada resistencia de los sitiados que les arrojaban una lluvia de viratones y piedras. Al cabo de varias horas de combate, abandonaron el asedio, no sin antes haber sufrido algunas bajas.

Cuando el capitán Ibrahim al-Futú, que mandaba las tropas, comprendió que con tan escaso número de guerreros no le iba a ser posible doblegar la voluntad de los encastillados y tomar la villa y, como, por otra parte, no era su intención apoderarse de aquella casi inaccesible población que, tarde o temprano, Ismail II le obligaría a devolver a los cristianos por respeto a los acuerdos firmados por su antecesor, optó por renunciar a la toma de Zuheros y ordenar a sus tropas africanas que se replegaran y tomaran el camino de regreso a su acuartelamiento de Granada.

Sin embargo, para el molinero Hernán Díaz Patiño, que ajeno a los graves acontecimientos acaecidos en la ciudad de la Alhambra y a la presencia de los feroces guerreros norteafricanos en las cercanías de Zuheros, se hallaba ocupado en su diaria labor de atender la tolva y llenar los sacos de harina, aquella decisión del jefe de los meriníes, frustradas sus expectativas de entrar a saco en la villa que acababan de dejar atrás para tomar cautivos y la plata de la iglesia, sería la mayor de las desgracias.

El azar posibilitó que, en el camino de regreso a sus cuarteles, se toparan los musulmanes con el molino de Fuente Fría y pensaran que no sería una mala presa cautivar a la familia que lo regentaba a cambio de la fracasada toma de Zuheros.

Cuando el molinero vio aparecer las tropas de Ibrahim al-Futú por detrás del roquedal que ocultaba el camino que comunicaba con la villa, ya era demasiado tarde. Los guerreros norteafricanos se hallaban a media milla del molino. Aunque logró ocultarse con su mujer y su joven hija Almodis, que aquel verano había cumplido trece años, en la espesura del cercano bosque, no pudo impedir que una avanzadilla de los musulmanes los vieran y los persiguieran hasta tomarlos presos.

—Buen regalo para el nuevo sultán —exclamó el jefe del destacamento cuando fueron llevados a su presencia, señalando a la aterrada e inocente Almodis.

—Colocad en cormas al hombre y a la mujer y poned a la muchacha en la grupa de mi caballo —ordenó, entretanto que un grupo de soldados entraba en el redil y sacaba la piara de cabras que se llevaron como exiguo botín.

Luego, los norteafricanos, lanzando guturales gritos de triunfo, prendieron fuego al molino, no sin antes haber cargado en unas mulas los cuatro sacos de harina que el molinero tenía preparados para que el arriero los llevara a Zuheros.

Transcurridos dos días del triste suceso, el regidor don Martín de la Cruz y fray Francisco de Talavera, que habían contemplado, desde el terrado de la torre del homenaje, el humo producido por el incendio, accedían hasta los restos calcinados de lo que había sido el molino de Fuente Fría.

—Gran desgracia la sufrida por nuestro amigo, el honrado molinero de Fuente Fría, fray Francisco —se lamentó el caballero regidor con lágrimas en los ojos, después de apartar algunos maderos ennegrecidos que les impedían el paso hasta la desmantelada sala de molienda de la que solo eran reconocibles las chamuscadas piedras solera y volandera—. Esos mal nacidos se han llevado cautivos a Hernán Díaz y a su familia. Esperemos que los alfaqueques del rey logren devolverlos sanos y salvos a su tierra.

—Entretanto, don Martín, hemos de enviar un mensajero al monasterio de Santo Toribio de Liébana para hacer llegar al hermano Fadrique la terrible noticia de la destrucción del molino y la cautividad de sus padres y su hermana Almodis —expuso fray Francisco sin poder contener las lágrimas.

El regidor parecía no oír al fraile franciscano, mientras observaba entristecido e impotente los restos irreconocibles del molino que había sido el hogar y el medio de subsistencia de la familia Díaz durante tres generaciones.

Una vez que hubieron comprobado que no había nada recuperable entre las calcinadas ruinas del edificio, decidieron retornar a Zuheros.

Estando en el camino, don Martín de la Cruz anunció, sin poder ocultar la pena que lo invadía:

—Un criado del concejo saldrá mañana, fray Francisco, con una carta del alcaide de Zuheros y otra vuestra, para el prior del convento de San Francisco de Córdoba con la petición de que las haga llegar al monasterio cántabro donde profesa el hijo del molinero. En la vuestra, habréis de relatarle, con todo pormenor, lo sucedido, y de qué manera el tornadizo destino ha conducido a sus desdichados padres y a su inocente hermana a la condición de cautivos.

—Dios se apiade de tan desgraciada familia y, al joven Fadrique, que le dé fuerzas para poder sobrellevar el dolor y la pena que va a sentir cuando reciba la terrible noticia —dijo el fraile haciendo la señal de la cruz.

III
Santo Toribio de Liébana

Cuarenta y cinco días estuvieron en el camino el criado del concejo de Zuheros y el joven postulante a fraile franciscano, Fadrique Díaz.

Las jornadas de marcha habían sido muy dificultosas, porque el invierno era una mala época para andar por los senderos de montaña y vadear los ríos, y los dos inexpertos viajeros habían tenido que atravesar varios puertos de montaña, algunos de ellos cubiertos de nieve o bajo la ventisca inmisericorde de una violenta tempestad. El seis de enero, fiesta de la Epifanía del Señor, se hallaban en la ciudad de Talavera, a donde llegaron después de haber soportado, en los últimos dos días, una tormenta de agua y viento huracanado. Se hospedaron en el convento de San Francisco, no en vano Fadrique portaba una carta de presentación de fray Francisco de Talavera, con una posdata del Padre Provincial de la Orden signada con su sello, en la que el cura de Zuheros exponía el motivo que justificaba el viaje de Fadrique hasta el monasterio de Santo Toribio. Esta misiva actuaba como un milagroso salvoconducto que les abría las puertas de los monasterios, no solo los de la orden franciscana, sino de cualquier otra que encontraran en su camino y que los acogía por amor de Dios y como una obra de caridad.

El día uno de febrero del año 1355 entraron en la villa de Cistierna, situada en la montaña leonesa, alojándose en una hospedería para peregrinos que el concejo de la ciudad había instalado en un viejo y destartalado edificio junto al río Esla. En aquel hospicio se vieron obligados a permanecer una semana a resguardo del fuerte temporal que azotaba la región. El día ocho de febrero pudieron continuar la marcha en dirección al pueblo de Potes, muy cerca del cual se hallaba ubicado —le aseguraron los que regentaban la hospedería— el monasterio de Santo Toribio, donde se encontraba el final de tan largo y accidentado viaje.

El camino que conducía desde Cistierna al pueblo de Potes, situado en plena montaña de Cantabria, era accidentado e inseguro, pues el pedregoso sendero que, en ocasiones, vadeaba algunos torrentes de montaña o ascendía hasta las enriscadas cumbres, había desaparecido en tramos, arrastrado por las impetuosas escorrentías y los neveros. Cruzaron algunos ríos y sierras cubiertas de exuberante vegetación arbórea y, sin mucha laceración, después de pernoctar en varios castillos que se localizaban en medio del espeso bosque de hayas y abedules, entre ellos el que decían de Aquilare, arribaron a Potes siete jornadas después de haber abandonado la población de Cistierna.

En aquella villa, que era del infante don Tello, hijo del rey Alfonso XI y de su amante doña Leonor de Guzmán, buscaron hospedaje antes de emprender la última etapa de su viaje y ascender hasta el monasterio de Santo Toribio que se hallaba enclavado, en plena montaña, a unos dos kilómetros de la población en la que se unen los ríos Deva y Quiviesa. Después de atravesar uno de estos ríos por un viejo puente de piedra, se dirigieron a la única iglesia que había en el pueblo, que luego supieron estaba dedicada a san Vicente. Antes de acceder al templo, cruzaron una plazuela en uno de cuyos flancos se erguía majestuosa una gran torre fuerte de planta cuadrada que presentaba, en su fachada principal, el escudo de armas de don Tello, que consistía en cuatro cuarteles, dos de ellos con el castillo torreado y los otros dos con sendas águilas de alas desplegadas, grabado en la piedra. El monje, a cuyo cargo estaba la iglesia, se apiadó de ellos y los acogió por caridad cristiana, dándoles hospedaje para que pasaran la noche en una dependencia aneja al templo y que, a la mañana siguiente, pudieran continuar la andanza hasta el famoso monasterio franciscano.

El día diecisiete de febrero del año 1355, a mediodía, accedían los dos viajeros, agotados pero satisfechos por haber podido finalizar sin mucho quebranto las extenuantes jornadas de marcha, a la explanada que antecedía al monasterio de Santo Toribio de Liébana.

La iglesia, un edificio alargado de piedra labrada, ocupaba la parte septentrional de la plaza. En su fachada lateral se abrían dos puertas abocinadas, ambas con arcos de medio punto que descansaban en columnas y arquivoltas de estilo románico muy austero. La ausencia de esculturas policromadas mostraba la sobriedad decorativa que caracterizaba a la arquitectura románica que estaba anunciando la reforma promovida por la Orden del Cister. Sin embargo, la de la derecha presentaba tres columnas a cada lado con capiteles compuesto por cabezas humanas, racimos de uvas y una paloma con las alas extendidas, que simbolizaba el Espíritu Santo. Ambas puertas se hallaban cerradas a cal y canto.

En el lado este del triple ábside, que remataba la cabecera del templo, se localizaba una especie de atrio o pórtico sostenido por dos arcos, levemente apuntados, de tan sobria construcción como los anteriores, y, en el fondo del mismo, se divisaba una tosca puerta de madera con clavos de hierro que se hallaba también cerrada. No obstante, junto al marco de madera colgaba una campañilla de bronce que Fadrique conjeturó servía de llamador para que el monje portero acudiera a abrir el desvencijado portón si alguien la tañía.

El criado del concejo, cuyo nombre era Juan Diego, procedió a batir la campana moviendo la cuerda que pendía del badajo. Al cabo de unos minutos apareció el portero del monasterio, sorprendido al ver a un hombre barbado envuelto en un ajado tabardo acompañado de un escuálido joven vestido con el hábito gris de la Orden. El aspecto desaliñado y decaído de ambos delataba los padecimientos que habían sufrido en el transcurso de tan largo y penoso viaje.

—¿Qué deseáis? —demandó el monje sin abrir totalmente el portón, pues recelaba de aquellos extraños y decrépitos personajes.

—Mi nombre es Fadrique Díaz y quien me acompaña es uno de los criados del concejo de Zuheros, villa que se halla enclavada en la montaña de Córdoba —alegó el hijo del molinero.

—De Córdoba, ¿decís? —exclamó el franciscano sin poder ocultar su extrañeza—. Es ciudad de Andalucía que está a cientos de leguas de este monasterio... ¿Y qué os trae por estas montañas de Cantabria?

—Es una larga historia hermano...

—Fray Juan Arroyo es mi nombre. Soy el hermano portero —se apresuró a decir el monje.

—La historia que nos obligó a emprender este viaje es larga de contar —continuó diciendo Fadrique—. Pero ya veis que somos gente de paz y que estamos agotados y hambrientos. Y si porto el hábito de san Francisco es porque uno de vuestros hermanos, que regenta la iglesia de Zuheros, me lo proporcionó. En mi alforja traigo una carta de fray Francisco de Talavera, que ese es su nombre, para el abad de este monasterio. En ella se narra con todo pormenor el motivo de nuestro viaje y por qué hemos arribado en pleno invierno y muy lacerados en cuerpo y alma a vuestro enriscado convento.

Fray Juan Arroyo se quedó mirando a aquellas dos figuras macilentas y temblorosas por el frío acumulado en sus cuerpos durante tantos días de andanza y sintió pena, sobre todo del más joven, que parecía haber sufrido en mayor medida los sinsabores y las penalidades del invernal y largo desplazamiento.

—Pasad al vestíbulo que ahí, al menos, estaréis a salvo del helador viento que baja de la montaña —manifestó el fraile portero compadecido de aquellos dos famélicos personajes, franqueándoles la entrada—. Le diré al hermano cocinero que prepare un caldo caliente y que os lo sirva. Mientras tanto, entregaré esa carta que decís al abad.

Los dos viajeros dejaron las acémilas en el atrio y accedieron al vestíbulo que separaba la puerta de entrada de la galería meridional del claustro. Antes de dejar atadas las mulas, Fadrique extrajo la misiva de fray Francisco de Talavera de una de las alforjas y se la entregó al hermano portero para que se la diera al superior del convento.

Juan Diego y Fadrique se sentaron en un banco de madera que había adosado a una de las paredes de la habitación desde el cual, a través de un vano con arco apuntado que separaba la estancia de la galería del claustro, se podía contemplar aquella parte diáfana del monasterio. Se trataba de un hermoso patio de planta cuadrada rodeado de galerías que se sustentaban en arcos de medio punto que, a su vez, descansaban en columnas pareadas muy bien labradas. Las columnas estaban rematadas por capiteles historiados pintados con colores muy desvaídos azul, verde y rojo que reproducían escenas del Nuevo Testamento. En el centro del patio habilitado por las cuatro crujías del claustro, se localizaba un pozo con pretil de ladrillo, horcón de madera y el cubo para sacar el agua y, en su entorno, algunos parterres con hortalizas y varios árboles frutales.

A poco, apareció un fraile anciano portando una olla humeante con un cazo y dos escudillas de loza.

—Degustad este caldo de gallina, hermanos —dijo el fraile cocinero, dando a los recién llegados ambas escudillas y volcando en ellas una buena ración de la apetitosa sopa—. El hermano portero me ha referido que habéis realizado un penoso viaje desde la lejana Andalucía. Os aseguro que con este caldo y estando protegidos de la intemperie, pronto os recuperaréis de las dolencias causadas por la caminata y los malos vientos.

Juan Diego y Fadrique tomaron con fruición la sopa caliente que les ofrecía el franciscano y que les pareció manjar de ángeles después de las miserias y carencias sufridas durante más de un mes y medio de viaje.

Estaban acabando de ingerir el reconfortante caldo cuando apareció, por la galería que flanqueaba el claustro en su lado este, fray Juan Arroyo.

—Ya veo que fray Lope os ha traído una buena ración de sopa. Acabad de tomarla, mas no tengáis prisa. El abad, fray Bernardino de Palencia, os espera en su despacho.

Cuando hubieron terminado de ingerir el caldo de gallina, depositaron las escudillas en el banco y se aprestaron a seguir los pasos del hermano portero a través de la galería que debía conducir al despacho del abad de aquel monasterio.

—Fray Bernardino es el superior de esta comunidad desde hace cinco años —dijo fray Juan Arroyo, en tanto que caminaban por la galería porticada que ocupaba la parte occidental del claustro—, pero antes de regentar este cenobio estuvo profesando en varios monasterios de Francia y de Navarra. Es hombre experimentado en las cosas de la vida y de una santidad reconocida por todos los que hemos tenido la suerte de tratarlo.

Habían llegado al pie de una pétrea construcción de dos plantas y a la puerta que debía permitir el acceso al despacho del abad. El fraile portero golpeó la hoja de madera con los nudillos de su mano derecha.

—Adelante. Podéis pasar —se oyó una voz desde el interior.

Los dos viajeros y el portero accedieron a la habitación en la que, sentado tras una rústica mesa, se hallaba fray Bernardino.

—Estos son los dos peregrinos de los que os he hablado y que dicen proceder de la sierra de Córdoba, en Andalucía —expuso a modo de presentación el hermano Juan Arroyo.

Fadrique tomó la palabra.

—Os agradecemos la amable acogida que nos habéis dispensado, señor abad. Mi nombre es Fadrique Díaz y mi acompañante es un criado del alcaide de Zuheros que llaman Juan Diego. Pero no somos peregrinos.

Fray Bernardino de Palencia era un hombre de unos cincuenta años, de rostro afable y en extremo delgado, lo que mostraba a todas luces que seguía con rigor la regla de san

Benito y los postulados de san Francisco que consistían en vivir cada día con mesura y, a ser posible, en la pobreza. La habitación estaba amueblada sobriamente con una estantería en cuyas baldas había depositada una docena de libros, la mesa mencionada y cuatro sillas con asientos de cuero muy ajado destinadas, sin duda, a recibir las visitas. En la pared, detrás del sillón en el que se aposentaba el abad, colgaba un cuadro al óleo, menor que el natural, que representaba al santo de Asís con las manos unidas en actitud de rezar y la mirada elevada al cielo.

—Por el contenido de la carta de presentación que portáis, redactada por el hermano fray Francisco de Talavera, y que me ha entregado fray Juan Arroyo, he sabido que no venís a Santo Toribio de Liébana para hacer la peregrinación y rezar ante el sagrado *lignum crucis* que se venera en nuestra iglesia —manifestó el abad—, sino que es profesar en esta casa lo que deseáis.

—Esa es, respetado abad, la finalidad del viaje que hace, casi dos meses, emprendimos por recomendación del hermano fray Francisco de Talavera. Siguiendo su sabio consejo he abandonado mi casa y mi tierra cordobesa para seguir la regla de san Benito y entrar como postulante en este monasterio, si me dais vuestra venia —señaló Fadrique, a sabiendas de que el abad conocería ya cuál era el motivo de su presencia en aquel apartado monasterio después de leer la, sin duda, extensa y pormenorizada misiva escrita por el franciscano de Zuheros.

—Eso es lo que dice el hermano fray Francisco de Talavera en esta carta —expuso fray Bernardino, mostrando la misiva que sostenía en su mano derecha—. Asegura que tienes demostrada habilidad para el dibujo y la escritura sin que hayas asistido a ninguna escuela monacal ni del concejo, y que no hay casa conventual más a propósito para que desarrolles esas cualidades con que el Divino Hacedor te ha dotado que este monasterio donde residen los mejores copistas y calígrafos de los reinos de León y de Castilla. No sé si sabéis que en nuestro afamado *scriptorium* trabajó, hace siglos, el monje conocido como Beato de Liébana, que nos dejó obras que hoy son reconocidas y admiradas en todo el orbe cristiano. Pero, siéntate en una de esas sillas. Mientras conversamos, fray Juan acompañará al criado que te ha traído hasta esta montaña de Cantabria, a una de nuestras celdas donde podrá alojarse y descansar a la espera de retornar a su villa cordobesa.

El hermano portero salió de la estancia seguido de Juan Diego.

Fadrique tomó asiento en una de las sillas que había al otro lado de la mesa, como había dicho el abad. Fray Bernardino se colocó unas gruesas lentes de cristal que usaba para leer sobre la nariz y volvió a ojear la carta.

—Fray Francisco de Talavera hace mucho hincapié en su carta en tus destacadas aptitudes artísticas, alabando tus buenas maneras y tus cualidades humanas. Asegura que eres inteligente, pero, al mismo tiempo, dócil y templado de espíritu, atributos que se compaginan bien con los de un fraile franciscano. Él cree que llegarás a ser un excelente copista e iluminador de códices y que sabrás ejercer tu labor en nuestro monasterio con humildad y aprovechamiento. Y yo, que creo en su palabra, alabo tu interés por aprender con nosotros y el entusiasmo que, al parecer, muestras de poder ofrecer tu vida a Dios en nuestra comunidad —señaló con mucho énfasis el superior del monasterio—. Sin embargo, eres aún muy joven y deseo saber con toda certeza si la sana pretensión de fray Francisco es compartida sinceramente por ti, pues un postulante que aspira al noviciado y, después, a profesar como fraile franciscano, ha de tener el firme propósito de querer perseverar en la fe y de dedicarse a Dios de por vida aceptando, sin condiciones ni dudas, los votos de pobreza, castidad y obediencia, además de ejercer el reconfortante trabajo de calígrafo, copista e iluminador.

Fadrique entendió, con la breve pero contundente disertación del abad, que el superior del monasterio quería saber, con total seguridad, si su decisión de profesar en la orden franciscana era un pasajero e inconsistente deseo inoculado en su alma juvenil por el entusiasmo de fray Francisco de Talavera, o una firme determinación tomada libremente por el joven hijo del molinero.

—Mi señor abad: cuando fray Francisco de Talavera propuso a mi padre que me permitiera abandonar la vida rústica y sencilla de ayudante de molienda y la cambiara por el servicio a Dios en un monasterio franciscano, tuve miedo, porque no aspiraba, en aquellos días, sino a ayudar a mi progenitor en su duro trabajo como molinero del concejo y a sucederle, algún día, en tan honrosa labor —se justificó con humildad el joven postulante—. Pero, luego, en la soledad de mi dormitorio, recapacité sobre el ofrecimiento del fraile de Zuheros y alcancé a comprender los beneficios espirituales que me proporcionaría dedicar mi vida al recogimiento interior, a la lectura y a conocer los misterios que permiten elaborar los diversos pigmentos, a aplicarlos y a aprender a escribir y a copiar los textos que contienen los antiguos códices que se guardan en vuestra biblioteca. Esas labores, mi señor abad, comprendí que serían una dedicación sana y agradable a los ojos de Dios, que satisfacía los deseos que había albergado en mi corazón desde mi más tierna infancia y los de mi buena madre, que supo inocularme la afición por la escritura y el dibujo. Por ese motivo me plegué humildemente y sin oposición a la propuesta de fray Francisco y decidí viajar hasta este lejano monasterio de Santo Toribio, que, según me aseguró, es un lugar santo donde se halla el *scriptorium* más renombrado y famoso de cuantos existen en los reinos de España.

Fray Bernardino de Palencia guardó silencio durante unos segundos conmovido por la firmeza y convicción con que se había expresado el joven de Zuheros. Después, rogó a Fadrique que se acercara. Tomó sus manos y dijo emocionado:

—Que tu largo viaje hasta este prestigioso monasterio, hijo mío, haya sido el camino iniciático de penitencia que ha que emprender todo franciscano para poder encontrarse con su Divino Creador. Desde el día de hoy serás un postulante que espera alcanzar el noviciado en esta comunidad y, después, si así lo tiene concertado Nuestro Señor, el de fraile tonsurado. Tendrás como director espiritual al venerable fray Lorenzo Carrillo, nuestro bibliotecario, y trabajarás como aprendiz en el *scriptorium* con los expertos copistas e iluminadores que se afanan en copiar y reproducir, desde hace años, el códice de los *Comentarios al Apocalipsis de San Juan* y el famoso *Apologético*, obras del Beato que son solicitadas por bibliotecas y monasterios de España, Francia e Italia; sin despreciar otros libros que fueron escritos e iluminados por hombres sabios en la antigüedad y que, con el paso del tiempo, se han deteriorado con peligro de perderse para siempre.

Y de esta manera, Fadrique Díaz, el hijo del molinero de Zuheros, a los catorce años de edad, fue admitido como postulante y aprendiz de copista e iluminador en el famoso monasterio franciscano de Santo Toribio de Liébana.

Acabada la conversación mantenida con el abad, fray Bernardino lo acompañó hasta la biblioteca del cenobio donde se hallaba, enfrascado en sus labores de ordenación de los manuscritos y códices, fray Lorenzo Carrillo, un monje alto y delgado como tallo de anea, de mirada noble y ademanes delicados, que estaba empeñado en ordenar y colocar varios códices en las baldas de un estante.

—Fray Lorenzo —exclamó el abad para atraer su atención—, este es Fadrique Díaz, un nuevo postulante que nos llega desde Andalucía. Quiere aprender las habilidades de los copistas y viene recomendado por uno de nuestros hermanos de la provincia de Córdoba. A ti te lo encomiendo como director espiritual, guía y consejero para que se acomode a la rígida vida monástica y a la regla que impera en nuestro monasterio.

El bibliotecario dejó los libros que estaba manejando sobre uno de los pupitres que había en la sala de lectura y centró su mirada en el recién llegado.

—Muy joven es el nuevo postulante, fray Bernardino —comenzó diciendo—. Mas, es preferible enseñar y asesorar a un muchacho, todavía adolescente y de condición humilde, con el alma limpia y virginal, que a un resabiado jovenzuelo de veinte años que cree saberlo todo. Si es dócil y respetuoso, pronto se adaptará a la vida de la comunidad. Mañana, a hora tercia, te espero en esta biblioteca, muchacho. Te presentaré a los hermanos copistas que serán tus maestros y compañeros.

Y continuó empeñado en su labor de ordenación de los libros.

El abad y Fadrique abandonaron la biblioteca. Fray Bernardino lo condujo hasta un ala del edificio conventual con dos plantas donde se localizaban las celdas de los novicios y los postulantes. El joven tomó posesión de una habitación pequeña, que se hallaba en el extremo de un largo pasillo, cerca de un ventanal orientado hacia la sierra, una zona aislada y tranquila que estaba destinada a dormitorios de los más jóvenes. Un ventanuco estrecho y abocinado, que daba al claustro era el lugar por donde entraba al dormitorio la luz tamizada desde el exterior. Se trataba de una estancia muy reducida, rectangular, con muy escaso mobiliario: una cama con colchón de paja, cubierta con una manta de lana y una zalea de piel de borrego, una tosca silla, una mesita de estudio y, sobre ella, una almenara con dos candiles de barro. Colgado de la pared, un silicio y, a su lado, un pequeño crucificado mal tallado en madera.

El monasterio de Santo Toribio de Liébana se hallaba ubicado en la ladera del monte Viorna, rodeado de espeso bosque de hayas, robles y tejos que llegaban hasta los muros exteriores del edificio monacal, excepto por su parte meridional donde se localizaba la plazuela de tierra batida en la que se abrían las dos puertas laterales de la iglesia y el atrio o pórtico de entrada. En esta plaza se reunían cada año, el veintidós de enero, festividad de San Vicente Mártir, los devotos del *lignum crucis* de la región para trasladar en procesión la sagrada reliquia desde la iglesia conventual hasta la de Potes.

El monasterio se estructuraba en torno a un patio o claustro cuadrangular, como ya se ha referido, de estilo románico (sustituido, siglos más tarde, por otro de factura moderna) adosado a la antigua iglesia, probablemente obra mozárabe, reedificada, a principios del siglo XIV, en el arte gótico cisterciense. En el centro del claustro, un pozo con garrucha y polea fija abastecía de agua a la comunidad y a los parterres que lo rodeaban. En la crujía oeste se hallaban los almacenes, el lagar y las cuadras, donde la comunidad tenía una collera de asnos; en la norte, la cocina y el refectorio, y en la sur, la biblioteca, el *scriptorium*, y, en una construcción aneja, las celdas de los frailes profesos tonsurados. A espaldas del edificio se localizaban las ruinas de una antigua leprosería que habían regentado los franciscanos en el pasado, el horno que usaba la comunidad para cocer el pan y un corralito con muros a la piedra seca donde debía guarecerse durante la noche un rebaño de ovejas que estarían ramoneando en el cercano bosque.

Aquella tarde, después de la cena, Fadrique estuvo conversando en el claustro con Juan Diego y acordaron que, transcurrida una semana y una vez recuperadas las fuerzas, el criado del concejo, cumplida su misión, emprendería el viaje de regreso a Zuheros.

Acabada la última oración comunitaria del día, el joven postulante se retiró a su celda, cayendo al momento en un profundo y reparador sueño, pues hacía un mes y medio que no dormía en una buena cama, aunque el colchón no fuera de mullida lana, como el que tenía en el molino de Fuente Fría, sino de áspera y ruidosa paja.

Se ha de decir que Fadrique tuvo que entregar el viejo hábito gris que le había regalado fray Francisco de Talavera para llevar, a partir de su ingreso en el monasterio cántabro, la vestidura que debían portar los jóvenes postulantes, consistente en una túnica marrón con capucha y un cordón blanco usado como cinturón. Los frailes profesos se ceñían un cordón con tres nudos, que simbolizaban —como ya se ha mencionado—, cada uno de los votos de pobreza, castidad y obediencia que han de seguir y cumplir los hermanos franciscanos. Pero, como los postulantes y los novicios aún no habían realizado esa solemne promesa, el cordón que portaban atado a la cintura no podía contener ningún nudo.

Aún no había amanecido cuando el sonido de una campanita despertó a Fadrique.

Las oraciones monacales comenzaban antes del alba, con maitines, y seguían dividiendo el día en siete partes llamadas las horas canónicas que, según fray Lorenzo, fueron establecidas por san Benito de Nurcia inspiradas en *El Libro de los Salmos,* en el que se dice: «Siete veces al día te alabaré». El ciclo terminaba con *Las Completas,* rezadas antes del descanso nocturno.

Para el hijo del molinero, acostumbrado a vivir en plena libertad en el mundo rural, sin obligaciones, al margen de tener que ayudar a su padre en las labores de molienda y reunir la piara de cabras cada tarde para conducirla al corral, tareas solo interrumpidas a mediodía por el rezo del Ángelus que su buena madre le obligaba a realizar, adaptarse a aquel severo horario de rezos monacales y actividades regladas representó un esfuerzo de voluntad al que se plegaba, no sin cierta rebeldía interior, el joven de Zuheros.

Pero, con el paso de los meses y su paulatina integración en el seno de la comunidad franciscana, llegaría a asumir esas onerosas obligaciones como un sacrificio que Dios le imponía y que él había aceptado voluntariamente al ingresar como postulante en aquel monasterio.

Después del desayuno, fray Lorenzo reclamó su presencia en el *scriptorium* para presentarle a los copistas y dibujantes que se afanaban en la diaria labor de copia e iluminación de los códices antiguos que se custodiaban en la biblioteca y que, a partir de ese día, serían sus compañeros y sus maestros, como había dicho su director espiritual.

En el ala del edificio situada al sur del claustro, en su planta inferior, se localizaban, como se ha referido, la biblioteca y el *scriptorium.* La biblioteca disponía de una puerta que se abría hacia la galería meridional del claustro. En su muro exterior, que daba al sureste, por donde salía el sol, presentaba seis ventanucos a modo de saeteras cubiertos con papel encerado que apenas dejaban pasar la luz. De esa manera se salvaguardaban de la perniciosa claridad los valiosos códices y legajos que se hallaban depositados en los estantes.

La estancia aneja era el *scriptorium*, que estaba también en penumbra, solamente iluminada por la luz que penetraba a través de unas saeteras similares a las que había en la sala contigua, aunque más reducidas, pues los códices abiertos sobre los pupitres no podían recibir la luz directa del sol. Para iluminar los pergaminos y los libros, colocadas junto a las mesas de trabajo, había ocho almenaras de hierro con cuatro brazos cada una sosteniendo candiles de aceite que permanecían encendidos toda la jornada para que aportaran luz a los copistas en su delicada labor.

Dejaron atrás la biblioteca con sus centenares de antiguos códices, en cuyas mesas varios frailes se dedicaban a la lectura de los manuscritos, y, atravesaron el tabique de madera que la separaba del *scriptorium*. Esta estancia era, si cabe, más sorprendente que la anterior. Fadrique quedó boquiabierto al contemplar aquel lugar que era el *sancta sanctorum* del monasterio, en el que se elaboraban las copias de las grandes obras del Beato y de otros autores antiguos. Se trataba de una habitación rectangular con techumbre de madera formando un sobrio artesonado de factura muy tosca. Una decena de pupitres corridos ocupaba el centro de la sala. Ante ellos, sentados en unos escaños elevados, trabajaba media docena de frailes, algunos ordenando pergaminos sueltos y otros escribiendo o reparando textos en las páginas abiertas de algunos códices. Dedujo el postulante que debían ser esos los famosos copistas e iluminadores del monasterio de Santo Toribio de Liébana que, de acuerdo con lo dicho por fray Lorenzo Carrillo, serían, a partir de ese día, algunos de ellos, compañeros en su labor de aprendizaje y, otros, expertos profesores en el arte de la caligrafía y la elaboración de miniaturas.

No lejos de los pergaminos y los libros y al alcance de los hábiles artífices, sobre una tabla horizontal con que estaban rematados los pupitres, se hallaba situada una docena de escudillas, vasijas y tinteros conteniendo pigmentos de diversos colores y unas jarritas de cerámica con pinceles. A la izquierda de cada fraile se había colocado una de las almenaras para que la luz le llegara desde esa parte del escritorio y pudiera ver y leer sin dificultad los textos y las miniaturas que debía copiar o reparar. Adosado al muro que daba a la calle, debajo de las saeteras, sobre una larga mesa que ocupaba todo el testero, dos frailes se afanaban en preparar los pigmentos que los copistas e iluminadores debían emplear y, otro, manejaba con destreza unas pieles de cordero raspándolas, dijo fray Lorenzo, que para alisarlas y poder elaborar con ellas los preciados pergaminos.

—Este es fray Domingo de Sahagún —anunció fray Lorenzo, señalando a uno de los monjes que se hallaba empeñado en aplicar color rojo a una letra capital que estaba copiando con un delicado pincel de pelo de marta—. Antes de profesar en este monasterio, estuvo destinado en el monasterio de Santo Domingo de Silos y, en su juventud, aprendió a iluminar códices en el famoso *scriptorium* de la abadía francesa de Saint-Gal y en la italiana de Montecasino.

—Admiro vuestro minucioso y exquisito trabajo, fray Domingo —se atrevió a comentar Fadrique, acercándose al pergamino en el que estaba ocupado el monje—. Espero, algún día, poder, al menos, imitaros.

—El abad desea que este joven postulante os ayude en el *scriptorium*, hermano Domingo —manifestó el fraile bibliotecario—. Quiere que le enseñéis el arte de la caligrafía antigua y el empleo de los pigmentos para hacer de él, si es posible, un buen iluminador. Según dice, tiene facultades.

—Pues, mañana puede comenzar a trabajar en este taller. Preparar pergaminos y elaborar pigmentos serán las tareas con las que ha de comenzar su aprendizaje —señaló el experto artesano.

Después de observar extasiado la destreza que mostraba el iluminador con el manejo de los pinceles y en el trazado de las letras capitales y las miniaturas, postulante y bibliotecario abandonaron el *scriptorium* y salieron a la galería y al claustro.

—Joven Fadrique, deduzco que, si te ha sorprendido el contemplar las labores que ejecutan nuestros copistas e iluminadores, más deseoso estarás de conocer la larga y fecunda historia de este monasterio —dijo fray Lorenzo Carrillo, tomando del brazo al hijo del molinero y acercándolo a uno de los bancos de piedra que circundaban el claustro.

—Cierto es que estoy gratamente sorprendido por las habilidades que poseen estos desconocidos frailes ilustradores y que, en nada, se asemejan a mis toscos dibujos que atrajeron la atención del bueno de fray Francisco de Talavera. Pero no os equivocáis al pensar que estoy deseoso de conocer la historia del monasterio en el que, si Dios lo tiene así acordado, he de pasar el resto de mi vida.

—Pues atiende a mis palabras, joven postulante, y conocerás los sorprendentes y maravillosos lances y sucesos que han acontecido en este santo lugar a lo largo de los siglos —aseveró el fraile.

Se habían aposentado en uno de los bancos y el bibliotecario, cruzando sus manos sobre el regazo, comenzó a relatarle la historia del monasterio de Santo Toribio de Liébana. Unos frailes sacaban agua del pozo con la garrucha y el cubo de latón y la iban depositando en una tina de barro que habían dejado a sus pies. A continuación, la vertían en una acequia que la distribuía por los diferentes parterres.

—Hace muchos siglos —comenzó su exposición el bibliotecario— cuando reinaba en Asturias el noble rey don Alfonso I, al que llamaban el Católico, los musulmanes que habitaban estas regiones, desde las montañas del norte hasta el río Duero, las fueron abandonando, porque abominaban el clima frío y húmedo de las tierras altas, quedando despobladas y sus alquerías yermas. Dicen, también, que dejaron estos pagos por una guerra que estalló en su reino de Córdoba entre los poderosos árabes que vivían en las ciudades y los indómitos norteafricanos que llegaban para repoblar, familias rústicas y humildes que habitaban estas comarcas y otras regiones montuosas y pobres de su reino de al-Andalus. Una vez que se hubieron marchado, el rey de

Asturias procedió a restaurar las aldeas y repoblar los territorios que habían ocupado, declarando lo que llamaron, según la legislación, actos de *presura*. Trajo agricultores y ganaderos de la costa y de Galicia para fundar villas y erigir castillos. En estos perdidos bosques de la Liébana, en la ladera de la montaña de Viorna, se estableció una pequeña comunidad de monjes encabezada por un santo varón que luego fue obispo de Palencia y Astorga, de nombre Toribio. Edificaron con gran esfuerzo una humilde casa conventual y tomaron para su gobierno y vida en comunidad la regla benedictina. A la nueva fundación la llamaron de San Martín de Turieno.

—¿Y cómo es que ahora es conocido este monasterio como de Santo Toribio? —demandó Fadrique.

—En ese punto discrepan los monjes que han escrito sobre la historia de este lugar, joven postulante —continuó diciendo fray Lorenzo—. Hay quien asegura que el tal Toribio no fue el fundador de la abadía, sino que era obispo de Astorga cuando se estableció en este lugar la referida comunidad benedictina y que, cuando falleció, para que los seguidores de Mahoma —que, cada cierto tiempo, hacían algaradas por estas tierra— no pudieran profanar sus restos, sus fieles los trajeron al monasterio de San Martín de Turieno, donde, años después, sería santificado. Se dice también, en los libros antiguos que se conservan en la biblioteca, que con el cuerpo de Santo Toribio llegó un fragmento del *lignum crucis*, que habían traído unos peregrinos de Tierra Santa y que, desde entonces, se venera en nuestra iglesia, a la que acude multitud de devotos en la festividad de san Vicente. No se sabe desde cuando está el monasterio bajo la advocación de Santo Toribio, pero se cree que sería en el tiempo en que recibió sepultura en él el santo obispo de Astorga. Y así fue como nació esta abadía que, en nuestro tiempo, goza de justa fama por poseer el mejor *scriptorium* de los reinos de Castilla y de León, por guardar en su biblioteca las célebres obras del Beato y por conservar en su iglesia un trozo de la Vera Cruz en la que recibió martirio y muerte Nuestro Señor Jesucristo.

—Y si estuvo regentado en un principio por unos monjes benedictinos, ¿cómo es que ahora lo habita una comunidad de frailes franciscanos? —se interesó Fadrique.

—Algunos aseguran que san Francisco de Asís viajó a estas tierras en el año 1223 como peregrino para orar ante la santa reliquia del *lignum crucis* —prosiguió el monje bibliotecario—. Estando hospedado en este monasterio, dicen que tuvo una visión, y, cuando retornó a Italia, solicitó al santo padre el papa que le autorizara a fundar aquí, en lugar apartado y pobre, una casa conventual de su Orden. Y así fue como los franciscanos, siguiendo la regla de san Benito, tomamos posesión del monasterio de Santo Toribio de Liébana.

—Hermosa historia, hermano Lorenzo —reconoció el postulante—. No me cabe la menor duda de que, cuando fray Francisco de Talavera recomendó a mi padre que me permitiera ingresar en este monasterio, estaba eligiendo un lugar muy antiguo y santo en el que solo buenos ejemplos y sanas enseñanzas habría de recibir.

El hermano bibliotecario sonrió.

—Pero aún no te he relatado lo más ganancioso y admirable de la historia de este monasterio, muchacho.

Fadrique Díaz abrió desmesuradamente los ojos.

—Es creencia, entre los hermanos de la Cofradía de Santo Toribio que tiene su sede en esta iglesia —manifestó el fraile—, que los monjes fundadores tuvieron que vencer la resistencia de los rústicos lebaniegos que, instigados, sin duda, por algunos ricos hacendados, se oponían a permitir la erección de este monasterio en la ladera del monte Viorna. Abatidos y desmoralizados por la negativa de la gente del lugar, los monjes se retiraron al bosque cercano para cobijarse en alguna cueva o choza de pastores. Pero, cuando deambulaban por la espesura buscando una cabaña o alguna gruta en la que refugiarse, se toparon con un feroz oso y un enorme buey que estaban enzarzados en una desigual pelea. Uno de los monjes se acercó a los animales y con buenas palabras y pacíficos ademanes logró amansar a la fiera montuna y ganarse su confianza y amistad. Oso y buey, en agradecimiento por la intercesión del fraile, se sometieron a su voluntad y aceptaron sumisos ser uncidos como una collera de bueyes y acarrear las piedras con las que se edificó esta casa conventual. Como recuerdo imperecedero del milagro, se esculpió, en sendos capiteles del ábside central de la iglesia, las cabezas de estos dos animales, un buey y un oso, figuras que hoy son el símbolo del monasterio de Santo Toribio de Liébana.

—¿Es posible, hermano Lorenzo, que un feroz oso, que tiene a los mansos bueyes como alimento, se aviniera a trabajar dócilmente al lado de su presa en las obras del monasterio? —preguntó Fadrique, que no parecía entender cuál era la diferencia entre la realidad y los milagros y fábulas que, en ocasiones, se contienen en los libros para engrandecer la historia de algunos hombres y de sus obras.

Pero, su director espiritual, con la intención de que el joven recién llegado a la comunidad sacara de aquel sobresaliente relato la enseñanza que reforzara su fe y su confianza en la religión cristiana, le contestó diciendo:

—Joven postulante: los designios de Dios son inescrutables y a su voluntad se pliegan, sin oposición ni rebeldía, los hombres y las bestias, las montañas y los valles, los torrentes y los mares. Repleta está la historia de la cristiandad de grandes milagros que son inexplicables y parecen imposibles para la razón humana y la inteligencia de los hombres. Pero, que acontecieron y se hicieron realidad, porque el Divino Hacedor es dueño de todo el orbe y nada escapa a su inmenso poder.

Y con este proverbio que acababa de aderezar el fraile bibliotecario de su propia cosecha, se dio por terminada la sesión de historia del monasterio de Santo Toribio de Liébana destinada al postulante andaluz que aspiraba a convertirse, al paso de nueve o diez meses, en novicio aventajado y, luego, en fraile profeso tonsurado.

IV
En el scriptorium

Todos los miembros de la comunidad monástica debían adaptar sus vidas a las horas canónicas, según estipulaba la regla benedictina, así como adecuar los quehaceres diarios (rezo, estudio, lecturas sagradas, trabajos manuales, labores en el *scriptorium*, horas de descanso) a los períodos por ellas señalados. Sin embargo, para los postulantes y novicios existían algunas excepciones en el cumplimiento estricto de las obligaciones más onerosas que se habían de observar. Por ejemplo, los sacrificios corporales, como el uso del silicio o los prolongados ayunos, no se exigían con carácter general para todos los jóvenes postulantes y los novicios, los cuales podían estar exonerados de dichas prácticas y obligaciones dependiendo de la edad de los mismos, de su estado de salud y de su fortaleza interior.

Para los cinco postulantes que residían en el monasterio cuando Fadrique ingresó en él, las actividades diarias se circunscribían a recibir enseñanza de gramática, retórica, oratoria y latín en el período de tiempo que abarcaba desde la hora prima a la tercia[1]. Estas clases eran impartidas en

1 Hora prima: seis de la mañana; hora tercia: nueve de la mañana; hora

la biblioteca por un maestro experto en la materia que, en ocasiones, se trataba de fray Lorenzo Carrillo. Entre la hora tercia y la sexta, con un receso para rezar el Ángelus, los novicios y postulantes que demostraban actitudes artísticas, se recluían en el *scriptorium* para aprender las técnicas de la escritura caligráfica y la iluminación de manuscritos. Desde la hora sexta a la nona, el tiempo se dedicaba a la comida comunitaria en el refectorio y, a continuación, a la lectura de libros sagrados, bien en las celdas o en la biblioteca. Desde la hora nona a vísperas era un período de tiempo que quedaba al libre albedrío de los monjes. Paseaban por el claustro o los entornos del monasterio, trabajaban en la panadería o la huerta o atendían a los peregrinos y a los enfermos que acudían al cenobio para solicitar algún tipo de ayuda en alimentos o bebedizos elaborados con hierbas medicinales por algunos monjes.

Una actividad relevante en el diario discurrir de la vida monacal, era la comida. La comunidad se reunía dos veces al día en el refectorio para proceder a tomar los alimentos permitidos por la regla: una vez al mediodía y otra al final de la tarde. La dieta se basaba en el pan —que elaboraba el hermano panadero—, las hortalizas, las legumbres y, en ocasiones, las frutas. La carne de vacuno estaba prohibida, excepto para los enfermos, y la de ave solo se servía algunos días señalados del año litúrgico. El vino era un alimento básico, pues se consideraba que tenía cualidades terapéuticas. Se tomaba antes de la comida o durante la misma mezclado con agua. Entretanto que los frailes ingerían los alimentos en silencio, el hermano lector procedía a leer en voz alta algún pasaje de la Biblia o de las vidas de santos y mártires.

A las nueve y media de la noche, en invierno, y a las diez, en verano, los frailes franciscanos del monasterio de Santo Toribio de Liébana se retiraban a sus celdas a descansar. El sonido de la campanilla situada en una de las galerías del

sexta: doce de la mañana; hora nona: tres de la tarde; vísperas: seis de la tarde; completas: nueve de la noche.

claustro los despertaba antes del amanecer para la oración de maitines y asistir a la misa diaria celebrada por el abad.

A la hora convenida con fray Lorenzo, el postulante Fadrique Díaz se dirigió a la biblioteca para recibir las diarias lecciones de gramática, retórica, oratoria y latín que impartía el hermano bibliotecario. Como el adolescente hijo del molinero había aprendido a leer y escribir de manera somera en el seno de su familia, el maestro se esforzó para que adquiriera los recursos básicos del lenguaje que permitían al orador expresarse correctamente y lograr persuadir a su auditorio de las bondades y la consistencia de su discurso.

—*Inventio, dispositio* y *elocutio*. Esos son los tres pilares de la oratoria, amados alumnos —señaló fray Lorenzo Carrillo con la determinación que aporta el saberse docto en el asunto—. ¿Y qué quieren decir esas tres palabras que, como podéis ver, proceden y están escritas en latín?

Fadrique y los cinco compañeros que, sentados en sus pupitres atendían la exposición del maestro, lo observaban con expectación.

—Lo primero que hay que considerar a la hora de elaborar un discurso, es establecer el contenido del mismo y que su diseño gramatical sea atractivo para los que lo van a oír —expuso el bibliotecario con aire de suficiencia intelectual—; lo segundo, organizar coherentemente lo que se desea exponer para facilitar la compresión del auditorio; y lo tercero, captar el interés de los oyentes y convencerlos de la autenticidad y verdad de lo expuesto. Si alguna de estas tres premisas falta o está mal elaborada, el resultado del discurso acabará en un fracaso.

—¿Y si el discurso elaborado por el orador encierra una falsedad con la que se intenta engañar al auditorio y convencerlo pérfidamente de su erróneo contenido? ¿Es lícito el empleo de estos recursos de la retórica si lo expuesto es falso y conduce al oyente al error? —demandó un postulante que, por su edad, debía estar cerca de acceder al noviciado.

Fray Lorenzo quedó algo confuso, porque no esperaba que uno de sus alumnos le hiciera una pregunta tan comprometida y, sin embargo, lógica, pues era la que se estaban haciendo los restantes discípulos del bibliotecario, aunque no se hubieran atrevido a formularla.

—El orador, joven Eurico, debe elaborar un discurso inspirado en la verdad —manifestó fray Lorenzo—, porque los receptores del mismo, que no serán estúpidos, descubrirían la falsedad y la inconsistencia de lo expuesto y el discurso fracasaría al obtener el repudio del auditorio. Pero si el orador es hábil y logra convencer a los oyentes con sus falsos argumentos, la oratoria nada puede hacer para evitarlo. La historia está plagada de oradores falaces que lograron hacer caer reyes mediante sus erróneas proclamas o extender perniciosas herejías por medio de argumentos falsos y engañosos, pero atractivos para los oyentes.

Atendiendo a las doctas explicaciones del fraile bibliotecario destinadas a lograr que los futuros monjes profesos pudieran convencer de las verdades la fe católica a los fieles desde los púlpitos o en sus campañas de evangelización por villas y aldeas, transcurrieron los días, las semanas y los meses, y el bueno de Fadrique iba descubriendo un mundo que en nada se parecía al que había conocido durante su infancia y adolescencia en la sierra cordobesa y en el apartado y solitario molino de Fuente Fría.

Las diarias lecciones en la biblioteca eran, para el hijo del molinero, una obligación onerosa que, en verdad, poco le atraían, puesto que sus intereses se centraban en aprender caligrafía, hacer uso de los pigmentos y copiar manuscritos. Pero el voto de obediencia, aunque aún no era obligatorio para el joven postulante, le exigía plegarse al aprendizaje del latín, la oratoria y la gramática con humildad y actitud sumisa. En cambio, las enseñanzas que recibía en el *scriptorium*, desde la hora tercia a la sexta, respondían a sus verdaderas inquietudes y a su inclinación innata por el arte y la escritura. Acudía a ellas con alegría y aprovechamiento para satisfacción de los maestros copistas e iluminadores que, sorprendidos por sus habilidades artísticas, veían en él a un futuro artífice que, con el paso de los años, podría dar fama al monasterio de Santo Toribio de Liébana como siglos atrás le diera el famoso Beato.

El iluminador y famoso copista fray Domingo de Sahagún tomó a su cargo la enseñanza de Fadrique en el *scriptorium*.

Se trataba de un monje de unos cuarenta años, breve de talle, de rostro aguileño y manos delgadas con largos dedos. Era lento de movimientos, defecto que compensaba con una gran habilidad manipulando el cálamo y los pinceles. Escaso de palabras, sustituía la locuacidad y la elocuencia con órdenes dadas con brevedad pero precisas y tajantes, que denotaban un dominio extraordinario del arte en el que se había especializado.

El primer trabajo que le encomendó al joven postulante fue aprender a adobar y preparar las pieles de cordero para confeccionar los valiosos pergaminos que eran la materia escriptoria o soporte sobre el que se copiaban los textos y se pintaban las miniaturas.

—Edelmiro —exclamó, solicitando que se acercara a ambos un fraile que trabajaba en un extremo del *scriptorium*, cuya figura delgada, rostro escuálido y con la mirada triste, más parecía un alma en pena que un fraile franciscano—. Dejo a tu cargo a este postulante que, según refiere el abad, tiene una inclinación innata por el dibujo y la caligrafía. Será tu ayudante. Que permanezca a tu lado al menos dos meses. Enséñale como se manipulan y tratan las pieles de cordero recién nacido hasta convertirlas en los apreciados pergaminos aptos para recibir la escritura y las miniaturas.

—Presto será *peritissimus in sua labor, magister* —manifestó el tal Edelmiro, mezclando el latín con la lengua de Castilla—. *Puer, veni*... Acércate a esa mesa donde están en adobo las pieles y haz lo que te voy a ordenar.

Fadrique se despidió de fray Domingo, que continuó con la copia de un códice que tenía abierto sobre su pupitre, y se aproximó a la mesa de trabajo del fraile políglota.

En la larga mesa en la que trabajaba el encargado de elaborar los pergaminos que se utilizaban en el *scriptorium* del monasterio, había varios calderos y baldes de madera. A su lado una caja con fragmentos de piedra pómez. Colgando de cuerdas, debajo de los vanos que apenas iluminaban la estancia, se veían varias pieles de cordero sin tratar. En el suelo había un barreño con cal y un cubo con agua, dedujo el postulante, que para obtener la cal viva que se había que usar en el proceso del tratamiento de las pieles y de elaboración de los pergaminos.

—Has de saber, *carissimi*, que, aunque en la antigüedad se utilizaban como soporte para la escritura el papiro egipcio, las placas de arcilla o las tablillas de madera enceradas, estos han sido desechados y sustituidos por el pergamino que, antes, se obtenía de la piel de cabra, ternero o, incluso, asno, pero que, en nuestro tiempo, solo se usa el que se saca de la piel de los corderos recién nacidos. Este pergamino nuestro posee excelentes cualidades de finura, blancura y perdurabilidad. No hay mejor soporte para escribir e iluminar códices. ¡*Hoc est opus Dei*, joven postulante!

Fadrique no perdía puntal de lo que decía el fraile. Como el pergaminero se expresaba perfectamente en la lengua de Castilla, dedujo que este empleaba en ocasiones el latín para alardear y mostrar ante los postulantes sus conocimientos en la lengua de Virgilio.

—Ves este trozo de piel que aún presenta una capa pilosa en una de sus caras —continuó con su explicación fray Edelmiro, tomando una de las pieles que colgaban de la cuerda, cerca de las saeteras—. Lo vamos a sumergir en ese balde que contiene agua con una disolución de cal viva. En ese líquido lo mantendremos en remojo dieciséis días. Transcurrido ese lapso, lo sacaremos para continuar con el proceso de elaboración. Hemos de esperar, por tanto, dos semanas y dos días.

Como el fraile tenía dos pergaminos que ya habían cumplido el plazo de los dieciséis días de inmersión en la disolución de agua y cal viva, continuó exponiendo al postulante de Zuheros, la siguiente fase del proceso, que consistía en raspar las impurezas que presentaba la superficie de la piel y volverla a depositar en agua limpia otros dos días más.

—Una vez transcurrido ese tiempo, *puer imperitus*, se coloca el pergamino en un bastidor tensado con cuerdas —y al decirlo, tomó un ejemplar que colgaba metido en el citado bastidor— y con un cuchillo pergaminero, de filo curvo, se vuelven a raspar ambas superficies de la piel tratada hasta dejarlas lisas y desprovistas de cualquier tipo de impurezas. Acabada esta fase, se pone a secar en el bastidor durante otros ocho días. Por último, se procede a raspar de nuevo ambas superficies, esta vez, con piedra pómez, hasta lograr que ambas superficies estén uniformes y lisas como la piel de un recién nacido. Una capa de yeso líquido, para dar blancura a la parte en la que se ha de escribir, y ya está preparado el pergamino para pasar a la mesa de uno de nuestros copistas.

Fadrique permaneció dos meses en el taller de tratamiento y elaboración de pergaminos del monasterio de Santo Toribio de Liébana, realizando con diligencia y aprovechamiento las labores que le ordenaba fray Edelmiro. Al principio, los resultados no fueron todo lo satisfactorios que su maestro esperaba, bien porque no raspaba con la suficiente fuerza las superficies del pergamino para librarlas de impurezas, bien porque calculaba mal el tiempo de exposición de la piel en la disolución de agua y cal viva, que era la fase fundamental y crítica del proceso. Como fray Edelmiro —buen conocedor de las dificultades de aprendizaje de los alumnos inexpertos— había previsto estos fracasos iniciales, propios de un principiante, las pieles que le daba para que las tratara eran desechos o recortes de otras que se habían adaptado al tamaño de los manuscritos o que presentaban algún defecto. Pero, al cabo de dos meses, Fadrique había superado aquella primera etapa, necesaria, según pensaba él, para acceder al aprendizaje y el conocimiento de las técnicas caligráficas y de dibujo que le permitirían convertirse en un buen copista con el paso de los años.

Los siguientes seis meses los dedicó, asesorado por el maestro calígrafo fray Anselmo de Tordesillas, a copiar textos de viejos códices en la complicada letra que llamaban visigótica o mozárabe. Según le aseguró su maestro, era el tipo de escritura que se utilizaba, en los siglos pasados, para redactar los códices antiguos cuyas copias solicitaban al monasterio de Santo Toribio bibliotecas catedralicias, universidades o grandes personajes de la Corte. Por eso, debía familiarizarse con ella para poder reproducirla sin error ni involuntarias adiciones.

El joven postulante, aprendiz de copista, puso mucho empeño en escribir los textos, en la letra visigótico-mozárabe, que les proporcionaba fray Anselmo. Pero no lograba reproducir con exactitud algunos caracteres que, por su complejidad, se negaban a surgir de su cálamo. Sobre todo se le resistían los llamados nexos que no se usaban en la escritura de su tiempo, que era en la que su madre le había enseñado a escribir. Lograba trazar sin dificultad las «a», las «e», las «t» y las «r», cuando aparecían aisladas, pero estas se oponían tercamente a ser reproducidas, con la perfección que le exigía fray Anselmo, cuando aparecían unidas formando nexos con otras letras.

No comprendía por qué los escribanos del pasado se obstinaban en complicar la escritura de ese modo. Y para hacer aún más inaccesible el contenido de los manuscritos, buena parte de ellos contenían complejas abreviaturas casi ilegibles, aunque algunas seguían utilizándose en su tiempo por cuestión de ahorro de espacio. Para saber el significado de las palabras abreviadas, el maestro calígrafo le proporcionó un diccionario donde aparecían todas las abreviaturas utilizadas por los autores antiguos en orden alfabético. Pero, a pesar de la ayuda de fray Anselmo, aquel trabajo lo dejaba exhausto y, a veces, tentado de abandonar sus aspiraciones de ser ilustrador o copista y optar por la vida apacible de los monjes de clausura.

Una mañana en que se hallaba enfrascado en la copia de un complicado texto del *Apologético del Abad Sansón*, se acercó al pupitre en el que trabajaba el maestro calígrafo.

—Respetado fray Anselmo: ¿tan necesario es que aprenda a conocer este modo endiablado de escribir? ¿No sería mejor que me dedicara a leer y copiar escritos redactados en la elegante letra libraría o en la cuidada gótica cancilleresca, que son las que hoy se usan en nuestros reinos? —se quejó Fadrique, abrumado por la dificultad que encontraba a la hora de poder interpretar y reproducir la enrevesada grafía del manuscrito en el que se hallaba atareado.

—Joven Fadrique —respondió con templada voz el fraile—: Has de saber que los códices que fama dan a nuestros monasterios no se han escrito en este siglo, sino en un pasado lejano en el que el modo de escribir en nada se parecía al que ahora utilizamos en la nueva lengua de Castilla. Nuestro famoso *Beato* o el *Apologético* que estás copiando, para familiarizarte con la letra que tú, en tu ignorancia, llamas «endiablada», están escritos en la llamada escritura visigótico-mozárabe y en latín. Para poder analizar y copiar dichos códices antiguos se hace necesario que los copistas sepan leer e interpretar el texto. Por ese motivo, debes compaginar el aprendizaje y la interpretación de esa «endiablada» escritura arcaica y sus nexos y abreviaturas, con el esfuerzo por aprender, al mismo tiempo, la rica y prestigiosa lengua latina.

El hijo del molinero, convertido en postulante franciscano, no supo que responder, pues reconocía que solo la verdad salía de los labios de su maestro. Aunque no quiso reconocer que, al margen de las dificultades que hallaba en la interpretación de aquella complicada grafía, aprender latín era una labor que lo agotaba y que, a su entender, le impedía dedicarse a lo que, de verdad, le interesaba: aprender a copiar e iluminar códices.

—Ese códice que tienes ante tus ojos, Fadrique, fue escrito e iluminado, en tiempos de los emires de Córdoba, por el abad de un monasterio que había en esa ciudad de Andalucía sometida al poder musulmán. Sansón se enfrentó con sus escritos al poderoso rey de al-Andalus criticando las modas árabes que estaban contaminando a los jóvenes cristianos que convivían con los musulmanes. Esa actitud le ocasionó no pocos quebraderos de cabeza. Su obra es un raro ejemplo de la vida monástica y de la fe de los cristianos que vivían bajo el dominio del islam. Copia e interpreta, muchacho, esos raros textos que se redactaron en tiempos de persecución y aprenderás a apreciar nuestra fe, a la vez que te ejercitas en el noble arte de reproducir fielmente la escritura antigua.

En los meses que siguieron, Fadrique se esmeró en copiar o reparar numerosos textos antiguos escritos en latín, que le entregaba cada mañana, para su mortificación —pensaba él—, el maestro calígrafo. Al mismo tiempo que adquiría el necesario conocimiento de las letras y las abreviaturas visigótico-mozárabes en que estaban redactados, podía practicar y ejercitarse en los rudimentos de la lengua latina que fray Lorenzo Carrillo les proporcionaba mediante las lecciones que impartía a los postulantes entre la hora prima y la tercia.

A los cinco meses de estar atareado en el aprendizaje de la escritura antigua y en utilizar la tinta y los cálamos más apropiados, según el tipo de letra empleada por cada escribano, la inclinación de las mismas, el grosor del trazo, la altura de los astiles y los signos generales de abreviatura, así como saber interpretar el sentido de las frases y los diversos y personales recursos que cada uno de ellos aplicaba en la elaboración de sus manuscritos, fray Lorenzo Carrillo pensó que ya estaba en condiciones de pasar a otra fase del aprendizaje y unirse a los copistas e iluminadores que trabajaban en el *scriptorium*.

—Desde mañana, muchacho, te sentarás en ese pupitre —dijo, señalando una de las mesas con tablero inclinado en la que trabajaban dos frailes copiando sendos códices—. Ya sé, por el maestro calígrafo, que has demostrado tu habilidad en la copia de textos antiguos y el esmero que pones en imitar la grafía de sus autores, que es una de las virtudes que debe poseer un buen copista. A partir de ahora, vas a estar en contacto con códices de extraordinario valor, algunos de ellos manuscritos originales y únicos que se custodian en nuestra biblioteca y, otros, que son reproducciones realizadas por famosos copistas e iluminadores de relevantes obras que se custodian en monasterios e iglesias españolas, francesas o italianas.

—Agradezco, hermano Lorenzo, la confianza que depositáis en mi humilde persona —manifestó el joven postulante—. Desde que ingresé en el monasterio me he esforzado en obedecer cuanto me habéis ordenado y hacerlo con humildad, como manda nuestra regla, y asumir los sacrificios que me imponíais a sabiendas de que, si exigente era la labor que se me encomendaba, su fin no era otro que perfeccionar mis elementales conocimientos de amanuense y fortalecer mi débil espíritu. Si creéis que ya he alcanzado las habilidades necesarias para empezar el aprendizaje de copista e ilustrador, gozoso estoy porque ese era el deseo de mis progenitores y de fray Francisco de Talavera cuando me enviaron a este monasterio.

El bibliotecario esbozó una amable sonrisa.

—Con el tutelaje de fray Edelmiro de Constanza y fray Anselmo de Tordesillas, has culminado la etapa de aprendizaje elemental —dijo, a modo de sentencia fray Lorenzo Carrillo—. Ahora, superado el período de postulante, y alcanzado el grado de novicio, debes continuar con las clases de retórica, gramática y latín en la biblioteca. Pero, cada día, después del Ángelus, te espero en el *scriptorium.* El maestro de los copistas e iluminadores, fray Domingo de Sahagún, dirigirá esta última y decisiva fase de tu aprendizaje.

Y con el corazón henchido de felicidad y orgullo, el novicio Fadrique Díaz abandonó el *scriptorium* y se dirigió al claustro, donde sabía que se hallaba Álvaro García, joven postulante santanderino que había ingresado en el monasterio unos meses antes que él y con el que había trabado una estrecha amistad.

Al día siguiente, después del rezo del Ángelus en comunidad, se dirigió al *scriptorium* para iniciar su trabajo como copista novel. Cerca del pupitre en el que iba a copiar su primer manuscrito, lo esperaba fray Domingo de Sahagún.

—Buenos días nos dé Dios, Fadrique.

—Buenos días, maestro —respondió el novicio.

—¿Estás preparado para iniciar la delicada labor que te voy a encomendar? —le interrogó el fraile.

—El maestro calígrafo ha considerado que ya he adquirido los conocimientos necesarios para proceder a copiar manuscritos sin que pueda malograr las copias por falta de pericia. Llegado a este punto, dice que estoy preparado para conocer, también, los secretos del dibujo y las técnicas de iluminación. Espero que me enseñéis a utilizar los pigmentos para poder trazar las letras capitales y decorar los espacios marginales de los pergaminos con miniaturas.

—Todo a su tiempo, joven impulsivo —manifestó fray Domingo—. Sin embargo, antes de que empieces tu labor de aprendizaje como copista en el *scriptorium*, quiero que contemples y admires las obras que te han de servir de ejemplo y de guía en esta nueva etapa de tu trabajo. Acerquémonos a la biblioteca.

Maestro y alumno abandonaron el taller de los copistas y, atravesando el tabique de madera que lo separaba de la biblioteca, accedieron a la sala de lectura cuyas paredes estaban ocupadas por estanterías y armarios que alcanzaban el techo, en los que se hallaban depositados, en perfecto orden, numerosos códices y legajos de diverso tamaño y grosor. Varios frailes, en el más absoluto silencio, se dedicaban a la lectura o tomaban apuntes sentados delante de las largas mesas-pupitres. El fraile copista lo condujo hasta un extremo de la sala para no molestar a los lectores con su conversación. A continuación, se acercó a una de las estanterías y tomó de una balda un libro grande y grueso que estaba encuadernado en piel de color ocre. Lo depositó sobre una de las mesas y, con cuidada ceremonia, como si estuviera sacando a la luz un gran tesoro, se dirigió al sorprendido alumno.

—Este es el famoso códice conocido como Beato de Liébana —dijo el fraile, al tiempo que abría el libro y enseñaba a Fadrique dos de sus páginas iluminadas con tres franjas horizontales de colores amarillo, azul y rojo, sobre las que aparecían pintadas, con gran nitidez, llamativas figuras de jinetes armados con espadas arcos y flechas—. Este ejemplar es el más antiguo de los que se conservan, pues el original, escrito y, probablemente, también iluminado por el monje que conocemos como Beato, que fue abad de nuestro monasterio en el siglo VIII, se perdió. El que tienes ante tus ojos fue mandado copiar en el año 1047 por el rey Fernando I y su esposa doña Sancha. El texto está escrito en una o dos columnas. Se cree que lo reprodujo del original un habilidoso copista, de nombre Facundo, que profesaba en el monasterio de San Isidoro de León.

Fadrique estaba extasiado contemplando las figuras, bellamente coloreadas, y la elegante grafía en la letra visigótico-mozárabe que él había aprendido a leer y escribir con el maestro calígrafo.

—En verdad es muy hermoso —exclamó, mientras fray Domingo pasaba las páginas del códice para que su alumno pudiera admirar la belleza y la perfección de aquella obra sublime—. Aunque estuviera toda la vida en aprendizaje en el *scriptorium*, estoy convencido de que nunca lograría elaborar una obra parecida a esta, con una caligrafía tan elegante y unas ilustraciones realizadas con tan hermosos colores.

—Este excepcional códice contiene los Comentarios al *Apocalipsis de San Juan* —adujo fray Domingo—, que Beato recogió de antiguos Padres de la Iglesia y los escribió e iluminó para prevenir a su comunidad monástica de la inminencia del fin del mundo, según las profecías apocalípticas expuesta por san Juan y que, aseguraba, se cumplirían en el año 800. Como puedes observar, la caligrafía es excelente y clara, los renglones regulares y las ilustraciones, de vivos colores, evidencian la mano de un diestro dibujante e iluminador.

El llamado Beato de Liébana, con sus noventa y ocho miniaturas e ilustraciones, dotadas de sorprendente expresividad y movimiento, era, en verdad, una obra maestra en el arte de la elaboración de códices medievales, mezcla del colorido estilo románico, vigente cuando se realizó la copia en el monasterio de San Isidoro de León, y de influencias mozárabes y andalusíes.

El joven no dejaba de observar absorto las ilustraciones que iban apareciendo en las páginas que pasaba con exquisito cuidado fray Domingo: los Cuatro Jinetes cabalgando con sus espadas alzadas dispuestos a aniquilar a la Humanidad; la Jerusalén Celestial, que esperaba recibir a las almas buenas de los difuntos; la serpiente de las siete cabezas, que representaba al demonio y sus vicios; la destrucción de Babilonia o el fin de los tiempos, eran los temas que dejaban boquiabierto al joven cordobés por la fuerza expresiva de las imágenes y su terrible mensaje apocalíptico.

—Pero, has de saber, Fadrique, que no solo se custodia en nuestra biblioteca este valioso códice con los *Comentarios del Apocalipsis*, del que existen otras copias, de ordinario fragmentadas y realizadas por copistas e ilustradores menos diestros, en monasterios franceses y en los *scriptorium* de Santo Domingo de Silos y San Millán de la Cogolla —añadió el fraile y, al decir esto, se acercó a otra balda para tomar otros dos libros, igualmente encuadernados en piel, aunque de color marrón—. Este es el Beato de Gerona y este otro, un manuscrito que contiene el Apologético, también obra de nuestro Beato, que trata sobre las discrepancias que mantenía con el arzobispo de Toledo, Elipando, en relación con la herética doctrina defendida por los adopcionistas.

Fadrique se acercó al manuscrito que había mencionado su maestro, compuesto de dos pliegos de pergamino vitela de piel de vaca —le dijo fray Domingo— y pudo observar que, aunque la labor de miniatura era muy escasa y los colores estaban desvaídos, el texto, trazado en letra cursiva, era nítido y perfectamente legible.

—Y ahora que has contemplado algunas de las obras que sirven a nuestros copistas para su reproducción por encargo o para preservarlas de la destrucción cuando el inexorable paso del tiempo las haya deteriorado —dijo el fraile—, debes incorporarte al pupitre que se te ha asignado para que empieces tu labor. Aunque he de decirte que tus comienzos serán humildes, pues vas a copiar e iluminar manuscritos compuestos de uno o dos pliegos sacados de legajos que cuentan la historia de este monasterio y que la humedad y el paso de los años amenazan con destruirlos. Quizás, al cabo de un año, puedas copiar e iluminar los códices que solo a expertos calígrafos e iluminadores están reservados.

Y así fue como, una vez que hubo observado y tocado las grandes obras bibliográficas que se guardaban en la biblioteca del monasterio de Santo Toribio de Liébana, Fadrique Díaz se puso a trabajar en el taller de los copistas, labor a la que sabía que estaba destinado desde que fray Francisco de Talavera y don Martín de la Cruz decidieron enviarlo a los montes de Cantabria.

Después de retornar al *scriptorium*, el postulante tomó asiento en un banco alto que permitía acceder con comodidad al plano inclinado del pupitre. La luz le llegaba por su lado izquierdo procedente de uno de los estrechos vanos que daban al exterior del edificio y de una de las almenaras de hierro. A un lado se hallaban depositados varios cuencos de cerámica vidriada que contenían pigmentos de diversos colores. De otra vasija, también de cerámica, pero sin vidriar, sobresalían los astiles de media docena de pinceles de variado calibre y sobre un estuche de madera abierto se veían cuatro cálamos, dos de ellos de caña y los otros dos de plumas de ave, que, luego supo, eran de ganso. Una escudilla contenía la tinta negra con la que se escribía el texto principal.

—La primera lección consistirá en conocer los diversos cálamos que habrás de utilizar según el tipo de letra, su grosor y tamaño —expuso fray Domingo de Sahagún—. Los cálamos, confeccionados con un fragmento de caña, los usarás para trazar las letras capitales que presentan un trazo grueso y que, con su tono negro, tienen que destacar por encima de los colores que las acompañan y las adornan. Las plumas de ganso, más sutiles, las emplearás para el trazado de las letras minúsculas y las mayúsculas que aparecen en el interior del texto principal.

Fadrique tomó cada una de las plumas y los cálamos y observó que diferían de los que había utilizado en el aprendizaje con fray Anselmo de Tordesillas, que eran más toscos y de factura menos cuidada.

—Con estos útiles de escritura —le aseguró fray Domingo— obtendrás unos trazos más seguros y nítidos. Solo los maestros copistas los podemos utilizar, pues son escasos y caros. Están elaborados por artesanos muy diestros que residen al otro lado de los Pirineos.

El aprendiz de copista hizo algunas pruebas con la tinta negra que contenía la escudilla sobre un trozo de pergamino que su maestro le había proporcionado.

—En cuando a los pigmentos, que se hallan depositados en esos cuencos —dijo, señalando el conjunto de recipientes que, ordenados por colores: el azul, el rojo y el verde a la izquierda; el naranja y el amarillo a la derecha, se encontraban situados en la parte trasera de la mesa—, no debes preocuparte por su composición. De su elaboración se encarga el hermano Edelmiro. Aunque has de saber que el azul lo obtenemos, bien del lapislázuli molido o bien de la azurita. Para ornamentar las letras capitales se usa el lapislázuli, que es un mineral caro y escaso. La azurita se emplea para el resto de las imágenes que se han de pintar en color azul.

—Y ese color rojo ¿cómo se obtiene? —se interesó Fadrique, señalando una vasija que contenía un líquido oleoso de color anaranjado intenso.

—El color rojo nos lo proporciona el minio —respondió el fraile copista—, que es un mineral que se halla asociado al cinabrio. Se utiliza para resaltar algunas partes del texto, los títulos y determinadas palabras, como habrás observado en los códices que te enseñé en la biblioteca. Para el color amarillo se usa el oropimente —continuó con su exposición fray Domingo—, aunque tiene un inconveniente, que es su toxicidad. Algunos frailes copistas han enfermado por haberlo ingerido al llevarse los dedos manchados a los labios. Ya sabes lo que nunca debes hacer. El verde se obtiene de la malaquita molida, que es un mineral que contiene cobre. El negro es un color fundamental, pero es el de más fácil y barata obtención. Se saca del carbón molido mezclado con resina o tomado de las paredes del horno. Se usa para la escritura y, también, para oscurecer otros pigmentos y producir sombras. El pan de oro, que ves colocado en esa caja, solo se emplea en raras ocasiones para iluminar los códices más valiosos y raros. Los pigmentos, una vez molidos, se mezclan con resina vegetal, grasa animal o clara de huevo como aglutinantes para poder aplicarlos. Si quieres una información más detallada sobre el arte de fabricar los colores que utilizamos, pregunta al hermano Edelmiro. Él es un experto artesano en la elaboración de colores, conocimiento que adquirió cuando estuvo profesando en algunos monasterios italianos, de donde, creo, que le viene su apego a la lengua latina.

Fray Domingo de Sahagún dejó al joven franciscano atareado en su pupitre, no sin antes haberle proporcionado un cuaderno formado por dos pliegos y ocho folios conteniendo la introducción a la historia del monasterio escrita en letra visigótica cursiva bastante desvaída y, en parte, perdida por la acción de la humedad o de algún irreverente insecto. El texto estaba adornado con unas coloridas miniaturas en torno a las letras capitales que encabezaban cada capítulo y que representaban estilizadas ramas de cardo y varias flores amarillas rodeando a un jabalí perseguido por dos lanceros. Sobre la tabla inclinada le había dejado similar número de pliegos de pergaminos sacados del taller de fray Edelmiro para que procediera a copiar y reproducir el deteriorado manuscrito.

Otro día, fray Domingo de Sahagún lo instruyó sobre la técnica empleada para distribuir el futuro manuscrito en cuadernos y pliegos formados con los pergaminos, una vez recortados y adaptados al tamaño del libro. La manera más habitual de confeccionar un códice era —aseguró el maestro copista— uniendo cuadernos que constaban, cada uno, de cuatro pliegos formados por ocho folios. Una vez acabada la minuciosa labor de copia e iluminación, se encuadernaba el libro cosiendo los cuadernos entre sí y resguardándolo con sendas cubiertas o tapas y un canto de piel curtida.

Dos meses estuvo atareado Fadrique en la copia y la iluminación del ajado manuscrito en el que se relataba la introducción a la historia del monasterio de Santo Toribio de Liébana. Y, aunque no era una labor complicada ni agotadora, el grado de deterioro de determinadas partes del documento y la pérdida casi completa de algunas palabras, le obligaron a cotejar el texto con otros manuscritos contemporáneos que se guardaban en la biblioteca y, en algunos momentos, a consultar determinados pasajes con copistas más experimentados.

En el mes de febrero de 1356, transcurrido un año de su llegada al monasterio, fray Domingo de Sahagún, admitiendo que el aprendiz de copista había superado las pruebas requeridas y alcanzado el grado de pericia exigido para poder acceder a los manuscritos antiguos más valiosos, le puso sobre el pupitre un ajado códice mozárabe que contenía algunos pasajes de la Biblia y que, por el mal estado en el que se encontraba la mayor parte de las páginas iluminadas, no tardaría en perderse.

—Fadrique, en tus manos pongo este preciado códice, conocido como la *Biblia de Vimara* —dijo el fraile franciscano—. Solo poseemos un tercio del original. El resto se ha perdido. Se trata de una copia realizada en el año 980. Dicen que la encargó el abad Mauro del monasterio de Albares y que las ilustraciones se deben al gran iluminador que llamaban diácono Juan. La parte conservada en nuestra biblioteca trata de los Libros Proféticos, que presenta letras capitales bellamente ornamentadas con entrelazos y arquerías. Contiene el Canon de Eusebio de Cesarea. Como ves, se halla en un lamentable estado de conservación. Dedícate a él, cópialo fielmente y trátalo como la joya bibliográfica única que es.

El joven novicio era consciente de que asumía una enorme responsabilidad, pues aquel encargo representaba una nueva y definitiva prueba para ser considerado como uno más de los reputados copistas del monasterio. Sentía el corazón henchido de gozo, como el joven soldado que, una vez aprendido el uso de la espada y el escudo, debía enfrentarse en combate a su primer enemigo. De humilde cuidador de un rebaño de cabras y ayudante de molienda en la sierra cordobesa, al paso de un año, se había transformado en un jovencísimo y respetado copista e iluminador, miembro de una venerable comunidad franciscana.

Once meses estuvo Fadrique Díaz dedicado a la labor de copia e iluminación de la deteriorada *Biblia de Vimara*, acabando, en el mes de marzo del año 1357, tan minucioso trabajo a plena satisfacción de fray Domingo de Sahagún y del abad.

Un mes antes había sido reclamada su presencia por el abad del monasterio. Había desempeñado sin tacha ni dilaciones ni decaimientos las tareas que correspondían a los postulantes y novicios con humildad y generosa entrega a la Orden, con respeto a las tres reglas básicas de pobreza, castidad y obediencia y con entusiasta dedicación a las labores de copista e ilustrador que le habían sido encomendadas y que tanto lustre y fama habían dado a aquel antiguo monasterio.

—La próxima primavera, joven novicio —dijo el abad con cierta solemnidad, cuando accedió a su despacho—, serás ordenado sacerdote por el obispo de Astorga y fraile profeso y tonsurado de la orden franciscana.

El hijo del molinero se postró de rodillas y, tomando la mano derecha de fray Bernardino de Palencia, le besó emocionado el dorso.

—Padre mío: gozoso estoy de poder recibir el santo sacramento del sacerdocio y ser admitido en tan relevante congregación —musitó, al tiempo que unas gruesas lágrimas resbalaban por su rostro.

El día catorce de mayo del año 1357, en la iglesia monacal, en presencia de la comunidad reunida en la nave central, tres novicios, entre ellos Fadrique Díaz, recibieron el sacramento del orden sacerdotal impartido por el obispo de Astorga, el reverendo fray Rodrigo de Lara, y la tonsura que los acreditaba como frailes franciscanos. La tonsura, que en los frailes menores de San Francisco, consistía en el rapado del cabello, dejando solo un arco por encima de las orejas, era la señal de que el monje profeso renunciaba a las vanidades del mundo y se plegaba humildemente a los votos de pobreza, castidad y obediencia.

En el transcurso de la ceremonia, el novicio era presentado al obispo por su director espiritual. Una vez que el prelado lo recibía de rodillas, este le solicitaba que expresara públicamente su deseo de ingresar en la Orden y su compromiso de cumplir fielmente los votos y las severas reglas de San Benito adaptadas a la congregación franciscana. A continuación, el obispo, colocando sus manos sobre la cabeza del aspirante a sacerdote, proclamó, en nombre de la Iglesia católica y del «papa verdadero» —para no decantarse por el pontífice de Avignon ni por el papa que residía en Roma—, que aceptaba solemnemente las sinceras promesas de aquellos novicios que accedían al seno de la Santa Madre Iglesia y a la comunidad de frailes franciscanos, finalizando el acto con la frase: *placet mihi*[2].

La ceremonia acababa con la celebración de la Eucaristía, concelebrada por el obispo y el abad, y el rezo del antiguo Credo de Nicea que decía; «Creo en un solo Dios, Padre Todopoderoso, creador del cielo y de la tierra, de todo lo visible y lo invisible. Creo en un solo señor, Jesucristo, Hijo único de Dios, nacido del Padre antes de todos los siglos. Dios de Dios, Luz de Luz. Dios verdadero de Dios verdadero, engendrado, no creado y de la misma naturaleza del Padre».

Luego, los frailes, puestos en pie, cantaban el himno de la Virgen y recitaban los Salmos de acción de gracias.

En el acto de profesión de la fe y de aceptación de las reglas de la Orden, el abad les decía a los frailes que acababan de ingresar que, como señal de su abandono de la vida pasada y el reconocimiento de que empezaban otra nueva más cerca de Dios en la pobreza evangélica, debían renunciar al nombre que recibieron con el agua del bautismo y tomar otro acorde con su dedicación, inquietudes y aficiones. No obs-

---

2 Me place.

tante, y aunque era costumbre que todos los profesos renunciaran a su antiguo nombre y tomaran el de alguno de los santos de la orden franciscana, Fadrique, que expuso ante el abad el gran aprecio y el amor que sentía por sus padres, obtuvo licencia del prior para conservar el nombre de pila, aunque acompañado del genitivo aclarativo de Santa María.

Al día siguiente, los tres frailes tonsurados, que habían ingresado en la comunidad monástica de Santo Toribio de Liébana, se retiraron a la Cueva Santa —donde, según la tradición lebaniega, se recluía cada cierto tiempo santo Toribio para orar y meditar—. Se trataba de una pequeña edificación, mitad de mampostería y sillares y mitad excavada en la roca, que se hallaba situada en la ladera del monte Viorna, en medio de la espesura. En aquel recóndito cenobio serrano, se retiraban los nuevos frailes para ayunar y dedicarse a la meditación y la oración durante tres días con sus noches.

Y así fue como Fadrique de Santa María, siguiendo con firme voluntad y total dedicación las reglas de la Orden, cumpliendo con alegría los votos de pobreza, castidad y obediencia y ejerciendo la relevante labor de copista e iluminador de manuscritos, conocimientos que había adquirido en el afamado *scriptorium* del monasterio de Liébana, vivió con fama de santidad los siguientes dos años.

Su pericia como amanuense e ilustrador se fue extendiendo por los monasterios, abadías y cabildos catedralicios de todo el reino de León, de Castilla y de Galicia, que solicitaron sus trabajos de habilidoso calígrafo e iluminador. En ese tiempo realizó copias de antiguos códices encargadas por la biblioteca de Santiago de Compostela y por el cabildo de la catedral de Oviedo. Para la biblioteca compostelana, una de las más prestigiosas y mejor dotadas de todos los reinos cristianos peninsulares, hizo una copia del famoso *Libro de las Horas del rey Fernando I,* redactado e iluminado en el año 1055. Se trataba de una valiosa obra que la reina doña Sancha encargó a amanuenses e ilustradores benedictinos para regalársela a su marido, el rey Fernando I de León.

Sin embargo, la vida sosegada de Fadrique de Santa María dedicada, como calígrafo e ilustrador, al servicio de Dios y de los pobres en la apartada sierra de Cantabria, siguiendo las enseñanzas recogidas en los Santos Evangelios y las predicaciones de san Francisco de Asís, sufrió, un frío día de principios del mes de diciembre del año 1359, cuando el joven tonsurado acababa de cumplir diecinueve años, una quiebra inesperada que iba a trastocar su existencia de fraile profeso y de amanuense famoso, estado en el que esperaba acabar sus días después de haberse ganado, con su comportamiento de buen cristiano y sus oraciones, las delicias del Paraíso.

La veleidosa Fortuna o los planes de Dios Todopoderoso, que suelen poner a prueba la fidelidad y la fe de los más curtidos y perseverantes hombres, como le ocurrió al santo Job, se iban a interponer en su camino para desbaratar los planes que el ilusionado fray Francisco de Talavera había ideado y proyectado para el hijo del molinero.

Al término de la oración del Ángelus, fray Lorenzo Carrillo se acercó a Fadrique, que ya marchaba en dirección al *scriptorium*, y, tomándolo de un brazo, lo apartó del resto de frailes que se dirigían cada uno a la labor que tenía encomendada.

—Hermano Fadrique de Santa María, fray Bernardino de Palencia desea conversar contigo —expuso con gesto adusto y expresión sombría el fraile que había sido su director espiritual—. El joven cordobés sintió que un escalofrío le recorría la espalda y una sensación de inquietud le oprimió el pecho al ver el rostro demudado de fray Lorenzo.

—¿Qué ocurre, hermano? ¿Qué desea de mí el abad? —exclamó, queriendo saber cuál era la causa de la desazón que se reflejaba en el rostro del fraile.

—El abad tiene noticias de Córdoba. Dirígete a su despacho sin tardanza.

Fadrique recorrió la galería que separaba la iglesia conventual del edificio en que se hallaba el despacho de fray Bernardino con el presentimiento de que algo terrible había sucedido a su familia. El abad lo recibió de pie, apoyado en la mesa que ocupaba el centro de la habitación. En sus manos sostenía una carta de la que pendían el lazo y el lacre que la mantenía plegada y cerrada.

—Un mercader de Santander que, en su viaje desde Córdoba, ha pernoctado en el monasterio, me ha entregado esta carta para ti —dijo el abad, al tiempo que le mostraba la misiva.

—¿De Córdoba?

—De nuestro convento de aquella ciudad. La envía fray Francisco de Talavera, párroco de la iglesia de Zuheros, al que bien conoces, pues fue tu tutor y el responsable de que ingresaras en nuestro monasterio.

El joven fraile se acomodó, sin poder contener la desazón que lo embargaba, en la silla que le señaló fray Bernardino. El abad le entregó la carta para que rompiera el lacre y pudiera leerla y conocer su contenido. Las manos de Fadrique temblaban mientras que leía con avidez y angustia la larga misiva que le había enviado el franciscano de Zuheros y cuyo contenido debía conocer ya el abad por confidencia del mercader de Santander, lo que explicaría la triste expresión que se reflejaba en su rostro.

«A fray Fadrique de Santa María, Monasterio de Santo Toribio de Liébana. Salud y gracia.

Con inmenso dolor te he de hacer relación de los graves acontecimientos que han sucedido en la sierra de Córdoba en los días que siguieron al destronamiento del sultán de Granada, Muhammad V, con el que nuestro rey mantenía una sincera amistad y fuertes vínculos de vasallaje. Para desgracia de los que morábamos en la frontera, al ser despojado del trono y asumir el poder ilegítimamente su hermano Ismail, dichos pactos y paces quedaron rotos temporalmente y la frontera desguarnecida y expuesta a las acometidas, algaradas y secuestros de los feroces guerreros meriníes que están al servicio de los monarcas granadinos. Hallándose los castillos fronterizos avisados del peligro, se resguardaron los rebaños en los albacares y la gente se refugió en su interior y en las torres de alquería, pero algunas haciendas, que quedaban lejos de las fortalezas, fueron asaltadas por las hordas norteafricanas y sus desdichados moradores cautivados o muertos. Es en ese punto en que me duelo contigo de lo acaecido en el molino de Fuente Fría, que era propiedad de tu padre, el bueno y servicial Hernán Díaz Patiño. Cuando el alcaide del castillo de Zuheros supo que una partida de musulmanes se hallaba en las cercanías de Priego, dio la alarma y la orden de encastillamiento, pero no pudo evitar que los africanos asaltaran algunas alquerías y propiedades rústicas, entre ellas el citado molino de Fuente Fría. Los almogávares lo atacaron con saña incendiándolo, después de haber tomado cautivos a tus desdichados progenitores y a tu inocente hermana Almodis. Sabemos, por unos alfaqueques, que luego viajaron a la ciudad de Granada, que los asaltantes, antes de que el nuevo sultán confirmara con el rey don Pedro los antiguos pactos, condujeron a los cristianos capturados en aquellos días a Marbella. Se cree que los embarcaron en ese puerto y los llevaron al reino de Fez para sacarlos a la venta en el mercado de esclavos de Ceuta, Tetuán o Targa.

Te hago relación de lo sucedido a tu familia con el convencimiento de que, tan triste y dolorosa noticia no será causa de merma en la fe, sino que servirá para fortalecer tus creencias de buen cristiano y, como Jesús perdonó a los esbirros de Pilato que lo azotaron y lo condujeron a una muerte cruel en el Gólgota, así tu noble corazón de fraile franciscano sabrá perdonar a aquellos que tanto mal te han hecho. Sin embargo, no debes perder la esperanza de ver de nuevo a tus padres y a tu hermana sanos y salvos, pues el Adelantado Mayor de la Frontera, dicen que ya ha emprendido las pesquisas, por medio de algunos alfaqueques, para tratar del rescate de los cautivos que hicieron los musulmanes en aquellas aciagas jornadas.

En Zuheros, en el primer día del mes de septiembre del año del Señor de 1359.

Fray Francisco de Talavera, sacerdote de la villa de Zuheros.»

Fadrique de Santa María quedó conmocionado y sin habla. Un sudor frío le corría por la frente y un llanto entrecortado se escapó de su garganta. Sus labios se negaban a emitir las palabras que, desde su agobiado cerebro, pugnaban por surgir. Fray Bernardino de Palencia, con los ojos inundados de lágrimas, se acercó al atribulado joven para ofrecerle el consuelo de su cercanía, al tiempo que le expresaba sus condolencias por la terrible desgracia que acababa de conocer y sufrir. Cuando, al cabo de un largo espacio de tiempo, el afligido fraile pareció recuperarse del golpe recibido, el abad le tomó ambas manos y le dijo, con la intención de infundir el ánimo que vio que había desaparecido del apesadumbrado franciscano:

—Hermano Fadrique de Santa María: Dios te ha puesto en el camino una durísima prueba. Asume con resignación cristiana el inmenso dolor que te aflige y ofrécelo a Nuestro Señor Jesucristo que, siendo inocente, padeció un castigo injusto y doloroso por la salvación de todos los hombres. Dedícate a la oración y a tu labor en el *scriptorium*, que con el discurrir de los días y de los meses y la ayuda de la Virgen Santísima, tu alma hallará de nuevo la paz y el sosiego que ahora le faltan.

El compungido hijo del molinero guardó silencio durante unos minutos sin apartar la mirada de la reveladora carta de fray Francisco de Talavera que mantenía entre sus temblorosas manos. Luego, sacando fuerzas de flaqueza, dijo con un susurro:

—Fray Bernardino, desde que llegué a este monasterio, hace ya cuatro años, habéis sido como un padre para mí. Ahora, cuando el azar me ha golpeado tan severamente, en momentos de gran aflicción y de duda, os ruego que me permitáis retirarme varios días con sus noches al oratorio de la Cueva Santa, donde dicen que hallaba consuelo y paz de espíritu santo Toribio. Deseo meditar y esperar la ayuda y el consejo del santo de Asís, nuestro patrón. He de tomar graves decisiones, pero necesito madurarlas en soledad asistido por el Espíritu Santo.

Aunque fray Bernardino de Palencia dudó, en un principio, en concederle su autorización, porque temía que podría ser contraproducente que, en aquellos momentos de dolor inmenso y consternación, el desolado fraile permaneciera en soledad y alejado del resto de la comunidad, al cabo, consideró la petición del franciscano y le dio su consentimiento para que marchara a la Cueva Santa.

Como había solicitado Fadrique, en aquel apartado cenobio rupestre permaneció cuatro días, aislado y retirado de la vida monacal, ayunando y dedicado a la meditación y a poner en orden las ideas que se acumulaban en su cerebro, pues, desde que supo lo acontecido a su querida familia, un pensamiento rondaba su cabeza; un pensamiento disparatado, propio de un alma juvenil e impetuosa, pero que estaba convencido que sería la única manera de poder hallar, de nuevo, la paz y el equilibrio emocional que la misiva de fray Francisco acababa de arrebatarle.

Al atardecer del cuarto día de voluntaria reclusión, abandonó la Cueva Santa y se presentó en el despacho de fray Bernardino de Palencia, escuálido y casi sin fuerzas, desmejorado por las jornadas de obligado ayuno en aquel desapacible retiro, pero animado por un deseo imparable y un espíritu nuevo, luchador y aguerrido, que, para el bueno y sorprendido abad, en nada se asemejaba a la actitud siempre humilde, benevolente y sosegada que mostraba de ordinario fray Fadrique de Santa María.

—Respetado abad —dijo, con voz templada pero firme, cuando se hubo presentado ante fray Bernardino—: he sido un postulante obediente y fiel a los mandatos de la Orden; un novicio amable y generoso con mis hermanos; atento a las enseñanzas de los frailes más experimentados y santos; he asumido con alegría y sin doblez ni desinterés el sagrado sacramento del sacerdocio y me he comprometido con absoluta lealtad y buena fe a cumplir el resto de mi vida las reglas de san Benito y los votos de pobreza, castidad y obediencia.

Pero, llega un día en que las fuertes convicciones que hemos ido asumiendo para sostener nuestra inestable existencia en su discurrir por este aciago mundo, se desmoronan y caen inesperadamente por obra del azar o por los inescrutables designios del Creador que, a veces, castiga los pecados de los hombres con pruebas que parecen insuperables. Dios me ha puesto en el camino un tumultuoso torrente que me veo obligado a vadear para poder seguir la ruta que me conduce hasta Él. Por ese motivo, no me he de amparar en el fácil recurso de la meditación y el rezo, que tanta fuerza tienen para dar sosiego a las almas, pero que, en mi caso, considero insuficientes y vanos, sino que debo presentar batalla a la adversidad y buscar la restitución de la paz interior que los infieles enemigos de Dios me han arrebatado.

Fray Bernardino atendía al sentido y prolongado discurso del monje amanuense, temeroso de que concluyera de la manera que adivinaba al escuchar el preámbulo que Fadrique había expuesto con tanta firmeza y determinación.

—¿Y cuál será el camino que piensa mi buen fraile tomar para recuperar la confianza en Dios y seguir la senda del sagrado vínculo monacal? —preguntó el abad, a sabiendas de que el atormentado espíritu de Fadrique tenía ya decidido cuál iba a ser ese camino que quería conocer.

—Os pido que me liberéis del sacramento del sacerdocio, de los sagrados votos de pobreza, castidad y obediencia y de la tonsura monacal y me permitáis retornar a la vida seglar.

El rostro de fray Bernardino se ensombreció. La herida que había dejado en el alma de aquel fraile la noticia del cautiverio de su familia por los almogávares africanos —pensó— había sido tan profunda y dolorosa que sus ilusiones y anhelos, cultivados durante años en el monasterio, se habían disipado de golpe como se disipa la niebla de la mañana al recibir los primeros rayos del sol naciente.

—Cuando mis padres y mi desdichada hermana estén a salvo en su tierra de Córdoba, respetado abad, será ocasión de retomar mi vida monacal y dedicarla de nuevo al servicio de Dios y a las labores que me condujeron hasta este santo monasterio.

El abad permaneció en silencio un buen rato. Luego, dijo:

—Si esa ha sido la decisión que has tomado durante las jornadas de aislamiento, meditación y ayuno en la Cueva Santa, amado Fadrique, no seré yo quien ponga impedimento ni trabas eclesiásticas a tu petición —declaró con la voz entrecortada y plena de emoción el fraile gobernador del monasterio de Santo Toribio de Liébana—. Elevaré al provincial de la Orden Franciscana tu solicitud de anulación de los votos y de la tonsura, no así del sagrado sacramento del sacerdocio, que ese vínculo con Dios te acompañará hasta el día de tu muerte.

Y de esa manera quedó Fadrique de Santa María exonerado temporalmente de sus votos y de los compromisos adquiridos con la Orden Franciscana, volviendo a la vida de seglar, aunque convencido de que no iba a ser fácil integrarse en la compleja sociedad civil alguien que carecía de estatus de hidalguía y no poseía propiedades ni tenía oficio reconocido, pues ser experto en caligrafía e iluminación de códices no era una profesión que abriera las puertas del éxito a un joven sin familia ni patrón que lo amparase.

El día 5 de febrero del año 1360 emprendía el camino de Córdoba Fadrique Díaz en la misma acémila que, cinco años antes, lo había llevado al monasterio franciscano de Santo Toribio de Liébana.

Hacía cuatro meses que había cumplido diecinueve años de edad.

V

El alfaqueque don Rodrigo de Biedma

Aunque fray Bernardino de Palencia había insistido en que permaneciera en el monasterio hasta que se hubiera iniciado la primavera, Fadrique hizo oídos sordos a la sensata recomendación del abad y emprendió el viaje en solitario y en pleno invierno, cuando los pasos de montaña estaban cubiertos de nieve, los caminos convertidos en lodazales y los ríos y torrentes desbordados e imposibles de vadear. Afortunadamente para el intrépido fraile secularizado, aquel mes de febrero fue menos gélido que los inviernos de años anteriores, estando los senderos de las sierras que atravesaba libres de nieve, aunque embarrados y, a veces, cortados por peligrosas escorrentías.

Portaba sobre la grupa de la acémila unas alforjas con las vituallas que le había proporcionado el cocinero del monasterio, así como algunas monedas que le había dado el abad para que pagara a los barqueros, si los encontraba al cruzar algún río caudaloso, o el hospedaje donde no hubiera convento que lo acogiera por caridad cristiana.

Pernoctando en castillos, aldeas, cenobios y, cuando no hallaba lugar habitado, en abrigos rocosos o a cielo abierto protegido por la gruesa capa de lana, en jornadas de marcha en las que, en ocasiones, lograba avanzar tres leguas, aunque de ordinario no se desplazaba más que dos o dos y media, debido a lo abrupto y descarnado del camino, alcanzó la ciudad de León diez días después de haber abandonado el monasterio de Santo Toribio.

Entró en la vieja urbe, capital del reino, por la llamada puerta del Obispo, que daba a una recoleta plazuela, no lejos de la iglesia catedral. Las murallas de piedra, reforzadas con torres de planta semicircular, que decían habían sido edificadas por los antiguos romanos, circundaban la ciudad por todos sus frentes. A un funcionario del concejo, que hacía guardia junto a la puerta, y que, dedujo, debía ejercer el oficio de portazguero, le solicitó que le indicara la ubicación de algún convento o iglesia que pudiera darle albergue a él y cebada y establo a su mula, pues portaba una carta de presentación de fray Bernardino para que lo acogieran como si aún fuera un miembro de la Orden Franciscana.

El portazguero, ocupado en inspeccionar la carga de una acémila, no quiso atenderle, pero le señaló a un joven que sacaba agua de un pozo que había en el centro de la plaza.

—Vaya al hospital de peregrinos, que está al otro lado de la catedral —le informó el muchacho, entretanto que trasvasaba el agua del cubo de latón a un cántaro que se hallaba depositado junto al pretil—. Allí, con toda seguridad, le darán hospedaje y comida como hacen cada día, por amor a Dios, los hermanos de la cofradía que lo regentan con los peregrinos pobres que se dirigen a Santiago de Compostela.

—Muy agradecido —manifestó Fadrique, tomando la dirección de la iglesia- catedral.

—Y no se alarme si ve en la plaza gente de armas —continuó diciendo el joven—. El alcaide de la fortaleza está reuniendo una partida de caballeros para marchar al castillo de la Mota donde el rey don Pedro está reuniendo el ejército real.

El hijo del molinero tomó el camino que conducía al hospital sin reparar en las palabras del leonés, pues era un asunto que no le concernía.

Aquella noche, después de comer mal y escaso durante días, pudo ingerir, por fin, una pitanza caliente y sustanciosa, servida por un hombre de unos cuarenta años de edad que vestía un jubón de buena factura y no un hábito monacal, vestidura talar que mejor se habría adaptado a la caritativa y altruista labor que ejercía. Mientras daba buena cuenta del caldo que le había preparado el cocinero en una escudilla de madera, Fadrique se interesó por la hermandad o cofradía que regentaba aquel hospicio. En otra mesa cercana se hallaban cenando otros cuatro comensales que, por su trabajado atuendo y los bordones que habían dejado apoyados en un rincón del comedor, se podía deducir que eran peregrinos que se dirigían a Santiago. Habiendo oído el cofrade lo que había preguntado Fadrique, se acercó a su mesa y le respondió con estas palabras:

—No pertenecemos a ninguna orden monástica, señor desconocido —le dijo el hombre que servía la comida—, ni a un hospicio regido por la Santa Madre Iglesia. Este hospital lo fundó la infanta doña Sancha Raimúndez, hermana del rey don Alfonso VII de León, y se mantiene con los maravedíes que aportan generosamente sus sucesores en el trono y algunos venerables caballeros de esta ciudad. Nosotros somos hermanos seglares de la cofradía de san Facundo y san Primitivo que, por caridad cristiana, damos hospedaje y servimos algún alimento a los peregrinos pobres y enfermos.

—Santa misión la vuestra, amigo mío —adujo Fadrique, al tiempo que engullía un trozo de carne de pichón que acompañaba al caldo—. Seguro que el Todopoderoso os lo premiará en la otra vida.

—Así será, aunque la caridad cristiana es una virtud que no debe esperar recompensa alguna —argumentó el cofrade—. Mi nombre es Ramiro y mi oficio cuchillero cuando no sirvo a la hermandad de este hospital. ¿Sois acaso también peregrino?

—Me llamo Fadrique Díaz y no hago la peregrinación a Santiago, sino que viajo desde la montaña de Cantabria hasta Córdoba donde he de resolver cierto asunto.

—Larga y peligrosa andanza, señor Fadrique, para alguien que viaja solo —manifestó Ramiro—. Y más, en pleno invierno. Pero, puedo daros el nombre de cierto mercader judío que ha recalado en esta ciudad procedente de Oviedo y que, quizás, acepte vuestra compañía. Se dirige, con otros comerciantes, a Sevilla, llevando productos de su tierra que es Asturias. Se hospeda en una posada que está junto a la puerta del Castillo y que llaman mesón de San Marcelo.

—Os agradezco la información, señor Ramiro —argumentó el fraile secularizado—. Viajar con mercaderes, que son gente conocedora de los caminos y de sus peligros, es siempre agradable y reconfortante.

—Y un seguro de vida —añadió el hermano cofrade—. Todo el mundo sabe en León que en las montañas que circundan el valle del río Esla hay partidas de golfines que asaltan a los viajeros, roban y matan. Los soldados del rey nada pueden hacer, porque se ocultan en lo más intrincado de la sierra y porque, dicen, que son seguidores de don Enrique de Trastámara y están protegidos por algunos poderosos caballeros aliados del hermanastro de nuestro rey.

—Pues con más razón he de buscar la compañía del citado mercader.

—Su nombre es Samuel Abenax —señaló Ramiro.

Aquella noche, mientras que la agotada acémila descansaba y se resguardaba del relente y del frío en la cuadra del hospicio, Fadrique durmió a piernas sueltas sobre el jergón de lana que le había proporcionado el tal Ramiro. Cuando hubo amanecido y terminado de tomar el desayuno, consistente en un cuenco colmado de leche de vaca y una rebanada de pan de cebada, se dirigió al mesón de San Marcelo Mártir, uno de los santos patrones de León, con la intención de entrevistarse con el mercader judío.

En el comedor de la posada, desayunando, se hallaba el mencionado mercader.

Se ha de referir que Fadrique Díaz se había despojado del hábito franciscano en el monasterio, antes de emprender el viaje, e iba vestido con ropa de seglar: zaya larga de mangas ajustadas, camisa de lana y tabardo con caperuza o capuz, además de una gruesa capa, también de lana, para protegerse del frío y de la lluvia. Calzaba unos zapatos usados de color negro que le había regalado el abad, que se asemejaban a unos escarpines rústicos confeccionados con badana. La zaya se la ajustaba a la cintura con una correa de cuero y una hebilla de latón. La única evidencia que recordaba su anterior vida de fraile era la tonsura que, aunque habían transcurrido tres meses desde que se la raparon por última vez, aún se resistía a desaparecer de su cabeza.

Samuel Abenax era un hombre breve de alzada, pero de piernas y brazos fuertes, lo que compaginaba bien con su trabajo de mercader que ha de cargar y descargar fardos y caminar muchas leguas por senderos en ocasiones abruptos y con pronunciadas pendientes. Su rostro, delgado y cetrino, de ojos salientes y vivos, dejaba traslucir un alma noble, proclive a ayudar al prójimo, o al menos, esa era la impresión que recibió el antiguo fraile que, por su esmerada educación religiosa, estaba inclinado a ver siempre la parte buena y bondadosa de la gente. Se hallaba aposentado en un banco de madera charlando con otros dos hombres de aspecto rudo.

—Buenos días nos conceda el Altísimo —dijo, a modo de saludo, Fadrique.

—Bonos díes, señor —contestó el mercader en la lengua de su tierra.

—Mi nombre es Fadrique Díaz y estoy empeñado en un viaje que me ha de llevar, si Dios lo tiene así concertado, a la ciudad de Córdoba —expuso el hijo del molinero—. En el hospital de pobres me han asegurado que sois mercader y que estáis en León de paso para la tierra de Andalucía.

—Así es, joven. Con estos dos acemileros de Langreo conducimos una recua de seis mulas hasta la ciudad de Sevilla, donde hemos de entregar ciertas mercancías, y, en el viaje de retorno, cargar una docena de tinajas con aceite de oliva. Mi nombre es Samuel Abenax, aunque mis familiares y amigos cercanos me conocen como Leví, porque mi buen padre asegura que la familia a la que pertenezco desciende de esa tribu de Israel.

—Puesto que viajamos en la misma dirección y con destinos muy cercanos, no sé si sería un atrevimiento pediros que me permitáis acompañaros y hacer el camino a vuestro lado. En el hospital, uno de los cofrades me ha prevenido para que no viaje solo por el valle del río Esla. Dice que hay en sus aledaños partidas de malhechores asaltando y robando.

—Hace meses que esos facinerosos andan a sus anchas por esos pagos, señor Fadrique —aseguró Samuel Abenax—. Se comenta que para justificar sus fechorías aseguran que lo hacen como parciales del conde de Trastámara, pero es burda impostura. Aunque, en caso de que sea como dicen, para estar a salvo de sus amenazas y asaltos, antes de iniciar el viaje he procedido a solicitar y obtener un salvoconducto del señor de Lodeña, que es uno de los partidarios del conde de Trastámara, que reside en el reino de Asturias. Es probable que ese documento nos permita atravesar la región sin sufrir ningún contratiempo.

—¿Podré, entonces, acompañaros? —insistió Fadrique.

—No lo dudéis, joven tonsurado, que donde viajan tres pueden viajar cuatro, siempre que el cuarto cabalgue en su propia mula —señaló el mercader emitiendo una sonora carcajada, no sabría decir Fadrique si a causa de su burla de recuero o porque había descubierto que en el pasado había sido fraile.

—Mañana, al amanecer, partimos —dijo el judío—. Nos encontraremos en la puerta del Obispo y con las alforjas llenas, que juntos emprenderemos el largo viaje que nos ha de llevar a la tierra de Andalucía, si Dios quiere.

Y así fue como el fraile, reconvertido en seglar tonsurado por los avatares del destino, continuó el viaje con la tranquilidad que proporciona el ir bien acompañado y dirigidos por un sagaz y experimentado comerciante que portaba, según decía, un documento que los podría librar de un mal encuentro con los retorcidos golfines.

Cabalgaron durante ocho jornadas siguiendo la ribera del río Esla sin que se hubieran topado con los salteadores de caminos. Cuando dieron con el cauce del río Duero, Samuel Abenax decidió tomar un sendero que, siguiendo la dirección este, los conduciría a la ciudad de Zamora. El día 27 de febrero, miércoles, entraron los cuatro viajeros en la bien fortificada población por la puerta que llaman de doña Urraca, infanta de Castilla que obtuvo el señorío de la ciudad a la muerte de su padre, el rey Fernando I.

Pero no habían aún atravesado el portón, que estaba vigilado por dos centinelas y un portazguero sentado detrás de una improvisada mesa, cuando oyeron gritos y alboroto de gente en la plaza cercana. Preguntaron a uno de los soldados qué era lo que causaba aquel tumulto y el centinela les dijo que las tropas del rey habían entrado en la ciudad la noche anterior y que estaban sacando de sus casas a algunos caballeros que formaban parte del Concejo a los que se acusaba de rebeldía y de ser partidarios del conde de Trastámara. Temiendo verse envueltos en aquel conflicto, Samuel y sus compañeros optaron por salir a campo abierto y buscar un lugar menos belicoso para pasar la noche.

A media legua, siguiendo el camino que llevaba a Salamanca, hallaron una mala posada en la que se hospedaron. Pensaban continuar el viaje al amanecer del día siguiente, pero como se desató una violenta tormenta de viento, lluvia y rayos, decidieron permanecer en aquel lugar hasta que hubo desaparecido el temporal, lo que aconteció pasados tres días.

El resto de las jornadas lo hicieron los viajeros sin sufrir las inclemencias del tiempo y sin temor a los golfines que, según les dijeron en Plasencia, no solían rondar por las tierras situadas el sur del Tajo. Desde esa ciudad cabalgaron con comodidad por un camino bien empedrado en algunos tramos y en otros con el firme de tierra apisonada, pero nivelado y sin escabrosidades, lo que indicaba que los concejos de aquella comarca se encargaban de su cuidado y reparación.

—Cabalgamos, Fadrique, por la antigua calzada que usaban los romanos y que llamaban vía de la Plata —expuso el mercader judío—. Aún está en uso, como puedes comprobar. Dicen que es el mejor camino que hay en toda Andalucía y en la Extremadura y que, a tramos, alcanza las tierras de Galicia.

—¿Estáis seguro, mosén Abenax, que las losas que lo cubren en algunos trozos fueron colocadas por los antiguos habitantes de estas tierras? —preguntó Fadrique, sorprendido por el hecho de que el paso del tiempo y las escorrentías invernales no las hubieran destrozado.

—Fueron puestas ahí por los que gobernaron un gran imperio cuyo centro estaba en la ciudad de Roma —respondió Samuel Abenax—. Aseguran algunos, que comenzaba en la costa de Cádiz y llegaba a la ciudad de Lugo, aunque solamente se conservan los tramos situados al sur del río Tajo. Su buena conservación se debe a que sus hábiles constructores erigían puentes de piedra para cruzar los ríos y los arroyos y unas acequias o canales, a cada lado de la calzada, para que circulara el agua de la lluvia sin dañar las losas de piedra. Nosotros procuramos viajar por ella porque está siempre muy concurrida, pues, en nuestros días, la utilizan los peregrinos de Andalucía y Extremadura para arribar a Santiago y poder venerar el cuerpo del santo apóstol.

En Zafra, el comerciante asturiano y los dos acemileros que lo acompañaban con sus mulas continuaron la marcha en dirección a Sevilla, mientras que Fadrique tomó el camino que, siguiendo la dirección este, se dirigía a Córdoba. Entró en esa ciudad por la puerta de Almodóvar en la tarde del día primero de abril del año 1360. Se hospedó durante unos días, para recuperar las fuerzas perdidas en el transcurso de tan prolongado viaje, en el monasterio franciscano de San Pedro, que fundara el rey don Fernando III cuando tomó la ciudad a los musulmanes.

El resto del viaje, hasta Zuheros, lo hizo en compañía de dos frailes que se dirigían a la fortaleza de Priego. A mediados del mes de abril avistaba Fadrique Díaz el enriscado castillo de la villa en la que residían el regidor don Martín de la

Cruz y fray Francisco de Talavera y en la que esperaba conocer, con mayor detalle, qué fue lo que le sucedió a su desdichada familia.

El encuentro entre el fraile y don Martín con el hijo del molinero fue muy conmovedor, sobre todo por lo inesperado, porque nada sabían los residentes en Zuheros de la decisión que había tomado Fadrique, una vez conocida la desgracia acontecida a su familia, de abandonar la vida monacal y retornar como seglar a su villa cordobesa. Se abrazaron con emoción, pero sin poder ocultar el sentimiento de tristeza que enturbiaba aquel encuentro al rememorar los infaustos sucesos que habían provocado el retorno del joven a su tierra. El recién llegado lloró desconsoladamente recordando los días felices de su infancia en el molino de Fuente Fría, la vida sosegada al cuidado de la piara de cabras y las visitas periódicas del regidor ecónomo, que fue el origen y el motivo de su ingreso en la orden franciscana. Sin embargo, lo que más dolor le causaba era saber que sus deudos se hallaban sometidos a los sufrimientos y crueles vejaciones que soportan los infelices cautivos en tierra de infieles, si es que aún se hallaban con vida. Pero, si algo le corroía el alma y le ocasionaba un gran desconsuelo y una profunda aflicción, era ignorar lo que había sido de su querida y desvalida hermana Almodis en manos de aquellos musulmanes sin corazón, raptada a la edad de trece años. ¡A qué suplicios y humillaciones la habrían sometido sus captores!, pensaba, en tanto que se fundía en un afectuoso abrazo con don Martín.

—Hemos sentido, querido Fadrique, tu desgracia como nuestra —manifestó el regidor de Zuheros—. Cuando las milicias de la villa, mandadas por el alcaide, pudieron acudir en socorro de las alquerías del término, ya era tarde. Los almogávares africanos, incumpliendo los acuerdos de paz firmados, las habían saqueado y cautivado a los desdichados que moraban en ellas. El molino de tu padre fue pasto de las llamas, como le aconteció a otros caseríos de la comarca. Y aunque se batió el terreno y se buscó entre las cenizas del molino, de tus padres y de tu hermana no se halló ni rastro.

—Por un alfaqueque de Córdoba supimos que la mayor parte de los cautivos tomados en aquellos aciagos días fue conducida a Marbella y, desde ese puerto de mar, al reino de Fez —añadió fray Francisco—. No sabemos si tus padres y tu hermana iban en esa expedición o se encuentran aún prisioneros en el reino de Granada.

Una vez superada la sorpresa del encuentro y acabados los efusivos abrazos y las lamentaciones, los tres accedieron a la sala del castillo donde se reunía habitualmente el concejo de la villa. Sentados en torno a una tosca mesa que ocupaba el centro de la estancia, Fadrique permaneció en silencio, cubriéndose el rostro con las manos, abrumado y enjugándose, en vez en cuando, las lágrimas que continuaban fluyendo de sus ojos.

—Queridos amigos —comenzó a decir el hijo del molinero cuando se hubo recuperado de la aflicción y el dolor que lo invadían—: por las vestiduras que cubren mi ajado cuerpo habréis adivinado que ya no soy fraile sino seglar. El provincial de la Orden de aquella parte del reino de León me ha concedido licencia para secularizarme y renunciar temporalmente a los votos, por causa mayor, como alegué ante mi señor el abad. Si he acometido este largo y peligroso viaje desde la montaña de Cantabria no ha sido porque rechace y desprecie la vida de fraile franciscano, de copista e iluminador de códices, que, con tanta ilusión, había voluntariamente emprendido en el monasterio de Santo Toribio de Liébana, sino porque tengo una deuda que saldar con mi desdichada familia. Un día la abandoné para buscar una existencia sosegada acorde con mis aptitudes artísticas y las habilidades con las que el Divino Creador me había dotado, y ahora debo pagarla. Sin tener, entonces, conciencia de ello, me alejé del peligro y del mal que, al cabo, ellos han sufrido en mi ausencia. En este trance, con el sentimiento de estar huérfano y, en parte, ser culpable del daño que han recibido, tomé la firme resolución de abandonar el monacato y volver a esta tierra de frontera. Deseo viajar al reino de Granada para saber qué ha sido de mis progenitores y de la pequeña e inocente Almodis.

Los dos interlocutores de Fadrique permanecieron en silencio, entretanto que escuchaban compungidos las sentidas palabras del joven.

Fray Francisco le tomó las manos y se las apretó con ternura para transmitirle el amor y el respeto que, en su opinión, merecían su noble actitud. ¡Cuán desgarradora había sido la pérdida sufrida por aquel inocente ser, que nada sabía de lo que acontecía fuera de los muros de su monasterio y que aspiraba ingenuamente a viajar al reino de Granada, a una tierra extraña que le era totalmente desconocida! —pensó—. ¿Cómo podría desenvolverse un joven fraile franciscano sin experiencia, que había vivido buena parte de su vida recluido en un apartado y aislado cenobio, entre una gente cuya lengua, religión y costumbres ignoraba?

—Admiro tu valor y tu firme decisión de pasar a la tierra de los musulmanes, Fadrique —manifestó don Martín de la Cruz—. Pero debes serenar tu espíritu y pensar en las graves consecuencias que puede acarrearte un plan tan precipitado y, probablemente, abocado al fracaso.

—He de ir a Granada, don Martín. Mi desdichada familia lo reclama.

—Pero, desconoces la lengua de los granadinos.

—La aprenderé.

—¿Y si no se hallan en territorio nazarí, sino en el de Fez, como cree el alfaqueque de Córdoba? —insistió el regidor de Zuheros.

—Entonces, embarcaré en un cárabo o en un batel y cruzaré a la orilla africana para buscarlos.

—No eres hombre de armas, sino de oración —adujo fray Francisco—. ¿Cómo vas a tratar con los funcionarios musulmanes, con los soldados del sultán o con los jueces que decretan la legalidad o ilegalidad de los apresamientos, si desconoces su lengua y sus reglas y ordenanzas?

—Quizás proclame públicamente mi aversión a su religión, a su Dios y a su falso profeta para que un juez me condene al cautiverio y, de ese modo, pueda padecer las mismas penalidades que ellos están padeciendo —respondió, sin pensarlo dos veces, el hijo del molinero.

—¡Es una locura! —exclamó don Martín—. ¡Esa declaración es, para ellos, blasfemia y herejía y está castigada con la pena de muerte! ¡Como mal menor, acabarás encerrado en una mazmorra de la alcazaba o en una prisión del sultanato de Fez y no habrás conseguido otra cosa que tu propia perdición!

—Pero alcanzaré la paz de espíritu al sufrir el martirio o la cautividad y la humillación que mis padres y mi inocente hermana deben estar soportando.

Don Martín y el fraile franciscano cruzaron sus miradas consternados y movieron sus cabezas para mostrar su impotencia y la imposibilidad de convencer con sus razonamientos al tozudo hijo del molinero.

Acabada la conmovedora conversación, Fadrique se alzó de la silla en la que se hallaba aposentado y se acercó al ventanal que daba a la villa y a la montaña en la que, una vez, estuvo situado el molino de Fuente Fría y, más lejos, se adivinaba la raya de la frontera. Su mirada se perdió en esa dirección donde sabía que se encontraba el reino de Granada y, también, donde debía estar penando injusta cautividad su amada y sufrida familia.

—Si he realizado tan largo viaje, he abandonado mi dedicación a Dios y he dejado en el camino mi vocación de fraile amanuense —dijo, a modo de conclusión—, no ha de ser para permanecer en esta villa sumido en el dolor y la frustración. Mis progenitores exigen que vaya a su encuentro y los libere del cautiverio. Nada en este mundo, amigos míos, me lo va a impedir.

El regidor, que era hombre avezado en las cosas de la guerra y de la frontera por razón de su cargo, sabía a ciencia cierta que si Fadrique Díaz acometía la loca aventura de entrar en Granada por sus propios medios y con su declarada actitud de mártir, acabaría encerrado de por vida en una oscura mazmorra o, quizás, degollado en la plaza de Bibarrambla por hereje y enemigo declarado del islam.

—Ya que has tomado una decisión que parece firme e inamovible, creo que, antes de acometer tan arriesgada aventura, debes prepararte e instruirte en las normas y en la lengua que imperan al otro lado de la frontera, joven impulsivo. Has de buscar a alguien honrado y que sea buen conocedor de ese otro mundo —manifestó don Martín de la Cruz—. Y tengo en mente quién puede ser esa persona. Si has dejado de ser fraile y no conoces otro oficio que el de amanuense e iluminador de códices, que escaso valor tiene para la gente de Granada o de Fez, un honorable caballero que ejerce el noble y respetado oficio de alfaqueque que, como sabes, son los encargados por el rey de ver y tratar los litigios que surgen entre la gente de un lado y otro de la frontera y llevar a cabo las conversaciones para rescatar a los cautivos, será el mejor de tus maestros. Don Rodrigo de Biedma es su nombre y pronto lo podrás conocer, porque ahora se halla en Priego, pero, en los próximos días, habrá de retornar a Córdoba haciendo alto en Zuheros. Él puede entrar y salir del territorio granadino sin impedimento alguno, pues, por su cargo, cuenta con salvoconductos expedidos por las autoridades de ambos reinos, al margen de dominar la lengua árabe y las leyes musulmanas. Si acepta que lo acompañes y te asesore, es posible que tu aventura granadina tenga alguna probabilidad de éxito.

Y de esa manera quedó sosegado el impetuoso espíritu de Fadrique y convencido, con las últimas palabras de don Martín de la Cruz, de que, para llevar a buen término su ansiada y audaz empresa, necesitaba tener noticias fiables de lo que acontecía en el reino de Granada, conocer las costumbres de la gente musulmana que lo habitaba e iniciarse en el aprendizaje de su lengua y de las leyes islámicas para emprender, cuando estuviera preparado, la aventura acompañado de persona experta y sabedora de las cosas de la cautividad. Y nadie más a propósito para que le abriera las puertas del reino vecino y lograra la complicidad de la gente que lo habitaba —pensaba—, que un alfaqueque, respetado personaje de la frontera que, aunque seguidor de la religión de Cristo, solía vivir, si era necesario, como musulmán, hablar a la perfección su lengua y moverse como pez en el agua entre los que se regían por las leyes islámicas y profesan la religión que había predicado su profeta Mahoma.

Fray Francisco de Talavera le proporcionó un recoleto dormitorio, situado junto a la sacristía de la iglesia de Santa María, que, al parecer, había sido el lugar donde guardaban los mahometanos las donaciones de su fundación de caridad, para que se hospedara, entretanto que acudía a Zuheros el alfaqueque don Rodrigo de Biedma y don Martín de la Cruz pudiera presentarle a quien estaba tan deseoso de marchar a territorio musulmán.

El día 26 de abril, sábado, entró en la villa de Zuheros don Rodrigo de Biedma acompañado de dos criados, montados en sendas acémilas, que jalaban de otras dos cargadas con mercancías. El alcaide lo recibió en la plaza del castillo. Después de conversar animadamente con él y decirle que accediera a la fortaleza y ocupara el aposento que estaba reservado a las visitas relevantes en la torre del homenaje, se le acercó don Martín de la Cruz y, ambos, se recluyeron en la sala de reunión del regimiento de la villa. Fadrique, asomado al ventanuco desde el que se podía observar todo lo que acontecía en la plazuela que antecedía al castillo, intuyó que su amigo el regidor iba a narrar al alfaqueque cuanto concernía al asunto de su proyectado viaje al sultanato de Granada y su petición de que se convirtiera en su protector, guía y maestro. Pensaba, el joven fraile secularizado, que, con su ayuda, podría viajar al vecino reino nazarí como si de un mercader o un aprendiz de alfaqueque se tratara.

No se equivocaba el hijo del molinero. Media hora más tarde, don Martín de la Cruz le envió un criado para que le comunicara que él y don Rodrigo de Biedma lo esperaban en la sala del concejo acompañados del alcaide, don Alfonso Pérez Sarmiento. Raudo como el viento abandonó su habitación aneja a la iglesia de la villa y se dirigió al lugar en el que aguardaban los tres caballeros.

Don Rodrigo de Biedma era un hombre que no alcanzaba aún los treinta años o, al menos, esa era la impresión que tuvo Fadrique cuando se lo presentó el regidor de Zuheros. Tenía el cabello negro recortado en torno al cuello y por encima de las orejas. Era moreno de piel, aunque la franja blanquecina que presentaba en la frente indicaba que, de ordinario, se cubría la cabeza con un chambergo o sombrero de ala ancha. Era alto de cuerpo, delgado, pero musculoso, y se vestía con una camisa blanca de lino bajo una media túnica de lana y un tabardo ligero. No llevaba armas, aunque fuera de condición hidalga. Pensó Fadrique que si se trataba de un alfaqueque del rey y que, por tanto, ostentaba un cargo relevante respetado en ambos lados de la frontera, era baladí portar espada o daga.

—Este es Fadrique Díaz, de quien os he hablado —dijo don Martín de la Cruz, señalando al joven.

—Yo soy Rodrigo de Biedma, alfaqueque del rey de Castilla en la frontera de Alcalá de Benzayde, Córdoba y Priego —manifestó el caballero cordobés—. Sé que has sido fraile, pero que ya no lo eres. Abandonaste los votos de pobreza, castidad y obediencia para tomar la esforzada labor de fraile secularizado rescatador de cautivos. Don Martín me ha relatado sucintamente la triste historia de tu familia que, según se cree, se halla presa en algún lugar de los reinos de Granada o de Fez.

—Ese es el motivo que me ha impulsado a abandonar el monasterio franciscano en el que profesaba y retornar a mi tierra —expuso con énfasis el hijo del molinero, consciente de que el alfaqueque estaba al tanto de lo más sustancioso de su vida después de haber conversado con don Martín—. No he de descansar, don Rodrigo, hasta que no logre encontrar a mis progenitores y a mi desdichada hermana Almodis, si es que aún siguen con vida. Pero, como nada conozco de esos reinos regidos por musulmanes, don Martín ha pensado que podríais tomarme como criado o ayudante de alfaquequería y, de esa manera, instruirme en las costumbres, las leyes y la lengua de la gente de Granada. Y, cuando viajéis a ese reino para ejercer vuestro oficio, entretanto, pueda yo hacer las pesquisas necesarias para conocer el actual paradero de mis progenitores y de mi hermana. Y si hay alguna manera de sacarlos de su cautividad.

Don Rodrigo de Biedma esbozó una leve sonrisa con el propósito de mostrar su sorpresa y, al mismo tiempo, su admiración con lo expresado con tanta vehemencia por el resolutivo muchacho.

—¿Sabes manejar un arma? —demandó el alfaqueque.

—Sé copiar y escribir textos en las escrituras antiguas y, también, iluminar códices con hermosas miniaturas —respondió algo azorado Fadrique—. Nada sé de armas, porque un fraile no las necesita. Solo ha de usar la palabra para explicar las Sagradas Escrituras y el mensaje del santo de Asís y, en mi caso, el cálamo y los pinceles. Pero, si es necesario, aprenderé a utilizar la espada.

Don Rodrigo volvió a sonreír.

—Al menos, sabrás enjaezar una mula y cargar y descargar costales y alforjas.

El joven no supo que contestar, porque, ciertamente, no era perito en nada de lo que decía el caballero cordobés.

—Me ha referido don Martín que desconoces en todo y en parte la lengua que se habla al otro lado de la frontera. ¿No es cierto? —repuso el alfaqueque con la intención de dar un giro a la conversación.

—No sé hablar la lengua árabe, señor, pero no soy lerdo y, en breve, estoy seguro de que habré aprendido los rudimentos de esa lengua, como aprendí a leer y expresarme en latín en el tiempo que estuve recluido en el monasterio de Santo Toribio.

Los dos caballeros que asistían a la conversación entre el osado joven y el experimentado frontero, cruzaron una mirada de complicidad y, al mismo tiempo, de resignación. Don Rodrigo estaba conociendo de primera mano las escasas aptitudes que poseía el hijo del molinero para poder emprender la pretendida y arriesgada expedición a una tierra desconocida y hostil como era el sultanato de Granada. A través de las palabras del valiente fraile secularizado había colegido, sin duda, don Rodrigo, que la verdadera intención de Fadrique no era adentrarse en la vega de Granada como un simple comerciante o acemilero, o como un aprendiz de alfaqueque, sino como un pesquisidor aficionado cuya misión no sería otra que investigar un grave asunto que solo a los expertos oficiales de la alfaquequería, como él, les estaba reservado. Pero, no podía negar que la audacia mostrada por el intrépido amanuense lo satisfacía.

—Don Rodrigo desea saber cuáles son tus cualidades, Fadrique, para poder desenvolverte en una sociedad tan diferente a la nuestra, en la que dar un paso en falso representa la detención inmediata, un juicio sumarísimo ante un cadí poco imparcial y, al cabo, acabar en una de las prisiones del zalmedina o en lo hondo de una mazmorra en la alcazaba —expuso el alcaide de Zuheros, que hasta ese momento había permanecido en silencio, con el propósito de justificar el interrogatorio al que lo estaba sometiendo el alfaqueque.

—Quiero ayudarte, Fadrique —señaló don Rodrigo de Biedma—. Soy consciente de que tu relajada existencia de amanuense monástico te ha impedido desarrollar las virtudes y habilidades propias de un joven criado entre cuadrillas de mozalbetes. Pero, la fe que muestras en tu proyecto y el ímpetu que posees, es posible que puedan suplir esas carencias. Te acogeré en mi casa, pues vivo solo acompañado de mis sirvientes. Serás mi criado, como me solicita el bueno de don Martín, y procuraré enseñarte aquello que has de saber para poder moverte sin peligro por las calles de Granada mientras ambos hacemos las pesquisas que a ti te interesan, pues no pienso dejarte solo en esa difícil y arriesgada misión. Soy muy respetado en esa ciudad, donde tengo muy buenos amigos. Eso, sin duda, nos facilitará la investigación. Mañana parto para Córdoba. Vendrás conmigo y te hospedarás, como te he referido, en mi mansión de la parroquia de San Pedro. Te proveeré de ropa adecuada y esperarás a que emprenda el próximo viaje, en mi calidad de alfaqueque, a la ciudad de Granada, emporio del comercio del oro africano y de la seda, ágora de los mercaderes catalanes, genoveses, bretones y castellanos y, también, sede ocasional del despreciable comercio de esclavos. Te enseñaré, Fadrique, las reglas y normas que han de conocer y cumplir un extranjero, seguidor de la doctrina de Cristo, en el reino vecino, para que tu presencia no resulte discordante ni onerosa a los granadinos.

Al amanecer del día siguiente, abandonó don Rodrigo de Biedma, acompañado de sus dos acemileros y de Fadrique Díaz cabalgando sobre su mula torda, la villa de Zuheros. En la puerta de la ciudadela los despidieron el regidor don Martín de la Cruz y fray Francisco de Talavera. Este, triste y con lágrimas en los ojos, no solo porque el mudable destino había frustrado sus planes de ver convertido al hijo del molinero en un famoso copista e iluminador de códices, sino porque recelaba que, al acometer aquella peligrosa e incierta aventura, el último miembro de la familia Díaz Patiño acabaría sufriendo cautividad, o lo que era más doloroso para su alma de buen cristiano, que retornara a Castilla con la fe en Dios perdida al constatar que sus queridos padres y su inocente hermana nunca alcanzarían la ansiada libertad porque el Creador los había arrancado de este mundo.

En el viaje desde Zuheros a Córdoba, que duró cuatro jornadas, cruzaron colinas cubiertas de olivares y de algunos viñedos, siguiendo, en parte, las vegas de los ríos Guadalmoral y Guadajoz. Al atravesar aquellas viñas residuales, en esa época del año adornadas con los primeros brotes verdes, el alfaqueque le dijo:

—Observarás, Fadrique, que son muy escasos los predios que están sembrados de viñedos, aun siendo la tierra muy apta para ese cultivo. Cuando las guerras entre castellanos y granadinos, ayudados estos por los norteafricanos, en tiempos del rey don Alfonso, el Onceno de ese nombre, asolaron estas comarcas, los musulmanes talaban con gran facilidad las viñas, pero dejaban casi intactos los olivos. Por ese motivo, los campesinos se han aficionado a la siembra de olivares y son reacios a plantar vides, pues están seguros de que, tarde o temprano, los ejércitos musulmanes volverán de nuevo a asolar estos campos, talar las mieses y quemar sus haciendas.

—Sin embargo, todos los moradores de la frontera saben que nuestro rey tiene firmadas paces y acuerdos de amistad y mutua ayuda con el sultán de Granada, aunque ahora esté el trono de ese reino ocupado por un soberano ilegítimo —adujo el aprendiz de alfaqueque.

—Las paces firmadas entre reyes, joven Fadrique, son, a veces, tan endebles e inconsistentes como él perecedero pergamino en que están escritas y rubricadas. Cuando un sultán cae en desgracia, en el interregno, díscolos alcaides o desleales aristócratas aprovechan la ocasión para desbancar a sus opositores en la Corte o entrar y arrasar tierra de cristianos, como aconteció cuando se destronó al emir Muhammad V. Pero no hace falta que sea derrocado un monarca para que se instale la inseguridad y comiencen los enfrentamientos. Si las circunstancias cambian por alguna mutación en la política, los acuerdos firmados son papel mojado y la guerra renace como los granos de cebada brotan al recibir las primeras lluvias del otoño.

Después, atravesaron unas fértiles tierras cultivadas con ranchos-huertos y algunas alquerías repobladas con gente llegada desde Galicia, según dijo don Rodrigo. Al atardecer del cuarto día de marcha entraron en Córdoba por la puerta del Puente, que también llamaban de Algeciras, por iniciarse en ella el camino que conducía a aquel relevante puerto del Estrecho. Antes de caer la noche se hallaban descansando en la mansión que poseía don Rodrigo de Biedma en la parroquia o collación de San Pedro, cerca de la antigua iglesia de los Santos Mártires.

La ciudad en la que, en los siguientes meses, residiría el hijo del molinero era, a mediados del siglo XIV, una urbe poblada por cristianos en su mayor parte, aunque había dos barrios, muy antiguos y bien conservados, en los que moraba la gente que era dueña de Córdoba antes de que el rey don

Fernando III la reconquistara. En uno de ellos residían los mudéjares, que vivían en la ciudad por generosidad de los reyes de Castilla y León, y en el otro, los judíos. La judería era una collación o distrito situado al norte del alcázar, con calles estrechas, algunas recoletas plazuelas y casas de comercio y de prestamistas. Poseía una elegante sinagoga que se había edificado cuando gobernaban el reino los famosos tutores de Castilla, don Juan y don Pedro. Aunque, durante los reinados de Alfonso XI y de su hijo Pedro Primero, las familias hebreas, que colaboraban económicamente con los reyes cristianos en el mantenimiento de la hacienda pública, se habían visto beneficiadas por estos monarcas y algunas de ellas —las más ricas— adquirieron casas solariegas y lujosos palacetes en los barrios más florecientes, cerca del alcázar y de la iglesia mayor de Santa María, donde residían los miembros de la nobleza y los mercaderes más enriquecidos.

Como se ha dicho, la mansión de don Rodrigo de Biedma se hallaba situada en la collación de San Pedro, en una calle que se iniciaba en el flanco norte de la catedral, antes mezquita, y acababa en la pequeña plaza en la que se alzaba la fachada de la venerable iglesia de los Santos Mártires que, al decir de los mudéjares más ancianos, había sido construida por los cristianos que habitaban la ciudad en tiempo de los califas.

La verdad era que, cuando Fadrique entró en Córdoba acompañando al caballero alfaqueque, la población que, con Sevilla, se había erigido en sede de la monarquía castellano-leonesa cuando los reyes acudían a la frontera para hacer la guerra, y, aunque se habían erigido numerosas y bellas iglesias, monasterios muy santos, alcázares y altísimas torres y hacía más de un siglo que formaba parte del reino de Castilla, aún mostraba amplias zonas deshabitadas ocupadas por huertos, tierras yermas o construcciones arruinadas y tramos de murallas derruidos alejados de los barrios y collaciones más céntricas. Aseguraban los musulmanes mudéjares que, en los tiempos en que ellos se enseñoreaban de Córdoba, lo habitado era cinco o seis veces más extenso, compitiendo en grandeza y número de moradores con la populosa Constantinopla.

Esa era la ciudad en la que iba a residir Fadrique Díaz temporalmente, hasta que pudiera viajar con su mentor al vecino reino de Granada.

VI
Primer viaje a Granada

Fadrique se instaló en una habitación situada en la segunda planta de la casa, en una especie de desván con techo inclinado, pero bien ventilado e iluminado por medio de una ventana que daba a la calle principal, desde la que se podían contemplar la soberbia torre de la iglesia mayor, antes alminar, y el pórtico de la iglesia de los Santos Mártires. La estancia disponía de una mesa, un par de sillas con asientos de aneas, una cama con colchón de lana y una estantería colgada de la pared con dos libros sobre la única balda que poseía y que el monje secularizado se aprestó a tomar para conocer sus títulos y contenido. Uno se trataba de un ejemplar del libro primero del famoso *Amadís de Gaula* y el otro el *Libro del caballero Zifar*, cuyo autor era el clérigo toledano Fernando Martínez. Ambos narraban las aventuras de unos caballeros de la antigüedad dedicados a defender a los desvalidos y ayudar a los menesterosos.

Para cuando llegara el invierno, sobre una silla de tijeras, había depositadas una gruesa manta de lana de color marrón con cenefas rojas y una zalea de piel de borrego. No podían faltar un crucifijo de madera colgado sobre el cabezal de la cama y una almenara de hierro depositada encima de la mesa sosteniendo dos candiles de barro.

—¿Puedo pasar? —Era la voz del alfaqueque, al tiempo que golpeaba con su puño la puerta que se hallaba entornada.

—Está en su casa, señor don Rodrigo.

—Espero que te encuentres cómodo en este aposento, joven Fadrique —le dijo el dueño de la mansión, cuando hubo accedido al interior de la estancia—. Carece de lujo, pero es cómoda y está bien orientada e iluminada.

—Para mi gusto es aposento de ángeles, don Rodrigo —respondió el hijo del molinero—. Por muy humilde que sea esta morada, supera con creces la desangelada y fría celda del monasterio en el que estuve profesando.

—Pues, esta será tu habitación durante el tiempo que estés bajo mi protección. Te he traído un regalo que sé que te hará ilusión —dijo, sacando unos libros de un hatillo que portaba—. Este viejo códice, que perteneció a mi abuelo, contiene la Santa Biblia, una traducción mandada hacer en la lengua de Castilla por el rey don Alfonso el Décimo; este otro libro trata de la vida y milagros de san Francisco de Asís, que el vulgo denomina la *Leyenda Mayor,* obra del franciscano Buenaventura de Bagnoregio, que sin duda conoces. Y este opúsculo es una gramática de la lengua árabe que te será muy útil si continuas con el proyecto de acompañarme al reino de Granada como aprendiz de alfaqueque. Nada te digo de esos dos libros que hay en el estante —añadió, señalando las dos obras que se hallaban depositadas sobre la balda en las que ya había reparado Fadrique—, que, por tratar temas vulgares, no creo que sean de tu interés.

Fadrique Díaz no cabía en sí de júbilo. ¡Con aquellos libros que le había proporcionado el alfaqueque, al menos procuraría no echar en falta la excelente biblioteca del monasterio de Liébana!

—No sé, don Rodrigo, como agradeceros el que me hayáis ofrecido este excepcional regalo. Estos libros son para mí más valiosos que unas preciosas joyas —exclamó, sin poder contener la alegría que lo embargaba—. Su lectura me ayudará a mantener la fe en Dios y la esperanza de volver algún día a seguir la regla de la Orden Franciscana y ejercer el oficio que abandoné de copista e iluminador de códices.

El entusiasta joven dedicó el mes largo que permanecieron en Córdoba a la lectura, a atender a las enseñanzas que le impartía don Rodrigo de Biedma sobre las reglas y argucias de la alfaquequería y a aprender los rudimentos de la lengua árabe, lecciones que recibía de un criado del dueño de la casa, Luis Galíndez, que era moro converso que, a los dieciséis años, lo habían tomado preso cuando el rey Alfonso XI le quitó a los musulmanes el castillo de Locubín.

El 8 de junio del año 1360 partió el caballero cordobés, acompañado de Fadrique Díaz, con destino a la ciudad de Granada siguiendo la ruta de Alcaudete y Alcalá de Benzaide que atravesaba terrenos montuosos, poco frecuentados, pero, al decir del alfaqueque, más seguros. Nueve jornadas estuvieron en el camino, haciendo una última parada en el castillo de Moclín, ya en territorio nazarí. Se hospedaron en una posada cuyo dueño debía ser un viejo conocido de don Rodrigo, por la afectuosa acogida que les dispensó. Estando en el dormitorio en el que pasaron la noche, don Rodrigo expuso a su acompañante el motivo de aquel viaje y las conversaciones que pensaba mantener con cierto personaje de la sociedad granadina, alfaqueque como él, que quizás pudiera darle alguna información sobre el paradero de sus padres y de su hermana Almodis. También podría servirle de intermediario en caso de tener que entrevistarse con algún miembro de la milicia conocedor de lo acontecido el verano anterior en el molino de Fuente Fría.

—He de visitar al cadí que entiende los asuntos de la alfaquequería —comenzó diciendo—, que es quien tiene competencia en el asunto que me trae a esta ciudad. A veces las negociaciones para lograr la libertad de un cautivo o entablar un pleito comercial son largas y laboriosas, bien porque sus amos se niegan a aceptar el monto del rescate, alegando que el cristiano ejerce alguna importante labor en la casa o en el taller del dueño, bien porque las doblas exigidas exceden las posibilidades económicas de la familia del preso. En esos casos no es nada extraordinario que los alfaqueques recurramos a la intermediación de los frailes mercedarios o trinitarios que, con sus limosnas y peticiones, logran, a veces, reunir el dinero necesario para satisfacer las exigencias de los captores.

—¿Vais a rescatar a algún cristiano que está preso en Granada? —se interesó Fadrique.

—En esta ocasión no viajo con ese cometido, ni porto las doblas de ningún rescate. Mi misión en la corte del sultán Ismail II es otra. El zalmedina incautó el otoño pasado parte de sus mercancías a un mercader de Jaén, de nombre Juan de la Encina, cuando depositaba en la alhóndiga nueva una carga de cebada, acusándolo de exportar a Castilla productos que están prohibidos por los acuerdos y pactos vigentes —expuso don Rodrigo—. Pero esos viejos acuerdos se derogaron cuando don Pedro I y el sultán Muhammad V firmaron unos nuevos en 1356. He de presentarme ante el juez para solicitar la revisión del caso y que se devuelvan las fanegas de cebada a su dueño o se le indemnice por la pérdida sufrida.

—Sin embargo, don Rodrigo, ya no ocupa el trono el sultán Muhammad, sino su hermano Ismail II.

—Los tratados firmados entre ambos reinos se han de cumplir, aunque el trono lo ocupe otro soberano —aseguró el alfaqueque—, so pena de que se desee iniciar un conflicto diplomático que acabe en una guerra. No obstante, el asunto que me trae a Granada no es una cuestión política, sino mercantil. Y, en esos casos, los cadíes musulmanes, como los jueces de Castilla, son fieles cumplidores de los acuerdos pactados. No me cabe duda de que el juez encargado del caso aceptará mis alegaciones y podremos retornar a Córdoba con el pleito ganado.

Después de mantener tan instructiva conversación se acostaron en sus respectivos camastros y cayeron en un profundo sueño que fue como un bálsamo para sus agotados cuerpos, tras ocho jornadas de andanza por caminos a veces casi intransitables descarnados por las precipitaciones del pasado invierno. El día 17 de junio, a mediodía, entraron los dos cristianos, uno montado en su elegante caballo bayo y el otro en su mula torda, en la ciudad de Granada por la puerta de Elvira. Atravesaron el Albaicín y accedieron a la parte más alta de la población, donde se hallaba la Alcazaba Cadima y el arrabal llamado de Almudafar, nombre que, según decían, provenía de un antiguo emir que gobernó en el pasado la ciudad. En ese barrio residía Alí Abd al-Watiq, alfaqueque granadino, amigo de don Rodrigo, en cuya espléndida mansión se hospedaba el caballero cordobés cuando viajaba por motivos de su trabajo a la capital nazarí.

Fadrique quedó impresionado al contemplar aquella bulliciosa y extensa ciudad constituida por barrios y arrabales separados por altas murallas, encaramados, unos junto a otros, sobre la ladera de la colina que iba a morir en el encajado cauce del río Darro, y por una extensión de la medina, en la que se localizaban la mezquita aljama y la madrasa, que ocupaba la fértil vega en algo más de media milla hasta la puerta que decían Bibarrambla. Sin contar con los arrabales que se estaban formando al otro lado del río, en uno de los cuales se localizaba el castillo de Mawror o de los africanos, donde residía la guarnición de los guerreros meriníes.

El amplio barrio del Albaicín estaba constituido por manzanas de casas grandes de una o dos plantas, cada una con un jardín o patio trasero, delimitadas por calles estrechas y empinadas, a excepción de la zona en la que residía Alí Abd al-Watiq, que se había formado ocupando una meseta cerca del palacio de Dar al-Horra. Desde esa meseta se podía admirar la ciudad escalonada a sus pies y, enfrente, al otro lado del río y del puente del Cadí, la cumbre de un enorme farallón que llamaban Sabika donde se había erigido la ciudad palatina de la Alhambra, residencia del sultán, de su corte, de su servidumbre y de su guardia personal. Este destacamento militar estaba formado, desde que firmaron los acuerdos de paz el rey don Pedro y el sultán Muhammad V, por soldados castellanos, hasta que asumió el poder ilegítimamente el emir Ismail II y los sustituyó por sus partidarios andalusíes.

Alí Abd al-Watiq los recibió en el jardín que ocupaba la parte trasera de la vivienda, desde el que se podía contemplar en todo su esplendor la muralla de color ocre-carmesí de la Alhambra, la alcazaba y la enorme torre —que dijo don Rodrigo que se llamaba de Comares— al otro lado del barranco. Media docena de naranjos rodeaba el espacio ajardinado en el que crecían algunos macizos de mirtos y un frondoso jazmín que se enredaba en las pilastras de ladrillo y los travesaños de hierro de una pérgola que servía de dosel. En medio del patio, una fuente de mármol surtía de agua a los parterres antes de desaparecer por un desagüe que se abría, en el otro extremo del jardín, en una atarjea con rejilla de hierro. Una mesa de poca altura y forma octogonal, elaborada con taraceas de nácar y de maderas de varios colores, se hallaba situada, en la umbría, debajo de la pérgola, rodeada de varios almohadones de seda roja y junto a un pebetero en el que se quemaba aromático incienso.

—Bienvenido a Granada, Rodrigo. Cuánto me alegra tu llegada. No te esperaba tan pronto —exclamó el musulmán cuando los dos recién llegados hubieron accedido al jardín—. Ya veo que el clementísimo Alá te mantiene joven y pleno de vigor.

—Seas bien hallado, amigo Alí —respondió el castellano, después de abrazar al nazarí—. A Dios debo, sin duda, el gozar de buena salud. Pero tú no puedes quejarte, porque, a excepción de las marcas que te dejó en el rostro la pestilencia que mató al rey don Alfonso, por ti no parece que pasen los años —y ambos rieron, mientras que Alí señalaba los almohadones para que se sentaran en ellos.

—Este es Fadrique Díaz. —dijo don Rodrigo, haciendo un gesto para que el hijo del molinero se acercara al musulmán—. Un joven de Zuheros que ejercía de amanuense en un monasterio franciscano, pero que ha decidido trocar ese oficio por el de aprendiz de alfaqueque a causa de una desgracia acaecida a su familia.

Fadrique inclinó la cabeza en señal de respeto. A continuación, el caballero castellano dijo, señalando al granadino:

—Y este noble musulmán es Ali Abd al-Watiq, mi hermano y uno de los alfaqueques más reputados de Granada y de toda la frontera. Es mi delegado y el representante de mis asuntos en este reino, como yo soy el suyo en Jaén, Córdoba y Sevilla.

Alí Abd al-Watiq clavó sus ojos castaños en Fadrique. Vestía una túnica larga de seda de color azul y se cubría la cabeza con un turbante blanco cuyo extremo le caía sobre la espalda. Una barba sutil y grisácea le adornaba el mentón. Su edad debía rondar los cincuenta años. Era ágil de movimientos y moderado en el habla cuando se expresaba en la lengua de Castilla, idioma que dominaba a la perfección, según pudo constatar el fraile secularizado. Sin embargo, al conversar en la lengua árabe con don Rodrigo, su voz se tornaba gutural, áspera y profunda.

—Excelente decisión, joven amanuense —adujo el granadino—. En los tiempos que corren no hay mejor oficio que el de la alfaquequería, porque es respetado por musulmanes y cristianos y se beneficia tanto de la guerra como de los períodos de paz. Aunque es más provechoso cuando las treguas se rompen y los almogávares tienen campo libre para llevar a cabo sus algaradas y raptos. Entonces, nuestra labor se hace verdaderamente indispensable.

Se habían aposentado en los mullidos almohadones. Alí ordenó a un criado que sirviera zumo de granada que el sirviente se apresuró a traer en una jarra de loza dorada con decoración de estrellas entrelazadas de colores azul y amarillo sobre fondo blanco. En la jarra tintineaban trozos de hielo al verter el líquido en las jarritas vidriadas de los invitados. A Fadrique le causó sorpresa que se añadiera hielo para refrescar la bebida, costumbre que no se usaba en los reinos de Sevilla y de Córdoba. El musulmán, advirtiendo la extrañeza y el estupor del joven cristiano, manifestó:

—El hielo, muchacho, lo sacan los criados de un pozo de nieve que tengo en la umbría del corral. En los meses de invierno, unos acemileros traen la nieve de la sierra en serones de corcho para venderla a los granadinos. En el interior del pozo se conserva hasta la llegada del verano y, así, podemos refrescar las bebidas que tomamos en los calurosos meses del estío.

Y dicho esto, los tres se deleitaron bebiendo el refrescante y violáceo zumo de la fruta que era el símbolo del reino nazarí.

—No pensaba viajar a Granada hasta que hubiera transcurrido el verano —expuso don Rodrigo, retomando la conversación que habían dejado inconclusa—. Un mercader de Jaén ha solicitado mi mediación en un asunto de decomiso de ciertas mercancías. Mañana veré al juez encargado del caso y trataré de dar solución favorable al litigio.

En la cercana mezquita, situada junto al palacio de Dar al-Horra, el muecín llamaba desde el alminar a la tercera oración del día. Alí Abd al-Watiq se disculpó ante sus huéspedes y abandonó la terraza para acceder al interior de la vivienda. Se dirigió al oratorio que había dispuesto en una habitación que daba al este para proceder a rezar, tal como ordenaba uno de los cinco sagrados pilares del rito sunní, la *surat*, que se correspondía con ese momento del día.

Cuando el devoto musulmán retornó a la terraza y volvió a ocupar su lugar junto a la mesa de taraceas, don Rodrigo creyó que era el momento oportuno para exponer la otra misión que lo había llevado a viajar a Granada en compañía del joven Fadrique.

—Alí, un segundo asunto, y no menos importante, me ha traído, en esta ocasión, a tu ciudad —señaló el cristiano.

—Dime, amigo Rodrigo.

—Pronto se habrá cumplido un año desde que el noble sultán Muhammad fue destronado por su hermano Ismail y su intrigante madrastra —comenzó a decir el alfaqueque cristiano, a sabiendas de que el granadino era decidido partidario del emir depuesto—, y, aunque las relaciones son tensas con Castilla, el nuevo y habilidoso sultán ha sabido recomponer las alianzas con don Pedro, monarca que sigue empeñado en su guerra con el rey de Aragón, y que Ismail sabe que a él menos que a nadie le interesa iniciar un innecesario conflicto con su vecino del sur.

—Sin embargo, no es un secreto que el rey de Castilla continúa apoyando al depuesto emir —adujo el granadino— y que mantiene una embajada en Fez con la clara intención de volver a ponerlo, con la ayuda del sultán de los meriníes, en el trono de la Alhambra. Aunque Ismail II nada puede hacer para impedirlo, pues no se quiere enemistar con el poderoso sultán de Fez solicitando el apresamiento y la entrega de su hermano exiliado.

—Don Pedro necesita tener en Granada un aliado fiel, Alí, ahora que se está recrudeciendo la rebeldía de su hermanastro el conde de Trastámara. Si Dios lo quiere, al cabo, logrará volver a situar en el trono nazarí al emir Muhammad, al que llama hermano —aseguró don Rodrigo—. En Sevilla y en Córdoba hay nobles caballeros granadinos, refugiados desde el día de su derrocamiento, que sostienen que la autoridad de Ismail está muy debilitada y que hay en la Alhambra quienes lo quieren sustituir por otro miembro de la familia real.

—Que Alá lo permita —dijo Alí Abd al-Watiq, señalando al cielo—, porque los que seguimos siendo leales a la persona de Muhammad V padecemos la persecución y el menosprecio del nuevo chambelán y del odiado visir al-Fihrí, a los que Dios confunda. Si un nuevo sultán ocupa el trono, es probable que deponga de sus cargos a esos odiados personajes, aunque también puede volverse contra los que somos fieles al anterior monarca. Sin embargo, lo que ha de ocurrir, solo Alá lo sabe. Pero, no me has hablado del segundo asunto que te ha traído a Granada.

—El caso es, amigo Alí, que, como es de todos sabido, en los días que siguieron al destronamiento de Muhammad V y este tuvo que buscar la protección del alcaide de Guadix y, después, del sultán de Fez, los guerreros norteafricanos, que solo esperaban la ocasión para entrar en tierra de cristianos, hacer algaradas, robar y cautivar, atacaron la comarca de Priego, asolaron varias alquerías, mataron a algunos hombres que intentaron defender sus propiedades y tomaron presos a una decena de ellos que no sabemos si fueron traídos a Granada o llevados al sultanato de Fez.

—Repudiable acción de unas milicias que están en Granada para defender al sultán de sus enemigos exteriores e interiores, pero no para incitar a los cristianos a emprender una absurda guerra. Aunque ya no se hallara Muhammad V al frente del reino, estaban obligados a respetar los acuerdos de paz firmados con el rey de Castilla —se lamentó el caballero granadino.

—Pero, lo cierto es que los miembros de una familia de Zuheros: los padres y la hermana de este joven, fueron apresados y, se cree, que conducidos a Granada o a la otra orilla para convertirlos en esclavos —aseguró don Rodrigo de Biedma—. Con esta visita a tu ciudad esperamos conocer su paradero y si se subastaron en el mercado de la plaza de Bibarrambla o en Málaga o llevados a la costa africana para venderlos en Ceuta, Targa o Tetuán, como es costumbre entre la gente de Fez.

—Sé que en aquellos días de confusión llegaron a Granada algunos cautivos traídos por los almogávares norteafricanos —replicó el granadino—, pero desconozco si quedaron en la ciudad o los trasladaron al otro lado del Estrecho. No obstante, mañana haré las indagaciones que el caso requiere en el cuartel de los meriníes. No en vano he de tratar con frecuencia asuntos de alfaquequería con el alcaide de las tropas africanas. Veré si puedo lograr que nos desvele la identidad y el paradero de los cristianos que apresaron en la algarada que hicieron el verano pasado.

—En tanto que tú haces esa pesquisa, yo me dirigiré a la oficina del cadí para tratar de la demanda del mercader de Jaén.

A la mañana siguiente, al alba, una vez que los vigilantes que patrullaban el arrabal durante la noche hubieron abierto las puertas que separaban los diferentes barrios entre sí, Alí Abd al-Watiq abandonó su mansión y se dirigió al castillo de Mawror, situado en la cumbre de una colina, en la orilla oriental del río, donde tenían establecido su cuartel los soldados norteafricanos.

Don Rodrigo y Fadrique dejaron sus habitaciones cuando hacía un buen rato que el alfaqueque musulmán se hallaba empeñado en su misión de entrevistarse con el caudillo de las tropas meriníes, Yahyá ben Umar. Unos sirvientes les proporcionaron un suculento desayuno consistente en dulces, llamados almojábanas, hechos con harina de trigo, huevos, miel y aceite de oliva, acompañados de requesón y sorbete de naranja aromatizado con flores de azahar.

Salieron a la calle que, a esa hora de la mañana, comenzaba a estar muy concurrida.

—Vas a visitar, joven aprendiz de alfaqueque, una sorprendente ciudad que en nada se parece a las que has conocido hasta ahora en nuestro poderoso reino de Castilla y de León —le aseguró don Rodrigo, cuando caminaban por una de las empinadas callejas del Albaicín que los iba a conducir a los barrios meridionales de la ciudad donde se localizaba lo más destacado de la medina granadina—. Sus abigarrados barrios, los numerosos edificios públicos, las alhóndigas, las mezquitas y los lujosos baños, los palacios y el esplendor con que están construidos te transportarán a una populosa ciudad que nunca hubieras imaginado poder hallar a tan escasa distancia de Sevilla o de Córdoba.

—He observado en la casa de Alí Abd al-Watiq que hay unas letrinas que conducen las inmundicias hasta una conducción subterránea por la que discurre el agua limpia que arrastra los excrementos ¿Están dotadas todas las viviendas de Granada con esa canalización para poder desalojar las aguas inmundas?

—Todos los hogares de la medina y de los principales arrabales están conectados con esas cloacas y con un conjunto de alcantarillas que van a desembocar en el cauce del río Darro —respondió don Rodrigo—. Donde no se pueden construir albañales o alcantarillas se sustituyen por pozos negros excavados en los patios. Has de saber que las viviendas de Córdoba y Sevilla también poseían esas atarjeas para desalojar fuera de la ciudad, hasta el río Guadalquivir, las aguas sucias, pero que han dejado de funcionar colmatadas de tierra y suciedad por falta de mantenimiento, pues en los reinos cristianos se ha perdido el antiguo oficio de almotacén que se encargaba de contratar a los poceros que debían limpiarlas cada cierto tiempo.

Entretanto que conversaban, habían dejado atrás los arrabales situados en la ladera del Albaicín y accedido al centro de la medina. Atravesaron la alcaicería, no sin dificultad, porque sus estrechas calles, flanqueadas de tiendas colmadas de artículos de lujo, estaban ocupadas por un enorme gentío que se agolpaba delante de los mostradores y las vitrinas. En esas vitrinas se exponían infinidad de objetos, todos ellos de elevado precio: alhajas de plata y oro formando collares o cinturones, brazaletes de marfil con incrustaciones de rubíes, pendientes de perlas blancas o negras, zayas y marlotas de lino, túnicas de seda, elegantes alfombras de lana que —según proclamaban los vendedores—, procedían de la lejana Ispahán, espadas de hojas relucientes con empuñaduras doradas, vajillas de vidrio y de loza dorada... Todo ello producía en el inocente y asombrado Fadrique una sensación de ahogo y una extraña turbación que le nublaba la vista, pues nunca hubiera imaginado que pudiera existir un mercado donde se expusieran y vendieran tales maravillas.

—Esto es la alcaicería, muchacho. El más famoso y selecto mercado de la ciudad en el que se ponen a la venta los objetos más caros y lujosos. Cada día acuden a este lugar compradores adinerados de la propia Granada y de otras ciudades musulmanas como Almería o Málaga —le informó don Rodrigo—. Y no faltan mercaderes castellanos, aragoneses o italianos, que se hospedan en la Alhóndiga de los Genoveses o en las hospederías privadas, y que acuden a Granada para adquirir estas valiosas mercancías y revenderlas en Sevilla, Barcelona o Nápoles. Algunos de estos mercaderes, sobre todo los genoveses, se trasladan a esta ciudad con el único propósito de adquirir la preciada azúcar que se produce en su litoral y vestidos de seda que venden, a alto precio, en sus ciudades de origen o en Francia.

—¿Y no temen los comerciantes de la alcaicería que gente desaprensiva les roben los preciados objetos de oro y plata o los vestidos de seda que cuelgan de los expositores? —demandó, no sin cierta lógica, el joven de Zuheros

—Es probable que haya delincuentes que tengan la tentación de robar en la alcaicería. Pero, para evitar esa desagradable contingencia, el zalmedina ha previsto una vigilancia continua en este exclusivo mercado. Además, para mayor grado de seguridad, las puertas de la alcaicería se cierran al caer la noche y se vuelven a abrir después de rezada la primera oración del día.

Fadrique, un alma cándida, acostumbrada a la simplicidad y el ascetismo de la vida monacal, no apartaba sus sorprendidos ojos de los abigarrados expositores que adornaban el exterior de las tiendas y la algarabía de compradores y curiosos que se arremolinaban ante ellas: mujeres con el rostro cubierto con sutiles velos, hombres con turbantes de colores, con la cabellera al aire o con gorros de fieltro al estilo de la gente de Fez, mercaderes extranjeros acompañados de sus criados. Toda una turbamulta que ocupaba aquellas estrechísimas callejuelas conversando, discutiendo o regateando a los vendedores.

Al poco, dieron con una plaza cuadrada en cuya fachada septentrional se alzaba un edificio de paredes blancas y noble apariencia. A través de la puerta de acceso, constituida por un gran arco decorado con motivos geométricos, se divisaba un amplio patio rodeado de galerías soportadas por columnas. Del conjunto sobresalía una torre o alminar de planta cuadrada rematada de una torrecilla y, ésta, a su vez, sosteniendo tres esferas de bronce dorado.

—Es la gran mezquita de la ciudad, Fadrique —señaló el alfaqueque, tomando del brazo a su acompañante y acercándose ambos a la puerta en una de cuyas jambas había una lápida de mármol con una inscripción que el alfaqueque procedió a leer y traducir.

—«Esta mezquita la mandó edificar Zawi, el siervo de Dios —leyó sin dificultad, no en vano, por su oficio, era experto en el conocimiento de la lengua árabe andalusí—, fundador de la dinastía de los ziríes portadores del velo y fieles seguidores de Fatima, la hija del profeta Muhammad, el 26 del mes de *safar* del año 403.» Que es el año 1012 del Nacimiento de Nuestro Señor Jesucristo. Las tres bolas, a modo de manzanas, que rematan el alminar —añadió don Rodrigo— se conocen con el nombre de *yamur.* Los ulemas, sabedores de la vieja tradición coránica, aseguran que representan a los tres grandes profetas del islam: Mahoma, Jesucristo y Moisés.

En el centro del patio se veía una fuente de mármol blanco de la que manaban cuatro caños de agua en los que hacían sus abluciones rituales varios hombres siguiendo la costumbre musulmana antes de acceder al oratorio, según le dijo don Rodrigo.

—Esa es la Madrasa, Fadrique, la escuela donde los alumnos estudian su Libro Sagrado, las tradiciones proféticas y el derecho musulmán —dijo, señalando la fachada de un noble edificio de dos plantas decorado con filigranas y estucos coloreados en el que entraban y salían grupos de jóvenes con sus cuadernos debajo del brazo—. Al otro lado de la calle se halla la sede del cadí con el que he de entrevistarme esta mañana. Puedes esperarme en la plaza de la gran mezquita o, mejor, cruza el río por ese puentecillo y acércate a la Alhóndiga Nueva[3] y te asombrarás al contemplar el bullicio de comerciantes granadinos y mercaderes llegados de Castilla, Italia o del norte de África que se congregan en su patio y en sus dependencias.

Fadrique atravesó el cauce del río Darro, encajado entre rocas y arbustos, pero encauzado en esa parte de la ciudad para evitar inundaciones cuando se desbordaba en invierno, y se dirigió a un edificio de planta cuadrada y tres alturas al que se accedía a través de un gran arco de herradura apun-

3 Actualmente conocida como el Corral del Carbón.

tada de ladrillo decorado con entrelazos de colores. Detrás de este primer acceso, que servía de pórtico, había otra puerta adintelada que habilitaba el paso hasta el patio cuadrado que ocupaba el centro de la edificación. Era una construcción reciente, al menos eso pensaba Fadrique al observar la nitidez de las pinturas y el brillo del barnizado de las zapatas que sostenían los dinteles, y que le confirmó don Rodrigo cuando se volvieron a encontrar. Este le dijo que aquella alhóndiga había sido edificada por el sultán Yusuf I, el padre del depuesto Muhammad V, hacía unos veinte años.

En el centro del patio, que estaba empedrado con pequeños cantos rodados, se localizaba una pila cuadrada de piedra con dos caños en la que abrevaban cuatro acémilas. El espacio a cielo abierto estaba rodeado de galerías en sus cuatro costados y en sus tres alturas sostenidas por pilares de mampostería con dinteles y zapatas de madera. Cuando Fadrique accedió al interior de la alhóndiga, además de las mulas que estaban atendidas por dos arrieros, se veía un grupo de mercaderes que, por sus vestiduras, parecían extranjeros, y que conversaban animadamente en una de las galerías. Y otros, que entraban en lo que parecía refectorio o comedor.

En otra de las galerías, dos arrieros se afanaban en cargar sobre un par de mulas fardos con lo que parecían pieles curtidas. El novicio viajero observó que en ese espacio adintelado de la planta baja se hallaban situados los almacenes y, en otro, la cocina y el comedor. En las plantas superiores dedujo que se localizaban los dormitorios de los mercaderes foráneos que se hospedaban en la ciudad en tanto que remataban la venta o la compra de mercancías.

Fadrique quiso encontrar algún parecido con un edificio de similares características que, en las ciudades de Castilla, que antes fueron posesión de los musulmanes, como Sevilla o Córdoba, ejercieran la función comercial que desempeñaban aquellas alhóndigas nazaríes, pero no halló nada que se le pareciera. Don Rodrigo le dijo, mientras degustaban las viandas que les ofreció Alí Abd al-Watiq al mediodía, que los cristianos tenían otras costumbres y que las alhóndigas las habían convertido en almacenes privados de leña o carbón y los baños, abandonado el mantenimiento de los canales y desagües y de los hornos para calentar el agua, en viviendas, herrerías o casas de prostitución.

Transcurrida una hora, el alfaqueque cordobés se unió al hijo del molinero en el patio de la Alhóndiga Nueva y, juntos, emprendieron la marcha en dirección a la Alcazaba Cadima, donde se encontraba la mansión del caballero granadino. En tanto que caminaban, atravesando la puerta de la Medina y subiendo por la empinada cuesta que conducía al arrabal de Almudafar, el alfaqueque castellano le relató cómo había sido su encuentro con el cadí.

—No he necesitado exponer con demasiada determinación mi alegato contra la decisión del zalmedina de retener las fanegas de cebada al mercader Juan de la Encina —manifestó—. El juez ha reconocido que los acuerdos firmados entre los soberanos de Castilla y Granada estaban vigentes cuando acontecieron los hechos y que, en ellos, no se menciona la prohibición de exportar a territorio castellano trigo ni cebada. Ha redactado una escritura de obligado cumplimiento por la que, dado que ya no es posible devolver las fanegas de cebada al damnificado, se le compense con las doblas obtenidas con la venta de la mercancía.

Estaba el sol en su cenit cuando se hallaban sentados en los mullidos almohadones bajo la pérgola del patio de la casa de Alí. No había transcurrido media hora cuando accedió al lugar el alfaqueque musulmán.

—*Salam aleikum* —dijo, a modo de saludo.

—*Aleikum salam* —respondió don Rodrigo.

—¿Cómo ha resultado la vista con el cadí? —preguntó el granadino, cuando estuvo acomodado en uno de los almohadones y hubo solicitado a su criado que les sirviera una bebida refrescante.

—La demanda del mercader de Jaén se ha resuelto favorablemente —reconoció don Rodrigo—. El zalmedina se había extralimitado en sus funciones y el juez así lo ha estimado tras escuchar mi reclamación. Me ha entregado un escrito de reconocimiento de deuda para que Juan de la Encina pueda hacer valer sus derechos y cobrar la indemnización estipulada en uno de sus viajes a Granada.

—Me alegro por el mercader cristiano y por tu reputación de alfaqueque que, sin duda, ha quedado reforzada con un litigio tan favorable.

—Señor Alí, ¿qué ha podido averiguar sobre el paradero de mi familia? —se apresuró a preguntar Fadrique con la voz entrecortada sin poder ocultar la ansiedad que lo embargaba, pues, aunque había estado toda la mañana atareado con don Rodrigo en la visita a la medina, su pensamiento no se había apartado del cuartel de los africanos y de la entrevista que debía mantener el alfaqueque granadino con el caudillo de los guerreros meriníes.

Alí Abd al-Watiq tomó la jarra de loza dorada que había dejado sobre la mesa el criado y, antes de contestar, se sirvió una abundante porción del refrescante líquido que contenía y lo bebió con fruición.

—Cuando accedí al castillo de Mawror, situado en la ladera del arrabal del mismo nombre, residencia del alcaide de las milicias africanas, Yahyá ben Umar —comenzó diciendo el musulmán—, el capitán de su guardia personal, que me conocía, me comunicó que el caudillo de los guerreros zanatas se hallaba solazándose en los baños. No obstante, como estaba decidido a no dejar pasar la ocasión de verle y hablarle del asunto que te abruma y preocupa, lo esperé pacientemente en el jardín que antecede a su mansión hasta que dio fin a sus abluciones diarias. Me recibió en su sala de recepción en la planta alta del castillo y, he de decir, que me atendió con mucha cortesía y amabilidad, no en vano hace un año que saqué de la prisión de Sevilla a dos de sus almogávares que habían sido capturados por las tropas del Adelantado Mayor de la Frontera en los alrededores de Alcalá de Benzaide.

—¿Y qué le dijo, señor Alí, de los cautivos que tomaron en Zuheros y Priego cuando fue destronado el sultán Muhammad? —demandó Fadrique, impaciente por conocer el resultado de la entrevista entre el alfaqueque y el caudillo meriní.

—Reconoció, joven cristiano, que, en efecto, almogávares de su guarnición, mandados por el capitán Ibrahim al-Futú, habían traído a Granada un grupo de cautivos en los días de la caída en desgracia del sultán Muhammad V; que no conocía sus nombres, pero que a algunos los condujeron al puerto de Marbella y, desde allí, llevados a Ceuta para subastarlos en el mercado de esclavos. Me aseguró que, aunque el tal Ibrahim se hallaba de viaje en el reino de Fez, en el plazo de una semana se habría incorporado a la guarnición de Granada y que podría darnos razón sobre los nombres de los desdichados que fueron llevados a la otra orilla, si es que aún tenía memoria de ellos y no los había olvidado.

Fadrique, desolado, permaneció en silencio. Había albergado la esperanza de que en aquella entrevista se hubieran mencionado los nombres de sus padres y de su hermana, así como su paradero. Gruesas lágrimas comenzaron a brotar de sus ojos y a resbalar por sus mejillas.

—No debes desesperar, Fadrique —manifestó don Rodrigo con la intención de aliviar la pena que afligía al hijo del molinero—. Permaneceremos en Granada hasta que regrese el capitán de los almogávares. Él, que digirió la algarada en la que tomaron presa a tu familia, sin duda, podrá darnos los nombres de los cristianos que fueron llevados a Ceuta y si estaban, entre ellos, tus padres y tu hermana Almodis.

El día 25 de junio, jueves, un guerrero norteafricano acudió a la casa de Alí Abd al-Watiq para comunicarle, de parte del caudillo de las tropas meriníes destacadas en Granada, que el día anterior había arribado a la ciudad el destacamento de guerreros llegados desde Fez al mando de Ibrahim al-Futú. Sin dilación, el alfaqueque musulmán se despidió de sus huéspedes cristianos y abandonó su residencia dirigiéndose al arrabal de Mawror, donde, como se ha dicho, estaba establecido el cuartel de los guerreros norteafricanos. Tenía el firme convencimiento de que, conversando con el jefe de los almogávares, podría conocer de primera mano lo acontecido a los familiares del joven que acompañaba a su amigo Rodrigo como criado y aprendiz de alfaqueque.

Don Rodrigo y Fadrique permanecieron expectantes en la mansión de Alí, en tanto que este se desplazaba al castillo de Yahyá ben Umar. A media mañana regresó el alfaqueque granadino. Aunque, por el rictus de su cara don Rodrigo supo que su amigo no traía buenas noticias, no quiso hacer ningún comentario para no alarmar a Fadrique. Se reunieron, como en otras ocasiones, en el patio, bajo la pérgola y las pobladas ramas del jazmín que los resguardaba del sol abrasador.

—¿Has podido entrevistarte con el capitán de los almogávares, Alí? —se interesó don Rodrigo, aún antes de que se hubieran aposentado en sus respectivos almohadones.

—Amigos míos —comenzó diciendo Alí—: Por mediación del caudillo Yahyá ben Umar he podido hablar con el jefe de los almogávares que asolaron las alquerías de la frontera cristiana en los infaustos días del destronamiento del emir Muhammad. Ibrahim al-Futú, aunque en un principio se negó a darme la información que le pedía, al fin reconoció que los cautivos que tomó en su incursión por tierras de Priego y Zuheros los embarcó en un cárabo en Marbella con destino al puerto de Ceuta. En esa ciudad, o en la vecina Tetuán, un tratante, con el que tenía acordada su venta, los subastaría en el mercado de esclavos. También dijo que entre la docena de presos que cruzó el mar en aquella ocasión iba un hombre llamado Hernán Díaz y una mujer, que decía ser su esposa, cuyo nombre era Elvira García.

—¡Mis desdichados padre...! —exclamó Fadrique en medio de inconsolables sollozos.

—Una vez que supe que tus padres habían sido conducidos a Ceuta —continuó con su relato el musulmán, dirigiéndose al desolado muchacho—, le pregunté si recordaba que entre los cristianos capturados en aquellos días había una niña de unos trece años. El almogávar me aseguró que en el grupo de cautivos enviado a la otra orilla solo embarcaron mujeres y hombres adultos.

—¡Almodis! ¡Mi desdichada e inocente Almodis! ¿Dónde estará? —se lamentaba el joven sin atender a las muestras de cariño y de consuelo de don Rodrigo.

—Como insistiera en el asunto de la niña cautiva —añadió el musulmán—, me dijo que los únicos niños que fueron capturados en aquella expedición, un varón de unos nueve años y una niña de más edad, cuyos nombres no recordaba, los regaló al nuevo sultán para ganarse su aprecio y obtener su perdón por haber ignorado los acuerdos de paz y roto las treguas firmadas.

—Luego, ¡Almodis estará presa en Granada! —exclamó el hijo del molinero, pensando ingenuamente que esa posibilidad facilitaría los planes de ver libre a su hermana.

—Es probable que, si Ibrahim al-Futú ha dicho la verdad, se halle cautiva en alguna dependencia de la Alhambra —expuso con determinación no exenta de tristeza Alí Abd al-Watiq—. Saber más sobre el actual paradero de tus padres y lo que el destino les ha deparado, es tarea ardua y complicada, Fadrique, por no decir casi imposible. Los alfaqueques no podemos intervenir en la otra orilla... Aunque existe una posibilidad que nos permitiría acceder al tratante norteafricano que vendió a tus progenitores.

—¿Cuál es esa posibilidad, señor Alí? —preguntó Fadrique, esperando que, con sus palabras, el alfaqueque granadino le hiciera renacer la esperanza de poder ver algún día con vida a sus desventurados padres.

—Habréis de acudir a los frailes mercedarios o trinitarios —dijo el musulmán, después de unos segundos de duda—. Ellos tienen, como un sagrado deber, pasar allende el mar y rescatar a los cautivos cristianos que se hallan presos en las mazmorras de Ceuta, de Targa o de Tetuán o se han vendido a algún rico hacendado de Marrakech o Tarudant. Podrían, estos frailes, hacer las pesquisas, muchacho, que a los alfaqueques, sean estos cristianos o musulmanes granadinos, nos están vedadas.

—¿Y dónde podré acudir para solicitar la ayuda de los padres de la Orden de Nuestra Señora de la Merced o de la

Santísima Trinidad? —demandó el hijo del molinero, dirigiendo la mirada suplicante a su benefactor cristiano.

Don Rodrigo, que hasta ese momento no había intervenido en la conversación a la espera de que el alfaqueque musulmán hubiera relatado en toda su extensión lo que concernía a su entrevista con el almogávar norteafricano, declaró:

—Dice verdad el bueno de Abd al-Watiq, Fadrique. Poco podemos hacer, una vez que los cautivos han sido trasladados al reino de Fez, a donde solo los mercedarios y los padres trinitarios están autorizados a viajar para llevar a cabo su sagrada misión redentora. En lo que se refiere a los hermanos de la Orden de la Merced, en la ciudad de Jerez poseen uno de sus conventos y, también, en Algeciras, donde erigieron un monasterio en el año 1345 después de que el rey don Alfonso, padre del rey don Pedro, se apoderara de aquella ciudad y donara una de sus mezquitas a los frailes de esa Orden redentora. Dicen que lo fundaron en aquel puerto de mar para estar más cerca de la frontera de Granada y del sultanato de Fez. Habría que viajar a esa ciudad, situada cerca del estrecho de Tarifa, y presentar a los frailes los nombres, edades y lugar de procedencia de tus padres y la solicitud para que ellos viajen a la tierra africana y traten de dar con su paradero.

—Pues no he de demorar mi partida a esa ciudad, don Rodrigo —expuso con determinación el joven.

—Pero antes, Fadrique, deberíamos emprender las indagaciones en Granada para saber si Almodis fue uno de los niños que permanecieron en esta ciudad como regalo para el sultán Ismail II o, por contra, también se halla en tierras de Marruecos —manifestó don Rodrigo de Biedma.

Alí Abd al-Watiq permanecía en silencio, pensativo y apesadumbrado por la angustia y la aflicción que observaba en el joven cristiano. Sin duda estaba meditando sobre la manera de poder acceder a la Alhambra y tener noticias ciertas de la cautiva cristiana, si es que se hallaba retenida en la ciudad palatina, tarea nada fácil teniendo en cuenta el hermetismo y la exclusividad de las personas que disponían de autorización para entrar en los palacios nazaríes.

—Poseo algunas amistades entre la aristocracia granadina, aunque mi declarada inclinación hacia el depuesto Muhammad V me tiene cerrada las puertas de la Alhambra —reconoció, al cabo, el alfaqueque musulmán—. No obstante, mañana me acercaré a los baños del Nogal, en el arrabal de los Axares, y departiré con algunos prohombres del reino que lo frecuentan y tienen privanza con la familia del nuevo emir. Quizás ellos me permitan saber lo que tanto nos interesa. Luego, si las pesquisas han dado el fruto deseado, veremos la manera de acceder a los palacios de la Alhambra y procurar la libertad de la muchacha. En este caso, sí podemos intervenir los alfaqueques. Pero, entretanto que hago las indagaciones oportunas, debéis permanecer en la ciudad. Podéis continuar gozando de mi hospitalidad todo el tiempo que sea necesario.

En la mañana del siguiente día, Alí Abd al-Watiq abandonó su mansión para dirigirse a los baños situados en el arrabal de los Axares, donde acudía buena parte de la nobleza de la ciudad, a determinada hora del día, para tomar baños de vapor y sumergirse en las albercas de agua fría, templada y caliente, en tanto que tan preclaros personajes, casi todos ellos vinculados, de alguna manera, con los clanes que ostentaban el poder en la administración o la milicia, conversaban sobre sus negocios o sobre política.

Los dos cristianos permanecieron recluidos en la casa del musulmán esperando, con el corazón en un puño, el regreso del alfaqueque para conocer el resultado de sus indagaciones.

Cinco horas más tarde, cuando el sol había comenzado a declinar, apareció Alí Abd al-Watiq en el zaguán de su mansión, tembloroso, con el rostro demudado y la voz quebrada, actitud que sorprendió a don Rodrigo y a Fadrique, que pensaron que el musulmán era portador de alguna mala noticia referente a Almodis. Con una premura desacostumbrada en alguien tan mesurado como era de ordinario el alfaqueque granadino, los urgió para que accedieran al salón principal de la casa y atendieran a lo que tenía que comunicarles.

—Amigos míos —comenzó a decir, cuando hubo comprobado que los sirvientes se hallaban alejados de la estancia donde se encontraban—: debéis abandonar lo antes posible la ciudad de Granada y dirigiros sin demora alguna a la frontera castellana. Mi vida y las vuestras están en peligro.

—¿Qué ha sucedido, Alí? —preguntó alarmado don Rodrigo.

—Algo terrible está pronto a acontecer en la Alhambra, amigos míos, si el misericordioso Alá no lo remedia. Mi casi hermano, el noble Yusuf al-Sarray, el que vosotros conocéis como uno de los Abencerrajes, que forma parte de la nobleza más respetada y cercana al palacio del sultán, aunque no oculta su preferencia y amistad con el depuesto Muhammad el Exiliado, me ha hecho una confidencia que, de ser cierta, puede provocar una nueva guerra civil en Granada con sus persecuciones, detenciones sumarias y muertes.

—¿Tan grave es lo que te ha revelado? —se interesó don Rodrigo de Biedma.

—Grave y peligroso para todos nosotros —respondió el alfaqueque musulmán—. Yusuf me ha asegurado que se prepara un levantamiento armado en la Alhambra. Dice que una parte de las tropas andalusíes se ha puesto de parte de Abu Said, el primo de Ismail II, al que ayudó pérfidamente a alcanzar el poder y ahora se ha vuelto su enemigo. Lo van a derrocar. Es probable que muera mucha gente. Todos aquellos: cadíes, visires y el chambelán que juraron fidelidad a Ismail, serán pasados por las armas. Y no sabemos qué nos ocurrirá a los que seguimos siendo fieles al depuesto Muhammad V.

—¿Acaso pretenden devolver el trono al emir exiliado? —se interesó don Rodrigo, pensando que los conjurados seguían las órdenes del embajador del rey don Pedro, que, como era de todos sabido, conspiraba y trabajaba en secreto para devolver el poder a Muhammad ben Yusuf.

—No es esa la intención de los revoltosos, amigo Rodrigo —expuso con la voz entrecortada Alí Abd al-Watiq—. Yusuf al-Sarray estaba dispuesto a participar en la revuelta, según me dijo, pero ha desistido al saber que los rebeldes no desean devolver el trono al depuesto sultán exiliado en Fez, sino entronizar al tal Abu Said y ocupar los cargos de relevancia en el sultanato acabando con la vida de Ismail y de sus ministros y consejeros. Por ese motivo y porque no sabemos las repercusiones que, para Castilla y para los súbditos del rey don Pedro, tendrán la revuelta y la sustitución del actual emir en el trono de Granada, es urgente que abandonéis esta ciudad y busquéis la seguridad que os ofrecen los territorios castellanos de la frontera. Cuando las aguas vuelvan a su cauce, ocasión será de recuperar el asunto que ahora dejamos inconcluso.

Y así fue como el día 27 de junio del año 1360, atemorizados, sin saber a ciencia ciertas lo que estaba próximo a suceder en Granada, ni la gravedad real de dicho acontecimiento, pero azuzados por las alarmantes palabras del bueno de Alí Abd al-Watiq, antes de despuntar el alba, partieron don Rodrigo de Biedma y el joven Fadrique Díaz cabalgando en sus monturas y alejándose de la ciudad nazarí para tomar el camino que conducía a Alcalá de Benzayde.

En lo hondo de sus corazones estaban agradecidos por la advertencia que les había hecho el musulmán, pero, al mismo tiempo, se dolían por no haber podido ultimar las pesquisas que el alfaqueque nazarí realizaba sobre el paradero de Almodis. Sin embargo, lo que más inquietud y temor producían al caballero castellano, era la posibilidad de que su generoso compañero de oficio fuera asesinado por los nuevos señores de la Alhambra si triunfaba la rebelión, pues no era un secreto que Alí Abd al-Watiq apoyaba sin fisuras la causa del depuesto sultán Muhammad V y los esfuerzos diplomáticos del rey don Pedro para verlo, de nuevo, ocupando el trono que legítimamente le pertenecía. Una posición valiente, pero arriesgada y peligrosa en los turbulentos días que el alfaqueque musulmán aseguraba que se avecinaban y en el seno de una sociedad convulsa y una familia que acostumbraba a dirimir sus diferencias políticas con el filo de la espada.

Al día siguiente, con la sutileza, el secretismo y la crueldad que siempre caracterizaban las revueltas palaciegas en la Granada nazarí, los conspiradores comenzaron a ocupar las posiciones, que previamente habían acordado, en los cuarteles, la alcazaba y los palacios de la Alhambra para, al caer la noche, dar el golpe sangriento que habría de colocar en el trono granadino al primo de Ismail II, Abu Said, con el nombre de Muhammad VI, conocido en el vecino reino de Castilla con el apodo de «el rey Bermejo» por el color carmesí de su barba.

VII

Con los frailes mercedarios

El sultán Ismail II se encontraba recostado en su cama, en la misma alcoba del palacio donde se hallaba Muhammad V cuando fue asaltado y destronado, sin turbante, despojado de sus vestiduras reales y cubierto solo con una delgada túnica de lino, ignorante del peligro que lo acechaba. Como había sucedido tantas veces a lo largo de la historia, y seguiría sucediendo, el dirigente que iba a perder el trono y la vida a causa de una rebelión palatina desconocía, en todo y en parte, las maquinaciones de sus allegados más cercanos para derrocarlo y asesinarlo, aunque media Granada sabía que su final estaba próximo y que su cabeza y las de sus ministros estaban pendientes de un hilo.

Acababa de despachar en la estancia contigua unos asuntos de gobierno con su visir, Ibrahim al-Fihrí, y realizado la última oración del día en el cercano oratorio sin sospechar que su centinela de confianza, apostado en la puerta del dormitorio, un guerrero africano de nombre al-Mawrurí, estaba confabulado con los sublevados esperando que Abu Said, luego entronizado como Muhammad VI, hiciera su aparición, acompañado de un destacamento de soldados, para entrar violentamente en la habitación donde descansaba el confiado emir.

Era una noche de verano, calma y cálida. Solo se oía el rumor del agua discurrir por las acequias y el sonido cadencioso de las palas de un molino hidráulico en el cercano jardín del Partal. Rompiendo la tranquilidad que se respiraba en el palacio real, una docena de soldados armados con espadas y rodelas de cuero, precedidos por al-Mawrurí y siguiendo las órdenes de Abu Said, penetró en la alcoba y amenazó con sus alfanjes desenvainados al desconcertado Ismail que, consciente del peligro que corría, abandonó precipitadamente el lecho en el que se preparaba para conciliar el sueño y, de un salto, intentó aproximarse a la espada que descansaba sobre uno de los almohadones que había cerca del lujoso lecho, movimiento que uno de los conspiradores le impidió hacer interponiéndose entre el sorprendido sultán y su arma.

—¡Soldados de mi guardia! ¡Primo Abu Said! ¿Qué hacéis en mis aposentos? —les gritó con la voz entrecortada, asumiendo que se trataba de una rebelión y que la presencia de su pariente entre los conjurados solo podía significar que era él el cabecilla y el muñidor de aquella asonada.

—Venimos a acabar con tu vida, Ismail —sentenció Abu Said, aquel en quien tanto confiaba y que, un año antes, había sido uno de los organizadores de la revuelta que derrocó a Muhammad V y lo puso en el trono de Granada—. Tus días de mal gobierno han llegado a su fin.

Ismail, con el rostro contraído por la ira que lo embargaba y el miedo a la muerte que, estaba seguro, hallaría aquella infausta noche, logró zafarse de los dos soldados que intentaban retenerlo y se dirigió a la ventana que daba al patio de los Arrayanes. De un salto se precipitó al vacío cayendo sobre los macizos de arbustos que flanqueaban la alberca. Intentó buscar la salvación dirigiéndose a uno de los extremos del patio, pero supo que por ese lado no lograría escapar, porque lo esperaba, espada en mano, una decena de amenazadores soldados. Entonces, dirigió sus pasos hacia la torre de Comares y accedió al salón de Embajadores perseguido por los amotinados y convencido de que allí lo apuñalarían. Al menos en aquel emblemático lugar —pensó— hallaría una muerte honrosa y digna, de acuerdo con el relevante cargo que ocupaba en la cúspide del sultanato.

Los soldados lo rodearon y, a una orden del que parecía ser el jefe de la partida, lo tomaron preso sin ningún miramiento ni respeto a su noble estirpe y a la alta dignidad que ostentaba. A continuación, lo desnudaron y esperaron la llegada del cabecilla de la sublevación, su primo Abu Said, para saber qué era lo que debían hacer con él. Cuando entró en el salón de Embajadores el promotor de la conspiración y contempló la figura apocada y temblorosa de Ismail, lo abofeteó con una expresión de desprecio y odio reflejada en el rostro.

—Tu madre Maryam, y yo mismo, te ayudamos a derrocar a tu hermano Muhammad y a encumbrarte en el trono de la Alhambra —dijo con tono desafiante el que sería el próximo emir—. No has obrado como los granadinos deseaban cuando decidieron arrojar del sultanato a tu odiado hermanastro. Has sido cruel, tiránico y vengativo. No fuiste generoso y no diste el pago que se merecían quienes pusieron en peligro sus vidas y sus haciendas y te alzaron al poder máximo de este reino. Por eso debes morir.

Ismail, humillado y olvidando la dignidad de su cargo, suplicó el perdón y lloró desconsoladamente, no solo por miedo a la muerte cercana, sino, sobre todo, porque la traición procedía de uno de los miembros de su familia, aquel en quien había depositado toda su confianza y a quién otorgó puestos relevantes en la Corte.

Al llegar ese crucial y decisivo momento de la existencia del emir Ismail, con más razón se comprenden las duras palabras que, sobre él, vertió el poeta Ben al-Jatib en su libro sobre la historia de los reyes de la Alhambra, en el que el gran literato granadino escribió: «Era este Ismail afeminado, abismado en los placeres, falto de energía y blando…»

Entretanto que el pusilánime sultán continuaba con sus sollozos y lamentaciones, el que parecía alcaide o jefe de la milicia sediciosa, ordenó con voz imperiosa:

—¡Traed a Qays!

Se trataba del hermano menor del depuesto emir, que debía estar ajeno a lo que sucedía en los aposentos reales.

Al poco, accedieron al salón dos soldados que, a duras penas, arrastraban al joven, un niño que no alcanzaba aún los nueve años, que lloraba aterrado sin poder comprender por qué su corta e inocente vida estaba a punto de llegar a su fin.

—¡Cortadles la cabeza a ambos! —ordenó Abu Said.

Sin ninguna dilación, dos soldados alzaron sus curvas espadas mientras que otros dos obligaban a arrodillarse al suplicante Ismail y a su indefenso hermano que gritaba y se debatía con la intención de zafarse de los fuertes brazos de sus captores. Las hojas de las espadas silbaron en el aire y las cabezas de los dos desdichados rodaron por el suelo arrojando sendos chorros de sangre que empaparon la lujosa alfombra persa que cubría el pavimento de ladrillos rojos de la estancia.

Acto seguido, el que mandaba el destacamento tomó la testa chorreante de sangre de Ismail por su espesa cabellera y la sacó al patio de los Arrayanes para que los guerreros andalusíes y una decena de sirvientes del palacio allí congregados vieran que el sultán era ya un cadáver y que su alma debía viajar hacia el prometido Paraíso, si es que el misericordioso y justo Alá —pensaban algunos— había decidido perdonar sus pecados y desvaríos. Aquellos que una hora antes hacían votos por el bienestar, la salud y la felicidad de Ismail II, lanzaban ahora, ante el ensangrentado y pálido rostro del decapitado sultán, frases despectivas e insultos. Lo que viene a demostrar, una vez más, que el respeto y la obediencia de los súbditos son virtudes tan efímeras, frágiles y delicadas como el hilo de seda que extraen de los capullos los artesanos en los talleres de la Alhambra.

Esa misma noche fue entronizado Abu Said, con el título de Muhammad VI, por los soldados y por otros caballeros granadinos que estaban en la conjura y que, desde la sombra, habían participado en el derrocamiento y el asesinato del sultán y de su inocente hermano esperando, como el resto de los conspiradores, obtener cargos y recibir prebendas del nuevo emir, una vez que hubiera ocupado el trono.

En la mañana siguiente, el recién entronizado Muhammad VI ordenó que las fuerzas que le eran leales se dirigieran a la residencia del visir Ibrahim al-Fihrí para que lo tomaran preso, así como a un primo suyo y a los tres hijos de ambos, que estaban con él, acusándolos de estar tramando el retorno del exiliado Muhammad V, de acuerdo con el sultán del Magreb y el rey de Castilla. Ese mismo día fueron todos ellos enviados, cargados de cadenas, al castillo de Almuñécar. Pero, antes de acceder a tan enriscada fortaleza, el jefe de los guardias —que portaba órdenes secretas del nuevo emir—, los condujo a la cercana playa donde fueron los desdichados ahogados, haciendo sus ejecutores desaparecer los cuerpos para que sus deudos no pudieran darles sepultura según mandaba el rito malikí.

Y así acabó el breve reinado del sultán Ismail II ben Yusuf, el que por envidia, ambición y los perversos consejos de su madre Maryam, había destronado a su medio hermano Muhammad, pensando, ingenuamente, que su estancia en la Alhambra sería larga y gratificante y que, con el apoyo de sus seguidores, lograría ganarse, a no mucho tardar, el afecto y el respeto de los habitantes de Granada, lo que, evidentemente, no ocurrió.

Abu Said había cumplido veintinueve años cuando accedió al trono, aunque su reinado sería tan breve como el de su primo, porque algunas destacadas y poderosas familias granadinas, en connivencia con el rey de Castilla y el sultán de Fez, alegando no poder soportar la vida licenciosa y poco edificante del nuevo emir, tramaban ya la manera de derrocarlo y reponer en el trono de Granada al depuesto Muhammad V.

Aquella misma noche, Abu Said, una vez consumada su deleznable acción y sosegados los ánimos, se asomó al ventanal de doble vano que se abría en el muro oeste de la torre de Comares y contempló impasible las luces de las hogueras que surgían de algunas casas del Albaicín, cuyos ocupantes ignoraban aún el regicidio cometido unas horas antes en el palacio real de la Alhambra. Sonrió antes de dirigirse a su dormitorio relajado y pensando que, con aquel derrocamiento, había hecho justicia y restituido la legitimidad y el buen gobierno a la ciudad.

Al declinar el día que siguió a la noche en que los sublevados asesinaron a Ismail II y a su hermano Qays y enviaron al destierro y a la muerte al visir Ibrahim al-Fihrí y a sus hijos, don Rodrigo de Biedma y Fadrique Díaz cruzaron la difusa línea fronteriza que separaba los reinos de Granada y de Córdoba y Jaén, pasado el castillo nazarí de Moclín. Cuando llegaron a Alcalá de Benzayde pudieron, por fin, verse libres de las terribles consecuencias que podría tener, para los súbditos del rey de Castilla y los seguidores de Muhammad V, el brusco y sangriento cambio que, como vaticinó el alfaqueque Alí Abd al-Watiq, se acababa de producir en la Alhambra. Una vez a salvo en el castillo de Alcalá, les fue comunicada, por el alcaide de la villa, cómo se había perpetrado el regicidio en Granada y cómo ya no era emir del reino nazarí el pusilánime Ismail II.

El día primero del mes de agosto hicieron ambos viajeros su entrada en Córdoba por la puerta del Puente, agotados pero felices por haber podido salir de territorio granadino sin sufrir ningún daño, prevenidos por el bueno de Alí Abd al-Watiq. Sin embargo, el caballero cordobés auguraba y temía que la guerra civil podría estallar en cualquier momento en la capital nazarí amenazada, como estaba, por tan negros presagios y una inestabilidad que, más pronto que tarde, estallaría y se abatiría sobre la sufrida población.

Una semana más tarde, supo don Rodrigo que su amigo Alí Abd al-Watiq no había sido molestado por los insurrectos, aunque relevantes personajes de la ciudad, fieles al decapitado sultán o al Exiliado, como el alfaquí Atiyya al-Muharibí y el cadí Muhammad al-Yuzayy, los habían encarcelado o enviado al destierro.

No transcurrieron muchas jornadas de descanso en la apacible vivienda del alfaqueque don Rodrigo de Biedma sin que Fadrique mostrara su inquietud por haber dejado inconclusas sus pesquisas acerca de sus padres y, sobre todo, de su hermana Almodis, de la que tenía el firme convencimiento que se hallaba con vida y cautiva en algún lugar de la Alhambra.

Una tarde, entretanto que ingerían una suculenta cena en el jardín de la casa, desde el que se podía contemplar el remate de la fachada de la iglesia de los Santos Mártires y la torre-campanario de la iglesia catedral, expuso ante el caballero cordobés, que se había convertido en su protector y amigo, su deseo de continuar las indagaciones que le permitieran conocer el paradero de sus desaparecidos familiares. Le dijo que quería acceder a la ciudad palatina de la Alhambra para hacer las pesquisas que el bueno de Alí Abd al-Watiq tuvo que abandonar prematuramente y dar con su hermana Almodis, que él creía que estaba viva y esperando que alguien consiguiera rescatarla del cautiverio.

Don Rodrigo logró convencerlo para que abandonara un proyecto tan arriesgado y escasamente realizable, alegando que las noticias que le llegaban desde Granada eran alarmantes y contradictorias, y que para un desconocido joven cristiano, sin oficio y sin fortuna, entrar en los palacios de la Alhambra era una misión imposible. La población estaba dividida entre los que eran fieles al nuevo sultán —le aseguró— y los que habían decidido urdir un plan para traer a Muhammad V desde Fez con la ayuda del rey de Castilla y de las tropas meriníes y entronizarlo de nuevo. Que las represalias, detenciones y decapitaciones estaban a la orden del día. Nadie se encontraba seguro en Granada —señaló— y menos los súbditos del rey de Castilla al que se acusaba de estar incitando a los granadinos a la desobediencia y la rebelión. El alfaqueque musulmán le había enviado una secreta misiva en la que le recomendaba que no osara desplazarse, por el momento, a la ciudad nazarí, aunque tuviera un salvoconducto expedido por las nuevas autoridades, porque ni él mismo, aunque perteneciera a la gente de alcurnia, estaba libre de sospechas y de ser sometido a juicio por su conocida inclinación hacia la causa del Exiliado.

—La guerra civil, amigo Fadrique, amenaza la paz y la convivencia de los granadinos —sostuvo el caballero cordobés—. No es aconsejable viajar a ese reino, como refiere Alí, hasta que la tranquilidad y el orden vuelvan a sus calles y plazas y el poder se haya consolidado en la Alhambra. No obstante, entretanto que ese deseado momento llega, puedes viajar a la ciudad de Algeciras, como ya te recomendamos, entrevistarte con los frailes mercedarios para exponerles tu caso y procurar su mediación y su ayuda con la finalidad de conocer la suerte que han corrido tus padres, si es que aún se encuentran en Ceuta y no los han vendido a mercaderes o ricos hacendados del interior del reino de Fez.

—Por su boca, don Rodrigo, habla la sensatez —reconoció el joven fraile secularizado—. Si lo tenéis a bien, permaneceré en vuestra casa hasta encontrar el modo de trasladarme a Algeciras y poder encontrarme con los frailes de Nuestra Señora de la Merced de aquella ciudad.

—Sabes que puedes hospedarte en mi mansión todo el tiempo que desees. Pero te aconsejo que intentes partir antes de que las lluvias de otoño, que tan frecuentes y violentas son en la región de la frontera meridional, hagan los caminos impracticables y peligrosos —expuso el alfaqueque—. No obstante, haré las pesquisas oportunas para averiguar si algún caballero, fraile o mercader de Córdoba tiene previsto desplazarse hasta alguna de las ciudades del Estrecho y te pueda acompañar en tan largo viaje.

Una semana estuvo enclaustrado Fadrique en la casa de don Rodrigo de Biedma dedicado a la lectura, a la meditación y a recibir las clases de árabe que le seguía impartiendo el criado converso, a la espera de que el caballero alfaqueque llevara a cabo las indagaciones que le había prometido hacer y lograra encontrar a alguien que pudiera acompañarlo en su viaje hasta Algeciras o hasta cualquiera de las ciudades que estaban próximas a la frontera del Estrecho. Aunque aparentaba ante el alfaqueque estar sosegado, en el fondo de su alma bullía la inquietud y el temor, pensando que cada día que pasaba menos posibilidades tenía de poder hallar con vida a sus progenitores.

A veces se desplazaba hasta la iglesia-catedral para asistir a la santa misa o rezar ante la imagen de la Virgen y pedirle que protegiera y diera fuerzas a sus padres e hiciera mantener en la fe cristiana a su hermana Almodis, pues, siendo tan joven y conviviendo con los seguidores de la religión de Mahoma, no era baladí conjeturar que el trato continuo con sus captores podría hacer que flaqueara en sus convicciones religiosas, renegara de la fe de sus mayores y se tornase mahometana. El enorme templo, que antes había sido la mezquita más grande y famosa de al-Andalus, con sus cientos de esbeltas columnas de mármol o alabastro, sus arcos dobles con dovelas de colores blanco y rojo y la profusa decoración dorada que, en el muro meridional rodeaba el antiguo *mihrab*, le transmitía a Fadrique una extraña sensación de quietud y paz, sentimiento que se acentuaba en el solemne instante en que el sacerdote, vestido con sus mejores galas y acompañado de sus acólitos, elevaba al cielo la sagrada forma y recitaba las palabras rituales de la consagración.

Al caer la tarde se recluía en su habitación y dedicaba las horas a leer los libros que le había proporcionado don Rodrigo, afición que le producía un enorme bienestar interior, porque lo reconciliaba con su condición de fraile franciscano, aunque ya no siguiera las reglas y mandatos de la Orden. Sin embargo, a pesar de que eran «poco edificantes», en palabras del alfaqueque, no pudo resistir la tentación de tomar de la estantería uno de los tomos que contenían las vidas de aquellos antiguos caballeros que estaban empeñados en defender a los débiles y menesterosos. Cogió el que se titulaba *Libro del caballero Zifar*, que resultó ser una amena historia que narraba las aventuras de un caballero que tenía ese nombre, en cuya introducción se hacía referencia a los proverbios y sentencias de los sabios del pasado que debía seguir todo caballero honrado y generoso dedicado a hacer el bien. Personajes como su mujer Grima, sus hijos, el rey

Mentón, Roboán —el cortesano que abandonó el reino de Mentón para que lo nombraran emperador del imperio de Tigrida—, eran arquetipos de superación, de generosidad y de lucha por el bien que, a Fadrique, cuya alma aún estaba impregnada del sentimiento de bondad y amor al prójimo de la orden franciscana, le parecieron aleccionadores y excelentes ejemplos a seguir, que no merecían, a su juicio, el menosprecio que mostraba por el contenido de esos libros su mentor, el alfaqueque.

Al cabo de una semana se presentó don Rodrigo en la habitación del hijo del molinero para comunicarle el resultado de sus indagaciones.

—Joven Fadrique, he de darte una nueva noticia —dijo, con el rostro adornado con una amplia sonrisa—. En el patio de la iglesia de Santa María he trabado amistad con un miembro destacado del convento de Nuestra Señora de la Merced de Córdoba, su prior, fray Pedro Sandoval.

Fadrique abandonó de un salto el lecho en el que estaba recostado, repasando el manual de gramática árabe, y se plantó delante del alfaqueque.

—¿Me acompañará ese fraile a Algeciras para presentarme a sus hermanos establecidos en aquella ciudad, don Rodrigo? —preguntó, sin poder reprimir el entusiasmo y la euforia que sentía.

—No. No será fray Pedro el que irá hasta Algeciras contigo —manifestó don Rodrigo—, sino un hermano de su Orden que se ha de desplazar hasta el convento de Sevilla para entregar a su prior una carta del padre provincial. Fray Juan Gómez de Salazar, que ese es su nombre, será el que te acompañará hasta la ciudad del Guadalquivir y, una vez en ella, hará las gestiones necesarias, según me ha asegurado fray Pedro, para que puedas continuar el viaje hasta Algeciras en buena y segura compañía.

En la mañana siguiente, al alba, se hallaba Fadrique Díaz en la puerta del convento de los padres mercedarios donde ya lo esperaba fray Pedro Sandoval acompañado del otro fraile. Don Rodrigo le había proporcionado ropa de invierno, una gruesa capa de lana, una talega con un par de escarpines de cuero de repuesto, un sombrero de fieltro y comida para varios días que portaba en las alforjas que colgaban de la grupa de la mula torda. También le había dado tres reales de plata porque —le dijo— los iba a necesitar para poder llevar a cabo sus planes en la otra orilla.

—Buenos días —dijo a modo de saludo el fraile más anciano que, dedujo el joven expedicionario, sería el susodicho fray Pedro Sandoval. El otro mercedario que lo acompañaba, más joven, pensó, que debía tratarse de fray Juan Gómez de Salazar, el cartero.

—¿Tú debes ser Fadrique Díaz? —preguntó el anciano.

—El mismo. Y vos debéis ser fray Pedro Sandoval.

—Prior del convento de la Bienaventurada Virgen de la Merced y fiel discípulo de Pedro Nolasco, nuestro fundador —se expresó el fraile.

—Eres más joven de lo que esperaba —añadió.

—He cumplido veinte años —respondió Fadrique algo ofendido, porque no creía que su juventud fuera un obstáculo para poder emprender aquel viaje—. Aunque secularizado, he profesado en la orden mendicante del santo de Asís y soy experto copista e iluminador de códices —continuó diciendo el joven para demostrar que, a pesar de su juventud, era perito en el oficio de amanuense y sabedor de las cosas de la vida, aseveración claramente exagerada, porque de todos era sabido que, en los monasterios, los monjes se hallaban recluidos alejados del mundanal ruido y de las prácticas y perniciosas costumbres de la gente del común.

—Lo sé, muchacho. Me habló de ti el caballero don Rodrigo de Biedma y, también, me dijo que deseabas viajar hasta Algeciras y que buscabas la compañía de alguien que siguiera tu mismo itinerario para hacer la marcha más llevadera.

—Esa es mi intención, fray Pedro. Como los caminos son solitarios y peligrosos y hay que cruzar tierras colindantes con el reino de Granada y los castillos de Jimena y Castellar, que están en poder dc los norteafricanos, así como comarcas frecuentadas por partidas de almogávares que no respetan las leyes de cristianos ni de musulmanes, mi maestro, don Rodrigo, me recomendó que no viajara en soledad. Por ese motivo hizo las pesquisas y las indagaciones hasta dar con los frailes de vuestra Orden.

—Cierto es que no pudo dirigirse don Rodrigo a una institución que pudiera desplazarse a la frontera en mayor seguridad —reconoció fray Pedro Sandoval—. Los mercedarios, por la sagrada misión que desempeñamos, podemos acceder, sin impedimento alguno, al reino de Granada o al sultanato de Fez para tratar de rescatar a los desdichados cristianos que los musulmanes tienen en cautividad. Viajar con los frailes de Nuestra Señora de la Merced es un seguro de vida y de hacienda. Pero, no se hable más. Este es el hermano fray Juan Gómez de Salazar —manifestó el prior, señalando al otro fraile—. Se ha de desplazar a Sevilla, al convento que nuestra Orden tiene en esa ciudad, para entregar una carta del padre provincial a su prior, y será, no lo dudes, un buen compañero de viaje.

—Me ha referido fray Pedro que tu deseo es llegar a Algeciras para entrevistarte con el prior de nuestra casa establecida en esa ciudad fronteriza —señaló el tal fray Juan Gómez, acercándose al joven de Zuheros—. Dice que tienes la pretensión de cruzar a la otra orilla del Estrecho, empresa no exenta de riesgos. Aunque, seguro que nuestros hermanos de Algeciras te podrán ayudar a acometerla. Has de saber, joven, que mi viaje acaba en Sevilla, pero que, cuando accedamos a esa ciudad, procuraré hacer las indagaciones oportunas para que puedas continuar tu desplazamiento hasta la frontera en buena compañía.

—Os lo agradezco, hermano. Nunca he estado en esas comarcas del sur y desconozco las costumbres de su gente y los peligros que puedan acecharme.

—Nada temas, muchacho, pues vas a estar bien asesorado. Antes de que acabe el mes de agosto no te quepa duda de que estarás en Algeciras, en el convento que nuestra Orden tiene en aquel puerto de mar —le anunció el mercedario cartero.

—Como tu proyecto es arriesgado y fuera de toda razón al ser seglar, porque solo los mercedarios, los trinitarios y los hábiles mercaderes genoveses pueden entrar y salir sin daño en el reino de Fez —manifestó el prior—, será conveniente que portes algún documento que certifique ante el prior de Algeciras que eres una persona cuerda y honrada y no un imprudente cristiano exaltado que solo aspira a recibir el martirio en tierra de infieles.

Y dicho esto, sacó del zurrón que llevaba colgado de su hombro una carta cerrada y lacrada y se la entregó al hijo del molinero.

—Preséntasela al prior de nuestro convento de Algeciras. En ella le expongo sucintamente tu historia y la de tu familia —que me ha relatado don Rodrigo de Biedma— y los motivos que te impulsan a querer conocer lo acontecido a tus progenitores en el sultanato de Fez. Quizás te pueda abrir las puertas del reino de Marruecos en el que, al parecer, están cautivos tus padres.

Fadrique agradeció al prior que le proporcionara aquella carta de presentación, pues era consciente del escaso crédito que tendría la temeraria petición de un joven cristiano que, en soledad y sin aval alguno, recorría sesenta leguas para meterse, por propia voluntad, entre las fauces de un lobo hambriento.

A continuación, una vez que hubieron recibido la bendición del anciano prior, el joven de Zuheros y el fraile cartero montaron en sus respectivas mulas y se dirigieron a la puerta del Puente para emprender el viaje que, al paso de una semana larga, los llevaría a la ciudad de Sevilla y, diez días después —si no sufría el entusiasta hijo de Hernán Díaz ningún contratiempo o desgracia—, a la ciudad portuaria de Algeciras.

Fray Juan Gómez de Salazar era un hombre de unos treinta años, de breve estatura, pero fornido y bien dispuesto, lo que demostraba que, a diferencia de los frailes franciscanos, ocupados en la meditación, el rezo y vivir en la pobreza evangélica recluidos en sus monasterios, los mercedarios eran andarines y buenos viajeros, actividades que les hacían estar dotados de una gran resistencia física, pues no en vano debían recorrer grandes distancias, por lugares a veces abruptos y llenos de peligros, para poder cumplir la misión que su fundador les había encomendado.

Vestía un hábito blanco, de tela basta, con cogulla, cinturón, escapulario y el escudo de la Orden mercedaria sobre el pecho, consistente en una cruz patada de plata sobre un fondo de gules en la parte superior, y en la inferior, cuatro palos rojos en un campo de oro.

—Esta noche llegaremos a Almodóvar —señaló el fraile, en tanto que azuzaba la mula que se negaba a cruzar un arroyo de escaso caudal a esas alturas del verano—. Pernoctaremos en el castillo, cuyo alcaide es benefactor de la Orden, y dormiremos en una buena cama, si es que el rey don Pedro, que acostumbra a descansar en esa fortaleza cuando anda por estas tierras, no se halla en ella y nos vemos obligados a hospedarnos en una mala posada.

Pero el rey debía encontrarse en aquellos días bien lejos, expugnando a algún noble seguidor de su hermano don Enrique de Trastámara por tierras de León, y pudieron descansar en una cómoda habitación situada en la planta alta del castillo que daba al río Guadalquivir.

Una vez que se hubieron despojados de las vestiduras y degustado una frugal cena consistente en queso curado y un trozo de pan que traía Fadrique en las alforjas, abrieron de par en par la ventana que daba a la vega para que entrara en la estancia un poco de frescor. Luego, el fraile mercedario, sentado en el borde de su camastro, relató a su compañero de viaje, de manera concisa, la historia de la santa y venerable Orden a la que pertenecía.

—Has de saber, Fadrique, que la Orden de Nuestra Señora de la Merced y Redención de Cautivos, fue fundada, hace algo más de un siglo, por el mercader Pedro Nolasco, al que se le apareció un día la Santísima Virgen instándole a que abandonara su oficio y se dedicara a sacar del cautiverio a los desdichados cristianos que yacían presos en tierra de infieles —comenzó diciendo—. A diferencia de otras congregaciones de frailes que nacieron, como la de los hermanos franciscanos —a la que tú has pertenecido—, para vivir en la pobreza evangélica dedicados a la oración y al retiro espiritual, la nuestra es una Orden muy activa que, desde sus casas erigidas en las poblaciones fronterizas, tiene como misión casi exclusiva pasar a tierra de moros para rescatar a los infelices cautivos cristianos que tienen allí aherrojados.

—¿Y han de someterse, vuestros hermanos, a la misma regla y a los mismos votos que san Benito de Nurcia nos impuso a las demás congregaciones de pobreza, castidad y obediencia? —preguntó el fraile secularizado.

—No solo hemos de someternos a esa regla y esos votos que Pedro Nolasco exigió para que los cumplieran aquellos que ingresaban en la Orden de Nuestra Señora de la Merced, sino que añadió uno nuevo, que es la razón de ser de los mercedarios: trabajar sin descanso para sacar del cautiverio a los cristianos que padecen esclavitud en los territorios dominados por el islam, aunque tengamos que exponer la vida en ello —respondió con mucho énfasis el fraile—. Es más, amigo mío, un mercedario debe ofrecerse a cambio de la vida de un cautivo y ocupar su lugar si fuera necesario.

—Gran generosidad la de los hermanos mercedarios, fray Juan, que han de anteponer el bien de los débiles y perseguidos a la propia vida —reconoció con admiración el joven de Zuheros.

—Y, además —continuó fray Juan—, estamos obligados a seguir y profesar las severas reglas de San Agustín, que son el total desapego a las cosas de este mundo, ejercitar la caridad fraterna, realizar con alegría el ayuno y la abstinencia y dedicarse al cuidado de los enfermos. Y todo ello, hacerlo con humildad y en silencio.

Fadrique, que después de su etapa de vida monástica en el apartado monasterio de Santo Toribio de Liébana, había creído que no existía una manera de vivir más rigurosa y exigente que la de los hermanos franciscanos, tuvo que admitir, sobrecogido, que, con creces, la superaba en bondad, generosidad y capacidad de sacrificio la abnegada vida de los frailes mercedarios.

—Desde el día de hoy, fray Juan, he de reconocer que, si admiración me producían las órdenes monásticas mendicantes, a una de las cuales yo he pertenecido por voluntad de Dios, la dura existencia de los hermanos de Nuestra Señora de la Merced es más de admirar y ensalzar —manifestó a modo de sentencia Fadrique.

A continuación, se desearon buenas noches y se tendieron en los camastros sin saber, a ciencia cierta, si lograrían conciliar el sueño, pues el calor era asfixiante, aunque permaneciera abierta la ventana que daba al río y hubiera comenzado a correr una suave, aunque cálida, brisa.

En los días que siguieron cabalgaron por un camino estrecho que discurría a poca distancia del río lindando con un terreno llano y quebradizo que debió estar, alguna vez, sembrado de trigo o cebada, pero que, en pleno mes de agosto, se hallaba cubierto de herbajes raquíticos y mustios. Se toparon con algunas aldeas empobrecidas, cuyos habitantes salían al sendero para solicitar una limosna por amor de Dios, pues la larga sequía que padecían y que asolaba toda la región había marchitado la mayor parte de las mieses ese año y carecían de grano con el que hacer pan y heno para alimentar al ganado.

—Ves, Fadrique, cuan injusta y mudable es, a veces, la madre naturaleza —dijo el mercedario, acercando su mula a la de su compañero de viaje—. En ocasiones inunda los campos con lluvias torrenciales impidiendo el nacimiento del grano y, otras, castiga con una larga y pertinaz sequía la tierra, aunque esta sea fértil y buena para los cultivos, como es el caso de esta inmensa campiña.

—Grima me da, buen fraile, ver a estos desdichados enflaquecidos y sin un celemín de trigo que moler para poder alimentar a su prole —se lamentó el joven viajero.

Pero, como nada podían hacer para remediar aquella calamidad, continuaron apesadumbrados la andanza bajo un sol que derretía los sesos.

Un poco más adelante, fray Juan Gómez de Salazar se apiadó de un hombre que se acercó a ellos con un rapazuelo de pocos años en brazos y, sacando unas monedas de su faltriquera, se las dio al infeliz.

—Es obra de caridad, amigo mío, darle a esta miserable gente alguna ayuda en monedas —alegó el mercedario—, aunque de poco le va a servir, porque cuando no hay trigo ni cebada en diez leguas a la redonda, el dinero es tan inútil como un libro en las manos de un analfabeto.

Como el siguiente destino de los viajeros era la villa de Palma, que se encontraba a algo más de sesenta kilómetros de distancia, optaron por pasar la noche en una desvencijada venta que hallaron junto al camino, en un recodo del río, a cuatro leguas y media de esa población. El ventero, un hombre tan delgado y famélico como los que se habían topado en las alquerías que dejaron atrás, les ofreció, a más de unos destartalados jergones para que descansaran, un par de berenjenas asadas y unas cebollas que, a falta de pan, parecieron a los viajeros manjar de obispo. Dijo el mesonero que esas hortalizas las recolectaba en un pequeño huerto que tenía a espaldas del ventorrillo regado con el agua que sacaba del cercano Guadalquivir.

La siguiente etapa del viaje los llevó a la villa de Palma, que estaba rodeada por una fortísima muralla de tierra batida de la que sobresalía un castillo que dominaba la población y en el que residía, cuando no estaba de cabalgada, su dueño, el señor don Egidio Bocanegra, genovés que había sido nombrado por el rey don Alfonso, el undécimo de ese nombre, almirante de la escuadra castellana y que, en remuneración por los servicios prestados durante el cerco de Algeciras, le había dado en señorío aquella villa con sus pobladores, su castillo, todas sus casas, el mesón, el horno, las alquerías y demás pertenencias.

—Muy poderoso ha sido y es ese don Egidio, amigo Fadrique —le comentó el fraile, cuando accedían a la villa por la puerta oeste abierta en la muralla—. Aunque la riqueza y el poder son bienes muy efímeros en Castilla en los tiempos que corren. Dicen que hace tres meses que se pasó a las filas del rebelde hermano del rey, don Enrique de Trastámara, y eso es algo que el impetuoso y vengativo don Pedro no le va a perdonar.

Antes de que entraran en la población, Fadrique pudo comprobar que no estaba erigida junto al río Guadalquivir, sino a orillas de otro río de más menguado caudal que la abrazaba y defendía como si de un inmenso foso natural se tratara. Fray Juan Gómez de Salazar le refirió que se llamaba Genil y que era tributario del otro río más grande. También le dijo que regaba los campos de Palma y de gran parte de los reinos de Sevilla y de Córdoba después de haber recorrido durante muchas leguas las tierras del sultanato de Granada.

—Los ríos, como las aves del cielo y las fieras montaraces, no entienden de religiones, lenguas ni fronteras, amigo mío —proclamó el fraile, como si de un sabio y antiguo proverbio se tratara—. Ora recorren un reino y ora otro, sin tener que enseñar a nadie salvoconducto alguno ni mostrar escritura de propiedad o hidalguía.

Cruzaron los términos de Lora y accedieron, seis días después de haber abandonado Córdoba, a la ciudad de Carmona, población habitada por gente de alcurnia y rica, que estaba algo alejada del río, pero a la que se llegaba por una buena calzada de grandes losas. Se hospedaron en un hospital de pobres que regentaba el concejo de la villa y que abría sus puertas no lejos de la antigua mezquita convertida, desde que el rey don Fernando III conquistó la ciudad a los musulmanes, en iglesia bajo la advocación de la Virgen María.

—Quiero que observes con atención, Fadrique, ese castillo que está en obras en lo más elevado del promontorio que domina la ciudad —le indicó fray Juan Gómez—. Es el viejo alcázar de los musulmanes que lo reconstruyó el rey don Fernando, pero que ahora don Pedro Primero se ha empeñado en reformarlo según el arte de sus aliados granadinos, motivo por el que aseguran que ha traído de Granada un arquitecto y numerosos alarifes. Algunos piensan que quiere convertirlo en sede de la realeza y, también, en cárcel para encerrar en él a los aristócratas díscolos y desleales, seguidores de su hermano el Conde.

—Si es cierto que el rey quiere construir palacios al estilo de los musulmanes, será una prueba más, fray Juan, de que este monarca, como refieren sus enemigos, es medio moro y está más cerca de los judíos y de las costumbres de Granada que de las de Castilla —susurró el franciscano secularizado, acercándose al mercedario para que no alcanzaran a oír el irreverente comentario que acababa de hacer varios caballeros que conversaban delante de la puerta del hospicio.

—No parecen ir descaminados esos enemigos de nuestro rey, Fadrique —sentencio el fraile con sorna—. Dicen que utiliza con deleite y corrección ante sus cortesanos la lengua árabe y que, cuando recibe a los nobles castellanos en audiencia, le gusta humillarlos vistiendo, sin ningún recato, las almalafas, túnicas de seda y bonetes de fieltro que le ha regalado su amigo el sultán, ahora depuesto.

El día 16 de agosto del año 1360 entraron el fraile mercedario fray Juan Gómez de Salazar y su acompañante en la ciudad de Sevilla por la puerta de Córdoba. Era media tarde y, aunque el sol aún castigaba inclemente las calles y plazas de la ciudad, un enorme gentío se desplazaba en una u otra dirección con cestas de esparto colmadas de verduras sobre sus cabezas, pesados cántaros o banastas de pan sacado de alguna tahona cercana.

Se dirigieron al monasterio de Nuestra Señora de la Merced, que estaba ubicado al otro lado de la populosa urbe, cerca del río Guadalquivir y de la llamada puerta de Triana. Era un edificio destartalado con una iglesia modesta junto a un patio o claustro porticado, a cuyos pies se alzaba una torre-campanario de poca altura que, dijo su compañero de viaje, antes había sido alminar de una mezquita de barrio. En el patio se hallaba el prior del monasterio, fray Raimundo Pascual, un hombre ya anciano que se apoyaba en un bastón y calzaba unas sandalias realizadas con tiras de cuero cruzadas. Conversaba con otros dos frailes mercedarios.

—Hermano Raimundo —dijo fray Juan Gómez, cuando se hubo acercado al superior del convento sevillano—. Vengo del monasterio de Córdoba para traeros una carta del padre provincial.

—Hace días que la esperaba —respondió fray Raimundo sin reparar en el aspecto decaído de los recién llegados, producto de las agotadoras jornadas de marcha,

—Hoy habrán trascurrido siete días desde que partimos de Córdoba, hermano —se justificó el fraile cartero—. Un viaje como ese no se hace en menos de una semana.

—Razón tienes —reconoció el prior—. Perdona mi falta de delicadeza y el escaso interés que he mostrado por vuestros ajados cuerpos. ¿Cómo te llamas, hermano?

—Juan Gómez de Salazar, siervo de Dios y de la Santísima Virgen de la Merced —se apresuró a contestar el fraile cordobés.

—Pues eso, hermano Juan, que siento no haber sido más amable al recibiros. No obstante, me alegro de que hayáis arribado a Sevilla sin haber sufrido ninguna laceración, al margen de la decrepitud ocasionada por la dureza del viaje. La hambruna hace estragos en toda la región y tenemos noticias de que varios mercaderes han sufrido robos y agresiones en el camino de Córdoba por aldeanos desesperados.

—Por fortuna, la Virgen de la Merced nos ha protegido, hermano Raimundo —manifestó fray Juan Gómez, al tiempo que extraía de su zurrón la carta doblada y lacrada y se la entregaba al prior.

Este la tomó sin mucho entusiasmo y, después de ojear el nombre del remitente, la guardó en su bolsillo. A continuación agradeció al fraile cartero el servicio que había prestado a la Orden y, antes de retornar a la compañía de los dos frailes mercedarios que lo esperaban en el claustro, dijo:

—Preguntad en el refectorio por el hermano ecónomo y que os provea de habitación y comida.

Y siguió con la animada conversación que fray Juan y Fadrique habían interrumpido.

Una vez cumplida la misión que lo había llevado a Sevilla, fray Juan Gómez asió del brazo a su compañero de andanza y lo condujo al exterior del monasterio.

—He pensado, amigo mío, que podrías solicitar alojamiento en el cercano convento franciscano, que está a espaldas de la lonja de los Genoveses, cerca de la iglesia mayor de Santa María. No en vano has sido fraile de esa Orden y sabrás presentarte como tal. Yo me hospedaré en este monasterio hasta que decida retornar a Córdoba —expuso fray Juan Gómez de Salazar.

—Me parece una buena idea —respondió Fadrique—, aunque no pienso permanecer mucho tiempo en esta ciudad. Sabéis que mi destino se halla en Algeciras y que deseo acceder a esa población fronteriza antes de que acabe este mes de agosto.

—Dame tres días de plazo, joven impaciente. En ese tiempo haré indagaciones en la lonja de los Genoveses, en la plaza del Pan o en el mercado de la Carne para saber si algún mercader piensa dirigirse a la frontera del Estrecho y acepta tu compañía. Espérame en el monasterio de San Francisco, que yo iré a verte antes de cumplido ese plazo.

Trascurridas dos jornadas, se presentó en el convento franciscano un mozo, que debía de ser uno de los criados del monasterio mercedario, con una carta en la mano, que decía venir de parte de fray Juan Gómez de Salazar. La nota contenía el siguiente breve mensaje: «Hermano Fadrique: esta tarde, a hora nona, te espero en la plaza del Pan. Te he de presentar a dos caballeros que han de viajar hasta Algeciras y que no tienen ningún inconveniente en que seas su compañero de andanza».

Pasado el mediodía, el hijo del molinero abandonó el monasterio franciscano y, cruzando la plazuela de San Francisco, accedió a la cercana plaza del Pan, espacio a cielo abierto cuyo frente oriental estaba ocupado por la fachada de la iglesia del Divino Salvador, antigua mezquita mayor de Sevilla, y el oeste por las dependencias de los mercaderes y comerciantes que se dedicaban a la compraventa de trigo y cebada. Aunque la sequía había malogrado, como ya se ha dicho, la cosecha de grano de aquel año y no eran muchos los sacos y las talegas que se podían ver en los mostradores y en los almacenes, Fadrique observó que en un lugar algo apartado se localizaba un centenar de mulas que esperaban recibir la carga de grano que los acemileros estaban depositando sobre el suelo terrizo. En las gradas de la iglesia lo esperaba, sentado en ellas, fray Juan Gómez de Salazar.

—Buenas tardes, Fadrique —dijo, irguiéndose y acercándose al recién llegado.

—Buenas tardes nos dé Dios —respondió el joven de Zuheros.

—Tengo excelentes noticias, amigo mío, que ya te he anticipado mediante la misiva que te envié.

—Me decías que has encontrado a dos caballeros que van a emprender un viaje hasta Algeciras y que no ponen impedimento alguno en que los acompañe.

—Así es. Aquellos caballeros que están junto a la reata de mulas son jurados de la noble ciudad de Algeciras. Se encuentran en Sevilla para cargar fanegas de trigo y cebada con que abastecer a los vecinos de aquella aislada fortaleza.

—Pues, ¿a qué esperas para presentármelos?

Se acercaron a los dos hombres que, con cierta indolencia, descansaban a la sombra de un toldo, no lejos de las acémilas que esperaban recibir en sus lomos los costales de grano depositados sobre el pavimento.

—Este es, caballeros, el joven cordobés del que os hablé y que desea viajar hasta Algeciras para un asunto relacionado con los mercedarios que tienen casa abierta en aquella población —manifestó el fraile para presentar al hijo del molinero.

—Mi nombre es Fadrique Díaz —expuso con soltura—. Como bien os ha referido fray Juan Gómez, he de viajar hasta esa ciudad fronteriza por necesidad. Si no os incomoda, desearía hacer la andadura en vuestra compañía.

—Pues, os aseguro que no habéis hecho una mala elección —respondió uno de los caballeros, un hombre de unos cuarenta años, barbado, alto, que portaba una espada larga pendiente del tahalí y un zurrón de cuero colgado al hombro—. Mi nombre es Alfonso Fernández y, el de mi compañero, Sancho Yñiguez, y somos jurados del concejo de la ciudad de Algeciras.

—Mañana partiremos para la frontera —señaló el que se llamaba Sancho Yñiguez—. Estamos a la espera de que los acemileros acaben de contabilizar los costales de trigo y cebada que el concejo de Sevilla y el arzobispo de esta ciudad han logrado reunir para que los traslademos hasta nuestra población que, a causa de su lejanía, de la proximidad de la frontera con los africanos y de las pugnas nobiliarias, tiene gran carestía de pan y de otras vituallas.

Una vez presentados y, después de quedar emplazados en ese mismo lugar al día siguiente al alba, se despidieron de los jurados, y el fraile y el intrépido e inexperto viajero se dirigieron cada uno a su respectivo monasterio, no sin antes abrazarse con gran emoción, pues eran conscientes de que, probablemente, no se volverían a encontrar.

—Que la Virgen de la Merced te acompañe, Fadrique, y te ayude encontrar a tus padres con vida en la otra orilla —le deseó, con lágrimas en los ojos, fray Juan Gómez de Salazar.

—Que Ella te dé salud y te conceda larga vida —respondió el fraile secularizado, tan emocionado como el mercedario.

Después, Fadrique accedió al convento de San Francisco, en una de cuyas celdas se hospedaba, mientras que fray Juan Gómez se encaminaba al monasterio de Nuestra Señora de la Merced, situado, como se ha referido, en las proximidades de la puerta de Triana, que, a esa hora del día, se hallaba muy concurrida con la gente que entraba en Sevilla desde la otra orilla del río con banastas de pescado al hombro o de verduras recolectadas en las huertas ubicadas en los entornos de Sevilla la Vieja.

Aún no había amanecido, cuando las recuas de mulas, cargadas con los sacos de trigo y cebada, conducidas por una quincena de muleros y vigiladas por una partida de seis soldados de las milicias concejiles mandados por los dos jurados, atravesaron la ciudad y salieron a la zona extramuros por la puerta de Minjoar para tomar el camino de Utrera. Una legua antes de alcanzar el castillo que, después de conquistar aquellas tierras, había mandado edificar el rey Fernando III, acamparon junto a una alquería que disponía de almacenes y buenos establos para que descansaran las agotadas acémilas.

—Este es buen lugar para pasar la noche —dijo don Alfonso Fernández, que parecía ser el jefe de la expedición—. Que los muleros atiendan a los animales para que no les falte cebada ni agua. Mañana nos espera una larga jornada de marcha.

No se equivocaba el jurado. Al día siguiente abandonaron la alquería con la salida del sol y estuvieron en el camino hasta la caída de la tarde, con un breve descanso a la hora nona para que pudieran beber los mulos y comer algo los hombres. Anduvieron unos veinte kilómetros, desplazándose por senderos llanos, aunque expuestos a un sol abrasador. Aquella noche establecieron el campamento en un lugar que llamaban las Cabezas de San Juan, nombre que se le había dado a aquellos cerros cuando fueron tomados a los musulmanes por los frailes guerreros de la Orden de San Juan de Jerusalén.

Una vez que toda la comitiva estuvo bien asentada y las acémilas, desembarazadas de sus pesadas cargas, descansando en un recodo del camino, don Alfonso Fernández ordenó a los soldados que encendieran una fogata y todos, jurados y soldados, se acomodaron en improvisados jergones hechos con hierba seca. El hacer un fuego no tenía como finalidad librarse del frío nocturno, que en los meses de verano en Andalucía era baladí, sino tener ocasión para conversar y comentar las incidencias del viaje después de casi trece horas de marcha.

Fadrique se sentó cerca de la hoguera, no lejos de los jurados del concejo algecireño. Estos habían distribuido una ración de cecina de carne de chivo, galletas y unos jarrillos de latón conteniendo algo de vino.

—Come y bebe, muchacho —le dijo don Sancho Yñiguez—, que vas a necesitar fuerzas para el duro caminar que aún nos espera. Si las cosas no se tuercen, aventuro que estaremos en Algeciras al finalizar este mes o en los primeros días de septiembre.

—Señor jurado: aunque soy de complexión delgada y parezco débil de espíritu, quizás por los años que he vivido como fraile recluido en un monasterio —replicó algo ofendido el hijo del molinero—, estoy acostumbrado a caminar y sé resistir las durezas del viaje y sus penalidades sin quejarme.

—Esa es una buena postura, amigo mío, porque no sabemos lo que nos deparará el incierto futuro en el siguiente recodo de la vida —alegó don Alfonso Fernández, entretanto que se llevaba a los labios el jarrillo con el vino.

—Me vais a permitir que os comente, señor don Alfonso Fernández —adujo el joven viajero—, que, aunque observo que sabéis conducir con pericia y sin embarazo tan enorme cantidad de vituallas a lomos de estas acémilas, ¿no sería más cómodo y rápido transportar todo este grano por el río en alguna nave de comercio o cárabo, puesto que Algeciras, creo, que es puerto de mar?

El jurado paseó la mirada por el campamento iluminado con las llamas de la hoguera. Contempló el centenar de animales de carga que, tumbados sobre la hierba seca, descansaban después de la agotadora jornada de marcha y los sacos de trigo y de cebada que los soldados vigilaban con desgana.

—Cierto es que deberíamos llevar estas ciento cuarenta y cinco fanegas de grano[4] en un navío, primero por el río Guadalquivir y, luego, costeando la ribera del mar, por la orilla del Estrecho hasta llegar a Algeciras —reconoció don Alfonso Fernández con una mueca de impotencia reflejada en el rostro—, pero no es posible, dadas las actuales circunstancias, transportar estas vituallas por vía marítima como sería lo que, de ordinario, hacen los mercaderes.

4 Cada fanega pesa 43 kg. Los dos jurados transportaban en las acémilas 6.235 kg de trigo y cebada.

—No lo entiendo, señor jurado.

—Lo entenderás cuando te exponga los motivos que nos han obligado a emprender este largo y fatigoso viaje por tierra con tan gran carga de cereales para los vecinos de nuestra ciudad —manifestó el jefe de la expedición, acomodándose cerca de Fadrique para que el joven pudiera oír sin estorbo lo que iba a relatarle—. La pugna fratricida, amigo mío, entre el rey don Pedro y su hermanastro don Enrique de Trastámara, aunque es en el norte donde con más crudeza se desarrolla y más daño y muertes causa, también alcanza a los que habitamos en el reino de Sevilla, especialmente a los moradores de la frontera. Has de saber que Algeciras ha estado dominada por el conde de Trastámara y los suyos, pero que ahora se encuentra regida por un gobernador fiel a don Pedro, don Garci Fernández Manrique, caballero honrado al que apoyamos con todas nuestras fuerzas los regidores del concejo. Pero, es de todos sabido, que hay en la ciudad algunos caballeros y gente del común que desean que Algeciras vuelva a estar otra vez gobernada por don Enrique. Por ese motivo, están las ciudades fronterizas del Estrecho en continua inestabilidad, desabastecidas y temerosos sus moradores de que, algún día, los musulmanes de Gibraltar o de Ceuta bloqueen los puertos con sus escuadras, las ataquen y, sin mucho esfuerzo, se apoderen de ellas. No es un secreto que son escasos los soldados que defienden Tarifa y Algeciras, porque muchos vecinos, con la moral perdida, las han abandonado y retornado a Sevilla o a sus villas del reino de León, alegando la indefensión en que se hallan dichas fortalezas y la carestía que sufren de vituallas y de armas. Como los vecinos de Algeciras no podemos salir a campo abierto por miedo a los musulmanes, ni sembrar ni recoger las cosechas ni pastorear rebaños de ovejas o cabras, hemos de abastecernos de pan desde Jerez o Sevilla, como en esta ocasión, en la que nuestro gobernador ha logrado sacar estas fanegas de trigo y cebada por generosidad del concejo sevillano y del arzobispado de esa ciudad. Y con ellos viajamos, como sabes, hasta Algeciras para alimentar a sus hambrientos moradores, si Dios quiere.

Con el relato del jurado algecireño, quedó Fadrique enterado y al tanto de lo que acontecía en aquella parte del reino de Sevilla a la que se dirigía con la esperanza de lograr pasar a la otra orilla y saber lo sucedido a sus padres. Y era la causa principal de que se hallaran las ciudades de la frontera sin vituallas, con escasa guarnición y sus pobladores temerosos de ser descabezados por los musulmanes —pensaba el de Zuheros—, el enconado enfrentamiento existente, desde que murió el rey don Alfonso, entre petristas y trastamaristas.

—Sin embargo, señor don Alfonso Fernández, sigo sin comprender por qué viajáis por tierra, un desplazamiento penoso y lento, y no a bordo de una embarcación con la que os ahorraríais calamidades y la mitad de las jornadas —volvió a preguntar Fadrique con cierta lógica, porque, a esas alturas del siglo, el comercio marítimo, con la mejoría de las técnicas de navegación y el empleo de embarcaciones de alto bordo y espaciosas bodegas, había desplazado los viajes mercantiles por tierra.

—El caso es, Fadrique, que no podemos navegar con plena seguridad por el río Guadalquivir y acceder al océano con nuestra carga de grano —respondió tajante el jurado—. El navío que transportara nuestro trigo y nuestra cebada tendría que esperar en la barra de Sanlúcar la subida de la marea para poder salir a mar abierto, y estaríamos a merced de la inspección realizada por el señor de esa ciudad, don Alonso Pérez de Guzmán, que nuestro gobernador asegura que está con don Enrique de Trastámara, y podría confiscarnos el grano que portáramos en la bodega del barco y condenar al hambre, a la indigencia y a la enfermedad a los habitantes de Algeciras.

Con aquella explicación quedó satisfecha la curiosidad del fraile secularizado. Sin embargo, lo expuesto por el jurado regidor de Algeciras le hizo sospechar que en aquella ciudad, a la que con tanta ilusión se dirigía, no hallaría la tranquilidad y el sosiego que su proyecto de cruzar el mar y pasar a la otra orilla necesitaba. Pero como no podía hacer nada para evitar las desgracias que parecían asolar a aquella desdichada tierra fronteriza, optó por pensar en otra cosa y acurrucarse bajo la manta de lana que, para pernoctar al raso, portaba consigo.

Pasadas cuatro jornadas llegaron, sin haber sufrido ningún contratiempo digno de mención, a la enriscada ciudad de Medina Sidonia, en cuyo castillo estuvo encerrada la infeliz esposa del rey don Pedro, Blanca de Borbón, antes de que este la mandara asesinar. Pero don Alfonso Fernández, que no se fiaba del gobernador de la villa, decidió continuar la marcha y acampar al pie del castillo de Torrestrella, situado a unos seis kilómetros de la ciudad, que estaba ocupado por alguna gente de armas leal al rey don Pedro, pero que, antes, había sido un destacado bastión militar cuando el rey don Alfonso Décimo fundó, en 1271, la Orden de Santa María de España y lo hizo su sede.

En tanto que se asentaban los viajeros junto a las murallas de la fortaleza, don Sancho Yñiguez se adelantó con dos hombres de a caballo para buscar un atajo que los condujera a la llamada laguna de la Janda, a tan solo un día de marcha de Tarifa.

Siguiendo las jornadas, cabalgaron por un sendero ancho y recientemente reparado que, a veces, vadeaba un río o cruzaba la corriente a través de un puente de madera y, otras, atravesaba un bosquecillo de encinas o un arenal, pernoctando, en ocasiones, al pie de una vieja torre de alquería y, otras, a la orilla de un lago o de una marisma. Así transcurrieron los días hasta que alcanzaron la ribera del mar en un lugar frontero a la escarpada costa de Berbería, que se divisaba como a cuatro leguas. Desde allí, en media jornada de marcha, llegaron a la ciudad de Tarifa, que se hallaba encaramada en la cumbre de un promontorio rocoso cuyas laderas iban a morir en una playa arenosa, cerca de una isla que servía de escaso abrigo a las embarcaciones fondeadas en sus proximidades.

Acamparon en la cima de un cerro, a media milla de la puerta que decían de Jerez, en un lugar llano donde dijo don Alfonso Fernández a Fadrique que estuvo situado el campamento de los musulmanes de Granada y de Fez en la famosa batalla del río Salado. El gobernador de Tarifa salió a saludar a los jurados de Algeciras y a solicitarles algunas de las fanegas de pan que portaban en las acémilas por la gran carestía que sufría la ciudad, a lo que don Alfonso Fernández y don Sancho Yñiguez no tuvieron más remedio que negarse, porque el trigo y la cebada pertenecían al concejo y a los trescientos vecinos que aún moraban en su ciudad, y tenían la obligación de entregarlos íntegros al regidor ecónomo.

El tramo por cubrir entre Tarifa y Algeciras fue muy penoso, por lo abrupto del terreno y la espesa arboleda de alcornoques, alisos y quejigos que hallaron a su paso y que cubría, como un manto verde, la ladera de la sierra hasta morir en la misma orilla del mar. Dos jornadas más y estuvieron a la vista de una bahía de aguas azules cerrada, en su parte oriental, por la inmensa mole grisácea del peñón de Gibraltar, sobre el que se había edificado una ciudad que se hallaba en poder de los musulmanes del reino de Fez. Más cerca, en el litoral oeste de la gran rada, pudo contemplar Fadrique, las ocres murallas de la ciudad de Algeciras, de extenso doble perímetro reforzado por un foso y numerosas torres de flanqueo.

—He ahí, muchacho, la ciudad a la que te diriges —dijo don Alfonso Fernández, señalando el recinto murado iluminado por las tenues luces del atardecer—. Antes fue una populosa urbe, defendida por más de diez mil guerreros, pero ahora no cuenta más que con una guarnición de trescientos hombres, la mitad de ellos campesinos que nunca han tenido que utilizar un arma.

—Es hermosa, vista desde lejos, señor jurado —replicó el de Zuheros, entretanto que la comitiva descendía por la ladera de la montaña para acceder a un terreno constituido por suaves colinas cuyas laderas acababan en la ribera del río que atravesaba la ciudad.

—Sí, que es hermosa, aunque haya perdido parte de la grandeza que tuvo en el pasado —manifestó el jurado sin poder reprimir la tristeza que lo embargaba—. Como podrás comprobar cuando entres en ella, muchos de sus edificios están abandonados y en ruinas, porque los señores que los recibieron en el repartimiento realizado después de su conquista, nunca han venido a ocuparlos y los que acudieron a residir en Algeciras acogiéndose al derecho de asilo[5], hace años que —perdonados sus delitos—, retornaron a sus villas de Castilla, de León o de Galicia, muchos de ellos desilusionados por la falta de apoyo de la realeza, empeñada en la guerra contra el díscolo don Enrique de Trastámara, y por las frecuentes hambrunas.

—¿Siguen aún residiendo en la ciudad los frailes mercedarios, don Alfonso? —demandó Fadrique, pues albergaba el temor de que también los hermanos de la Orden de la Merced se hubieran marchado de Algeciras para establecerse en otra ciudad más alejada de la frontera.

—Los frailes mercedarios siguen en la ciudad habitando una antigua mezquita, ahora iglesia de San Hipólito, que el rey don Alfonso les concedió en el año 1345 para que fundaran en ella su convento —respondió el jurado—. Su prior, fray Pedro de Tarrasa, es hombre de fuertes convicciones religiosas y asegura que ningún lugar más a propósito para que ellos tengan una casa de redención que la expuesta frontera de los moros. Y Algeciras, en su opinión, es el mejor sitio para llevar a cabo la santa misión que Pedro Nolasco les encomendó. No, no se han ido, Fadrique, ni se irán, según dice su prior.

Atravesaron el río, que llamaban de la Miel, por un puente de cinco ojos, que parecía ser de mucha antigüedad, y entraron en la ciudad por la puerta de Tarifa, dejando a un lado la parte del recinto defensivo situado al sur de la corriente de agua. El barrio ubicado en la orilla norte, de mayor exten-

5 Privilegio que los reyes concedían a una ciudad fronteriza recién conquistada para atraer pobladores, consistente en que se perdonaban las penas impuestas a un delincuente, homicida, ladrón o «marido huido de su mujer», excepto las de felonía, si residía en la ciudad privilegiada durante un año y un día.

sión y mejor defendido, era donde se habían erigido, en el pasado, los mejores edificios.

Atardecía el día 29 de agosto del año 1360.

Por la puerta de Tarifa se accedía a la parte baja y llana de Algeciras, pues el resto estaba asentado sobre la ladera y la cima de una colina que culminaba en una plazuela en la que se localizaba la iglesia mayor de Santa María de la Palma, antes mezquita aljama de la ciudad, y, también, el alcázar del gobernador. La edificación más sobresaliente de la zona baja eran las atarazanas o arsenales, rodeadas de un fuerte muro que las aislaba del barrio circundante.

Los dos jurados del concejo, con la reata de mulas, se dirigieron a la alhóndiga vieja, que había sido un activo mercado cuando la ciudad estuvo dominada por los musulmanes, pero que, desde que fue tomada por el rey Alfonso XI, se había transformado en un enorme almacén en el que se guardaban el grano del concejo y la leña y el carbón que los leñadores y carboneros sacaban de los bosques que rodeaban la vega del río para abastecer los hogares de la ciudad.

—Fadrique —dijo don Alfonso Fernández, atrayendo la atención del joven de Zuheros—: hasta aquí hemos viajado en sana compañía. Pero, a partir de ahora, nuestros caminos han de separarse. Nosotros seguiremos para poder llegar a la alhóndiga del concejo y descargar en ella los costales de grano. Tú debes continuar tu peregrinación hasta acceder a lo más alto de la antigua medina. En la iglesia de San Hipólito, cerca del alcázar, se halla el convento de los frailes mercedarios, que es, según tengo entendido, tu destino.

El hijo del molinero se despidió de los dos miembros del concejo de la ciudad agradeciéndoles el haberle permitido viajar con ellos desde Sevilla. Don Alfonso Fernández y don Sancho Yñiguez, a la cabeza de la larga hilera de mulas, embocaron una calle estrecha que acababa en un gran edificio que debía ser la antigua alhóndiga. Él, entretanto, comenzó a ascender por una callejuela empinada que, flanqueada de algunas viviendas de una o dos plantas con huertecillos en uno de sus lados, que los vecinos regaban con el agua que sacaban de un pozo con una noria de sangre, terminaba en la plazuela que ocupaba la cumbre de la colina, donde le había dicho don Alfonso Fernández que se hallaban la catedral de Santa María de la Palma, el alcázar y, cerca de él, la iglesia de San Hipólito.

A un tiro de flecha del castillo, que había sido sede de los gobernadores musulmanes y ahora lo era de don Garci Fernández Manrique, se topó con la citada iglesia y el convento de Nuestra Señora de la Merced adosado a ella.

En el frontispicio de la fachada, sobre la puerta que daba acceso al patio, se podía leer, con letras capitales, aunque de mala traza, el siguiente emblema en lengua latina: *Ordo beatae Mariae Virginis de Mercede.*

El convento se había establecido en una de las crujías que formaban el claustro porticado de la antigua mezquita, cuyas habitaciones habían sido utilizadas por los teólogos musulmanes como escuela coránica y residencia de los estudiantes, según supo después Fadrique. A dicho claustro se entraba a través de una gran puerta con arco de herradura apuntada en cuyas jambas, mal encaladas, todavía podían verse algunos fragmentos de lacerías de variados colores que, en el pasado, las habían adornado.

El hijo del molinero dejó la mula atada a una argolla que, para ese menester, había en la fachada del edificio. Accedió a la galería y se situó en el centro del patio, junto a un viejo pozo con pretil de mampostería enlucida. Estaba algo confuso, porque oscurecía y no hallaba a nadie a quien poder dirigirse.

Estaba anocheciendo.

Al cabo de un rato apareció un fraile que portaba un candil de doble piquera encendido, quizás para dar luz a la almenara de hierro que se hallaba situada en una hornacina junto a la puerta de acceso al convento. Reparando en la presencia del recién llegado, se acercó a él.

—Buenas tarde, señor desconocido. ¿Qué buscáis en este humilde monasterio? —le interpeló, cuando estuvo a dos pasos de Fadrique.

—Buenas y santas tardes, hermano —respondió el joven—. Vengo de Córdoba y he realizado un largo viaje con la pretensión de poder entrevistarme con el prior de este convento. Traigo una carta de presentación del prior del monasterio mercedario de aquella ciudad —añadió, sacando la carta de fray Pedro Sandoval del zurrón y entregándosela al fraile.

—Muy tarde es para que fray Pedro de Tarrasa, nuestro prior, os reciba —señaló el sacerdote sin abrir la carta, aunque observando, por el sello que presentaba el lacre, que, en efecto, procedía del priorato de Córdoba—. Pero, como veo que estáis agotado y necesitáis descansar e ingerir algún alimento, mejor será que os acompañe al interior del convento, os dé el hermano cocinero alguna pitanza y os proporcione un lugar donde pasar la noche. Mañana, ocasión habrá para que podáis charlar con fray Pedro. Antes de que me dirija a la humilde celda donde recalo al final de cada jornada, le haré entrega de la carta que portáis —añadió el fraile.

Hasta las nueve de la mañana no se despertó el viajero, cuando ya los frailes del convento hacía varias horas que se hallaban ocupados en sus rezos y tareas diarias. Abandonó la celda en la que había estado descansando y salió a la galería donde encontró a varios frailes departiendo, entre ellos al amable hermano que lo había atendido a su llegada.

—Buenos días, señor viajero —dijo el mercedario—. ¿Habéis encontrado agradable y cómodo el aposento que os preparé?

—Como lecho de querubines, hermano….

—Fray Leoncio de Jesús es mi nombre —se apresuró a contestar el mercedario—. ¿Y cuál es el vuestro, si es que puede saberse?

—Mi nombre es Fadrique Díaz y procedo de la sierra de Córdoba, de la villa de Zuheros.

El fraile movió la cabeza como si le sorprendiera y causara admiración el lugar de origen de Fadrique.

—Desde muy lejos venís, joven —manifestó fray Leoncio—. No son muchos los viajeros que acceden a esta ciudad por tierra debido a la inseguridad de los caminos y la gran carestía que sufrimos. Aunque por mar llegan a este puerto todavía algunos navíos de Aragón o de Génova con mercaderes y tratantes que hacen escala en Algeciras antes de continuar la navegación hacia Lisboa, Inglaterra o Flandes.

—Conozco las calamidades y peligros que acechan en esta región fronteriza, fray Leoncio, por boca de vuestro jurado, don Alfonso Fernández —respondió el de Zuheros—. Sin embargo, obviando esos peligros, me he visto obligado a hacer este viaje porque necesito entrevistarme con vuestro prior.

—Ya he comunicado a fray Pedro de Tarrasa el deseo que tenéis de hablar con él. Anoche, antes de acostarme, le hice entrega de vuestra carta de presentación —anunció el mercedario—. Podéis acercaros al refectorio que, aunque ya han desayunados los hermanos conventuales, el cocinero os podrá ofrecer unas tortas de cebada y leche de las cabras que algunos vecinos crían en los huertos de la otra parte de la ciudad que está casi deshabitada. Una vez repuestas vuestras fuerzas, os acompañaré hasta el despacho de fray Pedro.

Después de tomar con delectación las citadas tortas y dos jarras colmadas de leche de cabra, pues estaba necesitado de una comida generosa tras varias semanas de ingerir una dieta escasa y monótona consistente en cecina, galletas y vino, se presentó ante fray Leoncio para que este lo condujera a la estancia donde lo esperaba el prior. Ascendieron por una escalera de madera que comunicaba con la planta alta del edificio y llegaron a una galería, algo desvencijada, al final de la cual se hallaba el despacho de fray Pedro de Tarrasa.

El fraile golpeó dos veces la puerta de madera que separaba el pasillo de la oficina del superior del convento y, en su interior, se oyó una voz grave.

—Adelante. Pueden pasar.

Fadrique intuyó que, al responder en plural el prior, este sabía quienes esperaban su autorización para entrar en el despacho. Fray Leoncio empujó la hoja de la vieja puerta, sin duda mil veces utilizada por los estudiantes de la escuela coránica que antes había ocupado el edificio, y ambos accedieron a la estancia en la que, contemplando la ciudad y el atemperado mar desde una amplia ventana que daba a oriente, se hallaba el prior del convento de Nuestra Señora de la Merced de Algeciras.

Se trataba de un fraile de unos cincuenta años, alto, enjuto y de piel apergaminada, lo que compaginaba con el estado de carestía y hambruna que decían sufría la ciudad. Tenía el cabello cano y escaso y vestía el hábito blanco de los mercedarios algo ajado y con algunos remiendos que procuraba ocultar cubriéndolos con la cogulla. Su mirada era limpia y su voz grave y sosegada.

—Este es el joven cordobés, Fadrique Díaz, del que os he hablado, don Pedro —anunció el fraile.

—Sed bienvenido a nuestra humilde casa —manifestó el prior—. Conozco, en parte, vuestras desventuras por el contenido de la carta que me ha enviado el prior de nuestro monasterio de Córdoba. Fray Leoncio me ha referido que habéis realizado un largo viaje solo para poder hablar conmigo.

—Ese es, ciertamente, el motivo por el que he recorrido tantas leguas desde la ciudad en la que residía —respondió Fadrique.

—Pues no he de defraudaros y atenderé lo que tengáis que decirme, aunque si es ayudaros a estableceros en esta ciudad, no necesitáis ninguna recomendación, porque el concejo está muy necesitado de hombres y mujeres con que poder repoblar esta tierra y, seguro, que os acogerá con gran satisfacción.

—No es esa la razón que me ha impulsado a viajar hasta Algeciras, fray Pedro, sino haceros una petición que, sin duda, os parecerá descabellada.

El prior continuaba mirando con tristeza los tejados de las casas y el tramo de muralla que se extendía por la ladera de la colina en dirección a la puerta del Cementerio. En el mar, una galera acababa de arriar las velas para acceder al puerto y a las atarazanas utilizando solo los remos

—Contemplad la ciudad desde esta altura, joven Fadrique, y decidme si no hacen falta brazos jóvenes que la repueblen y defiendan —y al decir aquellas palabras, señalaba con su dedo índice la muralla que se divisaban a no mucha distancia y el escaso número de soldados que patrullaban en su adarve—. Cuando el llorado rey don Alfonso, al que Dios haya dado santa Gloria, tomó esta ciudad a los musulmanes, la dejó bien pertrechada de hombres y de armas. Pero, ahora su población no supera los trescientos vecinos, de los cuales solo doscientos están capacitados para portar un arco o una espada. Por fortuna, nuestro rey ha firmado recientemente un acuerdo de paz con el sultán de Fez. Estad por seguro que si no se hubiera pactado ese acuerdo y rubricado en la capital del sultanato por el embajador de Castilla, ya nos habrían asaltado los aguerridos soldados de la otra orilla y conquistado sin grandes esfuerzos la ciudad. Pero, ¿decidme, qué es lo que deseáis de mí?

Fadrique dedujo de las palabras del prior y de lo que le había referido don Alfonso Fernández, que Algeciras, en esos tiempos tan turbulentos y de debilidad de la institución monárquica, amenazada por la intriga y la desafección de algunos poderosos señores, estaba en constante peligro de caer de nuevo, por falta de hombres y de vituallas, en poder de los musulmanes; una triste eventualidad que solo impedía las estrechas relaciones que mantenía el rey de Castilla con los sultanes de Granada y de Fez; pero que, si las circunstancias variaban, cosa nada extraordinaria cuando se trataba de reinos secularmente enfrentados por el control del estrecho de Tarifa, no dudaba que aquella tierra fronteriza pasaría, otra vez, a estar dominada por los imperios de los mahometanos de una u otra orilla. Mas, como ese era un asunto que se escapaba a su comprensión y a sus conocimientos de hombre del común, pensó que lo que le convenía era exponer al prior la historia de su familia y pedirle que lo ayudara a cruzar el mar y acceder, cuanto antes, al puerto de Ceuta y al reino de Fez.

Fray Pedro de Tarrasa había abandonado la contemplación de la ciudad y tomado asiento en un rústico sillón con respaldo de cuero, al mismo tiempo que indicaba a Fadrique que hiciera otro tanto en una silla de aneas que había al otro lado de su mesa.

El hijo del molinero, después de haberse acomodado en la silla, procedió a relatar con todo detalle lo más relevante de su vida y los sucesos que explicaban su presencia en aquella ciudad: su ingreso en la orden franciscana, los años que pasó como copista de códices e ilustrador en el monasterio de Santo Toribio de Liébana —apartado cenobio en el que esperaba acabar sus días, aseguró—, y, cómo, por un giro inesperado del destino o por voluntad del que todo lo puede, hubo de retornar a Córdoba cuando le llegó la dolorosa noticia de que sus padres y su hermana habían sido raptados por los almogávares y llevados al reino de Granada o a las posesiones musulmanas de la otra orilla.

—Una vez secularizado, me prometí que no descansaría hasta encontrar a mis progenitores y a mi hermana Almodis vivos o muertos —concluyó el joven—. En Granada le aseguraron a mi mentor, el alfaqueque don Rodrigo de Biedma, que mis padres debieron venderse en los mercados de esclavos de Ceuta, Targa o Tetuán, donde acostumbran a llevar los musulmanes africanos a los cautivos que toman en la frontera de Castilla. Por ese motivo estoy en Algeciras, solicitando, humildemente, la intervención de los frailes mercedarios que, al parecer, sois los únicos cristianos que podéis pasar a la otra orilla sin poner en peligro vuestras vidas.

—Gran desgracia la que se ha abatido sobre tu persona y sobre tu desdichada familia, Fadrique —se dolió el prior—. Y es cierto que los padres mercedarios, con nuestros hermanos trinitarios, somos los únicos cristianos que contamos con un salvoconducto especial que nos permite entrar sin impedimento alguno en territorio de moros, pagar el rescate de los cautivos cristianos y devolverlos a su tierra sanos y salvos. Y no es cosa extraordinaria que debamos entregarnos, por amor a Cristo, en calidad de rehenes en tanto que logramos reunir el dinero exigido por los captores.

—Es mi ardiente deseo, fray Pedro, que me ayudéis a pasar al sultanato de Fez para que pueda hacer las indagaciones oportunas y saber si mis progenitores fueron vendidos en esa tierra de infieles y si aún se hallan con vida en Ceuta, Tetuán o en cualquier otro lugar de ese reino. Si fueron comprados por algún hacendado o rico propietario del lugar, ocasión habrá de reunir las doblas que necesitaremos para lograr su libertad. Pero, si los adquirieron los tratantes que llevan a los desdichados esclavos a lo hondo del desierto, como me dijo el alfaqueque don Rodrigo de Biedma que en ocasiones sucede, solo me quedará el recurso de rezar por ellos y retornar al reino de Sevilla con el alma destrozada.

Fray Pedro de Tarrasa quedó triste y pensativo. La mirada perdida y dudando sobre la respuesta que debía dar al joven, pues, como había reconocido él mismo, el proyecto que tenía en mente parecía, a todas luces, disparatado y abocado al fracaso. Ningún cristiano seglar en su sano juicio cruzaría el Estrecho para llevar a cabo un plan tan peligroso y, quizás, irrealizable.

—Sé que te impulsa el amor filial y que, si has renunciado a los votos y a la vida monacal y has emprendido tan incierto viaje en soledad, es porque estás decidido a ir a tierra de moros para conocer el paradero de tus padres e intentar su rescate.

—Así es, hermano Pedro —afirmó Fadrique, tomando con emoción la mano que le había tendido el bueno del prior.

Fray Pedro de Tarrasa lanzó una mirada de complicidad a fray Leoncio que permanecía de pie, a no mucha distancia, esperando el resultado de la entrevista.

—Veré qué puedo hacer, joven Fadrique —dijo el prior al cabo de unos segundos—. Acepta nuestra hospitalidad y permanece en el convento unos días más. Entretanto, procederé a hacer algunas diligencias y averiguaciones en el puerto y en el Consulado de los Catalanes. Quizás encuentre la manera de que puedas pasar a la otra orilla sin arriesgar tu vida.

El esforzado viajero se sintió aliviado, porque con las postreras palabras del prior, entendió que el superior de los mercedarios de aquella ciudad fronteriza estaba inclinado a ayudarle y a hallar el modo de que pudiera atravesar el mar, pisar tierra africana y saber lo que había sido de sus progenitores.

VIII
En el sultanato de Fez

No fue larga la espera.

Transcurridos dos días, fray Pedro de Tarrasa, por medio del hermano Leoncio, lo convocó a una reunión en su despacho. Con el corazón palpitante, Fadrique subió la escalera saltando de dos en dos los peldaños de ladrillos y, en un abrir y cerrar de ojos, se hallaba ante el prior del convento. Este lo recibió con una amplia sonrisa dibujada en su rostro.

—Acércate a la ventana, muchacho —le dijo, y ambos se aproximaron al vano desde el que se podía contemplar la ciudad a sus pies, la zona portuaria y, más lejos, una islita que, luego supo, era conocida por los antiguos habitantes de Algeciras con el nombre de isla de Umm Hakim, y detrás, el mar azul de tersa superficie y la montaña grisácea de Gibraltar—. ¿Ves esa embarcación que está atracada en el muelle sur del puerto interior?

Fadrique observó la dársena que decía el fraile y un navío de alto bordo que se hallaba amarrado al muelle con las velas recogidas.

—Ayer arribó a Algeciras —continuó diciendo el prior—. Se trata de una coca mallorquina que está mandada por un capitán barcelonés de nombre Jaume Perelló. Procede del puerto de Valencia y está descargando varias tinajas de miel y sacos de arroz para el concejo. Mañana parte con destino a la ciudad de Ceuta, donde piensa cargar cuero adobado y pescado seco. Me he entrevistado con él en el Consulado de los Catalanes y me ha dicho que, como en ocasiones anteriores, no tiene inconveniente en embarcar a los mercedarios que se trasladan al reino de Fez para llevar a cabo su santa misión.

Fadrique tomó las manos del prior y las besó con emoción, pues infirió que su parlamento no había tenido otra finalidad que comunicarle, sutilmente, que había logrado hallar la manera de que pudiera cruzar el Estrecho y pasar al reino de Fez como si de un fraile de Nuestra Señora de la Merced se tratara.

—No sé cómo agradecerle, fray Pedro, el que haya hecho posible que se cumpla mi deseo de pasar a tierra de infieles —manifestó, sin poder ocultar la alegría que lo embargaba—. Si mis queridos padres están cautivos en ese reino y aún se hallan con vida, estoy seguro de que, con la ayuda de Dios y de su Santa Madre, lograré encontrarlos.

—Acompañarás al hermano fray Antón Capoche, que ha de averiguar el paradero de un noble sevillano cuya familia nos ha encargado que procuremos su redención —anunció el prior—. Has de viajar con él como si fueras un fraile de nuestra Orden, lo que no levantará sospechas, pues, de ordinario, los redentores que se desplazan a tierra de moros para hacer alguna pesquisa o rematar algún rescate, lo hacen en pareja.

—Padre prior —dijo Fadrique—: poseo algunas monedas que me dio mi benefactor, el caballero cordobés don Rodrigo de Biedma. Puedo ofrecéroslas para pagar el pasaje.

Fray Pedro de Tarrasa sonrió.

—No será necesario. Don Jaume Perelló es un buen cristiano y nada nos exige por embarcar y trasladar a la otra orilla a nuestros hermanos en santa labor de redención. Ahora, prepara el viaje que vas a realizar a una tierra desconocida, trocando tu pasado de monje franciscano por el de fraile mercedario —añadió el prior—. Fray Leoncio te proporcionará un hábito de nuestra Orden y te cortará el cabello para que puedas pasar, sin temor a que se descubra el ardid, por un devoto fraile de la congregación mercedaria.

Al amanecer del día siguiente, caminando al lado de fray Antón Capoche, un mercedario que parecía curtido en los lances de la vida y experimentado en las cosas de la cautividad y la redención, de unos cuarenta años, vistiendo un hábito algo ajado y con un descolorido escudo de la orden de la Merced sobre el pecho, abandonó Fadrique el convento de los mercedarios de Algeciras. Atravesaron la antigua medina, a esa hora temprana del día casi desierta, y se dirigieron ambos a las atarazanas, edificio que antecedía al puerto y que permitía el acceso a la dársena donde estaban atracadas las embarcaciones. Junto al muelle los esperaba el alcaide de los arsenales, don Martín Yáñez, que, como capitán del puerto, debía certificar la identidad de los dos frailes que iban a embarcar en la coca mallorquina de maese Jaume Perelló con destino al puerto de Ceuta.

—A vos ya os conozco, fray Antón —exclamó el alcaide—, pero el fraile que os acompaña debe ser nuevo en el convento, porque, hasta ahora, nunca lo había visto deambular por la ciudad.

El falso fraile mercedario no se inmutó. Su compañero fue el que intervino atrayendo la atención de don Martín Yáñez.

—No podéis haberlo visto, señor alcaide, porque llegó a Algeciras hace dos días procedente de nuestra casa madre de Sevilla —expuso con firme voz el hermano Capoche—. Fray Fadrique de Santa María es su nombre y, aunque parece joven, es buen sabedor de las pláticas y trámites propios de la redención de cautivos. En el reino de Granada ha ganado fama y mucho respeto por su santidad y la habilidad que ha demostrado en las conversaciones y pleitos mantenidos con los moradores de aquel sultanato a la hora de lograr la libertad de algún cristiano.

—Siendo así, hermanos, no tengo nada que objetar. Siento la confusión —se disculpó el alcaide, deplorando haber dudado de la identidad del joven fraile—. Podéis embarcar en la coca de maese Perelló —dijo el tal Martin Yáñez, después de haber sellado y rubricado la autorización de embarque, convencido de que estaba firmando el salvoconducto de dos santos varones mercedarios peritos en las labores de redimir cautivos.

Portando cada uno de los frailes una talega colgada al hombro en la que llevaban una capa para cuando arreciara el frío o les sorprendiera la lluvia y algunas viandas que les había proporcionado el hermano cocinero, se dirigieron al muelle en el que estaba atracada la coca mallorquina; aunque antes tuvieron que dejar atrás dos galeras de guerra que, con las velas arriadas, pero con los remos en posición de bogada, se hallaban preparadas para salir a mar abierto cerca del arco que comunicaba el puerto interior con la bahía.

—Son las dos galeras que el concejo de la ciudad tiene la obligación de adobar y mantener armadas para cuando el rey don Pedro las solicita y se han de unir a la flota real en Sevilla o en Cartagena —manifestó fray Antón Capoche.

Acababan de superar la popa de la segunda de las embarcaciones de guerra, cuando se toparon con la pasarela que daba acceso, desde el muelle, a la cubierta de la coca mallorquina.

Allí los esperaba el capitán del navío, maese Jaume Perelló.

—Buenos días, maese Jaume —saludó fray Antón—. Aquí nos tiene, deseosos de embarcar y emprender el corto viaje hasta Ceuta.

—Buenos días nos dé Dios, hermanos —respondió el capitán de la coca—. ¿Portáis el preceptivo salvoconducto expedido por don Martín Yáñez?

—Cómo no lo íbamos a traer con nosotros. Y también la carta del prior que acredita que viajamos en misión redentora al reino de Fez —manifestó el fraile mercedario, mostrando a maese Jaume la carta firmada por fray Pedro de Tarrasa y el salvoconducto con el sello del alcaide de las atarazanas.

—Podéis subir a la embarcación —dijo el barcelonés después de ojear ambos documentos.

En la cubierta, el contramaestre daba órdenes en la lengua de su tierra a los marineros para que se afanaran en izar las velas y las orientaran en la dirección de la brisa que había comenzado a levantarse y, de esa manera, pudieran sacar el navío de la dársena sin rozar las jambas del gran arco de entrada al puerto.

La coca mallorquina, que tenía por nombre «Santa Mare de Déu», era un barco de casco redondo con dos mástiles que arbolaba una vela cuadra en el palo mayor y otra latina en el trinquete. Disponía de dos castillos: uno a proa y otro a popa. En este se hallaban las cámaras del capitán, del piloto y del contramaestre, según le dijo fray Antón a Fadrique, pues él era desconocedor de las cosas del mar, siendo aquella la primera vez que embarcaba en un navío.

—Podéis situaros en cubierta, junto a la escalera de babor —les aconsejó maese Jaume—. Como recibimos la brisa de poniente, ese es el lugar más abrigado y menos expuesto. Con un poco de suerte, si el viento continúa soplando desde el oeste, arribaremos al puerto de Ceuta en unas cuatro horas.

Se acomodaron en el lugar que les había indicado el capitán del barco, entre la escalera que ascendía hasta el castillo de popa y el antepecho que constituía la borda en ese lado de la embarcación. Sentados en la cubierta y con la cogulla cubriéndoles las testas, afrontaron aquel viaje que, no por ser breve, carecía de peligros, según le refirió, la noche anterior, fray Pedro de Tarrasa; pues, decía el prior, que el Estrecho era un mar muy traicionero, que se había tragado a numerosos barcos con sus tripulaciones por imprudencia o por mala suerte, porque, podía suceder que saliendo un navío de Algeciras con buen tiempo y mar atemperada, al cabo de una hora de navegación se tornara la brisa en recio vendaval y la superficie del mar en una galerna que podía engullir a la nave o a la galera más marinera y mejor construida.

Al paso de una hora de viaje, la «Santa Mare de Déu» había dejado atrás las abrigadas aguas de la bahía y navegaba por la medianera del estrecho de Tarifa. Entonces, el balanceo y el cabeceo de la embarcación se intensificaron, provocando que algunas olas alcanzaran la cubierta principal, en la que se hallaban acurrucados el fraile mercedario y Fadrique, apagando el fogón del cocinero y obligando a fijar fuertemente la escotilla de proa para que el mar no inundara la bodega. El inexperto falso fraile, con el corazón en un puño y con evidentes muestras de estar indispuesto, rezaba con gran sentimiento a santo Toribio y se lamentaba por haber embarcado ese día en la coca y no haber esperado mejor ocasión para cruzar aquel mar tempestuoso. Pero, maese Jaume Perelló, que había observado el malestar y la laceración que sufría el que él pensaba que era un esforzado fraile que iba a ejercer su oficio en el reino de Fez, le dijo, con la intención de restituir el ánimo que, a su entender, creía que le faltaba al hijo del molinero:

—Hermano mercedario: no os aflijáis, que el mal que sufrís os abandonará al llegar a puerto. Aunque ahora os parezca que se os va la vida con las arcadas y los vahídos, sabed que no vais a morir en esta ocasión, porque ese malestar que sentís es enfermedad venial y pasajera que a todos los marinos novatos afecta.

Aunque las amables palabras del capitán de la coca no perseguían otra cosa que reconfortar al sufrido Fadrique, este, sumido en el padecimiento y el desconsuelo, a nada atendía que no fuera estar tumbado sobre el húmedo maderamen de la cubierta y otear, desmadejado, el inestable horizonte de la mar con el único deseo de poder contemplar, sin estorbo ni dilación, al bueno de san Pedro cuando, tragada la coca por aquel impetuoso mar, lo recibiera en las puertas del Paraíso.

Se hallaban a menos de dos millas del puerto de Ceuta cuando el mar volvió a calmarse y la embarcación a desplazarse sobre las olas sin movimientos bruscos, lo que hizo que el bienestar perdido retornara al ajado cuerpo de Fadrique y que, con su compañero —al que no parecía afectarle el mal del marinero novicio— buscara el apoyo de la borda dando gracias a Dios y a la Virgen por haberles librado de morir en aquel veleidoso mar. Aunque maese Jaume Perelló daba de carcajadas cuando el de Zuheros aseguraba, con evidente desmesura, que sorprendidos por aquella «descomunal tempestad» habían estado cerca de hallar la muerte.

Acomodados, de nuevo, en el lugar señalado por el capitán junto a la escalera que daba al castillo de popa, fray Antón Capoche procedió a hacerle relación de algunas cosas que necesitaba saber sobre el reino de Fez y la gente que iban a encontrar cuando desembarcaran en Ceuta.

—Ceuta estuvo gobernada, hasta hace unos cuarenta años, por una poderosa familia local: los Azafíes, que, a veces, en alianza con los aragoneses, y otras, con los granadinos o con los sultanes de Fez, lograron mantener cierto grado de independencia política —comenzó diciendo el mercedario—. Como ha sido, y es aún, un puerto frecuentado por embarcaciones de comercio de los reinos cristianos y de la Señoría de Génova, que acuden a él por ser un emporio de riqueza, la posesión de la ciudad ha sido ambicionada por todos los monarcas que han dominado, en alguna ocasión, una u otra orilla del Estrecho. Sin embargo, el último miembro de la familia azafí, Abu l-Qasim Muhammad, fue derrocado por el sultán de Fez, Abu Said Utmán, y ahora está la ciudad gobernada por un consejo de notables formando parte del gran imperio de los benimerines, porque, saben las acaudaladas familias ceutíes, que solo sus vecinos del sur les garantiza el poder continuar gozando de su bienestar económico y mantener alejadas de su activo puerto las flotas de Castilla y de Aragón, que aspiran a dominar las dos orillas del mar para apoderarse del comercio del oro que llega desde la tierra de los negros.

—De lo que me dices, deduzco que Ceuta es una floreciente ciudad que vive en la abundancia y que nada tiene que envidiar a Córdoba o Sevilla —manifestó el falso mercedario.

—Ni a Granada, amigo mío —terció fray Antón—, aunque la ciudad nazarí le gane la partida en número de moradores, en palacios y en campos de cultivo.

Se estaba aproximando la embarcación al puerto de Ceuta y los dos viajeros se asomaron a la borda para poder contemplar la ciudad que estaba rodeada por el mar en todos sus frentes, excepto por la parte occidental, donde un ancho foso marítimo la separaba del continente. La población ocupaba una estrecha franja de tierra, a modo de península, rematada, hacia oriente, por un monte en cuya cumbre se había erigido un castillo defendido por numerosas torres de flanqueo.

—Cuando desembarquemos, nos dirigiremos a una hospedería que está situada detrás de la madrasa y que admite a viajeros y mercaderes cristianos, además de a los estudiantes del Corán que asisten a esa universidad musulmana —anunció fray Antón—. Luego, pediremos audiencia al gobernador de la aduana, Fadrique, que es quien tiene conocimiento de las mercancías que entran y salen por el puerto y de los cautivos que llegan de Granada, Targa o río Martil para poder venderlos en el mercado de esclavos.

Una hora más tarde se hallaban en el muelle.

El capitán de la coca los despidió afectuosamente, deseándoles que tuvieran éxito en su piadosa labor de redención de los cautivos cristianos. A continuación, dejaron a un lado las atarazanas, en las que unos carpinteros de ribera estaban calafateando una galera de guerra, y cruzaron una gran plaza, en uno de cuyos flancos se alzaba el noble edificio de la madrasa con una esbelta torre de planta cuadrada que debía ser el alminar de su oratorio. Al atravesar la plaza, fray Antón le dijo, con un susurro, para evitar que sus palabras fueran oídas por los viandantes que se dirigían a la cercana mezquita para realizar la tercera oración del día:

—En esta plaza, querido amigo, fueron cruelmente degollados, en tiempos del Santo de Asís, siete franciscanos que habían desembarcado en el puerto para predicar el Evangelio a los infieles, lograr que abjurasen de su falsa religión y que se convirtieran a la verdadera fe católica. Dicen, que el gobernador mandó apresarlos y que los conminó a que renegaran de la religión cristiana y reconocieran como único dios a su Alá si querían salvar sus vidas. A lo que ellos se negaron. Entonces el gobernador ordenó que, aquí mismo, fueran decapitados y su sangre arrojada a la playa cercana, lugar que, desde entonces, es conocido por los mercaderes de Aragón y de Génova, que frecuentan este puerto, y por los cautivos cristianos, con el nombre de playa de la Sangre.

—Profundo sentimiento de pena e inmenso dolor me produce, hermano Antón, saber la gran desgracia que, por hacer llegar la verdadera religión a los infieles, se abatió sobre mis hermanos de congregación —reconoció compungido Fadrique—; pero nos cabe el consuelo de que, con su cruel martirio y muerte, gozan de un mejor lugar en el Paraíso.

Apresuraron el paso y, como había asegurado fray Antón, detrás de la madrasa hallaron la hospedería, un edificio de dos plantas colindante con lo que parecía la casa de abluciones de una mezquita. Se alojaron, sin que el mesonero les pusiera ningún impedimento, en una habitación del segundo piso, lo que hizo pensar al hijo del molinero que el albergue era utilizado de ordinario por las colleras de mercedarios cuando se desplazaban a aquella ciudad para ejercer su oficio.

—Descansaremos lo que resta de la jornada, después del accidentado viaje que has soportado —declaró el fraile mercedario—. Mañana nos acercaremos a la oficina del gobernador de la aduana para hacer las indagaciones oportunas.

Pronto cayeron en un sueño relajado y reparador, sobre todo Fadrique, que tardó en recuperarse de las arcadas y el padecimiento sufrido en la coca de maese Jaume Perelló.

Los despertó la voz poderosa de un almuédano llamando a la primera oración del día desde un alminar cercano. A la hora tercia bajaron al refectorio en el que fueron atendidos por un joven que, sin decir palabra, puso sobre la mesa unas tortas de harina de trigo acompañadas de una escudilla colmada de miel y una jarra de leche que, por su sabor, dedujo Fadrique que era de vaca.

—Shukran —fue la respuesta de fray Antón al ofrecimiento del musulmán.

—Es la expresión, en el dialecto árabe que habla esta gente y que se conoce como *dariya*, para dar las gracias —añadió el mercedario, entretanto que mojaba una de las tortas en el cuenco de miel y se la llevaba a la boca.

—¿No es esta la misma lengua que utiliza la gente de Granada, fray Antón, y que yo, con algún esfuerzo, he comenzado a aprender? —demandó el falso mercedario.

—No, Fadrique. Es probable que antes fuera una misma lengua, pero con el paso del tiempo y su continuo uso en una y otra orilla del Estrecho, se ha ido diferenciando, enriquecida con palabras que existían con anterioridad a la llegada del islam a cada una de estas regiones. Hoy, a los granadinos les cuesta entender a sus hermanos de religión de este lado del mar y viceversa —declaró el fraile redentor—. Sin embargo, para leer su Libro Sagrado y escribir poemas y obras en prosa, usan el árabe clásico, que es el más antiguo y hermoso. En nuestra comunidad de Algeciras algunos frailes hemos aprendido el *dariya*, porque nuestras misiones de redención se llevan a cabo en el reino de Fez. Sin embargo, en las casas de Córdoba y Sevilla, son peritos los mercedarios en hablar el dialecto que se usa en el sultanato nazarí. Aunque, a decir verdad, en ese reino no es necesario dominar el árabe para acometer los trabajos de redención, porque toda la aristocracia y los altos funcionarios granadinos hablan con soltura, como si fuera la suya propia, la lengua de Castilla.

Acabaron el frugal desayuno y, a continuación, salieron a la calle, no sin antes preguntar al mozo que les había servido la pitanza por la oficina del gobernador de la aduana. Dos manzanas en dirección a la Almina —que era como se llamaba el promontorio en el que los ceutíes habían edificado su castillo— se hallaba el edificio que albergaba las oficinas de la aduana de la ciudad. Accedieron a una salita en la que había una mesa colmada de legajos y, detrás, sentado en una silla con asiento y respaldo de madera barnizada, un funcionario con la cabeza cubierta por un turbante que alguna vez fue de color blanco. Fray Antón Capoche preguntó por el gobernador, y el funcionario, al ver, por los hábitos blancos que portaban, que eran mercedarios en labores redentoras, los atendió con amabilidad y les dijo que esperaran, que vería si Abdalá el-Rumí podría atenderlos.

No habían transcurrido diez minutos, cuando el funcionario regresó y les comunicó que el gobernador los iba a recibir.

Al poco, se hallaban sentados los dos cristianos en sendas sillas con asientos de piel, algo deslucidos por el uso, en la habitación contigua. En aquella estancia, con las paredes ocultas por las estanterías y las baldas que contenían lo que parecían libros de cuentas y gruesos legajos que, por su aspecto, debían de ser donde se anotaba la relación de los productos importados e inspeccionados en aquella oficina, se encontraba el gobernador de la aduana de Ceuta. Estaba aposentado en un sillón con respaldo de cuero repujado —lo que hizo pensar a Fadrique que, sin duda, procedía de Córdoba, pues era muy similar al que tenía en su despacho don Rodrigo de Biedma elaborado por los famosos talabarteros mudéjares de la ciudad—. Una mesa bien torneada los separaba del orondo personaje que ostentaba el relevante cargo de gobernador de la aduana ceutí.

Ciertamente no parecería exagerado ni baladí referirse al citado gobernador con el adjetivo de orondo, porque era grueso como un tonel de almadraba. Carecía de cuello, pues la papada ocupaba toda la circunferencia de su anatomía cervical, zona que en un ser normal constituiría el cuello y que, en el tal Abdalá, había desaparecido. La cabeza la tenía descubierta y vestía una almalafa muy holgada, quizás con la intención de ocultar su grasienta y abultada barriga. Sin embargo, su rostro afable y la sonrisa que lo adornaba permitían intuir que era un hombre apacible, de buen trato y servicial.

—Sed bienvenidos a Ceuta, mercedarios —dijo, dirigiéndose a los recién llegados en la lengua de Castilla—. Mi nombre es Abdalá el-Rumí y desempeño la sobresaliente misión de controlar las mercancías importadas para que los mercaderes, con sus frecuentes ardides y engaños, no dejen de abonar los aranceles que la ley les impone. No es nada extraordinario que en el interior de sacos de harina o de cebada oculten objetos de plata o de oro para eludir el pago de impuestos. Pero, a pesar del celo que ponen mis funcionarios, no pueden impedir que, a veces, entren mercancías fraudulentas por este puerto, aunque veo que no es este el caso, porque no sois mercaderes ni portáis equipajes voluminosos, al margen de esas dos talegas.

—Cierto es, señor gobernador, que no importamos ninguna mercancía que esté grabada por las leyes de vuestro sultanato —manifestó fray Antón Capoche—, que no sea alguna vianda para nuestro sustento y un par de tabardos de lana para resguardarnos de la lluvia y del frío.

—En cuanto a mi persona, podéis deducir, por el nombre que heredé de mis progenitores, que, aunque profeso con devoción la religión de Mahoma, soy descendientes de cristianos como vosotros[6] —señaló muy ufano el ceutí.

—Nos agrada, señor Abdalá, que procedamos de una misma progenie —reconoció fray Antón, entendiendo que esa eventualidad favorecería la resolución de los asuntos que los había llevado a Ceuta—. Hemos desembarcado en este puerto, como en tantas otras ocasiones, para hacer unas pesquisas de redención.

—Espero con impaciencia oír lo que me tengáis que decir, hermano.... —dijo, dirigiéndose a fray Antón que, por su edad, había intuido que era quien encabezaba la misión redentora.

—Fray Antón Capoche es mi nombre. Miembro de la comunidad mercedaria del convento de Algeciras.

—Pues, bien, hermano Antón: ¿qué es lo que deseáis de mí?

—Traemos el encargo de una acaudalada familia de Sevilla, los Pérez de Tenorio, para que nos interesemos por uno de sus miembros, el joven caballero don Juan Pérez de Tenorio, que fue apresado por una de vuestras galeras en aguas de Sanlúcar en la primavera del año que pasó.

6 Rumí: nombre dado por los musulmanes a los cristianos, sobre todo en Oriente.

Quieren saber sus deudos si continúa con vida y, si es así, cuánto dinero exige su dueño por su rescate para proceder a reunirlo y enviarlo a través nuestra.

—No sé a qué caballero os referís —manifestó el gobernador—. Son tantos los cristianos cautivos que desembarcan en Ceuta para poder venderse como esclavos o ser llevados a Tetuán o a Targa... Pero haré las averiguaciones oportunas, hermano mercedario. Si fue capturado por una de nuestras galeras, debe estar preso aún en el castillo de la Almina, si no lo han trasladado a Tetuán o a Fez. Hablaré con el alcaide de esa fortaleza y sabremos a qué atenernos.

—Os agradecemos la información que podáis ofrecernos del desdichado caballero sevillano, señor Abdalá —dijo fray Antón.

—Permaneced en Ceuta dos días más. El tiempo suficiente para que pueda hacer las pesquisas. Cuando haya obtenido datos fiables, os volveré a recibir para daros razón de lo que me demandáis.

Iba el gobernador de la aduana a dar por terminada la audiencia, cuando fray Antón intervino de nuevo.

—Señor Abdalá —dijo el mercedario—, deseo exponeros un segundo asunto, que quizás podáis ayudarnos a esclarecer.

—Decid. Si está en mi mano no dudéis que haré las indagaciones necesarias.

—El caso es, señor gobernador, que hace algo más de un año, cuando fue derrocado el sultán Muhammad V por su medio hermano Ismail, las milicias meriníes establecidas en Granada asolaron la tierra de Córdoba y tomaron algunos cautivos que, según creemos, fueron traídos al reino de Fez para venderlos como esclavos. Dos de esos cautivos eran un matrimonio que tenían por nombres Hernán Díaz Patiño y Elvira García. Y quizás una niña de unos trece años, hija de ambos. Deseamos conocer su paradero, si es que aún viven.

—No es de mi competencia controlar las presas que hacen los guerreros del sultán —anunció Abdalá—. Los cautivos que desembarcan las tropas zanatas en el puerto son llevados, sin pasar por la aduana, a la ciudad-campamento que han erigido en las afueras de Ceuta, que llaman el Afrag. Allí está acantonada la guarnición meriní de la ciudad y allí debieron ser llevados los cautivos que decís.

—¿Hay alguna manera, señor gobernador, de que podamos acceder a esa ciudad? —se interesó fray Antón.

—Como deseo ayudaros y sé que nunca podríais llegar a entrevistaros con el caudillo de los guerreros meriníes por vuestros propios medios, escribiré una carta dirigida al alcaide-gobernador del Afrag, Ahmad al-Magribí, que os ha de servir de presentación. De esa manera, seguro que os recibirá.

Abdalá el-Rumí llamó a su secretario y le ordenó que trajera papel, tinta y una pluma o cálamo. Luego procedió a escribir, con su propia mano, una carta en la que exponía al alcaide-gobernador del Afrag quiénes eran aquellos dos frailes y cuál era la misión que, por imperativo de los votos contraídos, los había llevado a Ceuta. Que le pedía encarecidamente que, por su reconocida fidelidad y sumisión a las sagradas Leyes del Profeta Muhammad y por el respeto debido a la gente del Libro, los atendiera y procurara satisfacer sus deseos y peticiones.

Con aquella esclarecedora misiva en el zurrón, abandonaron el edificio de la aduana de Ceuta después de haber asegurado, al comprensivo y justo Abdalá, que volverían a su oficina pasados unos días para saber si había logrado tener noticias ciertas del desdichado caballero don Juan Pérez de Tenorio. Marcharon gozosos y con el corazón henchido de felicidad y gratitud porque, hasta ese instante, las cosas estaban discurriendo de acuerdo con lo previsto. Haber encontrado a un funcionario tan bondadoso y diligente en una tierra extraña de la que se esperaba animadversión y desapego a causa del secular enfrentamiento existente entre moros y cristianos desde hacía siglos, había sido enriquecedor y beneficioso para las almas de Fadrique y del fraile mercedario.

—No te ha de extrañar, muchacho —le dijo fray Antón, cuando se dirigían a la puerta de Tierra para salir a campo abierto—, el afable comportamiento del bueno de Abdalá. No es algo extraordinario en la tierra de los musulmanes, en la que la estima a la gente del Libro y la hospitalidad son virtudes de las que hacen gala. Los mercedarios y trinitarios, que consideran hombres santos, somos recibidos en esta tierra con amabilidad y respeto por las autoridades musulmanas, pues son fieles seguidores de su religión y de los mandatos de sus leyes y de su Corán, que dice que se han de respetar a los seguidores de Cristo y de Moisés y a los buenos cristianos que, como nosotros, están dispuestos a entregar sus vidas generosamente a cambio de la de aquellos que sufren cruel cautiverio.

Era mediodía cuando atravesaron la puerta que, a través de un puente levadizo, salvaba el ancho foso que defendía la ciudad por el lado de poniente, como ya se ha referido. Fadrique no salía de su asombro observando con los ojos desencajados aquella profunda lengua de agua del cercano mar que, entrando por un lado y saliendo por el otro, separaba y aislaba la población del continente. Una vez que se hubieron alejado de las murallas y comenzado a ascender por la ladera de la colina que conducía al Afrag, le dijo fray Antón que, defendida la ciudad con aquel profundo foso y con sus poderosas murallas, Ceuta era un enclave verdaderamente inexpugnable.

A algo menos de una milla, sobre un promontorio desprovisto de vegetación, se podían ver las ocres murallas de tierra batida —en opinión del mercedario que debía conocerlas— y las fuertes torres cuadradas que rodeaban la ciudad-campamento que servía de cuartel a la guarnición meriní y que llamaban el Afrag.

Media hora más tarde se hallaban delante de una puerta cuyo vano se cubría con un arco de ladrillos en forma de herradura apuntada, que estaba flanqueada y defendida por dos grandes torres cuadradas. Se hallaba custodiada por un cuerpo de guardia formado por media docena de soldados fuertemente armados. Fray Antón se dirigió a uno de ellos, que parecía ser el jefe del destacamento, y que, al verlos aproximarse a la puerta, se había adelantado para darles el alto. El mercedario saco la carta del gobernador de la aduana del zurrón y se la presentó al guerrero zanata. Este la ojeó y con un ademán les indicó que esperaran. A continuación, desapareció en el interior del recinto amurallado —dedujeron los dos viajeros que para enseñar la misiva a algún superior en el mando—, en tanto que ellos se apartaban del vano a la espera de que regresara el soldado meriní.

Transcurridos unos minutos, apareció acompañado de otro que parecía de más alta graduación, y que les habló en árabe señalándoles el interior de aquella extraña ciudad invitándolos a entrar. Atravesaron la muralla y embocaron un camino de tierra apisonada que estaba flanqueado por numerosas tiendas de campaña entre las que se podían ver grupos de guerreros, algunos sentados alrededor de un fuego conversando, y otros de pie, haciendo guardia armados con lanzas y escudos de piel de gacela.

Toda la zona intramuros estaba ocupada por aquel mar de tiendas de campaña. Solo destacaba, en el centro de aquel amplio espacio fortificado, una edificación que se asemejaba a un alcázar, en la que debía residir el caudillo de los meriníes que había mencionado Abdalá. En verdad, los dos cristianos estaban impresionados contemplando aquella atípica ciudad-campamento poblada, probablemente, por varios miles de guerreros, pero carente de viviendas de mampostería o edificaciones como baños, hospederías, alhóndigas o mercados, a excepción del citado alcázar y de una edificación rectangular adosada a su muro oriental con alminar que debía ser la mezquita u oratorio.

—No es inusual, Fadrique, que los sultanes de Fez edifiquen esta clase de ciudades-campamento para tener acantonadas a sus tropas y evitar que, como es costumbre entre la soldadesca, abusen de la confianza y buena fe de sus aliados y entren en las poblaciones amigas para robar y violar sin que las autoridades locales puedan hacer nada para impedirlo —le dijo fray Antón, en tanto que, acompañados del soldado zanata, se acercaban al alcázar del Afrag—. Con ese objetivo debieron construir esta ciudad cerca de Ceuta, sin viviendas ni edificios públicos ni religiosos, para librar a los ceutíes de las violencias y tropelías provocadas por los indisciplinados guerreros del sultán. Antes, otros emires de la dinastía, habían mandado erigir otras ciudades similares: una, Algeciras la Nueva y, otra, Al-Mansura, cerca de Tremecén.

Habían llegado a la puerta del alcázar.

El oficial entró en el edificio y, al cabo de un rato, reapareció acompañado de un personaje vestido con una túnica gandora marrón, de tradición bereber, usada por la gente de la Yebala, y con la cabeza cubierta con un turbante de color negro. Cuando estuvo delante de los dos mercedarios, les habló en la lengua de Castilla.

—¿Qué buscáis en el Afrag, cristianos? —demandó con voz destemplada—. Ya veo que habéis traído una carta de presentación del gobernador de la aduana de Ceuta. Pero, nuestro caudillo, Ahmad al-Magribí, quiere saber el motivo por el que deseáis entrevistaros con él.

—Esperamos de su generosidad que nos pueda informar sobre el paradero de ciertos cautivos que, según creemos, fueron traídos a esta ciudad por las tropas meriníes que están de guarnición en Granada —manifestó fray Antón.

El que debía ser secretario o consejero del alcaide-gobernador de aquella fortificada ciudad, permaneció unos instantes en silencio, observando fijamente a los dos mercedarios. Luego, dijo:

—Como veo que sois gente de religión y honrados redentores de cautivos, nuestro señor Ahmad al-Magribí os recibirá. Pasad y esperad en el patio de armas.

El extenso patio de armas del alcázar del Afrag tenía forma de rectángulo. En la parte más alejada de la puerta por la que habían accedido al edificio, se hallaba una gran torre, similar a las torres del homenaje de los castillos cristianos, que debía ser la residencia del alcaide. El musulmán que vestía la gandora marrón desapareció en el interior de aquella edificación. Al poco, regresó para decirles que podían pasar, que el alcaide los estaba esperando.

El famoso y temido caudillo de las tropas meriníes se encontraba aposentado en un mullido almohadón, al modo en que se sentaba la gente seguidora de la religión de Mahoma, que estaba situado sobre una tarima cubierta con una gran alfombra de lana de color azul con flecos plateados, decorada con frases en árabe que, luego, le dijo fray Antón a Fadrique, eran jaculatorias sacadas de su Libro Sagrado. Aunque estaba sentado, se intuía que era alto y corpulento. Vestía una camisa de seda blanca debajo de una especie de túnica roja sin mangas. La cabeza la llevaba descubierta lo que permitía ver su pelo cano a mechones y ensortijado. Su piel era oscura. No obstante, sus facciones se alejaban de las características propias de la raza negra, lo que hizo pensar a los dos cristianos que el tal Ahmad al-Magribí era un mestizo, probablemente hijo de alguna esclava procedente del otro lado del desierto. Su mirada era noble y limpia, aunque no exenta de cierta frialdad. Portaba entre sus dedos un *mishaba* o rosario musulmán de cuentas de marfil que no dejaba de pasar al tiempo que musitaba la invocación repetitiva de los nombres de Dios. Cuando estuvieron en su presencia, dejó de susurrar la invocación y señaló unos almohadones, que se hallaban colocados sobre el pavimento de ladrillos rojos delante de la tarima, para que se sentaran.

El fraile y el hijo del molinero, este sin poder ocultar el temor y la desazón que tan poderoso personaje le provocaba, se sentaron en los cojines.

—He leído la misiva que me ha enviado mi buen amigo Abdalá el-Rumí con el ruego de que os reciba y atienda vuestra petición —dijo, mostrando a los cristianos la carta que acababa de tomar de la mesita que tenía a su lado—. No he de desatender la solicitud de Abdalá, a quien tanto hemos de agradecer por los favores que cada día nos hace desde su puesto de inspector de la aduana. Por ese motivo os he recibido. Si me es posible y no perjudico con ello mi buena reputación, quizás os pueda ayudar. ¿Qué deseáis?

Las palabras mesuradas del caudillo musulmán lograron tranquilizar a los dos cristianos, todavía impresionados por la visión de aquella ciudad reciamente amurallada y habitada por una numerosa guarnición constituida por miles de fieros guerreros llegados de las cabilas situadas en el interior del sultanato para defender aquella parte de su imperio.

—Señor: hemos viajado desde Algeciras y desembarcado en Ceuta, que es parte integrante de vuestro poderoso reino, para hacer la pesquisa que nos permita conocer el paradero de los miembros de una familia de cristianos que vuestras tropas, asentadas en Granada, creemos que trajeron a esta ciudad para venderlos como esclavos —expuso con gran convicción fray Antón.

—¿Y cuándo aconteció el apresamiento que decís? ¿Y cuáles son los nombres de esos cautivos? —terció el caudillo de los meriníes.

—Ocurrió en el transcurso de una algarada que hicieron vuestros guerreros por tierras de Córdoba cuando fue derrocado el sultán Muhammad V —respondió el mercedario—. Se trata de un matrimonio y, probablemente, de su hija de trece años. El hombre se llama Hernán Díaz Patiño, su mujer Elvira García y la niña, Almodis —y al decir esas palabras, Fadrique se estremeció, porque temía que la respuesta del musulmán fuera tajante y dolorosa para él.

Ahmad al-Magribí se mesó la breve y canosa barba que le adornaba el mentón y quedó pensativo. Al cabo de un rato, dijo:

—Sé a qué algarada, realizada por las tropas destinadas en Granada, al mando del capitán Ibrahim al-Futú, os referís. Fue hace algo más de un año y, como decís, se hizo al romperse las paces con el destronamiento del sultán Muhammad —expuso Ahmad al-Magribí, sin tener en consideración que las paces nunca se rompieron y que aquella algarada fue un acto criminal cometido al margen de toda legalidad—. Recuerdo que trajeron una partida de prisioneros al Afrag —continuó diciendo el musulmán—, aunque entre ellos no había ninguna niña. Todos eran hombres y mujeres adultas. Para saber sus nombres es necesario que traiga a mi presencia al capitán Alí ben Mansur. Él se encarga de anotar las identidades de los presos y los lugares a los que se envían, una vez inscritos en el registro del Afrag; si son destinados al servicio doméstico, puestos a la venta en el mercado de esclavos de Ceuta o llevados a Tetuán o a Targa.

—¿Y podréis, señor, preguntar a vuestro capitán por los presos que nos interesan? —exclamó Fadrique con la voz entrecortada por la esperanza que había hecho renacer en su corazón las palabras del caudillo zanata.

—Es lo que procede hacer, llegado a este punto.

Y Ahmad al-Magribí reclamó la presencia de uno de los soldados que hacían guardia en la antesala de su despacho. Este acudió presto a la llamada de su señor.

—Dile al capitán Ali ben Mansur que abandone lo que esté haciendo y comparezca sin dilación ante mí —ordenó.

Al cabo de unos minutos se presentó el tal Alí ben Mansur. No podía negar su condición de avezado guerrero de frontera. Se cubría el torso y la cabeza con una cota de malla, a la manera de los almogávares de Castilla, y le pendía del tahalí, que portaba en bandolera, una espada corta, también de factura castellana, de lo que dedujeron los dos cristianos que debió estar destinado, por algún tiempo, en el reino de Granada con las tropas expedicionarias meriníes. El alcaide-gobernador lo interrogó sobre el asunto que había llevado al Afrag a la pareja de mercedarios.

—Mi señor, entre los cautivos que trajo Ibrahim al-Futú el verano pasado, había un hombre y una mujer que respondían a los nombres que decís —manifestó el capitán musulmán.

A Fadrique le dio un vuelco el corazón.

—¿Se vendieron en el mercado de esclavos de Ceuta, Alí? —volvió a preguntar Ahmad al-Magribí.

—No, mi señor. Ibrahim al-Futú los llevó, transcurridos unos días, a Tetuán con la intención de sacarlos a la venta en aquella ciudad donde, aseguró, alcanzarían más alto precio.

—¿Había una niña entre los cautivos tomados en la frontera de Granada en aquella ocasión? —se interesó Fadrique.

—No, cristiano. Solo hombres y mujeres de treinta años arriba.

—Ya he satisfecho vuestros deseos, frailes redentores —dijo el alcaide del Afrag, tomando de nuevo el *mishaba* que había depositado sobre su regazo y manoseando distraídamente sus cuentas—. Esos cautivos por los que preguntáis no están en el Afrag, bajo mi autoridad, sino en Tetuán. Aunque, es probable que tampoco se encuentren en esa ciudad, pues a su mercado de esclavos acostumbran a acudir mercaderes y tratantes que adquieren a los cautivos cristianos para llevarlos a las aldeas del valle del Draa o a Tarudán, en las lindes del desierto, donde los revenden a ricos hacendados que los ponen a trabajar en sus haciendas o en sus minas de sal.

—Entonces nos trasladaremos a Tetuán —exclamó el hijo del molinero sin consultar tan importante decisión con su compañero de pesquisa.

—Viajaremos a esa ciudad, Fadrique —afirmó fray Antón, a sabiendas de que de nada le iba a servir reclamar prudencia a quien estaba decidido a perder la vida, si fuera necesario, a cambio de las de sus progenitores. Aunque no podía ignorar que iban a emprender un viaje arriesgado y, probablemente, infructuoso, pues en el río Martil tenían su base los corsarios más despiadados de todo el norte de África y en Tetuán el gran mercado donde sacaban a la venta sus presas—. Si crees que en esa población vas a encontrar a tus padres, no dejaremos de dirigirnos a ella para poder comprobarlo —dijo a modo de conclusión el bueno de fray Antón Capoche.

Se despidieron del alcaide mestizo agradeciéndole la inestimable ayuda que les había prestado y deseándole que su dios le concediera una larga y placentera vida. Después, abandonaron el Afrag y se desplazaron hasta la ciudad amurallada de Ceuta para tomar en alquiler dos acémilas en la plaza del mercado y acometer el viaje que los llevaría, en tres jornadas de marcha, a la ciudad que era el emporio del comercio de esclavos y de los peores padecimientos para los desdichados cristianos que se hallaban encerrados en sus mazmorras.

Pero, antes de emprender dicho viaje, permanecieron dos días más en la ciudad, hospedados en la posada de la madrasa, a la espera de que se cumpliera el plazo dado por el gobernador de la aduana y lo pudieran visitar para que este les diera alguna noticia referente al caballero don Juan Pérez de Tenorio, si es que se encontraba aún en Ceuta. Abdalá el-Rumí, una vez que hubo recibido a los dos mercedarios en su despacho, les dijo que, en efecto, en las mazmorras del castillo de la Almina se encontraba preso el cristiano por el que se interesaban, y que el alcaide de la fortaleza, que era su dueño, exigía a cambio de su liberación ciento veinte doblas granadinas[7]. Que esperaría hasta el acabamiento de la primavera del año siguiente, pero que, si en ese plazo no habían acudido a Ceuta con el dinero del rescate, era muy probable que lo enviara a Tetuán o a Fez para que fuera vendido en el mercado de esclavos de una de aquellas dos ciudades. Fray Antón le aseguró que, antes de cumplido ese plazo, estarían de nuevo en Ceuta con las ciento veinte monedas de oro que exigía el alcaide y que aportaría la rica familia sevillana de los Tenorio.

El desplazamiento desde Ceuta hasta la vecina Tetuán fue agradable a esas alturas del año, avanzado ya el mes de septiembre y dejado atrás los meses más calurosos del verano. El cielo estaba libre de nubes y el sol calentaba la tierra al mediodía, pero era clemente con los viajeros el resto de la jornada. Las noches se presentaban frescas, por la proximidad del mar, permitiendo a los dos cristianos descansar relajados abrigados por sus gruesas capas de lana. El camino discurría por el borde de una inmensa playa de blanca arena que se perdía en lontananza acabando, a lo lejos, en un oscuro saliente de tierra que, les dijo el ventero del mesón en el que se hospedaron la primera noche, que se llamaba Ras al-Tarf, aunque los cautivos liberados, que lograron retornar a Castilla, lo conocían como Cabo Negro, probablemente

7 A mediados del siglo XIV una dobla granadina valía 107 maravedíes. Un maravedí equivaldría, en la actualidad, a 16 €. Por lo tanto, el alcaide del castillo de la Almina pedía, a cambio de la libertad del preso, 12.840 euros. Con ese dinero, recibido por el rescate del caballero sevillano, el alcaide podría adquirir una casa modesta o un pequeño campo de cultivo.

por el color de los roquedales que lo formaban o, quizás, por la negra existencia que sufrían aquellos que labraban piedras, de sol a sol, en sus canteras.

Al acabar el segundo día de marcha, accedieron a una aldea de pescadores que decían Madiq, que en la lengua de aquella parte del Magreb, quería decir «Estrecho». Como no encontraron lugar apropiado para pasar la noche, tuvieron que buscar refugio en una cueva que hallaron al pie del acantilado. A la mañana siguiente se acercaron a la aldea y adquirieron algunos alimentos en el mercado, entre ellos tiras de pescado que secaban al sol, pan de trigo y queso de cabra. Luego continuaron la marcha en dirección a Tetuán.

En un recodo del camino, debajo de una frondosa higuera, hicieron alto al mediodía para comer y descansar. Fray Antón Capoche aprovechó la ocasión para relatar a Fadrique algunos relevantes episodios de la convulsa historia de la ciudad a la que se dirigían.

—La ciudad a la que, pronto, vamos a llegar —comenzó diciendo el mercedario— está alejada del mar, como podrás tú mismo comprobar, pero edificada cerca del cauce de un río que llaman Martil, cuya desembocadura hace de ensenada y puerto natural en el que, en nuestros días, recalan, fondean y son reparadas una veintena de galeras corsarias que tienen atemorizados a los arrieros, pescadores y ganaderos de los pueblos costeros de Andalucía y de Levante; porque, aprovechando la oscuridad de la noche, los asaltan, roban el ganado y las mercancías y toman cautivos que luego venden en pública almoneda. Dicen que nuestro rey don Pedro, en varias ocasiones, ha mandado armar una flota en Sevilla para atacar este puerto, incendiar las galeras, matar a los corsarios y, si se terciaba, navegar río arriba y derribar las murallas de Tetuán. Pero, sea porque está empeñado en la guerra con el rey de Aragón, sea porque lo mantiene alejado de Andalucía el enfrentamiento con su hermanastro don Enrique de Trastámara, lo cierto es que, hasta ahora, no ha podido limpiar de estos malhechores las costas del Estrecho.

—¿Es, entonces, esta una ciudad donde debéis tener gran trabajo los mercedarios? —intervino Fadrique.

—No solo los frailes mercedarios hemos de acudir con frecuencia a Tetuán para ejercer la labor que nos encomendó Pedro Nolasco y rescatar a cautivos cristianos —respondió fray Antón, mientras degustaba un trozo del queso de cabra—, sino que también es una población en la que recalan cada primavera o cada verano nuestros hermanos trinitarios con la misma finalidad.

—Fray Antón, después de lo relatado por el caudillo de las tropas meriníes en el Afrag, está tan claro como este sol que nos alumbra que la desdichada Almodis no fue traída a esta tierra de perdición, sino que, como conjeturaba el bueno de Alí Abd al-Watiq, debe estar cautiva en la ciudad de Granada —susurró el hijo del molinero con la mirada perdida en el sendero que se alejaba en dirección sur.

—Esa parece ser, amigo Fadrique, una verdad irrefutable, una vez oído el testimonio del tal Ali ben Mansur. Sin embargo, primero hemos de saber qué es lo que le ha sucedido a tus padres. Luego, ocasión tendrás para que emprendas la pesquisa y sigas el rastro de tu hermana en la ciudad de Granada.

Acabado el condumio, montaron en las acémilas y reanudaron la marcha que, antes del anochecer, los llevaría a la ciudad de Tetuán, cuyas murallas se divisaban, como a dos millas, en medio de la neblina del atardecer, encaramadas en la ladera de la colina que estaba dominada por la alcazaba. Como no querían acceder a la ciudad en plena noche; lo uno, porque temían que los confundieran con malhechores, y, lo otro, porque, como era costumbre, el zalmedina habría procedido a cerrar las puertas de la ciudad al declinar el día, hicieron alto en una alquería que había junto al camino cuyos moradores, viendo que eran hombres de religión, no pusieron ningún impedimento a que durmieran en el establo, sobre un montón de paja y acompañados de dos asnos y un ternero.

A la mañana siguiente entraron en la ciudad por la puerta de la Cárcel o de Ceuta, que luego se llamó Bab al-Oqla.

Ascendieron por una estrecha callejuela en la que exponían sus mercancías algunos vendedores de pescado, frutas y hortalizas, bajo las miradas curiosas y atentas de los viandantes, que se sorprendían al ver deambulando por la medina a dos frailes con sus hábitos blancos, un poco deslucidos después de tantos días de viaje, pero extraños en una ciudad en la que los únicos cristianos que moraban eran los desdichados cautivos. Después de dejar atrás una mezquita con una fuente de un solo caño en su fachada, dieron con una plazuela que decían del Pescado, rodeada de puestos en los que solo se vendía esa clase de género. En uno de los puestos preguntó fray Antón por la oficina del almotacén. El pescadero señaló una calle que se iniciaba bajo un desvencijado arco de ladrillos y que se cubría con amplias lonas que tenían la finalidad de proteger a los transeúntes y a los vendedores de los rayos del sol.

—Al final de esa calle tan concurrida hallaréis una plaza grande donde abre sus puertas la oficina del almotacén —dijo en árabe, según le comentó después el mercedario a Fadrique.

Aquella debía ser la calle que llamaban de los Cuchilleros, porque toda ella se hallaba flanqueada de tiendas y talleres con fraguas en los que trabajaban los artesanos que elaboraban cuchillos, navajas, guadañas y hoces o las afilaban en la puerta de sus negocios sobre bloques de piedra arenisca que presentaban profundos rebajes producidos por la labor de afilado.

A final de la citada calle dieron con la plaza que les había indicado el pescadero y con un edificio, de una sola planta, que ocupaba parte de su fachada oriental, con un letrero sobre el dintel de la puerta que Fadrique no pudo interpretar, pero que fray Antón le dijo que señalaba la oficina del almotacén. Mas, no pudieron aproximarse a ella, porque una enorme y vociferante multitud, cantando, bailando y emitiendo frases ininteligibles, rodeaba un estrado ocupado por una orquesta formada por una docena de músicos. Estos vestían impolutas almalafas blancas y se cubrían la cabeza con bonetes de fieltro de color rojo. Algunos tañían instrumentos de percusión, otros de cuerda y, algunos, de viento, asompañando con sus cadencias sonoras al canto y la danza de los manifestantes.

—Es una bulliciosa fiesta popular —manifestó fray Antón—. Sus participantes deben estar celebrando algún destacado acontecimiento religioso que aderezan, como es su costumbre, con cánticos y actuaciones musicales. Los instrumentos de cuerda de la orquesta son laúdes, similares a los que utilizan los músicos en el reino de Granada —dijo el mercedario, señalando a los intérpretes que portaban sobre su regazo dicho instrumento—. Esos tamborcillos tan sonoros se denominan *darbukas* y los platillos metálicos, que golpean con tanto ímpetu, se llaman crótalos. Los usan, también, en los reinos de cristianos, los músicos ambulantes y los juglares acompañados de la vihuela y la dulzaina.

Uno de los integrantes en la jocosa celebración les dijo, en árabe, que se conmemoraba la fiesta anual del santo granadino Tabbín, que hacía dos siglos había fundado la primera mezquita de Tetuán y la misma ciudad donando todos sus bienes a los pobres de las aldeas del valle del río Martil para que construyeran casas de mampostería en la ladera del monte Dersa y las habitaran.

—En las afueras de la ciudad se halla el panteón en el que resposan sus restos esperando el día de la resurrección —añadió el tetuaní— y una fuente cuya agua es milagrosa, pues cura el mal de vientre y previene de otras muchas dolencias. Cuando acabe la actuación de la orquesta, todos marcharemos en peregrinación hasta el lugar donde está enterrado Tabbín para rezar y pedirle que libre a nuestra ciudad de todo mal.

Media hora más tarde, la orquesta puso fin a su actuación —como había referido el participante en el festejo— y el gentío, dando palmas y pronunciando jaculatorias y guturales frases en honor de tan generoso benefactor de la ciudad, abandonó la plaza y se dirigió a la zona extramuros saliendo por la puerta que llamaban Bab Saida, dejando expedito el paso a los dos mercedarios.

Se acercaron a la oficina del almotacén y, como la gente entraba y salía sin ningún impedimento del edificio, ambos hicieron lo propio y, después de cruzar un pequeño patio en cuyo centro había una fuente con surtidor, accedieron a lo que parecía un despacho ocupado por una mesa grande sobre la que estaba apoyado el que debía ser el almotacén, porque vestía con cierto empaque una túnica blanca, con caperuza caída sobre la espalada, y se cubría la cabeza con un turbante del mismo color. Esas vestiduras eran las que usaban los funcionarios que se dedicaban a perseguir el fraude en las pesas y medidas y a procurar que se cumplieran las ordenanzas y las normas legales que trataban sobre la ubicación, limpieza e higiene de los puestos en los zocos. Con su llamativa indumentaria blanca, eran identificados con facilidad por la gente que frecuentaba las tiendas, y, sobre todo, por los vendedores que temían como la peste sus inspecciones y sufrían, frecuentemente, sus sanciones económicas si incumplían las severas ordenanzas del mercado. Detrás de otra mesa, situada debajo de una de las ventanas que daba a la plaza, se hallaba sentado un escribiente rodeado de libros y legajos. Al ver a los dos inusuales visitantes vestidos de blanco, como él mismo, entrar en la oficina, el almotacén se aproximó a los recién llegados y les dijo en la lengua de Castilla:

—Sed bienvenidos, cristianos. ¿Qué buscáis en Tetuán y en esta humilde oficina?

—Acabamos de llegar a vuestra ciudad —se apresuró a responder fray Antón—. Hemos viajado desde Ceuta, por recomendación del alcaide de las tropas meriníes acantonadas en la fortaleza que llaman el Afrag, para hacer una pesquisa en nombre de nuestra congregación que, como sabéis, tiene la noble misión de rescatar a los cristianos que sufren cautividad en esta tierra.

—Respeto la labor que lleváis a cabo los frailes mercedarios, pero no es a esta oficina a la que os debéis dirigir, sino a los representantes de los tratantes y a los ricos hacendados que compran a los cautivos. Ellos son los que exigen las doblas de los rescates y los que, sin duda, os pueden ayudar —manifestó el musulmán.

—Esa es nuestra intención, señor almotacén —terció el fraile—. Queremos saber quién adquirió a dos cautivos que, al parecer, los vendieron en el mercado de esclavos de esta ciudad hace algo más de un año.

El alto funcionario de la comunidad musulmana quedó un tanto confuso porque, en efecto, no era su función atender ni cumplimentar los rescates de cautivos. Sin embargo, su oficina era la encargada de anotar los remates de las ventas y subastas de esclavos y las cantidades percibidas por el subastador para aplicarles el impuesto correspondiente.

—Si es conocer la identidad del comprador de los cautivos por los que os interesáis, os podré satisfacer, hermanos —afirmó el musulmán—. En esta oficina anotamos y guardamos como oro en paño la lista de los cautivos vendidos, de sus compradores y de las cantidades abonadas. De ello depende el cobro de la vigésima en concepto de impuesto.

—Os estaríamos muy agradecidos si nos pudierais proporcionar los nombres de quienes compraron a un hombre y una mujer que se llaman Hernán Díaz y Elvira García —señaló el mercedario con la esperanza de que el almotacén les permitiera saber el nombre o los nombres de los que adquirieron en mala hora a los desdichados padres de Fadrique.

El funcionario ordenó al joven, que se hallaba rodeado de legajos y expedientes, que le trajera el libro de cuentas del año anterior. El muchacho, diligentemente, le acercó un grueso tomo, mal encuadernado, con cubiertas de cuero marrón con una inscripción en letras rojas sobre el lomo.

—Veamos —susurró, entretanto que pasaba las hojas y leía en voz baja su contenido.

Fadrique se mordía las uñas con el corazón palpitante, pues sabía que la indagación que estaba realizando el musulmán podría dar respuesta definitiva a sus pesquisas.

—¡Aquí está! —exclamó el almotacén, señalando unas líneas en una de las páginas del libro—. Venta de cautivos cristianos realizada en el mes de septiembre del año que pasó —leyó—. Los cautivos que dicen llamarse Hernán Díaz y su mujer, Elvira García, fueron comprados, por el precio de cuatro doblas el varón y tres la mujer, por el talabartero judío Yusuf al-Maymún.

Fadrique dio un salto de alegría y, a continuación, abrazó conmovido a su compañero de aventura.

—¿Y dónde podremos encontrar al tal Yusuf al-Maymún? —inquirió nervioso el hijo del molinero cuando hubo acabado de abrazar a fray Antón Capoche.

El musulmán sonrió satisfecho al haber podido dar una respuesta favorable a la petición de aquellos dos frailes y, al mismo tiempo, por haber demostrado, con la rápida resolución de su demanda, la eficacia de su administración.

—En la calle de los Talabarteros. No tiene pérdida —respondió el almotacén—. Es el taller más grande y prestigioso de Tetuán. Yusuf posee las mejores tenerías de la región que convierten las pieles al pelo de terneros en el cuero que, luego, pasan a su taller para ser tratados. Elabora con mucho esmero guarniciones de caballería, sillas de montar, tahalíes, zurrones, albardas y aparejos de mulas y bellos y resistentes zapatos. Acercaos a su taller. Os atenderá con amabilidad. Es un hombre generoso y afable, fiel cumplidor de las leyes de su dios Jehová. Pero, no podéis acceder a esa calle con las mulas. Debéis dejarlas en esta plaza —añadió.

Después de agradecer al alto funcionario de la medina la pesquisa que había realizado en los libros de cuentas y desearle que su labor fuera siempre fructífera, pero que no tuviera que sancionar a ningún infractor por amañar las pesas y las medidas de trigo o los azumbres de aceite, abandonaron la oficina del almotacén y se dirigieron a la calle de los Talabarteros, no sin antes haber dejado bien atadas las mulas en unas argollas que, para tal menester, colgaban de la fachada de la oficina del funcionario municipal.

Caminaron durante una media hora por calles estrechas, algunas cubiertas con toldos tendidos entre las azoteas de las casas de uno y otro lado, como ya se ha referido. En unas de ellas abrían sus puertas las tiendas y los talleres de los metalisteros, caldereros y estañadores; en otras, de los ebanistas, sastres, perfumistas y joyeros. Por ese motivo, dijo fray Antón a Fadrique, eran conocidas, como en Granada, las calles con los nombres de los oficios que en ellas se ejercían.

Al cabo de ese tiempo, dieron con la llamada calle de los Talabarteros, en la que abrían sus puertas las tiendas y los talleres que se dedicaban a confeccionar guarnicionería, zapatos y atalajes de caballos y mulas, como les había dicho el almotacén. Pasada una mezquita muy elegante, de artístico pórtico formado por un arco de herradura apuntado, que llamaban *Yamaa al-Rabta* o mezquita del Ajuar de Boda, porque —decían— que se había construido con el dinero sacado de la venta del ajuar de una novia que, después de mucho esperar sin encontrar el pretendiente que satisficiera a su exigente padre, decidió ingresar en un cenobio, vieron una tienda muy lujosa en cuyo exterior había expuestas sillas de montar, zurrones y otros objetos de cuero. Dedujeron que esa era la tienda y el taller del judío Yusuf al-Maymún.

Yusuf al-Maymún era un hombre de unos cincuenta años, de escasa estatura, delgado, enjuto y de brazos sarmentosos. De mirada limpia y noble. Tenía el cabello ralo y escaso y una barba puntiaguda que le caía sobre el pecho. Vestía una túnica ocre con una cogulla que descansaba sobre la espalda. En la parte superior de la cabeza portaba la kipa, pequeño gorrito de lana, de carácter ritual, con que deben cubrir su coronilla todos los varones que siguen la religión de Moisés. Cuando los dos cristianos accedieron a la tienda, supieron a quién debían dirigirse sin error posible, aunque había en el local varios dependientes atendiendo a los clientes, porque solo uno de ellos llevaba la citada kipá y porque impartía órdenes a los restantes empleados.

—Buenos días. ¿Qué desean? —preguntó, dirigiéndose a los recién llegados en la lengua de Castilla.

—Buenos días le conceda el Creador, señor. Venimos del reino de Sevilla y no estamos en Tetuán y en vuestro prestigioso taller para adquirir algunos de los variados objetos que elaboráis. Nos ha traído a esta ciudad el deseo de conocer el paradero de ciertos cautivos que, nos aseguraron en Ceuta, fueron vendidos en esta ciudad, circunstancia que nos ha confirmado vuestro almotacén —expuso fray Antón.

—Muchos son los cautivos que llegan a Tetuán traídos por los corsarios de río Martil o por los almogávares de la otra orilla, y que adquirimos para que nos sirvan en nuestras heredades o en los talleres de la medina.

—El almotacén nos ha referido, tras consultar los libros de cuenta, que el año pasado, vos comprasteis dos cautivos cristianos, un hombre y una mujer —replicó el mercedario.

El judío se acarició la delgada barba y guardó silencio. A los recién llegados les pareció que intentaba recordar.

—Sí. Adquirí a dos cristianos para que trabajaran en la tenería que poseo en las afueras de la ciudad, en la ladera del monte Dersa —dijo, al cabo de unos segundos de duda.

Fadrique temblaba de emoción pensando que estaba muy próximo el feliz encuentro con sus añorados padres y la posibilidad de iniciar los trámites para su redención.

—¿Tienen por nombre esos cautivos Hernán Díaz y Elvira García? —demandó fray Antón Capoche—. Son los padres de mi joven compañero.

Llegado a este punto de la conversación y al saber que se trataba de los progenitores de Fadrique, el rostro del judío se volvió lívido y su mirada se ensombreció. El hijo del molinero observó que las manos de Yusuf temblaban ostensiblemente y esa circunstancia le provocó una gran desazón. A continuación, sin pronunciar palabra alguna, el talabartero indicó a los dos cristianos que lo siguieran.

Atravesaron la medina ascendiendo por una empinada calle que se dirigía al monte cercano, hasta que se toparon con una puerta de la muralla que daba al cementerio. La cruzaron y salieron a la zona extramuros. Toda la ladera de una extensa colina estaba cubierta de sepulturas. Eran tumbas de musulmanes rodeadas, cada una, por un murete de mampostería encalada y señaladas, en la cabecera, con una estela funeraria de madera o de piedra, según la alcurnia y la capacidad económica del fallecido.

Yusuf al-Maymún continuaba en silencio. Parecía estar madurando lo que iba a decir a los dos mercedarios y, sobre todo, la explicación que debería dar al desdichado hijo de los cautivos cristianos.

Dejaron atrás la necrópolis musulmana y llegaron a una parte del cementerio separada del resto por un muro de piedra.

—Hemos llegado —dijo el judío—. Este es el cementerio de los cristianos.

Empujó una tosca portezuela que servía para comunicar ambas necrópolis y accedieron a la parte donde eran inhumados los cadáveres de los seguidores de la religión de Cristo, todos ellos desdichados cautivos que morían en aquella ciudad. Cada una de las sepulturas estaba señalada en la cabecera con una laja de piedra gris que tenía una tosca cruz grabada con un estilete. Guiados por el talabartero se acercaron a una de las tumbas.

—Aquí están enterrados tus padres, joven mercedario —dijo el judío con un hilo de voz.

A Fadrique se le vino el mundo encima. Se arrojó sobre el montón de tierra debajo del cual se hallaban, según decía Yusuf al-Maymún, los restos de sus queridos progenitores que, con tanta ilusión y tanto esfuerzo, había estado persiguiendo desde que abandonó el monasterio de Santo Toribio de Liébana. Sin que el judío y Antón Capoche lograran tranquilizarlo y que se alzara y recobrara el aliento, el joven continuó con sus lamentos derramando lágrimas de impotencia y de profunda aflicción.

—¿Ha de ser este el triste final de mi enconada búsqueda, fray Antón? —exclamó, sin poder contener el llanto—. ¿Por qué me ha castigado de esta manera tan cruel el Divino Hacedor? ¿Qué pecado he cometido para que caiga sobre mí una pena tan grande e inconsolable?

Y continuaba de bruces arañando la tierra y besándola sin consuelo, a pesar de que fray Antón intentaba vanamente abrazarlo y devolverle el discernimiento que con el inmenso dolor que sentía parecía haber perdido.

Al cabo de un rato, alzado de la tierra por el fraile y el judío, pero sin poder aún contener las convulsiones y los ríos de lágrimas que brotaban de sus ojos, abandonaron abrazados el cementerio cristiano y retornaron a la ciudad. Yusuf al-Maymún les dio cobijo en su casa, les ofreció unas tortas de harina de trigo y una jarra de leche para reconfortarlos, aunque Fadrique se negó a ingerir la comida que generosamente el judío les daba. Cuando el joven de Zuheros se hubo calmado y restablecido la cordura, Yusuf procedió a narrarle lo sucedido y cómo fue que acabaron sus desdichados padres en aquella desolada tumba.

—Aconteció en el otoño del año pasado —comenzó diciendo Yusuf al-Maymún—. A poco de hallarse los nuevos cautivos en las labores de curtir las pieles en la tenería que poseo al otro lado del monte Dersa, comenzaron a sentir, los moradores de la aldea cercana, los efectos de la pestilencia que ya habíamos sufrido hacia diez años, y que se manifestaba con la aparición de bubas o hinchazones en las axilas y las ingles, fiebre muy alta, que los médicos no lograban atajar y, al paso de una semana, la pérdida de conciencia y la muerte. En ese rebrote del mal, que solo afectó, por fortuna, a las aldeas que se hallan situadas en la ladera de la montaña, fenecieron ocho de los veinte cautivos que vivían y trabajaban en mi tenería, entre ellos tus desdichados padres, cuyos cuerpos enterré en el cementerio cristiano después de que un sacerdote portugués, que atiende a los cautivos que profesan vuestra religión, les diera el responso final. Y esa es la triste historia que ha tenido su conclusión con vuestra llegada a Tetuán y la visita que hemos realizado al cementerio de nuestra ciudad.

Fadrique continuaba sumido en un estado de profunda melancolía y tristeza. La mirada extraviada y sin poder atender a las palabras pronunciadas por el judío. Fray Antón no se apartaba de su lado y procuraba consolarlo diciéndole que el señor de los Cielos ponía esos escollos en el camino a sus hijos más queridos para probarlos y reconfortarlos en la fe y en la creencia en la salvación eterna y en el Paraíso, donde, sin duda, algún día se encontraría con sus amados progenitores.

Aquella noche la pasaron en la casa de Yusuf al-Maymún y, a la mañana siguiente, a poco de haber amanecido, emprendieron el regreso a Ceuta siguiendo el camino de la costa que habían tomado unos días antes. En esta ocasión, con la ilusión perdida y el corazón contrito de uno de los viajeros por la desaparición traumática de sus familiares más queridos; el otro, el fraile mercedario, triste porque había fracasado en la misión que era inherente a su condición de redentor: sacar a los cautivos cristianos de su condición de esclavos.

Pero, cuando llegaron a Ceuta, el día 17 de septiembre del año 1360, los dos cristianos se llevaron una desagradable sorpresa. El tiempo atmosférico había mudado de manera inesperada y violenta, sometiendo las aguas del Estrecho a unos vientos huracanados que soplaban desde el este, impidiendo la navegación y amenazando con hundir los pocos navíos que estaban fondeados en la rada. Las galeras de guerra ceutíes habían sido sacadas del mar a tiempo y resguardadas del temporal en las atarazanas y las embarcaciones mercantes se habían amarrado con doble maroma a los muelles para evitar que la impetuosa tempestad las arrastrara a mar abierto y las lanzara contra los arrecifes de la cercana costa.

—Este año, los temporales de otoño se han adelantado, hermanos mercedarios —manifestó el posadero de la hospedería de la madrasa en la que habían tenido que volver a alojarse.

—¿Y cuándo cree que habrá amainado el temporal y podremos embarcar para arribar a Algeciras? —inquirió fray Antón Capoche.

El mesonero movió la cabeza varias veces para expresar su ignorancia en el asunto de los malos vientos.

—Eso es algo que no se puede prever, hermano —contestó, mientras colocaba los platos y las jarras de loza sobre una de las mesas del comedor—. En algunas ocasiones, la furia del viento y del mar dura una semana; en otras, nos engaña con una calma efímera para recrudecerse con más fuerza, si cabe, al paso de unas horas. Lo cierto es que ningún capitán de navío o arráez de galera sensato se atreverá a abandonar el puerto en tanto que el tiempo no muestre una templanza duradera. No pocas han sido las embarcaciones que osaron desafiar a este traicionero Estrecho, partiendo a destiempo, y acabaron haciendo compañía a los peces.

Veinte días estuvieron aislados en Ceuta los dos esforzados viajeros. Como el mercedario no portaba suficiente dinero para pagar estancia tan prolongada en la hospedería, Fadrique aportó parte de las monedas que le había dado don Rodrigo de Biedma para el viaje.

A mediados de octubre, el viento amainó rolando al oeste y las olas se atemperaron, y hubo algunos capitanes de barcos que pensaron que era el momento de aprovechar la calma reinante pare salir al mar y realizar las singladuras que tenían proyectadas. Una coca bretona, que transportaba pieles adobadas con destino a Sevilla y Lisboa, se avino a variar el rumbo —sin pedir nada a cambio— y desembarcar a los dos mercedarios en el puerto de Algeciras antes de continuar el viaje que lo llevaría a la ciudad situada aguas arriba del río Guadalquivir.

El 18 del citado mes se hallaban, el fraile Antón Capoche y el falso mercedario Fadrique Díaz, despojado ya del hábito blanco de los seguidores de Pedro Nolasco, descansando de tan azaroso y descorazonador viaje a tierras de África en sus aposentos del convento de Nuestra Señora de la Merced de Algeciras.

Al día siguiente, después de ingerir una frugal y escasa comida —debido a la gran escasez que sufría la ciudad— consistente en recio pan de cebada y unos huevos hervidos procedentes de las gallinas que los mercedarios criaban en un solar abandonado anejo al monasterio, se dirigieron, fraile mercedario y franciscano secularizado, al claustro del convento en uno de cuyos bancos corridos se aposentaron para conversar.

—En el cementerio de Tetuán, hermano Antón, han quedado enterradas mis ilusiones y la esperanza que albergaba de hallar con vida a mis desdichados padres —manifestó el hijo del molinero con un hilo de voz—. Pero, no por ello va a disminuir mi fe en Dios ni mi fidelidad y amor al santo de Asís, sino que me ha de servir, esta dolorosa pérdida, de acicate y refuerzo en mis convicciones religiosas y en mi deseo de poder recuperar la tonsura y los votos de la Orden que, por lealtad y afecto a mis deudos, un día abandoné.

—Me satisface, Fadrique, oír esas palabras, que no son sino la prueba de que tu confianza en la religión sigue siendo firme, y que la enorme desgracia que has sufrido no ha hecho mella en tu alma ni ha mermado tu fe, al margen de dejarte una herida que solo el paso del tiempo acabará por cicatrizar —dijo el fraile, su compañero de aventura por tierras africanas, tomando las manos del joven y apretándolas con emoción para mostrarle su cercanía y su cariño.

—Sin embargo, hermano mío —replicó el de Zuheros—, sé que la esperanza que albergaba en mi alma de encontrar sanos y salvos a mis padres ha quedado enterrada para siempre en la lejana África. Mas, ahora, he de iniciar una nueva y necesaria pesquisa que me ha de conducir a Granada, donde, si Dios lo tiene así concertado, podré recuperar el amor de mi vida, el único eslabón que aún me une a la familia que un día tuve en la sierra de Córdoba: mi querida y añorada hermana Almodis.

—Es, sin duda, lo que el Divino Hacedor espera de tu alma noble y limpia, Fadrique —apostilló fray Antón—. Porque si, como hemos logrado averiguar en Ceuta y Tetuán, la infeliz Almodis nunca cruzó el mar, como dijo el capitán Ibrahim al-Futú al alfaqueque granadino, según me has comentado, es que se entregó a algún alto personaje de la ciudad de Granada. Y allí debe estar.

—Esperando que alguien la libere de su injusto cautiverio —concluyó con tristeza el hijo del difunto Hernán Díaz.

Una semana permaneció Fadrique en el convento de los hermanos mercedarios de Algeciras hasta que estuvo restablecido de los padecimientos sufridos durante el viaje, pero, sobre todo, de la profunda herida que los trágicos acontecimientos vividos en la ciudad de Tetuán habían dejado en su alma.

El día 25 de octubre emprendía el camino de vuelta a Córdoba en su mula torda que, en las semanas que habían estado en tierras de África, la habían cuidado y alimentado los frailes mercedarios. Se despidió del prior del convento expresándole su agradecimiento por la inestimable ayuda que le había prestado en su aventura norteafricana amparado por el respeto que mostraban los musulmanes a la Orden Mercedaria. Después, en el patio del convento, antes de montar en la acémila, se despidió del bueno de fray Antón Capoche, con quien había compartido tan extraordinario y, a la vez, frustrante viaje. Se abrazaron efusivamente con lágrimas en los ojos. Cuando abandonaba el edificio, reconvertido en convento e iglesia, y embocaba la calle de Génova, que lo conduciría a la puerta de Jerez, en la que comenzaba el camino que lleva a esa ciudad y, después a Sevilla y a Córdoba, oyó la voz del fraile que le decía, desde la lejanía, con todas las fuerzas que le permitían sus pulmones:

—¡Que la Virgen de la Merced y el Santo de Asís te acompañen, hermano Fadrique, te den fuerzas y te ayuden a encontrar a tu hermana Almodis, porque es una empresa santa y bendita a los ojos de Dios!

El viaje en soledad, desde Algeciras a Córdoba, estuvo salpicado de incidentes y de penalidades que lo obligaron a detenerse en lugares que no estaban previstos, a veces en ventas insalubres regentadas por venteros malencarados de los que no podía esperar otra cosa que lo desvalijasen y le quitaran lo poco que portaba. A diferencia del viaje de ida hasta la costa del Estrecho, que lo hizo en buena compañía y sin contratiempos reseñables, primero con fray Juan Gómez de Salazar y, luego, con los atentos jurados de Algeciras, este segundo desplazamiento fue muy lento y penoso, prolongándose, a su pesar, durante veinticinco interminables días.

Sin excesivo quebranto en la salud, a pesar del escaso yantar, el mucho sufrir soportando la intemperie y el miedo a ser asaltado en cada recodo del camino, entró en Sevilla una tarde lluviosa, en la primera semana de noviembre. Se hospedó en el monasterio franciscano de aquella ciudad en el que sus antiguos hermanos de congregación lo acogieron, otra vez, con gran afecto. Como la lluvia no cesaba, muy al contrario, se incrementaba cada día hasta parecer que el Diluvio había vuelto a asolar la Tierra, decidió permanecer en aquel apacible convento hasta que mejorase el tiempo. Pero, estando en una de las galerías del claustro, departiendo con varios frailes, se acercó a ellos un caballero que dijo ser mercader de Burgos y que venía desde Córdoba para vender sus mercancías en los mercados de la ciudad. Cuando Fadrique le comentó que esperaba poder continuar el interrumpido viaje en uno o dos días, el burgalés le hizo abandonar tal idea, diciéndole:

—Desiste, muchacho, de emprender viaje hasta Córdoba con este tiempo. Ni por todo el oro del mundo volvería sobre mis pasos. Has de saber que tan grande y violentas han sido las aguas caídas en las montañas, que el río Guadalquivir y sus afluentes se han salido de madre y lo que antes era una plácida campiña, ahora es un inmenso lago. Y las aguas vienen tan recias que arrastran caseríos, puentes, manadas de cerdos y vacas y a los desdichados que se atreven a abandonar los altozanos y las villas amuralladas. No, amigo mío. No es momento de dejar Sevilla y hacer el viaje que dices, si no quieres perecer ahogado.

Siguiendo el consejo del mercader de Burgos, permaneció en el monasterio donde tan generosamente le habían dado amparo los frailes de su antigua orden monástica. Una semana más tarde, el temporal cesó, aunque Fadrique esperó aún tres días más para reemprender el viaje, pues le aseguraron los franciscanos que todavía estaba la vega inundada y los caminos ocupados por el agua y el lodo.

Si dificultosa había sido la marcha hasta Sevilla, no le iba a quedar a la zaga el trayecto entre esa ciudad y Córdoba. A los obstáculos encontrados a la hora de atravesar ríos y arroyos, pues las impetuosas avenidas se habían llevado los puentes de madera e, incluso, algunos de piedra, se unía la escasez de alimentos y de lugares en los que hospedarse. A veces tuvo que caminar muchas horas hasta dar con una venta o una aldea situada en lo más alto de una colina o una villa amurallada, libre de la inundación, para poder encontrar un lugar donde pasar la noche.

Al fin, agotado y enflaquecido, el día 20 de noviembre del año 1360, al caer la tarde, entró en Córdoba por la puerta del Puente y, acto seguido, se dirigió a la casa de su amigo y benefactor, el caballero don Rodrigo de Biedma.

El sorprendido alfaqueque lo recibió con grandes muestras de alegría.

—¡Mi joven amigo! —exclamó, al verlo acceder al zaguán de la mansión—. ¡Cómo has cambiado! ¡Casi no te reconozco!

—Es el resultado de la escasa comida y los muchos sufrimientos —respondió Fadrique—. Como me aconsejasteis, viajé hasta Algeciras y, con la inestimable ayuda de los padres mercedarios establecidos en esa ciudad, logré cruzar el mar y acceder al reino de Fez. Aunque ya estoy de vuelta. Ha sido un viaje muy penoso por las inclemencias del tiempo y los desapacibles hospedajes. Sin despreciar que las noticias recibidas en la ciudad de Tetuán han sido, también, la causa de mi actual estado de decrepitud y postración.

Don Rodrigo lo abrazó emocionado y lo acompañó al aposento que había ocupado en los días que permaneció en Córdoba antes de marchar al reino de Granada y, después, a Algeciras y al sultanato de Fez.

—Acomódate en esta tu habitación —añadió, cuando hubieron llegado al aposento que fue de Fadrique—. Descansa y, luego, baja al comedor para que la cocinera te proporcione una buena ración de carne asada y sopa caliente, alimentos que tanto habrás echado en falta. Una vez que hayas recuperado las fuerzas, será ocasión de que me relates, con todo pormenor, lo que te ha acontecido en el transcurso de ese viaje a las tierras de África.

El fraile secularizado, después de desprenderse de sus ajadas vestiduras, sumergirse en un baño de agua tibia que le había preparado uno de los criados de don Rodrigo, de ingerir, en el comedor de la casa, unas viandas variadas y abundantes, y haber tomado, con fruición, el contenido de una jarra de loza con excelente vino de la tierra, procedió a narrar al alfaqueque cordobés que, expectante, esperaba que acabase el condumio sentado al otro lado de la mesa, lo que le había sucedido en el transcurso de su estancia en el reino de Fez.

Fadrique comenzó narrándole el agradable viaje que emprendió, acompañado del fraile cartero, Juan Gómez de Salazar, hasta la ciudad de Sevilla; las jornadas que, en compañía de los serviciales jurados del concejo de Algeciras, hicieron hasta esa ciudad del Estrecho con un centenar de acémilas cargadas de trigo y cebada para abastecer a los moradores de aquella apartada población fronteriza; la cariñosa acogida de los hermanos mercedarios del convento algecireño y el sutil ardid ideado por su prior, fray Pedro de Tarrasa, consistente en vestirle con un hábito de mercedario para acompañar, como si de un fraile de esa Orden se tratara, a fray Antón Capoche, que viajaba a Ceuta en una rutinaria misión de redención de cautivos; cómo atravesaron el Estrecho en una coca mallorquina mandada por un tal maese Jaume Perelló y de la entrevista mantenida con el gobernador de la aduana de Ceuta, Abdalá el-Rumí, un hombre bondadoso y honrado que les atendió con mucha amabilidad, porque los frailes de Nuestra Señora de la Merced son respetados y muy bien acogidos por los musulmanes de la otra orilla —le aseguró Fadrique—. Luego le relató al caballero cordobés que también habían sido recibidos por el caudillo de las tropas meriníes acantonadas en una ciudad-campamento que llaman Afrag y que fue el que los envió a Tetuán donde, les dijo, que en el mercado de esclavos de aquella ciudad habían sido vendidos sus desdichados padres.

Llegado a ese punto del relato, intervino don Rodrigo de Biedma.

—¿Diste por fin con tus padres en aquella ciudad africana? —inquirió.

—Esa parte de la historia, señor don Rodrigo, es la más triste y descorazonadora de toda la aventura africana y la que me tiene sumido en este estado de tristeza y abatimiento.

—Dime, pues, ¿qué fue lo que ocurrió, Fadrique?

—El almotacén de Tetuán nos dijo que un rico talabartero judío de la ciudad, llamado Yusuf al-Maymún, había comprado a mis padres en pública almoneda un mes después de haber sido tomados presos en el molino de Fuente Fría —continuó con su relato el de Zuheros—. Los adquirió, según dijo el hebreo, para ponerlos a trabajar en una tenería que poseía en la ladera de una montaña cercana que dicen monte Dersa.

—¿Lograsteis dar con ellos?

—No, señor don Rodrigo —respondió el joven sin poder reprimir las lágrimas—. El judío nos condujo al cementerio, que han habilitado en Tetuán para dar sepultura a los cautivos cristianos que fallecen en aquella tierra, y nos mostró una tumba en la que, dijo, se hallaban enterrados mis padres.

El alfaqueque quedó sobrecogido por el giro que había tomado la narración y, sobre todo, al conocer el terrible desenlace de la historia que con tanto sentimiento estaba desgranando Fadrique.

—¿Qué sucedió para que tus progenitores, todavía jóvenes y sanos, hallaran tan inesperada muerte? —preguntó don Rodrigo sin querer dar crédito a tal desgracia.

—Yusuf al-Maymún nos contó que, a poco de llegar a la tenería, un rebrote de la pestilencia que había asolado las ciudades de Marruecos y Castilla hacía unos diez años, se extendió por las aldeas y alquerías del monte Dersa acabando con las vidas de algunos musulmanes y numerosos cautivos, entre ellos las de mis desdichados padres.

Don Rodrigo de Biedma guardó un respetuoso silencio acompañando, de esa manera, al bueno de Fadrique en su inmenso dolor. A continuación, pronunció algunas palabras de consuelo y lo animó a sobreponerse, porque, le aseguró, el Divino Hacedor, que le había puesto una prueba tan dolorosa, le proporcionaría la manera de poder superarla y hallar de nuevo la alegría de vivir. Después, le aconsejó que se recluyera en su habitación y descansara todo el tiempo que considerara necesario para que pudiera recuperar las fuerzas y el ánimo que había perdido en el transcurso de tan ajetreado y frustrante viaje.

Eso hizo el hijo del molinero. Pero, al día siguiente, acabado de ingerir el desayuno, solicitó hablar con su benefactor a solas y comentarle un asunto de vital importancia del que esperaba escuchar su opinión. El alfaqueque lo atendió en su despacho, sospechando cuál era ese asunto tan importante que le quería consultar.

—Don Rodrigo —comenzó diciendo el afligido Fadrique— he retornado de este viaje a las posesiones de los musulmanes de África, en las que albergaba la esperanza de encontrar con vida a mis desdichados padres, con el corazón destrozado y la ilusión perdida, porque no hallé en aquellas tierras de infieles sino la mayor desolación y el más intenso dolor. Pero, aceptada, por irreparable, la pérdida de mis amados progenitores, aún me queda un atisbo de esperanza: poder recuperar, algún día, sana y salva a la otra persona que constituía mi familia antes de que el veleidoso destino nos condujera a este estado de aflicción. Si en África hallé el insoportable vació que produce la desaparición de los seres más queridos, en Granada he de encontrar la merecida alegría que me ha de proporcionar el reencuentro con la desvalida, tierna e inocente Almodis.

Don Rodrigo de Biedma escuchó con atención las sentidas palabras pronunciadas por el joven. Luego, con voz templada, no exenta de tristeza, dijo:

—Sé, muchacho, que emprendiendo esta nueva pesquisa deseas paliar la frustración y el desconsuelo que te embarga. Como el bálsamo aplicado sobre la herida purulenta alivia el dolor, así piensas que actuará este proyecto que tienes en mente aliviando la pena que te ha producido el saber que tus padres han partido de este mundo. Pero, como ya te dije en otra ocasión, no es fácil penetrar en la ciudad palatina de Granada, donde, al parecer, debe estar Almodis cautiva y, menos ahora, cuando vientos de guerra y de muerte se abaten sobre ese reino.

—Si con la ayuda de los frailes mercedarios logré acceder a la ciudad de Tetuán, nido de infieles y emporio del execrable negocio de la esclavitud —replicó Fadrique—, espero que, con la protección de vuestro amigo, el alfaqueque Alí Abd al-Watiq, pueda yo penetrar en la Alhambra y encontrar en ella a mi hermana.

Llegado a ese punto de la conversación, don Rodrigo de Biedma creyó que debía exponer con toda crudeza al entusiasta muchacho, el estado de desorden y proclividad a la insurrección y a la guerra civil que existía en el reino de Granada; lo que, a todas luces, hacía imposible emprender el ansiado viaje a esa ciudad sin poner en serio peligro la propia vida.

—Querido Fadrique —expuso con mucha firmeza lo que pensaba el experimentado alfaqueque del arriesgado proyecto que tenía en mente el hijo del molinero—: el sultán Muhammad VI, por su mal gobierno, ha perdido el apoyo de las más poderosas familias del sultanato. El embajador de Castilla y las tropas meriníes están preparando un levantamiento armado para derrocarlo y traer a la capital de vuelta al sultán depuesto, Muhammad V, que, como sabes, se halla refugiado en Fez. Coaligados castellanos y meriníes y con la ayuda de parte del ejército andalusí, trabajan sigilosamente para entronizarlo otra vez en la Alhambra. He recibido una carta muy secreta de Alí Abd al-Watiq en la que me dice que no han de pasar muchas semanas sin que Muhammad V cruce el mar y se instale en Ronda, que es posesión de los africanos. Desde allí, con la ayuda de tropas castellanas, tomará Málaga y Granada y arrojará del trono al usurpador Muhammad VI. Por ese motivo, me aconseja que no viaje a su ciudad y que, si sé de alguien que piense desplazarse a ese reino, que lo haga desistir. Que él mismo va a abandonar la capital para instalarse en Ronda, donde, a no mucho tardar, llegará el que considera legítimo monarca. No puedes marchar a Granada si tu valedor, que será el bueno de Alí Abd al-Wariq, no se halla en esa ciudad y los castellanos somos considerados enemigos jurados del sultán reinante debido al apoyo que nuestro rey da al Exiliado. Por lo tanto, has de esperar a que las aguas vuelvan a su cauce, Muhammad V ocupe de nuevo el trono en la Alhambra y la paz retorne a ese castigado y convulso reino.

Aunque con gran dolor de corazón, al ver frustrados sus deseos de viajar a Granada, Fadrique comprendió que, como le había referido su protector y amigo, no se daban las circunstancias adecuadas para cruzar la frontera, intentar hallar a Almodis en aquella insegura ciudad y buscar la manera de sacarla de su cautividad.

—Esta es tu casa, Fadrique —concluyó al cabo don Rodrigo—. Dedícate al estudio de la lengua árabe, cuyo conocimiento, sin duda, te será de mucha utilidad en el futuro, y a la lectura, en tanto que Alí Abd al-Watiq nos mantiene informado de lo que acontece en Granada. Cuando él retorne a la capital y me envíe noticias de que Muhammad V está, otra vez, entronizado en la Alhambra y la tranquilidad reina de nuevo en el sultanato, habrá llegado el momento de que emprendas el proyectado viaje al reino nazarí.

IX
El regreso del exiliado

Abu Said, el rey Bermejo, se hallaba recostado en uno de los grandes almohadones de seda roja, con los consabidos ribetes plateados, en el salón del Trono, desde el que, a través de la celosía de madera que cubría la ventana ajimezada que daba al cauce del río Darro y al extenso y bullicioso barrio del Albaicín, podía observar a los granadinos que, ajenos a los vaivenes de la política y al peligro que se cernía sobre su cabeza y las de sus allegados, continuaban con sus quehaceres diarios. Estaba pensativo y con el gesto contrariado, lo que mostraba el grado de preocupación que lo invadía. Delante de la tarima alfombrada en la que se hallaba el taciturno monarca nazarí, de pie, se encontraban, con la misma expresión de preocupación que su soberano reflejada en el rostro, su chambelán, Hasán al-Yudamí, y el gran visir, Abu Ya'afar.

—Mi fiel Hasán: ¿por qué no tengo noticias de la flota que el rey don Pedro IV me aseguró que me enviaría desde Barcelona? —demandó al chambelán.

—Mi señor Muhammad, las diez naves enviadas por el rey de Aragón no han pasado del puerto de Almería —respondió Hasán al-Yudamí—. Después de una breve escaramuza con las galeras del rey de Castilla, abandonaron las aguas de

Granada y pusieron rumbo a Mallorca. No podemos contar con la ayuda de los aragoneses.

Muhammad VI se acarició la barba que le adornaba el mentón y fijó la mirada en la tersa superficie de la alberca que antecedía a la torre de Comares.

—Creo, Abu Ya'afar, que cometimos un grave error al romper la alianza con Castilla y firmar un acuerdo de colaboración con el rey de Aragón —susurró el monarca nazarí, como si hablara consigo mismo—. No es de fiar ese don Pedro y, menos, ahora que se ha visto obligado a aceptar una paz impuesta por el monarca castellano.

—Cierto es, mi señor, que de poco nos ha servido el cambio de alianza —reconoció el chambelán—. Pero, era una mudanza obligada. El rey de Castilla no cesa en sus esfuerzos, cada vez más evidentes, por volver a entronizar en la Alhambra a vuestro primo Muhammad. Nuestros espías en la otra orilla nos han enviado mensajes secretos en los que aseguran que su embajador ha viajado hasta Fez para entrevistarse con el Exiliado y preparar su venida a tierras granadinas y emprender, unidos, una campaña militar en contra de vuestra real persona.

—A pesar de ello, Hasán, no debimos dejar de pagar las parias en señal de vasallaje al rey castellano. Le ha dolido más no recibir las doce mil doblas anuales acordadas, que nuestro pacto con su enemigo Pedro el Ceremonioso.

—¿Cuáles son vuestras órdenes, señor? —solicitó el chambelán—. Debemos dar sensación de fuerza. Las tropas meriníes, mandadas por el caudillo Idris ben Abi-l-Ula, han dejado de obedecer al sultán de Fez. Para demostrar su lealtad a vuestra egregia persona ha encarcelado a varios de sus capitanes que se declaraban seguidores de vuestro primo y, a los más contumaces, los ha mandado decapitar. Aunque parte del ejército regular parece haberse inclinado por el Exiliado, con los norteafricanos que están en el castillo de Mawror de nuestro lado, el trono no corre peligro.

—Que Abi-l-Ula se desplace hasta la Alhambra y traiga consigo a doscientos soldados meriníes para que constituyan, desde hoy, mi guardia personal.

—Se hará como mi señor ordena —respondió Hasán al-Yudamí—. Con ese contingente armado ocupando la alcazaba y defendiendo vuestro palacio, nada debéis temer.

Pero el chambelán se equivocaba.

El rey Pedro I de Castilla y León había logrado vencer por tierra y por mar al monarca de Aragón y se encontraba con las manos libres para poder enviar ayuda militar a su amigo y aliado Muhammad V. Al margen de que era conocido, dentro y fuera de su reino, por las crueldades que empleaba con sus enemigos cristianos, odiaba de manera especial a Abu Said, porque veía en su traición al legítimo soberano de Granada, su primo, la misma felonía que él sufría en Castilla de su hermanastro don Enrique de Trastámara.

Numerosas familias granadinas de rancio abolengo: la de los Abencerrajes, los hijos de los Asquilula malagueños, altos funcionarios de la administración, ricos mercaderes y comerciantes de la seda, hombres de la judicatura, algunos militares y destacados personajes, como el alfaqueque Ali Abd al-Watiq, declarados seguidores de Muhammad V, temiendo ser perseguidos, encarcelados y, a la postre, degollados por el rey Bermejo, habían abandonado sus mansiones en Granada acompañados de sus familiares. Medio centenar de ellos se había refugiado en Sevilla y otros en Ronda, que se hallaba bajo la soberanía del sultán de Fez y, por lo tanto, protegidos de la persecución y las violentas acciones de Muhammad VI.

El chambelán y el gran visir pensaban, aunque no se atrevían a exponerlo en presencia del sultán, que su cabeza y las de ellos mismos, pendían de un hilo. Eran conscientes de que la situación se había tornado extremadamente comprometida, pudiéndose mantener controlada solo si el Exiliado continuaba refugiado en África y no se trasladaba a este lado del Estrecho para encabezar la rebelión y la guerra en territorio granadino. Si Muhammad ben Yusuf ponía los pies en alguna de las ciudades del reino con la ayuda del sultán de Fez y del rey de Castilla, nada impediría que los alcaides de una decena de fortalezas y castillos, desde Estepona a los montes de Almería, que repudiaban la manera de gobernar de Abu Said, le jurasen obediencia.

Pero lo que tanto temían el emir granadino y sus altos funcionarios, sucedió el día 20 de agosto del año 1361.

Muhammad V, acompañado de sus leales Ben al-Jatib y el poeta áulico Ben Zamrak, su hermana Aisha, los guerreros que lo habían seguido en su exilio africano y un destacamento de hombres armados proporcionado por el sultán de Fez, embarcó en sendas naves en las playas de Targa y atravesó el mar para desembarcar en Estepona. Desde esa fortaleza, se desplazó hasta la vecina villa fortificada de Casares que, como Ronda, Gibraltar, Jimena y Castellar pertenecían a los meriníes, situada en lo más escarpado de la sierra, a dos pasos de la ciudad que era el destino final de su viaje a al-Andalus: Ronda. Pero antes de partir hacia esa ciudad, cuyo gobernador le había enviado un emisario para comunicarle su adhesión y absoluta lealtad, se entrevistó con el rey de Castilla, que había establecido su campamento a los pies de la sierra de Casares, junto al arroyo Albarrán. Cuando Muhammad V desmontó de su caballo y se dirigió a la tienda de Pedro I, este lo estaba esperando a la sombra del dosel que antecedía al alfaneque real.

—Hermano mío. Ya estás en tu reino —proclamó, al tiempo que abrazaba fraternalmente al Exiliado.

—He retornado, don Pedro, porque Granada me reclama y porque he decidido acabar con las injusticias y las persecuciones de mis leales —respondió el emir, mientras acompañaba al monarca castellano al interior de la tienda—. Ha llegado la hora de segar la mala hierba y que los traidores paguen su felonía.

—Toma asiento, amigo mío, y degusta el zumo de frutas que nos ha preparado mi criado —dijo Pedro I, señalando una de las sillas de campaña que ocupaban, junto a una mesa plegable, el centro de la estancia.

—Te agradezco, mi señor don Pedro, que hayas acudido con tu ejército para apoyarme en esta campaña que ahora se inicia y que no habrá acabado hasta que entre triunfante en la Alhambra —manifestó el sultán, entretanto que se acercaba a los labios la copa de plata en la que el criado le había servido la refrescante bebida.

—El rey don Pedro el Ceremonioso ya no representa ningún peligro para Castilla. Ha quedado escarmentado —expuso el rey cristiano con una expresión de satisfacción reflejada en el rostro—. Cinco mil hombres de a pie y quinientos jinetes he traído conmigo y están a tu disposición, Muhammad, para que hagamos la guerra al pérfido emir usurpador.

—Y yo te agradezco la ayuda que me prestas, don Pedro. Algunas ciudades, como Málaga, Antequera y Comares me quieren reconocer como legítimo soberano, aunque sus gobernadores aún dudan por temor a las represalias de mi primo sobre sus familias. Pero, cuento con dos centenares de soldados granadinos que han desertado —dijo el sultán, haciendo relación de las fuerzas con las que podría disponer para hacer frente al ejército de Abu Said—. Además, están las tropas norteafricanas establecidas en Ronda y Gibraltar, a las que se han de sumar los jinetes e infantes que te acompañan.

—Pues no se han de retrasar más las operaciones militares, mi buen Muhammad —opinó el rey de Castilla que, con ese fervor y esa premura en entrar en combate, estaba evidenciando sus verdaderas intenciones, que no eran otras que saquear y debilitar el reino de Granada, al mismo tiempo que se ganaba la voluntad y el agradecimiento del antiguo emir retornado a su tierra.

Este, forzado por las circunstancias y como vasallo suyo que era, estaría sometido a su autoridad y sería un endeble peón manejado a su gusto cuando volviera a ocupar su palacio en la Alhambra. Al menos, ese era el pensamiento de don Pedro en aquellos días en que se aprestaba a asolar las ricas y populosas ciudades y villas del reino vecino.

—En mi opinión —dijo a modo de conclusión el monarca castellano—, antes de que Abu Said tenga tiempo de reaccionar y de organizar sus fuerzas y preparar la defensa de sus castillos y ciudades, debemos atacarlo.

Sin embargo, el rey de Castilla parecía ignorar que, aunque aliado ocasional y amigo sincero, se hallaba ante uno de los reyes más inteligentes y astutos de cuantos habían gobernado el sultanato nazarí desde su creación hacía un siglo y medio.

Muhammad V iba a atacar a su contrincante, el emir usurpador, con el propósito de volver a ocupar el trono, pero no con la premura y la ferocidad que pretendía su aliado castellano. Esperó varios meses, recluido en Ronda, para saber si otras localidades del reino estaban dispuestas a abandonar al rey Bermejo y le juraban fidelidad, haciendo innecesario el asedio y el derramamiento de sangre de aquellos que, como rey y defensor de la religión, consideraba sus hermanos en la fe y sus amados súbditos.

En el mes de noviembre, el sultán Muhammad V y su aliado don Pedro I, al frente de sus respectivos ejércitos, marcharon contra la ciudad de Antequera, cuyas autoridades seguían reconociendo a Abu Said, aunque los espías, que el Exiliado tenía entre la gente del común, le habían comunicado que parte de la población deseaba abandonar a Muhammad VI y ponerse bajo su autoridad. Quince días estuvieron las tropas de ambos ejércitos asediando y asaltando las murallas de la ciudad sin llegar a doblegar la voluntad de sus defensores. Como los dos reyes veían que podían estar empeñados en aquel infructuoso asedio varios meses sin obtener ningún resultado, que no fuera la innecesaria muerte de soldados de ambos bandos, optaron por levantar el sitio y dirigirse a la villa de Archidona, menos fuerte y peor defendida, según aseguraron los capitanes norteafricanos.

Aquella ciudad también se les resistió, aunque, como castigo y sin conocimiento de Muhammad V, las tropas castellanas asolaron su alfoz y talaron las vides y los olivares, matando a los moradores de las aldeas y de las torres de alquería en las que, algunos, se habían refugiado. Desde Archidona se dirigieron a la ciudad de Loja, lugar de nacimiento del visir Ben al-Jatib. Y, aunque este logró parlamentar con el gobernador de la fortaleza, no pudo lograr que desistiera de su decisión de oponer resistencia al Exiliado y entregara Loja a las fuerzas de Muhammad V. Mas, como el sultán no deseaba hacer daño a los moradores de aquella ciudad, donde había visto la luz por primera vez el gran polígrafo granadino, después de lo acontecido en los campos de Archidona, levantó el sitio y, con las tropas de su aliado el rey de Castilla, entró en la vega de Granada pensando que en las proximidades de la capital podría entablar la batalla decisiva.

Avanzaron por los campos cuidadosamente cultivados, regados con una red de acequias y canales que sacaban del río Genil, que los cristianos arrasaron sin contemplaciones. Y, cuando tenían a la vista la capital del reino, se encontraron con el ejército del rey Bermejo junto al puente del río Cubillas, desplegado y preparado para el combate. La batalla fue breve, porque las tropas norteafricanas y castellanas, más los soldados granadinos que estaban con Muhammad V, vencieron sin grandes dificultades al ejército de Abu Said que, al ver la posibilidad que existía de caer prisionero de su primo, ordenó la retirada y que las tropas se encastillaran tras los muros de Granada. Aunque el rey de Castilla y el caudillo de los meriníes quisieron perseguirlos, matar a los rezagados y poner sitio a la ciudad, el Exiliado, que no deseaba entrar en la capital del sultanato como un cruel conquistador, optó por dejarlos que alcanzaran, sin más daño, las murallas de la ciudad y se pudieran poner a salvo.

Transcurrida una semana, llegó al campamento de Muhammad V una delegación enviada por el gobernador de Málaga, que traía una carta en la que este reconocía la autoridad del Exiliado y se sometía a él como legítimo soberano de Granada. Venía acompañada de un destacamento de caballería mandado por uno de los hijos de los famosos caballeros Asquilula. Portaba una orden escrita por el gobernador en la que le autorizaba a unirse al ejército del sultán derrocado.

Entre los meses de diciembre de 1361 y marzo de 1362, las fuerzas coaligadas, más numerosas y mejor armadas con máquinas de asalto, balistas y grandes trabucos, que las de Muhammad VI, lograron tomar las fortalezas de Iznájar,

Comares, Benamejí y Cañete. Sin embargo, después de la toma de Iznájar, en cuyo asalto final los hombres de Pedro I cometieron nuevos saqueos, violaciones y muertes innecesarias entre la población vencida, Muhammad V, dolido por la actuación de sus aliados cristianos, se entrevistó con el rey de Castilla y le pidió que abandonara el reino de Granada, que él continuaría la guerra con la ayuda de las tropas norteafricanas y los guerreros granadinos que, cada día en mayor número, se sumaban a su ejército. Don Pedro I, que no deseaba enemistarse con su vasallo ni provocar animadversión y odio hacia los cristianos entre la población musulmana, se retiró con su ejército a Sevilla y dejó que el conflicto civil se dirimiera entre los dos pretendientes al trono nazarí. No obstante, llegó a un acuerdo con Muhammad V para poder seguir aportándole vituallas y armas y utilizar la diplomacia, si había ocasión, e inculcar en la población el temor que los castellanos inspiraban en el bando del rey Bermejo para acelerar su caída y verlo, a no mucho tardar, desalojado de los palacios de la Alhambra.

Y, ciertamente, sería decisiva la intervención del rey de Castilla en la etapa final del enconado conflicto, como ahora se verá, aunque el ejército cristiano no volviera a pisar tierra granadina.

En el mes de marzo, de manera inesperada, las tropas de Muhammad VI vencieron a las de Muhammad V en los entornos de Guadix, cuando el emir que pretendía recuperar el trono, asediaba esa ciudad y su ejército, ocupado en las labores de asedio, fue atacado por sorpresa y desbaratado. Pero, sería esa victoria, la última que alegró el sufrido corazón del acorralado rey Bermejo. Antes de acabar ese mes, una decena de ciudades, villas y castillos habían enviado sus delegados al campamento de Muhammad V para rendirle pleitesía y reconocerlo como legítimo soberano. El rey Muhammad VI que, viéndose perdido, actuaba con una crueldad nunca vista en Granada, ordenando la decapitación de los gobernadores de las ciudades y los arráeces de las fortalezas de los que recelaba deslealtad sin que éstos hubieran reconocido aún a su oponente, tomó una decisión suicida, aunque comprensible, dado el estado de soledad y desesperación en el que se hallaba.

El 13 de abril del año 1362, Muhammad VI, acompañado de los caballeros que aún seguían siéndole fieles, entre ellos el caudillo de las tropas meriníes acantonadas en Granada, Idris ben Abi-l-Ula, trescientos jinetes, doscientos peones, y portando un arcón con preciosas joyas, diamantes y esmeraldas y dos arcas grandes repletas de monedas de oro, abandonó la Alhambra y viajó hasta Sevilla para ofrecer aquellas riquezas al rey don Pedro a cambio de su amistad. Le rogó encarecidamente que firmase un pacto con él, que sería su leal vasallo y que le pagaría las parias que, hasta ese día, le debía. Pero que rompiera su alianza con Muhammad V y la cambiase por la suya.

El astuto rey de Castilla lo recibió con mucha cortesía y le ofreció su hospitalidad, lo que agradó al emir y le hizo concebir vanas esperanzas. No parecía conocer, el desdichado Abu Said, los ardides y las expeditivas acciones y crueldades que eran el pan de cada día en las relaciones del rey don Pedro con sus súbditos. Y no iba a ser una excepción la alianza que le proponía Muhammad VI. El monarca castellano no dejaría pasar la oportunidad que se le presentaba de poder congraciarse con el nuevo sultán, su amigo y aliado, y, de paso, apoderarse de las cuantiosas riquezas que le estaba ofreciendo el rey Bermejo.

Escoltado por don Men Rodríguez de Biedma, caudillo mayor del obispado de Jaén, y por su canciller mayor, recibió en su alfaneque real al atribulado Abu Said que, al observar la amplia sonrisa con la que lo recibía el imprevisible real personaje, pensó que las riquezas que había traído consigo y la promesa de ser su leal vasallo y abonarle las parias de varios años que le debía, habían logrado ganar la voluntad y el afecto del rey de Castilla hacia su persona.

—Mi señor rey —exclamó Muhammad VI, arrodillándose delante de don Pedro, cuando fue recibido por el monarca castellano—, con humildad me inclino ante vos, que hasta no hace muchos días erais mi enemigo, pero que ahora os ruego me reconozcáis como el más leal de vuestros servidores y vasallos.

El rey de Castilla lo observaba desde la silla de campaña en la que se hallaba aposentado con indiferencia, aunque en su severo rostro se dibujaba una extraña sonrisa que no se sabría decir si era de triunfo o de desprecio.

—Alzaos, rey de Granada, que no ha de ser la postración la manera de comenzar esta nueva alianza que me habéis propuesto —se expresó don Pedro, acercando su mano al humillado monarca nazarí para que se alzara.

—Alianza que espero, señor, sea un remanso de paz y de respeto mutuo.

—No dudéis, rey, que así será —respondió el monarca castellano, intentando transmitir con sus palabras un afecto y una sinceridad que, en realidad, no sentía—. La primera decisión de este nuevo pacto será perdonar a los guerreros que os han acompañado e integrarlos en mi ejército hasta que acabe esta cruenta guerra.

—Os agradezco, señor, tanta generosidad —argumentó, visiblemente emocionado el emir de Granada—. Y a los preclaros caballeros de alcurnia que han sido mis fieles capitanes y los pilares de mi gobierno, ¿también los admitiréis como aliados y amigos?

El rey de Castilla pareció dudar. Lanzó una mirada de complicidad a don Men Rodríguez de Biedma y, después, dijo:

—Los admitiré, rey de Granada, en mi Corte y en mi ejército como aliados y hermanos. Y ahora marchad a descansar a vuestra tienda, que esta noche celebraremos en mi alcázar una cena de gala para conmemorar la nueva alianza entre Castilla y Granada.

Y el rey Bermejo abandonó el alfaneque real con el convencimiento de que había logrado con su astucia ganar la batalla decisiva a su primo Muhammad V, que consistía en que el rey de Castilla mudase la alianza que mantenía con el Exiliado por la suya. «Mi trono y mi cabeza están a salvo», debió pensar el ingenuo Abu Said.

En el campamento que tenía establecido el ejército cristiano en los campos de Tablada, a las afueras de la ciudad de Sevilla, mandó el rey don Pedro a su canciller mayor que atendiera con la mejor muestra de cordialidad y amistad a la numerosa comitiva que acompañaba a aquel emir que estaba cerca de perder el trono y, también, la vida. Que le ofreciera los más selectos manjares y los mejores y más agradables sitios para alojarse, mientras que él se trasladaba al alcázar para ordenar que se preparara la suculenta cena con la que iba a agasajar espléndidamente a aquellos caballeros granadinos.

Cuando llegó la hora del banquete, mandó al maestre de la Orden de Santiago, don Garci Álvarez de Toledo, que indicase a los cortesanos que acompañaban al rey Bermejo, y al propio emir, el lugar que debían ocupar en el gran salón del palacio dispuesto como si de un lujoso comedor se tratara. Comieron las suculentas viandas que les habían preparado los cocineros del rey, consistentes en gansos asados con jengibre y miel —al estilo granadino—, venado asado, berenjenas adobadas, pescado del río con guarnición de ciruelas pasas y otras exquisiteces de las que hacían gran fiesta los confiados caballeros nazaríes. Cuando llegó el momento de los postres y, sacaban los sirvientes las bandejas colmadas de pasteles de azúcar y las frutas escarchadas, entró de improviso en la sala el repostero mayor, don Martín Gómez de Córdoba, al frente de numerosa guardia armada que procedió a arrestar al sorprendido sultán y a los treinta y siete cortesanos que estaban degustando tan opípara cena con él. Solo escapó de la detención y posterior encarcelamiento, el caudillo de las tropas meriníes, Idris ben Abi-l-Ula, que, recelando de la inusual amabilidad mostrada por el rey de Castilla, había logrado huir aquella misma tarde en dirección a Málaga, donde esperaba embarcar y pasar al reino de Fez.

Muhammad VI, visiblemente abatido, y los treinta y siete caballeros que habían formado su corte itinerante, fueron conducidos a las atarazanas de Sevilla y encerrados en unas oscuras dependencias que hacían de mazmorras sin recibir explicación alguna, que no fuera que el rey de Castilla no pactaba con monarcas ilegítimos y traidores que habían sido entronizados después de derrocar y asesinar a sultanes a los que debían fidelidad y respeto.

Tres días estuvieron encarcelados los desdichados caballeros granadinos con su rey, hasta que don Pedro los mandó sacar del encierro para hacerlos desfilar por las calles de Sevilla cargados de cadenas. En la cabecera de la infame comitiva marchaba, cabizbajo, el emir Muhammad VI, al que el rey de Castilla había ordenado que cabalgara sobre un asno viejo vestido con una zaya de color escarlata, como si fuera un emperador romano. El rey castellano los seguía a corta distancia montado, junto al canciller mayor y al maestre de la Orden de Santiago, en un soberbio caballo alazán mofándose de aquellos infelices y de la pueril ingenuidad mostrada por aquel rey desdichado que había creído que podría comprarlo con un puñado de esmeraldas y una cuantía de monedas de oro.

Salieron de la ciudad por la puerta de Jerez y se dirigieron a una explanada en la que se había congregado una multitud de sevillanos convocados por los acólitos del rey de Castilla para que toda la población fuera testigo del escarnio a que iban a ser sometidos el rey Bermejo y sus fieles y confiados cortesanos.

Don Pedro tomó un venablo que le entregó uno de sus escuderos y se lanzó al galope en dirección al lugar donde, montado en el asno, esperaba el desdichado rey de Granada. Como si de un juego de alanceo de toros se tratara, alzó el venablo y se dispuso a clavarlo en el cuerpo del granadino. Pero, estando a tres pasos de la ajada figura del depuesto Abu Said, el nazarí profirió estas palabras: «¡Oh rey don Pedro, qué torpe triunfo alcanzas hoy en mí persona! ¡Qué ruin cabalgada haces contra quien tanto se fiaba de ti!»

El rey de Castilla exclamó con voz potente, para que todos los presentes pudieran oírlo: «¡Esta es la justicia de Castilla para aquellos que osan rebelarse contra su legítimo soberano y derrocarlo!»

A continuación, don Pedro, sin inmutarse, le clavó la lanza en el pecho. Muhammad VI, agonizante, cayó del viejo jumento y, en medio de un charco de sangre, expiró. Los restantes miembros de la comitiva granadina fueron alanceados allí mismo por la guardia personal del monarca castellano y sus cuerpos descuartizados.

No hubo nadie, entre los que asistían a tan despreciable acto de odio y venganza, que no relacionara lo que allí había acontecido aquella mañana con la situación personal del rey castellano, acosado, desde que accedió al trono, por su hermanastro don Enrique de Trastámara que, en connivencia con una parte de la nobleza del reino y de poderosos caballeros franceses y aragoneses, conspiraba para arrojarlo del poder. Al alancear vilmente a Abu Said, en el fondo de su alma estaba acabando con la vida de su odiado hermano, el hijo de la concubina de su padre.

Aquel mismo día, don Pedro ordenó que se metieran en unas alforjas las cabezas de Muhammad VI y de los treinta y siete infelices caballeros que habían muerto con él y que fueran enviadas a la Alhambra, donde ya se hallaba el sultán Muhammad V que, aclamado por sus seguidores y por el pueblo llano, había entrado triunfante en la ciudad de Granada el día 16 de abril del año 1362. Acababa de cumplir veinticuatro años.

Una vez que accedió de nuevo al trono en el palacio de Comares, procedió a nombrar a gente leal para sustituir a los antiguos gobernadores de las ciudades desafectas y a los alcaides de los castillos que no le habían mostrado declarada lealtad. Suprimió el visirato, asumiendo él mismo ese cargo y sus funciones. Confirmó como secretario y encargado de la correspondencia real a su fiel Ben al-Jatib, poniendo a su lado, como ayudante, a su discípulo, el joven poeta Ben Zamrak, que también lo había acompañado en el exilio. Como no se fiaba de las tropas norteafricanas acantonadas en el castillo de Mawror, puso bajo discreta vigilancia al caudillo que las mandaba en ausencia de Idris ben Abi-l-Ula, el general Yahya ben Umar ben Rahhú. Pero como, transcurridos unos meses, los capitanes granadinos acusaron al africano de deslealtad y de estar solo al servicio del sultán de Fez, Muhammad V lo mando prender, a él y a su hijo, en junio de 1363, encerrándolos en el castillo de Almuñécar, donde estuvieron presos hasta que, firmada una nueva alianza con los meríníes, les permitió trasladarse al Magreb. Con aquellas sustituciones y nuevos nombramientos en los puestos más relevantes del sultanato, el emir quería mostrar a su pueblo que retornaba con la intención de dominar todos los resortes del poder y asumir el control de los diversos destacamentos militares que había en el reino para impedir futuras asonadas. Pero, como no deseaba enemistarse con los norteafricanos, que tanto lo habían ayudado en la guerra que le permitió recuperar el trono, dio muestra de su generosidad perdonando la vida de Yahya ben Umar y de su hijo y firmando una nueva alianza con el sultán de los meriníes, Abu Zayyán Muhammad.

Acometió una profunda reforma del ejército, ampliando el número de jinetes, de ballesteros y de máquinas de asedio y contratando una sección de renegados cristianos que le eran absolutamente leales y a los que confiaba las empresas más comprometidas y peligrosas.

Las renovadas alianzas con Castilla, Aragón y Fez le permitieron gozar de un largo período de paz que él utilizó para restablecer el respeto internacional de la dinastía nazarí, reactivar la agricultura y la ganadería, diversificar el comercio y las exportaciones y acometer importantes obras arquitectónicas de las que se tratará en los próximos capítulos, porque en ellas intervendrá, en su afán por encontrar a su hermana Almodis, el franciscano secularizado e iluminador de códices, Fadrique Díaz.

En palabras de Ben al-Jatib, recogidas en su libro Historia de los reyes de la Alhambra: «Muhammad, con prudencia, sensatez y sabiduría, ha sabido reunir a todos sin que nadie se le oponga. Es el apoyo y el sostén de la religión; hombre instruido en la providencia; protector de las artes y las letras y caudillo insuperable de la experiencia. Su imperio esclarecido, su buena estrella y su excelente gobierno han logrado que el pueblo olvide los tiempos de zozobra y que todo marche de manera pacífica y justa. ¡Que Dios le ayude y lo fortalezca con su gracia!

Su fecundo reinado se prolongó hasta el día de su muerte, que aconteció el 16 de enero del año 1391 de la Era Cristiana.

X
Yassir, Ahmed y Karim

Tres meses estuvo alojado en la vivienda cordobesa de don Rodrigo de Biedma, Fadrique, esperando con impaciencia que llegaran noticias del reino de Granada que no fueran de enfrentamientos, persecuciones y muertes.

Las mañanas y las tardes, con enorme entusiasmo, las dedicaba al aprendizaje del árabe andalusí que, como le había asegurado su protector, le iba a ser de gran ayuda si continuaba con la idea de viajar al reino vecino cuando la guerra civil llegara a su fin. En ese menester, contaba con la inestimable ayuda de Luis Galíndez, el moro converso, criado de don Rodrigo, que se expresaba tan bien en castellano como en la lengua de los granadinos. Pero, además de ejercitarse en la lengua dialectal árabe que hablaba la gente de Granada, solicitaba de su ocasional maestro, no sin cierta oposición por su parte, que le hablara de las costumbres y las leyes de los musulmanes y de los dogmas y preceptos de su religión, así como que le permitiera leer el libro que llaman *Alcorán* que, a pesar de ser Luis un devoto y fiel cumplidor de la doctrina cristiana, aún conservaba en la biblioteca de don Rodrigo como recuerdo de sus antiguas creencias. Quería saber cuáles eran los preceptos básicos que debía cumplir un buen musulmán, las horas del día asignadas a las oraciones rituales y las jaculatorias que debía rezarse en cada una de ellas, pues pensaba que le serían de enorme utilidad esos conocimientos cuando llevara a cabo los planes que bullían en su cabeza y que, aún, no había expuesto ni comentado con el alfaqueque, su amigo y protector.

Periódicamente, el caballero cordobés recibía una carta de Alí Abd al-Watiq en la que este lo ponía al tanto de la situación política de Granada y de los avances que su señor, Muhammad V, estaba consiguiendo en la cruenta guerra civil que mantenía con su primo segundo para lograr arrojarlo de los palacios de la Alhambra. Por estas misivas, supo don Rodrigo que Alí se había enrolado en el ejército de la coalición contraria al rey Bermejo, que Málaga era ya del Exiliado y que Iznájar, Comares, Benamejí y Cañete habían pasado a estar en la obediencia de su señor, el legítimo emir. Pero, acabando el mes de marzo del año 1362, don Rodrigo de Biedma expresó ante su huésped el temor de que algún mal le hubiera sucedido a Alí, pues habían transcurrido cuatro semanas sin que el granadino le remitiera ninguna correspondencia.

—Han llegado malas noticias desde el reino de Granada, mi buen Fadrique, —manifestó con gesto de preocupación el alfaqueque una tarde, cuando estaban cenando en el comedor de la casa—. El ejército de Muhammad V ha sufrido una severa derrota en Guadix. El emir no ha sido capturado ni le han infligido ningún daño, pero muchos de los caballeros que lo acompañaban han acabado presos y conducidos a Granada y otros, para su desgracia y la de sus familias, han resultado muertos en el transcurso de la batalla.

—¿Sabéis si han apresado a vuestro amigo Alí o se encuentra herido o ha muerto? —se interesó el de Zuheros muy afectado, porque el trato, breve pero amable, que mantuvo con el generoso alfaqueque musulmán cuando los atendió en Granada, le había dejado una profunda huella.

—Nada sé del bueno de Alí —respondió don Rodrigo—. Solo, que esta parcial victoria de los seguidores de Muhammad VI no ha servido para decantar el resultado final de la guerra de su lado. Muy al contrario, ha sido como el último viratón lanzado por la ballesta de un guerrero moribundo.

En eso tenía toda la razón el alfaqueque. Una semana más tarde supieron que Muhammad V había entrado triunfante en la Alhambra y que el emir usurpador había sido ajusticiado, junto con varias decenas de sus partidarios, en Sevilla, por el rey de Castilla. Aunque, una terrible noticia llegó a la mansión del caballero cordobés a través de una breve carta remitida por uno de los jueces granadinos con el que don Rodrigo mantenía cierta relación profesional y de amistad: Alí Abd al-Watiq había sido capturado por las tropas norteafricanas que estaban al servicio de Muhammad VI ante los muros de Guadix, trasladado a Granada y decapitado en la plaza de Bibarrambla por orden del rey Bermejo. Aquella nefasta noticia entristeció a don Rodrigo, que amaba sinceramente a su compañero y amigo musulmán, y a Fadrique, que albergaba la esperanza de que, finalizada la guerra, el alfaqueque granadino, por la elevada posición que ocupaba en el seno de la sociedad nazarí y su cercanía al nuevo emir, lo podría haber ayudado en su pretensión de acceder a la ciudad palatina de la Alhambra y encontrar a la infeliz Almodis, si es que aún se hallaba con vida.

Dejó que pasaran seis meses más el impulsivo hijo del molinero, dedicado en cuerpo y alma al aprendizaje del árabe y de los dogmas y preceptos de aquella otra religión, aunque la decisión de viajar a Granada para encontrar a su hermana e intentar rescatarla, ya estaba tomada. Leía y memorizaba, en la biblioteca de don Rodrigo, las suras del Corán y las repetía, cerrando el Libro Sagrado, en presencia del paciente Luis Galindez, aunque el criado le decía, casi escandalizado, que no era de buen cristiano leer un libro que, aunque no estaba prohibido, era el fundamento de las creencias de los musulmanes y debía de ser, por ese motivo, repudiado por los seguidores de la religión cristiana. Sin embargo, Fadrique hacía oídos sordos a sus advertencias y admoniciones y le aseguraba que él, en su simplicidad de humilde siervo, no podía alcanzar a comprender cuál era el verdadero objetivo de su denodado afán por conocer los entresijos de aquella religión que él consideraba falsa y herética, pero cuyo conocimiento le parecía el mejor aval para que lo admitieran, sin recelo ni desconfianzas, en la cerrada sociedad granadina. Ante esta desconcertante respuesta, el criado converso quedaba sin habla y confuso.

A mediados de julio, transcurridos seis meses de su retorno a Córdoba después del frustrado viaje a África, cuando supo fehacientemente que en Granada las aguas habían vuelto a su cauce, que la paz imperaba en las alquerías, castillos y ciudades del reino vecino y que la gente se dedicaba, de nuevo, bajo la mano protectora y benéfica, pero firme, del sultán Muhammad V, a sus labores en los talleres de la seda y de la orfebrería, a la agricultura, a la ganadería y al comercio, decidió exponer ante su amigo el alfaqueque, al que tanto agradecimiento y respeto debía, sus planes para desplazarse al reino vecino. Ahora que estaba Granada en paz, creía que había llegado el momento de que su mentor conociera el ardid que había tramado para que su presencia en la ciudad nazarí, sin nadie que lo avalara ni acogiese, ni oficio honrado y conocido que desempeñar, resultara cosa ordinaria y no atrajera la atención de los funcionarios del zalmedina ni de los vigilantes que —según decía Luis Galíndez— perseguían a los indigentes que se dedicaban a robar a la gente honrada en los zocos, en las alhóndigas o en los entornos de la mezquita aljama.

Era una mañana calurosa de mediados del mes de julio. Un sol inmisericorde caía como plomo derretido sobre la campiña cordobesa, lo que no era nada extraordinario en aquellas latitudes y en pleno verano. Estaban sentados en torno a la mesa de piedra labrada que ocupaba el centro del patio, debajo de la pérgola, no lejos de las ramas sarmentosas de una parra de la que colgaban algunos racimos de uva todavía verdes. Don Rodrigo de Biedma fue el primero en tomar la palabra.

—Joven Fadrique, hace semanas que no charlamos —comenzó diciendo—. Solo abandonas la biblioteca o tu aposento para tomar el almuerzo y la cena que te prepara mi cocinera. Intuyo que estás dedicado al estudio y la lectura. Aunque sé, por mi servicial y leal Luis Galíndez, que, además de instruirte en la lengua árabe, estás empeñado en conocer los preceptos y las tradiciones de la religión musulmana, empeño que a él lo inquieta como cristiano nuevo, porque teme que, para su desgracia, yo crea que quiera tornarte moro.

—No es ese el motivo de mi afición a la lengua árabe y a indagar en los dogmas y preceptos de la antigua religión de vuestro criado, don Rodrigo —se excusó el fraile secularizado—. Es que necesito poder expresarme con corrección en el dialecto que hablan los granadinos, pero, también, conocer sus costumbres y los usos que, como musulmanes, hacen cada día de sus creencias que, como bien sabéis, difieren de las nuestras.

Don Rodrigo de Biedma miraba con sorpresa y perplejidad a Fadrique.

—Pero no alcanzo a comprender ese apego, novedoso y casi enfermizo, hacia unas creencias tan ajenas a tu condición de fraile franciscano que, para un buen cristiano, han de parecer peligrosas y heréticas —exclamó el alfaqueque.

El joven de Zuheros guardó silencio durante unos segundos. Era consciente de que lo que iba a exponer a don Rodrigo encerraba un plan tan sorprendente y, a todas luces, descabellado, que superaba con creces la loca aventura que lo llevó, disfrazado de fraile mercedario, al reino de Fez habitado por los aguerridos meriníes.

—He de parecer uno más de los musulmanes que deambulan por las calles de Granada —proclamó con firmeza el hijo del molinero.

—Sigo sin comprender —replicó el alfaqueque.

—Lo comprenderéis, don Rodrigo, cuando os exponga con todo detalle cuál es la idea que, en los últimos meses, he estado concibiendo en mi cabeza y que no tiene otra finalidad que poder acceder a la exclusiva y vigilada ciudad palatina de la Alhambra, donde debe estar Almodis; fortaleza vetada para un cristiano sin estatuto de nobleza, ni valedores, ni oficio reconocido, ni doblas con las que poder comprar favores y, al cabo, la libertad de una cautiva.

—Pues, que esperas para exponerla y que me saque de este estado de confusión y asombro en que me hallo —exigió don Rodrigo.

Fadrique se acomodó lo mejor que pudo en la silla de lona, apropiada para las estancias al aire libre, que había en el patio y se dispuso a narrar a su mentor el plan que había pergeñado para lograr acceder a los palacios de la Alhambra.

—Como sabéis, esperaba que, una vez acabada la guerra civil en Granada, vuestro amigo, el alfaqueque Alí Abd al-Watiq, persona prestigiosa y bien relacionada con la aristocracia de la ciudad, me sirviera de introductor en la Corte nazarí y, a través de ella, en la Alhambra. Y, con su ayuda, pudiera yo saber qué era lo que había acontecido a mi hermana, si es que aún se hallaba con vida, y si era posible poder rescatarla —expuso Fadrique—. Pero esa posibilidad quedó descartada en el mismo instante que os llegó la triste noticia de la muerte de vuestro amigo el alfaqueque musulmán. Por eso tuve que cambiar mi plan inicial e idear una manera más elaborada y sutil para poder acceder al lugar donde creo que debe estar Almodis. Una idea que exigía tiempo de preparación y la ayuda de alguien que estuviera familiarizado con las costumbres y los usos de la religión musulmana.

—¿Mi criado, Luis Galíndez?

—Vuestro amable criado converso —respondió el de Zuheros—. Como siendo un humilde franciscano secularizado tenía escasas posibilidades de lograr lo que con tanto afán perseguía, que era encontrar a Almodis, he pensado que transformándome en un devoto musulmán podría desenvolverme como uno de ellos y vivir entre los granadinos sin levantar sospechas. Seré el morador de una alquería de la frontera que fue capturado por los almogávares cristianos cuando aún no había cumplido los diez años. Que permanecí dos lustros como esclavo al servicio de un caballero sevillano, pero que al fin he logrado escapar y retornar a mi tierra. Esa es la causa por la que, después de haber pasado tanto tiempo en el reino de Sevilla, me exprese mejor en la lengua de los cristianos que en la que aprendí de mis padres y en la escuela coránica. Pero que, a pesar de la cautividad sufrida, no he olvidado mis creencias, pues sigo siendo un ferviente musulmán que cumple los sagrados preceptos de la profesión de fe diaria, la oración cinco veces al día, el ayuno en el mes de Ramadán y la peregrinación a la Meca una vez en la vida. Y si alguien advierte algún olvido, carencia o doblez en mis conocimientos religiosos, tengo el modo de justificarlas aludiendo a los muchos años que pasé cautivo entre cristianos y sometido a sus continuos intentos de conversión.

Don Rodrigo de Biedma estaba maravillado y absorto. No podía creer que su discípulo, el introvertido franciscano que pasaba largas horas recluido en su habitación o en la biblioteca dedicado a la lectura o la meditación, hubiera podido idear tan disparatado proyecto sin que él se percatara de ello y, menos, que se hubiera transformado en un aventajado aprendiz de los dogmas y creencias de la secta de Mahoma con la colaboración de Luis Galíndez.

—Es muy imaginativo y osado tu plan, querido Fadrique —dijo el alfaqueque, sin haberse aún repuesto de la conmoción producida por las palabras del joven—. Lo uno, porque no sé cómo vivirás en Granada si no tienes oficio ni conoces a nadie que te pueda ayudar; lo otro, porque, aunque logres integrarte en la sociedad musulmana, estarás en continuo peligro de que se descubra tu ardid. En ese caso te conducirán ante el cadí para que este te juzgue acusado de blasfemia y por ofensa continuada a la verdadera religión que es, para ellos, la de Mahoma. La cárcel o la decapitación por hereje son los castigos que se aplican a los blasfemos, apóstatas y perjuros.

—Vivir como un buen musulmán no ha de entrañar dificultades —repuso Fadrique—. Sé cómo he de comportarme en cada ocasión. Mi humilde vida de asceta en el monasterio cántabro me ha servido de aprendizaje y los sabios consejos de Luis Galíndez me han aportado los conocimientos necesarios para poder adaptarme a las costumbres y a las normas y tradiciones de la religión musulmana. Y en lo tocante a cómo he de ganarme la vida, tampoco será un impedimento no tener oficio. Luis me ha asegurado que un devoto musulmán sin trabajo en Granada ni familia que le dé su amparo, puede vivir en la indigencia por la caridad de los creyentes. En las mezquitas hay establecidas fundaciones pías que atienden a los pobres de solemnidad y a los enfermos proporcionándoles un lugar para que se hospeden, ropa y una comida al día. En cuanto al peligro de ser descubierto y sufrir un duro castigo es algo, don Rodrigo, que tengo asumido a cambio de poder hacer las pesquisas necesarias e intentar hallar a la desdichada Almodis.

Una vez que Fadrique hubo expuesto su disparatado proyecto, el caballero cordobés permaneció en silencio, como si meditara la respuesta y el consejo que habría de dar al entusiasta e impulsivo hijo del molinero. Pues, era consciente de que solo el amor fraternal empujaba a aquel valiente e irreflexivo muchacho, que había abandonado la vida monástica y su prometedor oficio de copista e iluminador de códices, a intentar hallar, de una manera tan insensata y arriesgada, a su hermana cautiva. Sin embargo, estimaba que aquel plan disparatado tenía muy pocas posibilidades de llegar a buen término y que el resultado final del mismo no iba a ser el feliz encuentro y el rescate de la infortunada Almodis, sino la perdición de su bondadoso hermano.

—Quiero que sepas, mi buen Fadrique, que considero muy arriesgado e inconsistente el plan que has ideado de convertirte, por algún tiempo, en musulmán y vivir entre los moradores de Granada como si fueras uno de ellos —concluyó el alfaqueque—. Pero no por ello dejaré de darte mi bendición y desearte que logres el éxito y puedas cumplir tu deseo, que no es otro que encontrar a Almodis y traerla de vuelta sana y salva a tierra de cristianos. Te proporcionaré vestiduras apropiadas y te daré algunos quirates de plata y una bolsa con monedas de uso corriente para que puedas vivir unos meses sin agobios en caso de que las fundaciones pías, en las que tanto confías, no te puedan acoger por caridad.

Y así fue como el bueno de don Rodrigo de Biedma, aunque dudaba de que el entusiasta fraile secularizado pudiera encontrar a su hermana, habiendo transcurrido casi cuatro años desde que fue apresada por los almogávares, y haber ocupado el trono de la Alhambra tres sultanes sucesivos, le dio su bendición y le ofreció su apoyo moral y económico para que, al menos, emprendiera aquella incierta aventura sabiendo que dejaba tras de sí a un amigo que lo comprendía y lo amaba.

Aquella tarde, el caballero cordobés le dio un jubón raído y de color irreconocible —porque, le dijo, no podía presentarse en Granada con vestiduras recién estrenadas—, un zurrón de cuero muy usado, una camisa acuchillada y un turbante deshilachado que alguna vez fue de color marrón y que le recomendó que no se lo quitase nunca, porque era una señal inequívoca de su apego a las costumbres de los que siguen la religión de Mahoma.

—Vístete con estas ropas, Fadrique. Llévate la mula torda, pero déjala en alguna venta antes de entrar en Granada, pues un musulmán sin oficio ni beneficio no puede ser dueño de una acémila con tan buena planta y tan bien cebada.

Amanecía el día 15 de julio del año 1363 cuando Fadrique Díaz, vestido al modo de los musulmanes pobres, montado en su mula torda y llevando al hombro el viejo zurrón con algunos alimentos para el viaje y las monedas que le había regalado don Rodrigo de Biedma, abandonaba Córdoba saliendo por la puerta del Puente utilizada, a esa hora tan temprana de la mañana, por algunos pastores que conducían sus piaras de cabras a los cerros cercanos, para tomar el camino de Alcaudete y Alcalá la Real, fortaleza que, después de cinco jornadas de marcha, sería el último lugar habitado por cristianos que hallaría en el transcurso de su incierto y arriesgado viaje.

Mientras cabalgaba en soledad por un sendero serpeante flanqueado de árboles, en una de sus márgenes, y por campos de cultivo recientemente segados en la otra, pensó que, aunque había expuesto con mucho detalle a don Rodrigo lo que esperaba hacer en Granada y este le había dado la ropa de humilde musulmán que iba a necesitar, no cayó en la cuenta de que debía también mudar de nombre y tomar uno que fuera común entre la gente del reino vecino. Estaba en esos pensamientos cuando se le ocurrió que Luis Galíndez le había dicho que un nombre muy usado entre los musulmanes era el de Yassir, que significaba «el que es tolerante». Y así fue como, a lomos de su mula y estando en el camino de Alcalá la Real, se rebautizó a sí mismo con ese sonoro nombre.

A unas tres leguas de aquella fortaleza le alcanzó la noche y se vio obligado a pernoctar en una alquería que había junto a un arroyo en la que acababa la jornada de trabajo una cuadrilla de jornaleros, que estaban contratados por el dueño de la hacienda para segar y trillar las mieses. Fue acogido con frialdad, pues creyeron los rudos campesinos que se trataba de un musulmán de Granada que hacía el camino entre Córdoba y la capital nazarí y del que nada bueno podían esperar. Fadrique no creyó que fuera una buena idea descubrir su verdadera identidad, de manera que saludó en árabe a los moradores de la alquería y, luego, en castellano, les dijo que le permitieran pasar la noche en uno de los graneros, a lo que el dueño de la alquería accedió con acritud, dando a entender que no era bien recibido. Pero le exigió que abandonara el lugar antes de que amaneciera, para no incomodar a los jornaleros. Así lo hizo el falso mahometano. Al acabar la jornada siguiente, llegó a Alcalá. Pero en ese lugar, para que no sufrir el mismo trato que en la alquería, decidió pasar la noche al raso, en un recodo que hacía el camino, debajo de unos árboles que, con sus frondas, le daban algún cobijo.

De esta manera, procurando alejarse de los lugares habitados, diez días después de haber dejado la ciudad de Córdoba, pudo vislumbrar a lo lejos, entre la calima del atardecer, las murallas de Granada.

Como le había recomendado don Rodrigo, en una venta que abría sus puertas a unas dos millas de la ciudad, dejó la mula torda diciéndole al ventero que la tuviera en la cuadra y le proporcionara la ración diaria de avena mientras que él se hallaba en Granada; que, pasados cuatro días, volvería para recogerla, le aseguró, a sabiendas de que el buen hombre se quedaría esperando su retorno, aunque no debería lamentar su ausencia porque, a cambio, ganaría la propiedad de una buena acémila. Luego, continuó caminando hasta que entró en la ciudad amurallada por la puerta que llamaban de Fajalauza, que se abría en la ladera de la colina sobre la que se asentaba el barrio en el que se localizaba la mansión del difundo Alí Abd al-Watiq. Llamaron la atención de Fadrique los numerosos establecimientos alfareros que ocupaban los entornos de la puerta y que exponían en sus fachadas, colgados de los muros o depositados sobre toscas mesas de madera, sus productos de cerámica vidriada. Observó que se trataba de ataifores, platos, jarras y redomas de excelente factura que presentaban dibujos muy cuidados de ramas y hojas, entre las que destacaba la granada, símbolo de aquella ciudad, pintadas en colores azul o verde sobre fondo blanco. Se acercó al alfarero que, sentado en una silla de aneas, proclamaba con voz cansada las excelencias de sus cacharros.

—*Salam aleikum*—dijo, a modo de saludo, el recién llegado.

—*Aleikum salam* —respondió el alfarero y, a continuación, añadió—. Por el tono y el acento de vuestras palabras deduzco que no sois de Granada. ¿De dónde venís, y qué es lo que buscáis?

—No puedo ocultar que no soy de esta ciudad —repuso Fadrique—. Nací en una alquería de la frontera, cerca de Alcalá de Benzayde. Sin embargo, a los diez años fui apresado por una partida de almogávares y vendido a un rico hacendado de Sevilla que me ha tenido como criado hasta que he logrado escapar. Ahora, sin nadie a quien acudir, porque mis padres murieron en aquella algarada, y sin nada que llevarme a la boca, he recalado en esta ciudad pensando que aquí podré hallar un alma caritativa que me acoja.

—Gran desgracia es la vuestra, hermano….

—Yassir es mi nombre.

—Pues eso, hermano Yassir. Que me duelo de vuestra desdicha, que, por otra parte, no es nueva en los tiempos que corren. Pero, como veo que estáis necesitado de auxilio, os aconsejo encarecidamente que os dirijáis al arrabal al-Dabbagín, que se denomina en la lengua que ya veo que conocéis, de los Curtidores. Allí, cerca del río Darro, hay una mezquita muy santa que atiende, por amor de Dios, a los pobres y a los enfermos.

—Os estoy muy agradecido hermano alfarero. Hacia allí dirigiré mis pasos —contestó el hijo del molinero muy animado, pues no había puesto aún los pies en Granada y ya habían comenzado a cumplirse sus deseos.

Atravesó varios arrabales por calles estrechas, algunas en fondo de saco, lo que le obligaba, a veces, a volver sobre sus pasos. Cruzó dos pequeñas placitas en las que se localizaban las fachadas y los alminares de mezquitas u oratorios de barrio, hasta que dio con el arrabal que llamaban al-Dabbagín, situado en una de las riberas del río. Observó que varias de sus calles estaban ocupadas por los artesanos que se dedicaban a trabajar y curtir las pieles. A diferencia de los arrabales que había dejado atrás, en los que el olor a comida o a leña quemada en los hornos o las cocinas predominaba sobre los demás, en este de los Curtidores, un olor acre y desagradable, producido por las pieles en adobo secándose al sol, se extendía por calles y plazuelas, lo que ocasionó cierto malestar a Fadrique, malestar que no parecía afectar a los restantes moradores del lugar. Alguien le dijo, más tarde, que no se preocupara, que al paso de una semana su nariz se habría acostumbrado a aquel desagradable olor y, como el resto de los habitantes del barrio, no lo percibiría o, al menos, su olfato se habría vuelto insensible a los miasmas que expulsaban las pieles en las piletas de mampostería y, luego, en el secadero.

La mezquita de los Curtidores era un edificio de mediano tamaño. Disponía de un patio cuadrado con galerías en dos de sus lados donde impartía, en una de ellas, sus lecciones el imán a los niños que acudían cada mañana a aprender a leer y a memorizar las suras del Corán. En uno de los laterales del patio se abría una puerta que daba a una habitación amplia en la que estaba ubicada la fundación de caridad, como le había dicho Luis Galíndez, que atendía a los pobres y enfermos del barrio. Junto a la mezquita, en su lado oeste, se hallaba la casa de abluciones, que era el lugar al que debían acudir los fieles antes de acceder al oratorio para rezar, y un edificio de dos plantas donde se atendía y daba hospedaje a los indigentes y enfermos. Algo más lejos, cerca del río, habían construido unos baños públicos que desaguaban en el cercano río Darro. Analizando las fachadas de las viviendas y las vestiduras que portaban los habitantes del lugar, Fadrique conjeturó que aquel era un barrio de vecinos acomodados a los que, al parecer, el negocio de la curtiduría les proporcionaba pingües beneficios.

Cuando hubo llegado a la puerta de la mezquita, constituida por un arco de herradura apuntado, recientemente encalado, y decorado con algunas desvaídas filigranas de color rojo, que, alguna vez, debieron relucir en todo su esplendor, pudo comprobar que era la hora de la oración ritual y que numerosos creyentes cruzaban el patio para entrar en la sala de oración. Como debía parecer un buen musulmán y conocía bien el ritual, hizo lo propio y accedió a la estancia que ya estaba repleta de fieles después de descalzarse, dejar los zapatos en la entrada y realizar la ablución exigida por el protocolo. Se arrodilló y procedió a decir en voz baja la jaculatoria que correspondía con la oración del mediodía. Una vez finalizado el rezo, se dirigió a la sede de la fundación de caridad, donde lo recibió un hombre vestido pulcramente con una almalafa blanca y un turbante del mismo color.

—¿Qué deseas, hijo mío? —le preguntó.

—Hermano necesito un lugar donde poder hospedarme y algo de comida para calmar el hambre, pues hace dos días que no pruebo bocado —le mintió.

—Te he visto salir de la sala de oración y he intuido, por tus ajadas vestiduras y la expresión de tu rostro, que estabas necesitado de ayuda.

El falso musulmán se apoyó en la mesa, detrás de la cual se hallaba el encargado de las obras de caridad, para que pareciera que sus fuerzas flaqueaban.

—No os equivocáis. Acabo de llegar a Granada y no tengo a quién acudir en esta noble ciudad —dijo el de Zuheros con voz quejumbrosa.

—¿Acaso careces de familia?

Fadrique se preparó para volver a narrar sus desdichas familiares y su falsa cautividad.

—Mis padres murieron en una algarada de los cristianos y yo he permanecido cautivo diez años en Sevilla. Gracias a la ayuda del misericordioso Alá he logrado burlar a mi dueño y llegar, sin mucha laceración, a esta ciudad.

—Esa prolongada cautividad justifica el escaso conocimiento de nuestra lengua que he observado en ti —sostuvo con gran convencimiento el musulmán—. ¿Deduzco, por tu estado de necesidad, que esperas que te acojamos en esta santa casa por caridad?

—Ese es mi deseo. No en vano es de fama la largueza y generosidad que mostráis en este lugar con los pobres y desvalidos, según he podido saber por boca de algunos vecinos —dijo Fadrique con la intención de ganarse la compasión y la confianza de su interlocutor—. Al menos, hasta que pueda encontrar un trabajo que me permita pagar el hospedaje y costear el diario sustento.

El encargado de las obras pías permaneció pensativo un buen rato acariciando la larga barba que le pendía sobre el pecho. Al cabo de ese tiempo, dijo:

—No te ha de faltar un jergón en el que poder descansar, ni un cuenco de *harira* o berzas cocidas. Dime tu nombre y tu edad, si es que la sabes, y te inscribiré en la lista de indigentes que están acogidos en esta institución de caridad gracias a las limosnas que aportan los buenos musulmanes de este barrio.

—Mi nombre es Yassir y no sé los años que he cumplido, aunque calculo que debo haber superado la veintena.

El encargado de la fundación de caridad de la mezquita de los Curtidores anotó el nombre del falso musulmán en un libro de registro.

—Dormirás en la sala de los jóvenes —continuó diciendo el responsable de las obras pías—, pues procuramos que los ancianos y los enfermos graves se alojen en dormitorios separados de las personas sanas. Ahmed, que está ahora ayudando al almuédano, te conducirá a tu aposento y te pondrá al día de las normas que rigen en esta casa. Pero, si deseas estar bajo nuestro amparo, has de saber que debes cumplir escrupulosamente con las obligaciones que nos impone la religión y las buenas costumbres y no dejarte arrastrar por algunos muchachos irreflexivos que desprecian los preceptos del islam, blasfeman y no acuden al oratorio a rezar en las horas canónicas ni hacen el ayuno cuando les toca.

Como no podía ser de otra manera, Fadrique o, mejor dicho, Yassir, se plegó sumiso a las exigencias que imponía la novedosa situación en la que se hallaba.

Ahmed resultó ser un joven de unos dieciocho años. Alegre y dicharachero. Según le dijo a Fadrique, era huérfano desde la infancia, porque sus padres murieron a consecuencia de la pestilencia que azotó los reinos de Castilla y Granada hacía unos catorce años. Tenía la piel oscura y los ojos de un color entre marrón y gris. Vestía una túnica corta atada a la cintura con un cordel rojo deshilachado. Cuando hubo vuelto de estar con el almuédano, el encargado de la casa de caridad le dijo que acompañara a Yassir al dormitorio y le indicara el camastro que sería su lugar de descanso. Y así lo hicieron.

—Esta es tu cama —manifestó Ahmed con soltura, señalando un camastro que tenía un colchón que Fadrique conjeturó que sería de áspero heno y no de lana, como el que disfrutaba en su dormitorio en la mansión de don Rodrigo. Lo cubrían unas sábanas blancas y limpias, aunque algo ajadas y con varios remiendos—. A tu lado dormiré yo y, en ese otro lado, descansa Karim, al que luego conocerás, porque ahora debe estar afanando algunas viandas en el zoco.

Una vez acabada la conversación mantenida con el tal Ahmed, coligió el recién nombrado como Yassir, que serían esos dos muchachos, tan pobres y abandonados como él, sus compañeros en esa nueva etapa de su vida. Pero, como no era estúpido, pensaba que él debía mostrarse siempre como el más fiel seguidor de las normas y las leyes que eran fundamento de la religión de Mahoma, aunque alguno de los mozos, sus compañeros de dormitorio y, también, de andanza, fuera mal cumplidor de los preceptos del islam, según dedujo de las palabras emitidas por el encargado de la casa de caridad —que luego supo que se llamaba Zakariyya—. Lo que no sabía el bueno de Fadrique era que por un pequeño e inesperado desliz, su engaño sería descubierto y acabaría, para su desgracia, en la sala de audiencias del cadí. Pero esa parte de la historia, que no fue tan desafortunada como a primera vista pudiera parecer, se tratará en otro momento.

Después de haber ingerido un frugal almuerzo en el refectorio, consistente en sopa de berzas y tortas de harina de trigo, Ahmed le presentó al que sería su otro compañero de dormitorio, el tal Karim. A poco de haber iniciado la conversación con él, intuyó el cristiano que a ese muchacho se refería Zakariyya cuando le dijo que tuviera cuidado con los jóvenes irreflexivos que no cumplían con escrupulosidad los preceptos del islam. Karim, que era de edad similar a la de Ahmed, vestía un jubón que debió pertenecer a alguien con posibles, pero que lo había donado a la fundación de caridad, y que Karim, que lo recibió un día, no había sabido cuidar como se merecía una vestidura de tanta calidad. El jubón estaba remendado en varias partes y sucio. A diferencia de Ahmed, que se cubría la cabeza con un turbante de color azul intenso, Karim llevaba la testa descubierta porque, decía, que portar turbante era moda antigua llegada de Oriente y que, en este tiempo, solo lo usaban los cadíes, los alfaquíes y los muftis ancianos.

—Cuando nada hemos heredado de nuestros padres —aseguraba Karim—, poco es lo que podemos perder, Yassir. Por ese motivo debemos vivir sin agobios ni impedimento alguno y gozar de la existencia mientras la salud nos acompañe, porque, un mal día, una inesperada enfermedad o un encuentro con alguien que nos quiera mal, nos pueden conducir a la muerte o a la condición de inválido, acabando en el dormitorio donde están recluidos los ancianos y los enfermos.

Esa era la filosofía de vida que procuraba seguir aquel muchacho irreflexivo e irreverente, como luego se verá. Karim, como Ahmed, era también huérfano, aunque su orfandad tenía un origen diferente, pues fue abandonado, recién nacido, en la puerta de la mezquita de los Curtidores hacía unos dieciocho años. Se rumoreaba que debía ser hijo de una cristiana o de una judía, porque —decían los buenos creyentes— una mujer seguidora de la religión de Mahoma jamás hubiera cometido el detestable pecado de abandonar a un hijo recién nacido.

Cuando no estaban recluidos en la mezquita o en sus dependencias, los tres muchachos solían deambular por las calles del arrabal, por el zoco grande o por la alcaicería. En esta zona de la ciudad, en la que existía una estricta vigilancia ordenada por el zalmedina, Karim se mostraba comedido y educado; pero en el zoco, donde el bullicio hacía imposible vigilar con eficacia las tiendas y controlar a los compradores y curiosos, se las ingeniaba para engañar a los tenderos con alguna argucia y afanar un puñado de dátiles o de higos secos que luego repartía con sus amigos. Ahmed y Yassir no eran partidarios de esa manera de comportarse de Karim y le reprendían y afeaban sus malas acciones, diciéndole que, si lo sorprendían robando, serían severamente castigados los tres, aun siendo dos de ellos inocentes. Sobre todo, era Yassir el que procurada alejar a Karim de esa perniciosa costumbre, a sabiendas de que, si los vigilantes del zalmedina los detenían y los acusaban de ser ladrones, se podría iniciar una investigación que acabaría descubriendo el engaño de su falsa identidad. Por eso, cuando Karim los invitaba a pasear por algunos de los zocos de Granada, ellos procuraban desestimar la invitación y dejar solo al atrevido muchacho para que, en caso de que fuera descubierto en sus veniales latrocinios, se enfrentara con la autoridad sin comprometer a sus dos compañeros.

Pero, fuera porque el joven musulmán era extremadamente habilidoso, fuera porque los tenderos, aunque se percataran de los pequeños hurtos realizados por Karim, no querían denunciarlo y que los vigilantes azotaran sin piedad al pobre muchacho, lo cierto era que, cuando retornaba de sus expediciones predatorias por las tiendas del zoco, siempre traía consigo algunas piezas de fruta o rosquillas aderezadas con canela y azúcar para repartirlas entre sus amigos. Y cuando estos, por pudor, renunciaban a participar en el pequeño expolio, generosamente las regalaba a los ancianos impedidos que residían en la casa de caridad. Era evidente que, al margen de su proclividad a la irreverencia y a apoderarse de lo ajeno, Karim poseía un alma caritativa y bondadosa.

Y así fueron pasando los días y las semanas.

Yassir no faltaba ni en una sola ocasión a las oraciones diarias en la mezquita acompañado del bueno de Ahmed, que, se había convertido en su mejor amigo, sintiendo por él un especial aprecio, aunque la generosidad de Karim, sin tener en cuenta su alocada manera de comportarse, tampoco lo dejaba indiferente. Sin embargo, temía que el apasionamiento y la vehemencia que ponía Ahmed en el estricto cumplimiento de los preceptos de la religión podrían, algún día, volverlo en su contra si se descubría su ardid, como así sucedió.

Es necesario señalar que el espíritu franciscano de Fadrique, estimulado durante el tiempo que profesó en el monasterio de Santo Toribio de Liébana, se dejaba traslucir en sus relaciones con las personas que lo rodeaban, en las que siempre procuraba ver lo bueno, ignorando lo malo y desagradable de sus acciones.

Cuando llegó el mes de Ramadán ayunó, según lo estipulaban las estrictas normas de la religión de Mahoma, aunque no podía negar que, como cristiano, no estaba acostumbrado a permanecer, desde que amanecía hasta que se ponía el sol, sin ingerir ningún alimento ni beber agua, lo que no le sucedía a Ahmed, que aceptaba gozoso el sufrimiento y la incomodidad que ocasionaban a su cuerpo la obligada abstinencia como una obligación y un sacrificio que el Profeta había prescrito para facilitar la entrada en el Paraíso a las almas de los creyentes.

El día de la ruptura el ayuno, que llaman *al-fitr*, se organizó una fiesta nocturna en la plaza que antecedía a la mezquita de los Curtidores. Se encendieron antorchas y las mujeres del barrio sacaron mesas plegables y colocaron, sobre ellas, abundantes y variados alimentos que, según le dijo Ahmed, eran típicos de aquella fecha en la que se daba fin a las mortificaciones ocasionadas por el cumplimiento riguroso del Ramadán. Los tres muchachos pudieron degustar, sin restricción alguna, los ricos manjares que se presentaban en cuencos y ataifores para que la gente los catara, consistentes en harira, al-cuscús, empanadas rellenas de carne de cordero, hojaldres de carne de pollo espolvoreados con canela y, de postre, dátiles, ciruelas pasas y dulces de harina bañados en miel. Karim, hasta tal punto se atiborró de tan variada y abundante comida, que estuvo dos días padeciendo mal de vientre recluido en el dormitorio.

Iniciado el mes de octubre del año 1363, Fadrique, que ya se desenvolvía con soltura y sin esfuerzo entre la gente musulmana e iba conociendo los usos y las costumbres de los granadinos, creyó llegado el momento de buscar la manera de saber qué había sido de su hermana Almodis y si se hallaba recluida en alguno de los palacios de la Alhambra. Era consciente de las dificultades que un insignificante personaje situado en lo más bajo de la escala social iba a encontrar si pretendía acceder al interior de aquella hermética ciudad palatina —como le había anunciado su mentor, don Rodrigo de Biedma—, pero columbraba que hallaría alguna manera de conocer lo que acontecía tras sus muros y dónde estaban recluidos los cautivos. Una mañana en la que los tres amigos se solazaban a orillas del río, junto al puente del Cadí, Fadrique manifestó con cierta desgana, como si el asunto fuera para él baladí:

— Ahmed, ¿habría algún modo de que pudiéramos acceder a la Alhambra?

Los dos musulmanes se miraron con expresión de incredulidad y, al mismo tiempo, de asombro, como si lo expresado por Yassir hubiera sido tan solo una broma o el deseo inalcanzable de quien está condenado, de por vida, a la indigencia y la pobreza.

—¿Qué estás diciendo, muchacho? —inquirió Karim—. El que unos pobres indigentes como nosotros puedan entrar en los palacios del sultán, es como si un asesino confeso pudiera ser admitido en el paraíso de las bellas huríes.

Y los dos verdaderos musulmanes, confusos, abrieron desmesuradamente los ojos, no se sabría decir si porque creyeron que Yassir les estaba gastando una pesada broma o porque, de golpe, pensaran que aquel muchacho había perdido el juicio.

—Nadie que no pertenezca a la aristocracia y haya mostrado absoluta lealtad al nuevo sultán, tiene autorización para penetrar en ese mundo tan exclusivo —añadió Ahmed, escandalizado por la osada e imprudente propuesta de su amigo.

—¿Y los criados de los palacios? ¿Y los vigilantes de las mazmorras? ¿Y las cocineras? ¿Y las lavanderas…?

Ahmed y Karim no supieron qué contestar a esas nuevas preguntas de Yassir. Solo se oía el murmullo del agua al rozar con las zarzas y las aneas en la ribera del río Darro.

—Si, amigos míos —insistió Yassir—. Alguien debe realizar esos trabajos y, sin duda, algunos de ellos han de residir y pernoctar fuera de la ciudad palatina.

—En eso tienes razón. Algunos servidores del emir salen cada día de la Alhambra para pasar la noche en sus casas de Granada —reconoció Ahmed—. Yo conozco una familia que accede cada tres días a la Alhambra para lavar la ropa de los soldados de la guardia del sultán. Pero, de nada nos sirve a nosotros que haya quien pueda entrar sin traba alguna en los palacios. Si lo intentáramos, seríamos al instante detenidos y, probablemente, encarcelados. Aparta de ti esa idea,

Yassir, pues no somos más que unas míseras motas de polvo movidas por el viento.

—Sería suficiente, mi buen Ahmed, hablar con alguna de esas personas —manifestó Yassir—. He de conversar con esa familia. Si entran y salen sin impedimento alguno de la Alhambra, quizás me puedan dar noticias de cierta persona que creo que reside en uno de esos palacios.

Ahmed y Karim continuaban sumidos en la confusión sin llegar a comprender el insólito e inesperado afán de su amigo por conocer lo que sucedía en el interior de la Alhambra. ¿Cuál podría ser el motivo que movía a su compañero de indigencia a interesarse por alguien que residía en los palacios del emir? ¿No era sorprendente que un miserable muchacho, sin oficio ni familia conocida, que vivía de la caridad de los creyentes en una mezquita de barrio, quisiera saber lo que acontecía tras los muros de la ciudad palatina? Eso era, sin duda, lo que pensaban los dos compañeros de Fadrique.

—No puedo ser más explícito por el momento, amigos míos —dijo a modo de conclusión el falso musulmán con la intención de que Ahmed y Karim no recelaran de su atrevida propuesta—. Pero he de entrevistarme con esas personas que decís y que entran en la Alhambra cada tres días para realizar sus labores de lavandería

—Nada se pierde con que te presente a Abdul —admitió Ahmed—. Pero espero que algún día nos expliques los motivos que te empujan a interesarte por alguien que, según tú, reside en esa exclusiva fortaleza, asunto que a nosotros nos parece tan ajeno a nuestros intereses, que no son otros que poder llenar el estómago cada día y disponer de un jergón en el que descansar durante la noche.

En aquella atípica reunión celebrada aquel día junto al río Darro, quedó concertado que Ahmed prepararía un encuentro entre Yassir y el tal Abdul que, con su mujer, era el que accedía dos veces a la semana a la Alhambra para lavar las prendas personales de los soldados de la guardia del emir.

Abdul ben Amar, un hombre casi anciano, que tenía una esposa joven, los acogió con cierta prevención en su casa del arrabal de la Rambla. Pero, como conocía a Ahmed y sabía que era un buen musulmán, cumplidor de todos los preceptos de la religión que él consideraba la verdadera, accedió al cabo a escuchar lo que tenía que decirle Yassir.

—Solo deseo saber, buen musulmán, si en algunos de los palacios del emir se halla una cautiva cristiana que responde al nombre de Almodis. Se trata de una muchacha de unos diecisiete años que fue regalada, hace cuatro, al sultán Ismail II por los almogávares norteafricanos que residen en el castillo de Mawror.

Ahmed y Karim, que estaban presentes en la entrevista, no salían de su asombro. ¿Quién era ese joven musulmán que se había presentado en el arrabal de los Curtidores como un cautivo huido de Sevilla y que tanto sabía de las algaradas de los norteafricanos y de la vida de una de las cautivas cristianas que entregaron al sultán Ismail II?

Abdul ben Amar les dijo que haría las pesquisas necesarias y que, por la amistad que lo unía a tan devoto musulmán como era Ahmed, que procuraría saber qué había sido de la cautiva por la que Yassir se interesaba.

Cuando estuvieron de vuelta en la casa de caridad, Ahmed y Karim exigieron a Yassir que, después de lo presenciado y escuchado en la casa de Abdul, les diera una explicación razonable que justificara la sorprendente petición que había expuesto al servidor de los palacios nazaríes; porque, aunque eran amigos y compañeros en la indigencia y la caridad, estaban seguros de que el excautivo guardaba algún secreto que ellos querían conocer para poder continuar confiando en él.

Sentados en uno de los bancos de piedra, que había en una de las galerías del patio de la mezquita, Fadrique o, mejor dicho, Yassir, procedió a hilvanar y exponer una historia que bien pudiera satisfacer las dudas y desconfianzas de sus compañeros, pero que no les desvelara su identidad y las verdaderas intenciones que lo habían llevado hasta Granada. Sabía que estaba obligado a elaborar y relatarles unos hechos que fueran creíbles, pues de ello dependía el que siguieran confiando en él y, quizás, también, el que pudiera continuar residiendo de incógnito en aquella ciudad. Pues, no dudaba que, sobre todo Ahmed, que era un apasionado seguidor de la religión de Mahoma, lo podría denunciar si llegaba a sospechar que lo de ser musulmán no era más que un ardid que había ideado para que lo aceptaran como uno más de los pobres que deambulaban por los arrabales de Granada, sin otro afán que vivir de la caridad de los creyentes musulmanes.

—He de reconocer, amigos míos, que hay una parte de mi vida que aún no os he desvelado y que explica mi interés por saber lo sucedido a una cristiana que debe estar cautiva en algún lugar de la Alhambra —comenzó diciendo Fadrique.

—Pues ha llegado la ocasión de que nos expongas lo que, al parecer, ocultas con tanto celo y que tiene que ver con tu deseo de acceder a los palacios del sultán —dijo Ahmed.

—El caso es que mi huida de Sevilla y mi arribada a Granada están relacionadas con una cristiana que se llama Almodis y que, según parece, tienen cautiva y encerrada en alguno de los palacios de la Alhambra. En el transcurso de los diez años que permanecí cautivo de un caballero cristiano, cuyo nombre es don Pedro Álvarez Osorio, me encariñé con la hija de uno de sus gañanes, una tierna y hermosa niña, llamada Almodis, que fue creciendo a mi lado y que, con su trato amable y el cariño que me prodigaba, llegué a amarla, aunque fuera aún púber. Hace varios años, cuando el actual sultán fue derrocado por su hermanastro Ismail, estando con su padre en la hacienda que su señor tiene en la frontera, una partida de soldados norteafricanos los atacó raptando a la pobre Almodis, dijeron que para regalarla al nuevo sultán. Y ese es, amigos míos, el motivo por el que, al cabo de unos años de cautividad, ideé un plan para poder escapar, abandonar Sevilla y arribar a Granada con la esperanza de encontrar a Almodis y procurar que, una vez que hubiera renegado de su fe cristiana, lograra la libertad que le tienen arrebatada y hacerla mi esposa.

—Es muy emocionante la historia que nos has contado, Yassir —alegó Karim, que parecía el más impresionado con el relato desgranado por el cristiano—. Sin embargo, no entiendo por qué nos la has ocultado hasta este momento. Somos hijos de la calle y tus amigos y compañeros, y un relato tan edificante y tierno nos hubiera predispuesto a creerlo y apoyarlo sin recelo alguno.

—Comparto las palabras pronunciadas por Karim —manifestó Ahmed, acercándose a Yassir—. Aunque, ya sabes lo que ambos creemos firmemente: que apartes de tu pensamiento tan disparatado proyecto; pues, aunque Abdul averigüe que la tal Almodis se halla en alguno de los palacios de la Alhambra, jamás lograrás llegar hasta ella y, menos, conseguir que un cadí certifique su conversión a la verdadera religión para que alcance la libertad y puedas hacerla tu esposa.

Y así fue como quedó clausurado el asunto de la cautiva Almodis a plena satisfacción de Fadrique que, con su capacidad de pergeñar una historia tan convincente y conmovedora —que hubiera estremecido el corazón de las aristocráticas damas aficionadas a los libros de caballería—, había logrado salvar un escollo que, sin dudarlo, podría haber acabado con el elaborado plan que lo había llevado hasta Granada.

Los tres jóvenes continuaron con sus correrías diarias, sus incursiones por el zoco y la alcaicería y su asistencia a los rezos diarios en la mezquita de los Curtidores y a los sermones del gran imán cuando los daba, tras la oración del viernes, en la mezquita aljama de la ciudad.

Cuatro días después de la conversación mantenida con Abdul ben Amar, el anciano los recibió de nuevo en su casa para comunicarles el resultado de la pesquisa que había realizado en la Alhambra.

—He preguntado a las lavanderas de palacio, a los panaderos que sirven el pan cada día en los comedores reales y a los palafreneros de las cuadras del sultán y no me han podido dar señal alguna de la muchacha que dices que se llama Almodis —expuso el musulmán—. No existe ninguna Almodis en la Alhambra. Sin embargo, me han asegurado que la princesa Aisha tiene a su servicio tres cautivas cristianas que, al parecer, le fueron regaladas al sultán por el caudillo de los almogávares que están acuartelados en el castillo de Mawror y por el sultán de la otra orilla. Aunque dicen que sus nombres son Alba, Leonor y María.

—Una de ellas debe ser mi amada Almodis —proclamó emocionado Yassir.

Como con la declaración de Abdul había logrado saber que la referida princesa nazarí, hermana del sultán Muhammad V, tenía como esclavas a tres cautivas cristianas y que, las tres, probablemente habían llegado a la Alhambra como un regalo de los almogávares o del emir de los meriníes, dedujo que una de ellas debía de ser, sin duda, su querida hermana Almodis. Aunque, a partir de ese momento quedaba por ejecutar lo más complicado y laborioso del proyecto que lo había conducido a Granada: entrar en los palacios y saber, a ciencia cierta, si una de esas cautivas era en verdad Almodis e idear el modo de poder sacarla de su cautividad.

No obstante, un quiebro inesperado del destino, que acabaría dramáticamente con sus planes, esperaba al desdichado Fadrique, al paso de una semana, en las limpias y refrescantes aguas del río Genil.

Una calurosa mañana de principios de noviembre, después de asistir a la segunda oración del día en la mezquita de los Curtidores, estando los tres jóvenes tomando el sol sentados en uno de los bancos de piedra del patio, dijo Yassir:

—El verano parece haberse prolongado este año, compañeros. El calor es todavía insoportable a medio día en esta ciudad. ¿Podríamos acudir a los baños que abren sus puertas cerca de esta mezquita?

Ahmed, que buscaba la sombra de un jazmín que se enredaba en uno de los pilares que sostenían la galería, puso cara de circunstancias.

—Podríamos acceder a los baños para refrescarnos en la piscina de agua fría, pedir que nos dieran un reconfortante masaje y escuchar la declamación de uno de los poetas que acostumbran a deleitar a los bañistas —manifestó Ahmed con cierta retranca—; pero, amigo Yassir, existen dos impedimentos que lo imposibilitan: el primero, que no tenemos dinero con qué pagar el servicio de los baños; el segundo, que necesitaríamos unas vestiduras nuevas y limpias para que los vigilantes nos franqueen el paso y los servidores que atienden a los usuarios nos apliquen los masajes. No. No están los baños públicos para que los utilice gente tan mísera y harapienta como nosotros.

Fadrique iba a terciar en la conversación y decir que en su zurrón guardaba suficientes monedas granadinas para poder pagar una y diez veces los servicios de los baños. Pero, al no saber cómo explicar la existencia de esas monedas en su poder cuando, desde que llegó a la ciudad, había dado muestras de extrema pobreza y necesidad, prefirió callar.

—Si nos está vedado ser admitidos a los baños públicos —intervino Karim—, bien podríamos acercarnos a los embalses del río Genil. En ese lugar nadie nos exigirá dinero ni portar vestiduras nuevas e impecables. Es un paraje alejado de lo habitado y podremos bañarnos sin pudor como nuestras madres nos trajeron al mundo.

Como era medio día y el sol castigaba sus cuerpos con una intensidad casi veraniega, aunque ya hubiera entrado el otoño, los tres muchachos decidieron seguir el consejo de Karim y dirigirse a algo más de un kilómetro del arrabal de los Curtidores, donde el río Darro desemboca en el más caudaloso Genil y los agricultores habían habilitado varias pozas o embalses que servían para proporcionar agua a las acequias que regaban sus huertas.

Sin embargo, la alegría, el desenfado y las risas de que hacían gala los tres jóvenes musulmanes mientras que se dirigían a las riberas del río Genil, se iban a tornar pronto en lamentos y arrepentimiento para uno de ellos.

Media hora más tarde, se hallaban en la confluencia de los ríos Darro y Genil. Caminaron una media milla río abajo, para alejarse de un grupo de mujeres que lavaba ropa en la corriente, hasta dar con un embalse que, por su profundidad y aislamiento, se ajustaba a la perfección a los deseos de los tres jóvenes. Se despojaron de las vestiduras, que depositaron sobre una roca en la orilla del río y, profiriendo gritos de júbilo, se lanzaron al agua en un lugar que los cubría hasta el pecho. Allí estuvieron chapoteando y dándose zambullidas hasta que, agotados, decidieron salir del embalse y sentarse para descansar en la ribera sobre la hierba seca, debajo de unos sauces que crecían en aquel paraje. Y entonces sucedió lo que, inevitablemente, tenía que acontecer. Karim, concentrando su mirada en el cuerpo desnudo de Yassir, lanzó un grito con la intención de atraer la atención de su amigo musulmán.

—¡Ahmed! ¡Ahmed! ¿Ves lo mismo que yo? —y al decirlo, señalaba con su dedo índice el miembro viril de Yassir.

Ahmed, sorprendido por la exclamación de su amigo, dirigió también la mirada hacia el lugar de la anatomía del cristiano que le indicaba su correligionario.

—¡No estás circuncidado, Yassir! ¡Tú no eres musulmán! —prorrumpió Ahmed con la voz entrecortada y los ojos desencajados, porque era consciente de las graves consecuencias que ese descubrimiento tendría para su compañero de indigencia que él creía un fiel seguidor de la doctrina de Mahoma.

Karim se miraba el miembro viril, cercenado ritualmente en su infancia y desprovisto de piel sobrante, y, a continuación, miraba y remiraba el de Yassir, que aún poseía el fragmento de piel que cubría el extremo de su bálano. Fadrique permanecía en silencio e, instintivamente, se cubrió sus partes pudendas con sus manos, pero ya era demasiado tarde para ocultar lo que era evidente a los ojos de los dos sorprendidos musulmanes. Nunca había sido circuncidado y, a un seguidor de la religión de Mahoma de Granada, Fez o Egipto, lo primero que se le hacía en su tierna infancia, aunque el Corán no lo exigiera, era cercenar la piel sobrante del órgano masculino, ceremonia cruenta con la que el niño ingresaba en la comunidad islámica.

Nada podía alegar en su favor. Cuando Ahmed se lo contara al imán —y como buen musulmán, debía hacerlo— su periplo por Granada como falso seguidor del profeta Mahoma, habría llegado a su fin. Don Rodrigo tenía razón

—pensó—: la reclusión o la muerte eran las penas que recaían sobre los herejes y los blasfemos en los reinos que seguían la religión musulmana. Y él, a partir de aquel aciago día, se había convertido en un blasfemo y un apóstata y en reo de la justicia de la que, sin duda, recibiría un castigo ejemplar.

—Volvamos al arrabal de los Curtidores —expuso con tristeza Ahmed, al tiempo que tomaba el viejo jubón de la roca sobre la que lo había depositado y procedía a encasquetárselo—. Nuestra amistad, cristiano embaucador, ha llegado a su fin. Hemos de comunicar a Zakariyya que Yassir no es ese buen y devoto musulmán que aparenta, sino un embustero cristiano que, pérfidamente, a todos nos ha engañado.

XI
En el Maristán

Cuando el imán de la mezquita y Zakariyya escucharon los relatos de Ahmed y de Karim y descubrieron la felonía cometida por Fadrique y cuál era, en verdad, la religión que profesaba y cómo había estado suplantando la identidad de un creyente musulmán asistiendo cada día a los rezos que prescribía el Corán y la *sunna*, haciendo el sagrado ayuno en el mes de Ramadán, acudiendo a la oración del viernes en la mezquita aljama de Granada y recibiendo las limosnas que solo a los pobres e indigentes musulmanes correspondían, estallaron de cólera, porque —decía el imán— era aquel un gravísimo delito cometido contra la religión verdadera. También argumentó que, de acuerdo con la ley, quien había obrado de esa artera manera, con maldad y ocultación, engañando a los que con tanta generosidad lo habían acogido, debía someterse a la justicia del cadí y del mufti para que estos lo castigaran como su mal proceder merecía.

Fadrique fue conducido, por dos funcionarios del zalmedina, a presencia del juez que se encargaba de impartir la justicia y emitir las sentencias en esa parte de la ciudad. En la audiencia concedida al preso, que iba atado con una soga de esparto, el cadí exigió que le dijera, con verdad y sin doblez, por qué había obrado con tanta falsedad y contumacia contra la verdadera fe, abusando de la bondad y hospitalidad de los buenos musulmanes que le dieron, sin pedir nada a cambio, solo que viviera según los preceptos del Corán y las buenas costumbres, alimento, cobijo y sana compañía.

El cristiano expuso con humildad y reconociendo y arrepintiéndose del delito que había cometido, los hechos más relevantes de su vida. Desde que, en su juventud, residía en el molino de Fuente Fría, hasta que viajó a la lejanas montañas de Cantabria para profesar como fraile franciscano en el monasterio de Santo Toribio; su oficio de copista e iluminador de códices y cómo se vio obligado a abandonar el monasterio y regresar a Córdoba al saber que sus padres y su hermana habían sido raptados por los almogávares que tienen su acuartelamiento en el castillo de Mawror. Le habló de su frustrado viaje al reino de Fez, en el que supo de la muerte de sus progenitores a causa de la peste. Luego, cómo, una vez retornado a Córdoba, pensó que, no teniendo en este mundo más que a su hermana Almodis, que se hallaba cautiva en Granada, según testimonio del capitán de los almogávares, Ibrahim al-Futú, empujado por el amor fraternal había urdido el engaño de hacerse pasar por musulmán con la intención de poder acceder a los palacios del sultán y encontrar a su desdichada hermana.

Lo cierto fue que su historia, desgranada con tanta veracidad y sentimiento, entre lágrimas de sincero arrepentimiento, logró conmover al cadí que emitió una sentencia condenatoria, pero atenuada, porque había sido un grave delito cometido contra la verdadera religión —sostuvo—, pero, en parte, justificado por el inmenso amor que aquel joven cristiano había mostrado hacia su hermana cautiva. Aunque en casos similares, el reo acababa sentenciado a penas muy duras por blasfemo e impío, siendo encerrado de por vida en las mazmorras de la alcazaba, el juez, compadecido del desvalido Fadrique y considerando como atenuante el motivo por el que había obrado tan ruinmente, lo condenó a estar recluido en el hospital de los locos, en el Maristán de Granada, durante siete años, reconociendo que los sufrimientos que le habían provocado su orfandad y el amor desmedido hacia su hermana habían sido la causa de que perdiera la razón y, enajenado, cometiera tan graves ofensas contra el islam.

Una semana más tarde el mufti de la gran mezquita ratificó la sentencia y, a principios del mes de diciembre, bajo una tormenta de agua y nieve, Fadrique Díaz, fracasados sus planes de acceder a la Alhambra y hallar a su hermana cautiva, ingresó, acompañado por los dos funcionarios del zalmedina, en el Maristán de Granada, donde eran recluidos los locos, los pobres de solemnidad enfermos, los ancianos aquejados de dolencias incurables y los miembros de nobles familias que, con maldad y contumacia —según alegaban los jueces defensores de la ortodoxia— se oponían con sus encendidos discursos y manifiestos al poder establecido o eran acusados de herejía por publicar obras prohibidas contrarias a la tradición, a la moral o a los sagrados dogmas de la religión musulmana.

El Maristán de Granada, que según decían era muy parecido al que el sultán Abu Yaqub Yusuf había edificado en la ciudad de Fez, se hallaba situado al sur de la colina en la que, con el paso de los siglos, se habían ido formando los arrabales del Albaicín, a poca distancia de la puerta de los Panaderos. Se alzaba en la ribera derecha del río Darro, lindando con los baños del arrabal de Axares, conocidos como los baños del Nogal, ya citados, en los que se vieron secretamente Ben al-Jatib y Ridwan antes de que fuera derrocado el sultán Muhammad V. Este emir, había comenzado su edificación en ese año, antes de ser destronado por su hermanastro Ismail, continuando su construcción una vez que hubo regresado del exilio en 1362.

Se trataba de un gran edificio de planta rectangular, aún sin terminar, con cuatro crujías de dos pisos cada una y cubiertas de tejas a dos aguas, que rodeaban un patio, cuyo centro lo ocupaba una alberca alargada flanqueada por las figuras, bellamente esculpidas en piedra caliza, de dos leones sentados en sus cuartos traseros que servían de surtidores. Las cuatro crujías presentaban amplias galerías en las dos plantas, que se apoyaban en pilares de ladrillos, en las que se abrían las puertas de las habitaciones y celdas de los enfermos y reclusos.

En la planta baja se hallaban situadas las dependencias de la administración: las oficinas del alcaide, del imán y de los vigilantes, la cocina y el comedor en el que acudían a tomar las viandas los reclusos y enfermos que gozaban de cierta libertad. También estaban en esa planta las celdas individuales en las que estaban recluidos los pacientes más conflictivos y agresivos. Estas habitaciones siempre permanecían cerradas y solo podían acceder a ella los vigilantes y los funcionarios que servían las comidas. Las restantes celdas, en las que residían tres reclusos o enfermos leves no peligrosos en cada una, permanecían abiertas durante el día. Solo se cerraban con llave al llegar la noche, pudiendo los pacientes deambular libremente por las galerías y el patio.

A Fadrique le fue asignada una celda que compartía con otros dos reclusos: un anciano enfermo y ciego que había sido diagnosticado por los galenos de demencia senil, porque aseguraba que cada noche lo visitaba el santo Profeta, el cual le había prometido que si recitaba cien veces cada día la profesión de fe: *Alá es el único Dios y Mahoma su profeta,* el Misericordioso, que todo lo puede, le devolvería la vista. Por ese motivo, el orate ciego se pasaba las horas sentado, al modo de los musulmanes, en una esquina de la galería de la planta alta —donde tenían los tres reclusos la habitación—, repitiendo, en voz baja, la jaculatoria que decía haberle ordenado el profeta proclamar dirigida a su dios. El otro compañero de celda era un poeta caído en desgracia y acusado de herejía por haber publicado poemas eróticos y báquicos contrarios a la moral, que se llamaba Ben al-Mawali. Se trataba de un hombre de unos treinta años, delgado como una anea, de ademanes moderados y elegantes, voz atemperada y conversación agradable, que no debería estar en aquel manicomio —en opinión de Fadrique, cuando hubo hecho amistad con él al cabo de varias semanas—, porque era sumamente educado, inteligente y culto y declamaba sus poemas con esa dulzura y apasionamiento que solo están al alcance de los grandes literatos. Hablaba a la perfección la lengua de Castilla. Los pacientes que no estaban enclaustrados en sus celdas lo llamaban *Espada del Islam*, por la agudeza de sus críticas hacia el poder y hacia los ricos que, aseguraba, solo miraban por sus propios intereses. A Fadrique comenzaron a denominarlo con al apodo de *Masihiun Majnun*, que significaba, según le dijo Ben al-Mawali, Cristiano Loco, porque solo a un demente se le podría ocurrir la insensata idea de querer entrar, sin ser aristócrata ni militar destacado, en los palacios de la Alhambra haciéndose pasar por musulmán.

El hijo del molinero no pudo soportar el enorme disgusto que le ocasionó haber sido descubierto en su artimaña, juzgado y condenado a reclusión en aquel extraño manicomio-prisión. Aunque, lo que más desazón y decaimiento le provocaba, era saber que, dada su deplorable situación, nunca lograría saber si Almodis seguía con vida y si se hallaba cautiva en alguno de los palacios de la Alhambra. Pensaba, el joven de Zuheros, que, estando rodeado de aquellos orates y sin esperanza de verse en libertad durante siete largos años, él mismo acabaría con la razón perdida y, probablemente, muerto de tristeza e impotencia.

Los primeros dos meses de reclusión los pasó en soledad, aislado en su habitación, sumido en la desesperanza y la pena más profunda, deseando que el Divino Creador se apiadara de él, lo llamara a su presencia y acabara con aquella ansiedad y aquel padecimiento que sentía y que le impedían tomar alimentos y conciliar el sueño. Pero al cabo de ese tiempo, comenzó a renacer en su atribulada alma el deseo de vivir y de relacionarse con otros pacientes y reclusos. Y fue la amistad y la cercanía mostrada por su compañero de celda, Ben al-Mawali, lo que le proporcionó el aliento que ya comenzaba a faltarle.

Se reunía con el poeta díscolo en el borde de la alberca, junto a uno de los leones que la decoraban, y conversaban de las cosas de la vida, de la política seguida por el nuevo sultán y de los delitos de los que —decía el poeta— habían sido acusados por una justicia parcial y arbitraria y, al cabo, sentenciados y enviados a aquella reclusión; acusaciones que, en su caso, aseguraba, eran producto de la envidia y de la moral pacata y trasnochada de los intelectuales de su tiempo. En el pasado de al-Andalus —manifestaba con gran conocimiento de causa— se habían escrito poemas más irreverentes y contrarios a la moral y las buenas costumbres que los suyos y nunca habían sido perseguidos sus autores por los cadíes ni encerrados en hospitales ni prisiones, aunque algunos tuvieran que emigrar a Oriente, en los tiempos en que los fanáticos almohades se enseñoreaban de al-Andalus, para poder seguir gozando de libertad de expresión.

—No sé si sabes, amigo Fadrique —le dijo un día—, que, como mi nombre indica, pues Mawali es lo mismo que *maula*, que quiere decir no árabe, mi familia no procede de las tribus norteafricana, sirias o árabes que llegaron hace siglos a al-Andalus, sino que ya residía en Granada, que entonces se llamaba Elvira, antes de la entrada en esta tierra de los generales Tariq ben Ziyad y Musa ben Nuzayr.

—¿Eres, acaso, de la misma raza que los que hemos nacido en los reinos del norte? —argumentó el cristiano.

—Somos del mismo tronco, Fadrique, aunque los derroteros de la historia nos hayan conducido por caminos opuestos y abocados a ser enemigos y a tener costumbres y religiones distintas —repuso Ben al-Mawali—. Y volviendo al asunto de la mayor laxitud y permisividad en las costumbres que hemos gozado en este reino en el pasado. Mis poemas báquicos o de temas eróticos han sido prohibidos y mis libros quemados en la plaza de Bibarrambla cuando reinaba el odiado emir Muhammad VI. Pero hubo un tiempo en que eran admiradas las obras que mencionaban el vino o el amor de las mujeres.

—¿Es eso posible? —se preguntó Fadrique—. En Castilla también se prohíben y persiguen esos libros por la clerecía. Sin embargo, yo, que he tenido la suerte de acceder a la biblioteca del monasterio de Santo Toribio de Liébana, he podido consultar manuscritos antiguos en los que se trata, sin pudor, del amor carnal. Uno de ellos, muy famoso, fue escrito por un tal Ovidio.

—Ya ves, amigo mío, que el amor y el vino no siempre han sido materias vedadas y perseguidas por las autoridades, prohibiciones utilizadas pérfidamente, las más de las veces, con la perversa finalidad de poder silenciar a los poetas desafectos y díscolos y encerrarlos en una mazmorra o en la casa de los locos.

—Mucha razón tienes, al-Mawali.

—Para reafirmar el testimonio que te acabo de enunciar, voy a declamar un poema que fue escrito, hace más de dos siglos, por un poeta que vivió en la ciudad de Algeciras y que canta al vino y a una noche de amor carnal que pasó a orillas del río que atraviesa esa población. Lo traduciré para exponerlo en tu lengua. Dice así:

«Detente junto al río de la Miel, párate y
pregunta por una noche que pasé allí hasta el alba,
a despecho de los censores, bebiendo el delicioso
vino de la boca y cortando la rosa del pudor.
Nos abrazamos como se abrazan
las ramas encima del agua.
Había copas de vino fresco y nos servía
de copero el viento del norte.
Las flores, sin fuego ni pebetero, nos
brindaban el aroma del áloe.
Los reflejos de las candelas eran como
puntas de lanzas sobre la loriga del río.
Así pasamos la noche hasta que nos
hizo separarnos el frío de las joyas.
Y nada excitó más mi melancolía
que el canto del ruiseñor.»

—Hermoso poema —señaló Fadrique.

—Hermoso e irreverente, pero bello —añadió al-Mawali—. Sin embargo, su autor tuvo, por desgracia, un final similar al que yo he tenido encerrado en este manicomio. Aún peor. Él vivió en su ciudad natal cuando era un reino taifa independiente, foco de cultura, de tolerancia y de libertad intelectual. Pero, cuando los intransigentes almohades se adueñaron de al-Andalus, el poeta Ben Abi Ruh, que fue el que escribió este hermoso poema, acabó perseguido y enviado al exilio acusado de blasfemia. Murió en Egipto, lejano país en el que su cálamo, añorando los alegres días vividos en su mansión, redactó este triste y sentido recuerdo del río de su juventud y de las noches de amor y vino que pasó en su orilla.

Conforme transcurrían los días y las semanas y su relación con Ben al-Mawali se fue haciendo más estrecha, más admiraba a aquel poeta tolerante y juicioso, cuya locura no era otra, en su opinión, que discrepar de las vías de conocimiento al uso y escribir de asuntos que la religión consideraba heréticos y peligrosos para la fe y la moral. Pasaban largas horas conversando junto a la alberca y, cuando los rayos del sol eran demasiado violentos, al medio día, en una de las galerías que constituía la crujía de barlovento del edificio. En esas amigables charlas, Fadrique contaba al ilustrado granadino su gratificante experiencia como franciscano, sus habilidades en reproducir la caligrafía antigua y su capacidad innata para trazar miniaturas en torno a las letras capitales que encabezaban los códices y las coloridas escenas que acompañaban a los textos. También le relató su aventura en África y su viaje a Granada empujado por el inmenso amor que tenía a su única hermana, que estaba seguro que se hallaba presa en la Alhambra, y que había sido la causa de su desgracia y de encontrarse recluido como un orate en el Maristán.

—Ajetreada y convulsa ha sido tu vida, amigo Fadrique, aún siendo tan joven, —le dijo el poeta—. Mas, no has de desesperar, porque todo pesar o desdicha tiene su fin y su compensación en este mundo. El sapientísimo Alá nos pone trabas y piedras en el camino que, a primera vista, pueden parecer insuperables, pero siempre deja un resquicio a los infelices mortales para que puedan sortear los obstáculos y continuar la marcha. Si el destino te ha enviado a este hospital de locos, no habrá sido en vano. Dos cosas has ganado al entrar en esta reclusión: una, librarte de las mazmorras del sultán de las que pocos logran salir; otra, haberme conocido.

Y los dos rieron a mandíbula batiente a causa de la presuntuosa afirmación del siempre humilde y juicioso poeta.

Ben al-Mawali disponía en la celda de una pequeña mesa y de un taburete en el que se sentaba al atardecer, alumbrado con un candil de barro, para escribir sus poemas. Como Fadrique le preguntara que cómo se las ingeniaba para poder tener a su disposición papel —tan caro y escaso—, un cálamo de caña de bambú y un tintero de cerámica con tinta roja, el poeta le explicó que mantenía muy buenas relaciones con el alcaide de la institución que era el que le proporcionaba los útiles de escritura.

Extrañado el hijo del molinero por la generosidad e inusual largueza mostradas por el funcionario, le preguntó que cómo podía ser que fuera él el único paciente del Maristán que gozara de tan exclusivo privilegio. A lo que el sagaz granadino le contestó con una expresión de forzada y fingida superioridad reflejada en el rostro:

—El alcaide, buen Fadrique, es un hombre inteligente y previsor. Sabe que los vientos de la política podrían, algún día, cambiar de dirección, como a veces ha sucedido, y soplar en mi beneficio. No ignora que soy un reputado poeta y que tengo numerosos amigos entre los aristócratas y los sabios de Granada, y que si ahora estoy penando una injusta reclusión en este hospital de locos, es porque mis enemigos gozan de los favores del poder; pero que, casos ha habido, en que los que estaban encumbrados cayeron en lo más bajo y los que se hallaban perseguidos y humillados acabaron rehabilitados y gozando del aprecio y la protección de los poderosos. Por eso, el alcaide no deja de contentarme, dándome el papel y la tinta que necesito, pensando que, en el futuro, es probable que pueda yo pagarle con creces sus favores.

Fadrique, nada añadió, porque no era necio y, en su ingenuidad, estaba comenzando a entender cómo se movía la compleja rueda de la vida y del mundo y se ajustaban, con astucia y paciencia, los engranajes de la existencia.

Desde que Ben al-Mawali supo de las habilidades caligráficas de su amigo cristiano y que había sido un famoso copista e iluminador de códices en Santo Toribio de Liébana, se convirtió en el protector del joven y de sus destrezas artísticas y comenzó a proporcionarle los trozos de papel que él desechaba cuando algún poema no era de su agrado, así como varios pinceles y tintas de colores que logró sonsacar al alcaide. Con estos materiales le instó a que dibujara y pintara lo que tuviera a bien y, de esa manera, que satisficiera sus ansias artísticas, mantenidas tanto tiempo en el olvido, mientras estuviera en aquella reclusión.

El franciscano secularizado no sabía, en un principio, qué hacer, porque nada había en el Maristán que tuviera relación con su antigua actividad de copista de manuscritos. Pero, como en los artesonados que sostenían las techumbres de las galerías descubrió multitud de dibujos y filigranas y en las yeserías de las jambas que enmarcaban las puertas, pintadas con vivos colores, inscripciones en árabe, pensó que podría recuperar la reconfortante actividad de iluminador copiando aquellas inscripciones y los complicados motivos que contenían ramas y hojas entrelazadas, flores, estrellas de ocho y doce puntas y variadas formas geométricas. Se sentaba en el suelo de la galería y procuraba reproducir con la mayor fidelidad posible aquellas lacerías, los complicados motivos vegetales y los lemas de la dinastía que estaban escritos, con elegantes letras árabes, en el interior de escudos y cartuchos. Una frase se repetía, una y otra vez, en las vigas del artesonado decoradas que, en la lengua de Castilla, quería decir: *No hay vencedor sino Dios*, que era el principal lema de la dinastía nazarí. En el dorso de los trozos de papel que había garabateado antes y desechado su amigo el poeta, copiaba pacientemente las bellas inscripciones árabes, las estrellas de lazo que contenían en su interior los lemas, así como las estilizadas ramas que decoraban los muros y los laterales de las puertas.

Cuando al-Mawali contempló las reproducciones realizadas por Fadrique, quedó gratamente sorprendido.

—¡Cristiano! —exclamó, al tener entre sus manos los trozos de papel con los dibujos realizados por el hijo del molinero— Tus copias son dignas de admirar. No creí que fueras tan diestro en este arte y, sobre todo, desconociendo la esencia de la escritura y los tipos de letras que empleamos en estas inscripciones murales y en los artesonados. El lema de nuestros reyes, que has reproducido aquí —y señalaba uno de los dibujos coloreados—, lo podría haber trazado cualquiera de nuestros mejores artesanos del yeso.

—Soy un simple aprendiz, amigo mío. Aunque tuve excelentes maestros en el monasterio de Liébana —reconoció Fadrique, sin poder ocultar la satisfacción que le producían los halagos de al-Mawali—. Uno de ellos fue el maestro calígrafo fray Anselmo de Tordesillas, que me enseñó a reproducir las complicadas grafías antiguas, y, otro, fray Edelmiro de Constanza, perito en la elaboración de pigmentos y en la manera de aplicarlos sobre los pergaminos.

—No obstante, muchacho, no desmerecen en nada tus esforzados trabajos en estos trozos de papel de las exquisitas labores que ejecutan nuestros calígrafos en los muros y las vigas del artesonado —manifestó el granadino, sin dejar de contemplar las pequeñas obras pictóricas y caligráficas del cristiano.

Atareado en estas labores artísticas, que le hacían olvidar la penosa situación en la que se hallaba, reconfortado su espíritu por haber recuperado su viejo oficio y alentado por el entusiasmo de su amigo el poeta, que parecía disfrutar viendo a su compañero de celda ocupado en reproducir las inscripciones oficiales y las complejas cenefas de ramas y flores estilizadas que cubrían los muros y las jambas de la puertas, fueron pasando las semanas y, al cabo, los meses, llegando el mes de junio del año 1365, fecha en la que aconteció un hecho sorprendente e inesperado que influiría decisivamente en la vida del franciscano secularizado y que pondría fin a su estancia en aquel hospital de los locos.

Fue el caso, que una mañana, Ben al-Mawali, con una amplia sonrisa dibujada en su afable rostro, se dirigió al rincón de la galería donde, sentado al modo musulmán, se encontraba Fadrique afanado en uno de sus trabajos caligráficos.

—Querido amigo —exclamó al tiempo que lo obligaba a ponerse en pie—: ¿Recuerdas mis proféticas palabras sobre lo veleidoso y mudable que es el destino? Y cómo cambia el viento de la política, que, a veces, sopla en una dirección y, a veces, en otra; en contra o a favor de los desvalidos hombres? ¡Pues, ha sucedido! El gran secretario del sultán, el ilustre Ben al-Jatib, me ha llamado a su presencia. Me dice, en una misiva que me ha enviado, que quiere que ayude y asesore a su discípulo, el joven poeta Ben Zamrak, a seleccionar y elegir los poemas que han de adornar las paredes de la remodelada sala de la Barca y en otras obras arquitectónicas que el emir tiene pensado acometer en la Alhambra. ¡Abandono, por fin, querido Fadrique, esta injusta reclusión! ¡El ilustre Ben al-Jatib ha reconocido mis méritos, a pesar de haber sido tildados mis poemas de irreverentes e inmorales!

El cristiano había depositado en el suelo los útiles de escribir y pintar y procedió a abrazar emocionado a su amigo.

—Estaba seguro que algún día serías rehabilitado —proclamó con lágrimas en los ojos el de Zuheros—. Ese momento gozoso, por fin, ha llegado, amigo mío. Como ves, al cabo, la inteligencia y la buena literatura han triunfado y te reclaman aquellos que ostentan ahora el poder en Granada.

El poeta lanzó una sonrisa sarcástica.

—La verdad, ingenuo cristiano, es que ha acontecido lo que una vez te auguré —dijo el musulmán—: que los que estaban en la cumbre han caído en lo más bajo, no sabemos por qué razones, y los que nos hallábamos en lo hondo ascendemos para ocupar su lugar. Pero, esas mudanzas nunca son definitivas ni estables, porque el cambiante viento de la política puede volver a tomar otra dirección en cualquier momento y, más, en este reino tan proclive a las insurrecciones y los derrocamientos, con una aristocracia codiciosa siempre inclinada a mudar de bando.

—Pero, en esta ocasión, ha soplado en tu favor —sentenció Fadrique—. De lo que yo me alegro como si hubiera sido tu libertad la mía propia.

Aquella misma tarde Ben al-Mawali, el *maula* que se sentía orgulloso de su origen hispano, cuando tantas familias granadinas alegaban que descendían de nobles y poderosas tribus árabes o sirias llegadas a al-Andalus acompañando a Musa ben Nuzayr en los tiempos de la Conquista, abandonaba el Maristán, todo ufano y henchido de gozo y agradecimiento, saliendo de la medina por la puerta de los Panaderos. Se dirigió a la Alhambra, donde debía entrevistarse con el influyente secretario privado del sultán, cruzando el río Darro por el puente del Cadí y ascendiendo la cuesta que lo conduciría a la puerta de la Justicia que, decían, había mandado edificar el sultán Yusuf I, padre del actual emir.

Antes, se despidieron emocionados junto a la adintelada puerta de ingreso al hospital, deseando Fadrique al poeta granadino que, en su nueva andadura, la vida le fuera más confortable y grata que en el pasado y que le permitieran escribir poemas con toda libertad sin miedo a sufrir persecución ni recibir injustos castigos por sus ideas. Ben al-Mawali le aseguró que, desde el elevado cargo que, sin duda, iba a desempeñar, cerca del poderoso Ben al-Jatib y del prestigioso poeta Ben Zamrak, procuraría ayudarle y hacer las pesquisas oportunas para saber si su hermana Almodis se hallaba en alguno de los palacios de la ciudad palatina. Que, del resultado de las investigaciones, lo mantendría informado.

La vida de Fadrique continuó con su diaria monotonía, aunque tuvo que dejar de pintar y copiar lemas porque, al faltar al-Mawali, nadie le proporcionaba el papel que necesitaba. Ese verano comenzó a acudir al manicomio un fraile de la Orden Trinitaria, que tenía una iglesia abierta en el barrio de los Alfareros, y que accedía al Maristán con autorización del alcaide una vez a la semana para atender las necesidades espirituales de los tres cristianos que estaban recluidos en la institución. Uno de ellos era el propio Fadrique y los otros dos un cautivo de unos cuarenta años que encerraron por blasfemo y por asegurar que era la reencarnación de Jesucristo, y otro con la razón perdida que no abrió la boca para expresarse en todo el tiempo que el hijo del molinero estuvo encerrado en el manicomio. La semanal visita del trinitario, cuyo nombre era fray Tomás de Albi, de la nación francesa, fue como un bálsamo para Fadrique, que no podía olvidar que aún mantenía intacto el indeleble voto del sacerdocio recibido en Santo Toribio. El fraile acudía cada domingo para celebrar el santo sacrificio de la misa, ceremonia a la que asistían los tres cristianos, aunque, a decir verdad, solo era seguida con devoción por el joven de Zuheros.

El anciano musulmán ciego, que decía conversar cada noche con el Profeta, entregó su alma una mañana mientras realizaba su consabida profesión de fe, sin que Mahoma hubiese cumplido su palabra y le hubiera devuelto la vista. En los lugares dejados vacantes por el poeta granadino y el ciego fallecido, ingresaron un joven musulmán, que los médicos habían desahuciado porque sufría de continuos ataques de alferecía y su familia acabó por llevarlo al Maristán, y un anciano que decía estar loco, pero que el hijo del molinero, cuando logró entablar conversación con él, pudo colegir que su cabeza regía y estaba tan sana como la del muftí que lo mandó encerrar, pero que, como no tenía familia ni quería depender de la caridad pública, había comenzado a decir frases incoherentes e insultar a la autoridad para que lo ingresaran en el manicomio donde tendría comida asegurada, atención médica y buena cama.

Así fueron transcurriendo las semanas y los meses y al llegar el mes de enero del año 1366, el alcaide convocó a Fadrique en su despacho. Le dijo que había recibido una carta sellada con el sello del secretario del emir a su nombre y que, aunque le había extrañado sobremanera que un miserable cristiano loco tuviera algún amigo o conocido en la Alhambra, que se veía en la obligación de entregársela, pero que, a cambio, le exigía que firmara en el libro de entrada de la correspondencia oficial para que nadie pudiera alegar que la había arrojado a la basura como hacía con las misivas de familiares o amigos que llegaban con frecuencia para los enfermos.

Fadrique hizo lo que le ordenaba el alcaide y, tomando a continuación la carta, se dirigió a su celda. Se sentó en el taburete que había pertenecido a al-Mawali y, temblando como un reo ante el verdugo que habría de cortarle el cuello, la abrió y procedió a leerla. Estaba escrita en la lengua de Castilla, lo que le desvelaba quién era su autor. Su tenor era el siguiente:

«Querido amigo Fadrique: como te prometí el afortunado día que dejé el Maristán y se me concedió un relevante puesto en la Alhambra por recomendación de mi amigo el poeta Ben Zamrak y decisión del generoso Ben al-Jatib, a quien el Sapientísimo Alá conceda larga vida plena de toda clase de dones, que haría todo lo que estuviera en mi mano para ayudarte y procurar que pudieras abandonar, como yo, ese encierro que, aunque en tu caso no era injusto y alejado de nuestra legalidad, puesto que blasfemaste y ofendiste a la sagrada y verdadera religión, yo que te he conocido y tratado durante muchos meses, puedo asegurar que estás arrepentido del mal que hubieras podido hacer al islam y que mereces ser restituido en la libertad que un día te fue arrebatada. Porque, en mi opinión y en la de Ben Zamrak, al que he relatado tu amarga y convulsa existencia, estás curado de la locura que, por intervención de algún espíritu maligno, una vez sufriste.

Es por esa poderosa razón, que el gran secretario y ministro Ben al-Jatib ha decretado, a suplicas de Ben Zamrak y mía, tu libertad para que accedas a la Alhambra y, dadas tus excepcionales cualidades de calígrafo e iluminador —de las que puedo dar fe—, te incorpores a la cuadrilla de expertos artesanos que trabajan en las obras de rehabilitación de la sala de la Barca, para que ellos te enseñen y adoctrinen en las técnicas con que se elaboran y escriben las suras del

Corán, las lacerías y los textos de los poemas en los paramentos de yeso de la citada sala.

Sirva esta carta de salvoconducto para que el alcaide te deje libre, te sean abiertas las puertas de la Alhambra y puedas incorporarte a la cuadrilla de artesanos del yeso que, a las órdenes de Ben Zamrak, trabajan en los talleres palatinos.

El poeta Ben al-Mawali, tu amigo.

Dada en la Alhambra, a 12 de Yumada del año 767.»

Fadrique quedó paralizado y sin habla, porque lo que contenía aquella misiva era lo último que podría esperar que le sucediera cuando había perdido toda esperanza de abandonar aquel lugar de padecimientos hasta que se hubieran cumplido los siete años de reclusión que estipulaba la sentencia del muftí. Leyó y releyó varias veces la carta y examinó el sello que certificaba su autenticidad para comprobar que, en verdad, procedía de los palacios reales, y para convencerse de que era cierto que podría salir en libertad y dirigirse, sin impedimento alguno, a la Alhambra, donde lo esperaba su benefactor, el generoso al-Mawali y, probablemente, el tierno abrazo que ansiaba dar a su querida hermana Almodis, desde hacía años.

Antes de abandonar el despacho del alcaide, este le dijo, entretanto que le entregaba un envoltorio con diversos ropajes y un par de zapatos:

—El que trajo la carta, también dejó estas vestiduras para ti. Hizo hincapié en que te vistieras con ellas, pues no te iban a dejar entrar por la puerta de la Justicia con la ajada túnica que ahora cubre tu cuerpo.

Fadrique, una vez que hubo retornado a su celda, procedió a deshacerse de la vieja camisa parda que le habían proporcionado en el Maristán y se vistió con los calzones largos, que llamaban *sarawil*, que le había traído el mensajero, y una túnica de tela blanca nueva, conocida como *zihara*, además de calzarse con unos zapatos de piel sin usar. Cortarse el cabello y afeitarse la barba sería cosa de hacer cuando se encontrara dentro de la Alhambra, porque en el manicomio solo había un barbero aficionado que podaba el pelo sin miramiento alguno. Luego se despidió de aquellos que habían sido sus compañeros más cercanos y, a continuación, salió por la puerta del Maristán que daba al río Darro, tras atravesar la muralla por la puerta de los Panaderos. Cruzó a la orilla opuesta por el puente del Cadí y ascendió por el camino que conducía a la muralla de la ciudad palatina, bordeando la alcazaba, para entrar en los palacios por la puerta de la Justicia.

El hijo del molinero entró en la Alhambra por la citada puerta, sin que los guardias lo importunaran, el día 7 de enero del año 1366.

* * *

La princesa Aisha ordenó a su sierva Leonor que se acercara al tocador y que procediera a peinar su larga y sedosa cabellera. La muchacha obedeció y comenzó a pasar el peine de marfil, que había traído de Fez la hermana del sultán, entre los cabellos negros como la noche de la noble nazarí. Aisha había acompañado a su hermano Muhammad V en su exilio africano y, cuando regresaron a Granada, después de que el Exiliado hubiera vencido y arrojado del trono al usurpador Abu Said, el emir había mandado edificar para ella un pequeño pabellón, con un recoleto jardín dotado de parterres de flores y una fuente en su centro, junto al palacio de Comares, al otro lado de los baños reales.

Mientras que la obediente Leonor se dedicaba, con extrema delicadeza, a tomar mechones del pelo de la princesa y a entrelazarlos para hacer trenzas, al otro lado de la habitación, delante de un gran vano ajimezado, con elegantes arcos de medio punto desde donde se podía contemplar el jardín y la fuente, se hallaban las otras dos esclavas de Aisha: Alba y María. La primera de ellas, que había nacido en los montes de León, era blanquísima de piel, lo que explicaba que le pusieran el nombre de Alba, aunque presentaba sobre sus desnudos brazos y sus manos una compleja decoración rojiza realizada con alheña, que en el dialecto andalusí decían *henna*: la otra se llamaba María y era una cautiva de los musulmanes de Fez que el sultán Taxufín ben Alí le había regalado cuando abandonaron la capital africana para retornar a Granada y recuperar el trono, aunque a la princesa y a sus criados musulmanes les gustaba requerir su atención con el apelativo arábigo de Myriam. Alba estaba atareada en memorizar unos poemas de Ben Zamrak escritos en un pliego que tenía en su regazo, pues, aunque continuaba siendo cristiana, la hija del desaparecido emir Yusuf I estaba empeñada en que aprendiera la lengua árabe. Por ese motivo la ponía a declamar los versos del prestigioso poeta áulico, porque entendía que de esa manera la leonesa terminaría por asimilar la complicada y hermosa lengua de los musulmanes; aunque de poco le iba a servir ese aprendizaje, pues esos poemas estaban escritos en árabe clásico y los granadinos se expresaban en el dialecto andalusí, tan distinto de la lengua en la que se escribió el Corán, como el provenzal de la lengua de Castilla.

Leonor era la sierva favorita de Aisha.

La prefería por la dulzura de su voz, sus moderados ademanes y su actitud siempre sumisa y obediente. Sus ojos eran de color verde y la piel morena. Debía tener unos veinte años, aunque era una edad que nadie podía saber con seguridad, pues fue arrancada de su familia por los almogávares hacía unos siete años, cuando debía tener trece o catorce. Poseía una cabellera que le caía sobre los hombros formando tirabuzones, característica que era natural, pues, aunque se los peinara para alisarlos, al cabo de un rato volvían a tomar la forma ensortijada por propia voluntad.

Cuando llegó a la Alhambra, como regalo del caudillo de los almogávares al sultán Ismail II, dijo que se llamaba Almodis y que los asaltantes la habían raptado, junto con sus padres, en la sierra de Córdoba, donde su progenitor poseía un molino harinero. Pero, como a Aisha le pareció un nombre poco apropiado para una cristiana, decidió cambiarlo por el de Leonor que —decía la granadina— era nombre más sonoro, muy usado por las mujeres que pertenecían a la nobleza en los reinos de Castilla y de León.

—Leonor —reclamó su atención la princesa, mientras la cautiva terminaba de entrelazar la última de las trenzas y se la enroscaba, como un rodete, en torno a su cabeza—: ¿por qué nunca me has hablado de tu infancia en el molino que dices que era tu hogar hasta que te tomaron presa los norteafricanos?

La cautiva acabó su labor y, después de depositar el precioso peine de marfil sobre el tocador, tomó un frasco de cristal traslúcido y puso perfume de azahar sobre los hombros y los brazos de Aisha.

—Mi señora —susurró Leonor—, aunque eran recuerdos muy gratos que procuraba mantener en mi mente con la esperanza de que no se desvanecieran, con el paso de los años y con el convencimiento de que mi estancia en este palacio será para siempre, me he esforzado por olvidarlos y borrar aquellas alegres imágenes de mi infancia para que no me atormenten. Solo os puedo decir que tenía un hermano que se llamaba Fadrique y que marchó a un monasterio y se hizo fraile franciscano. En ese lejano convento puede que aún esté sirviendo a Dios. De mis padres nada sé desde que nos separaron los almogávares.

—Y ¿no añoras la vida de cristiana y a los que fueron tus deudos?

—Señora, lo que un día se ha de volver a tener, se puede amar y añorar. Lo que se ha perdido para siempre, no —respondió Leonor—. El recuerdo de mis padres es como una niebla que se va desvaneciendo con el paso de los años. En cambio, la figura de mi pobre hermano se me presenta cada noche, aunque hago esfuerzos para que se aleje de mi mente y de mi vida.

Aisha se entristeció, porque amaba a aquella muchacha frágil y dulce y no deseaba ningún mal a la que era su esclava preferida, ni que su corazón sufriera por la ausencia de sus padres y de su hermano, sino que olvidara el pasado e iniciara una nueva vida, sin penalidades ni carencias, entre las lujosas paredes, decoradas con bellos alicatados y yeserías, de su palacio. Se acercó al ventanal y observó los surtidores de aguas que, con un tintineo cadencioso, surgían de la fuente de mármol. En la mezquita cercana se oía la llamada a la segunda oración del día del almuédano y Aisha abandonó el pabellón, que la gente llamaba Dar Aisha o Casa de Aisha, dejando atareadas en sus labores a sus tres esclavas.

Pero, aunque Leonor había asegurado a la princesa nazarí que no añoraba su vida pasada en el molino de Fuente Fría, ni que echaba de menos a su familia, le había mentido, porque en su corazón seguía abierta una herida que solo se cerraría cuando volviera a abrazar a sus padres y a su hermano Fadrique, de quien tenía un vago recuerdo porque no había cumplido aún ocho años cuando dejó el molino de Fuente Fría para hacerse franciscano.

No podía imaginar la joven cautiva que su hermano, secularizado y empeñado en su búsqueda, se hallaba muy cerca de ella, en algunas de las estancias donde se alojaban los artesanos del yeso y los ceramistas en la ciudad palatina.

XII
Artesano en la Alhambra

Ben al-Mawali recibió a Fadrique en su despacho, contiguo al que ocupaba Ben Zamrak, desde los que ordenaban y distribuían los trabajos, que los arquitectos, alarifes y las cuadrillas de ceramistas y artesano del yeso, habían de realizar en la rehabilitación de la sala de la Barca.

El poeta lo abrazó emocionado.

—¡Amigo mío! Te prometí mi ayuda y, al fin, he podido cumplir la promesa que te hice —reconoció muy ufano al-Mawali—. Cuando relaté a Ben Zamrak las penalidades que has soportado, desde que abandonaste tu apacible vida en un monasterio, y tus sobresalientes cualidades de calígrafo e iluminador de libros, no dudó en prestarme su colaboración para lograr que el riguroso y exigente Ben al-Jatib firmara el decreto de tu excarcelación ratificado por el cadí que te condenó.

—Y yo te estoy muy agradecido —repuso el cristiano—. No solo porque ahora gozo de la libertad que me tenían secuestrada, sino, también, porque con tu generoso ofrecimiento vas a permitir que vuelva a ejercer el noble oficio que una vez desempeñé y que tanto añoro.

—Sin embargo, el trabajo que te espera en muy poco se asemeja al que realizabas en el monasterio franciscano, aunque no dudo que con la habilidad que me demostraste en los meses que estuvimos recluidos en el Maristán, a no mucho tardar serás un experto calígrafo del yeso —expuso el granadino—. En el *scriptorium*, según me contaste, debías copiar textos antiguos en la lengua latina y adornarlos con miniaturas. Grabar sobre yeso y trazar en relieve los poemas y los lemas de la dinastía nazarí serán, para ti, unas labores novedosas que te van a exigir un necesario período de aprendizaje. Por ese motivo he encargado al maestro Ismail al-Turtusí, el más diestro en el arte de trazar inscripciones sobre yeso, que te aleccione y te prepare para que pronto puedas comenzar a elaborar, con los demás artesanos, las inscripciones que nuestro bienamado sultán desea que adornen las paredes de la renovada sala de la Barca.

—No te habré de defraudar, al-Mawali —apostilló Fadrique—. Seré el mejor discípulo que haya tenido el tal Ismail y recibiré sus lecciones con humildad y aprovechamiento. De esa manera espero poder pagar con mi esfuerzo y dedicación tu generosa actitud y tu inestimable ayuda.

—Estoy seguro de que aprenderás nuestro arte decorativo con las lecciones del maestro Ismail y que, al paso de unos meses, serás un experto calígrafo, no sobre pergamino, sino sobre paneles de yeso.

Y dicho esto, se despidieron, deseando al-Mawali a Fadrique que fuera grata y provechosa su estancia en la Alhambra y gozosa la nueva etapa de su vida que iba a emprender al servicio del emir de Granada.

Sin embargo, aunque el franciscano secularizado estaba satisfecho con el inesperado giro que había dado su existencia, giro que le había permitido acceder, al fin, a la deseada e inaccesible ciudad fortificada de la Alhambra, donde pensaba que se hallaba y sufría cautiverio aquella a la que tanto amaba, no había olvidado cuál había sido el motivo que lo llevó a emprender su viaje al sultanato de Fez, así como su postrer viaje a la ciudad nazarí: encontrar a Almodis y sacarla de su prisión. Pero, como sabía que ese era un asunto que exigía templanza de ánimo y paciencia, optó por dejar que, con el transcurrir de las semanas y los meses, se dieran las circunstancias favorables para emprender de nuevo la pesquisa y poder saber en qué parte de aquella extensa y compleja ciudad palatina estaba encerrada su hermana.

El hijo del molinero se alojó, con otros artesanos que trabajaban a las órdenes de Ben Zamrak y del arquitecto real, Muhammad Aben Cencid, en un pabellón situado en uno de los extremos del patio de los Arrayanes y de la torre hermana de la de Comares, que sería demolida, casi dos siglos más tarde, para edificar el suntuoso palacio de Carlos V. En aquel edificio, de dos plantas, disponía de una habitación amplia con una ventana que daba a un jardín. La estancia contaba con una silla, una mesa amplia, una almenara de la que pendían dos candiles de cerámica, una cama y una estantería con algunos libros escritos en árabe con dibujos de alicatados y yeserías coloreadas. Sobre la mesa se veían, también, varios pliegos de papel, tinteros conteniendo tintas de diversos colores y una jarrita con cuatro o cinco cálamos y pinceles.

Después de haberse instalado en su aposento, salió a la placita que antecedía al edificio, donde conversaban varios individuos que, por su porte y vestimenta, dedujo que serían artesanos del yeso como él. Se acercó a ellos y les preguntó que dónde podría encontrar al maestro Ismail al-Turtusí. Le dijeron que se dirigiera a un extremo de la plazuela, zona ajardinada donde, debajo de una galería vegetal formada con punzantes enredaderas de rosas trepadoras, se hallaba un hombre de unos cuarenta años, vestido con un jubón que presentaba algunas manchas blancas de yeso sobre el pecho —lo que delataba cuál era su oficio— y que portaba unos planos enrollados en su mano derecha.

—¿Sois vos el maestro Ismail al-Turtusí? —preguntó Fadrique.

—Yo soy el tal Ismail por el que te interesas, muchacho. Y tú debes ser el habilidoso cristiano al que Ben al-Mawali quiere que enseñe el arte de escribir y grabar sobre los paneles de yeso —respondió el musulmán, al tiempo que depositaba los planos que portaba en una mesa de campaña que había debajo del pasadizo vegetal.

—Ese es mi deseo y el de mi mentor, el poeta al-Mawali —repuso el hijo del molinero—. Desconozco en todo y en parte las artes y los secretos procedimientos que utilizáis para obtener las hermosas inscripciones murales y cómo lográis dar color duradero a los relieves. Yo solo sé copiar fielmente las escrituras antiguas en pergaminos y pintar miniaturas, labores que mis maestros franciscanos aseguraban que eran muy de considerar. Espero que con ese humilde bagaje y con vuestras enseñanzas pueda convertirme en un hábil artesano del yeso.

—No dudes, joven cristiano, que, si pones interés, lograrás ser un buen calígrafo y grabador —señaló Ismail—. Aptitudes no te faltan, según me ha referido Ben al-Mawali, que te ha visto trazar y colorear frases y complicadas lacerías en los fragmentos de papel que te proporcionaba.

—Deseoso estoy de poder comenzar el aprendizaje del arte de la yesería, maestro Ismail.

—Mañana, después de la segunda oración del día, te espero en el taller —dijo, señalando un edificio alargado que había al otro lado de la plaza, de una sola planta, de cuyo tejado, de tejas rojas a dos aguas, sobresalía un par de chimeneas que no cesaban de arrojar columnas de humo—. Ahí se encuentran el taller del yeso a un lado, y en el otro, el obrador en el que se elaboran y cuecen las piezas cerámicas vidriadas con las que se forman los alicatados.

Fadrique se despidió de su maestro y de dirigió a su aposento donde permaneció el resto de la tarde ojeando los manuales que había en la estantería y que trataban de la elaboración de las inscripciones sobre yeso y de cómo ensamblar las piezas que formaban los complicados alicatados. Antes del anochecer, se reunió con el resto de los artesanos y alarifes en el comedor para degustar la cena y conversar con sus nuevos compañeros sobre lo acontecido durante la jornada. En el refectorio conoció a Hasán, que era experto en extraer el yeso sobrante con estiletes de variado calibre para obtener las inscripciones, previamente dibujadas, y los motivos vegetales y geométricos en relieve; y a Abutalib García, un antiguo cautivo cristiano convertido al islam hacía más de veinte años, que decía ser perito ceramista, y que le aseguró se encargaría de enseñarle cómo se elaboraban las piezas de barro vidriadas si, después de aprender las labores sobre yeso, Ben al-Mawali decidía que se ejercitara, también, en el arte de la azulejería.

Los siguientes cuatro meses los pasó el hijo del molinero en el taller del yeso, aprendiendo del maestro Ismail las técnicas para elaborar las inscripciones que consistían en calcar, sobre los paneles de estuco, los lemas de la dinastía o los motivos vegetales o geométricos y, a continuación, extraer, con mucha minuciosidad y el empleo de pequeñas gubias y estiletes, la materia sobrante del panel para dejar aisladas, en relieve, las inscripciones con los poemas y los lemas oficiales, así como los complicados motivos vegetales y geométricos antes de proceder a alisarlos con una lija fina y aplicarles el color.

—Estas labores se realizaban, hace siglos, cuando al-Andalus estaba gobernada por los califas omeyas, tallándolas sobre losas de mármol blanco de Macael para trazar los relieves de las inscripciones y los motivos vegetales —comenzó diciendo Ismail, cuando, a la mañana siguiente, se encontraron en el taller—. Algunas se conservan en la iglesia mayor de Córdoba, que fue gran mezquita de la ciudad antes de que los cristianos la convirtieran en templo de vuestro Dios. En nuestro tiempo, se elaboran con paneles de yeso endurecido con mármol en polvo, materia más pobre pero, no por ello, menos duradera y hermosa.

Se habían acercado a una mesa grande que ocupaba el centro de la sala en la que ya estaban trabajando dos muchachos preparando, en sendas artesas, una masa de yeso muy líquida y vertiéndola, antes de que fraguara, en unos moldes de madera de forma cuadrada de algo menos de una vara de anchura y una pulgada de grosor.

—Observa cómo el yeso ocupa el espacio dejado por el molde y los aprendices lo mueven con una espátula para evitar que se formen bolsas de aire, lo que arruinaría el proceso. Deben esmerarse para que la superficie quede lisa, pues es en ella donde vamos a calcar el dibujo y extraer, después, el yeso sobrante —expuso el maestro musulmán, señalando la labor que estaban realizando los jóvenes aprendices.

—¿Cuánto tiempo se ha de esperar, maestro, para poder comenzar a trabajar en la losa de estuco? —preguntó Fadrique, acercándose a los paneles de yeso líquido que se habían formado, entre bastidores de madera, sobre la superficie de la mesa.

—El yeso fragua en unas horas, pero debemos esperar que transcurran tres días para que, una vez haya adquirido la suficiente dureza y sequedad, se puedan dibujar los motivos y comenzar la minuciosa labor de extraer el material sobrante.

Con la lección impartida esa mañana, Ismail entendió que su alumno había adquirido los primeros y más básicos conocimientos sobre el modo de elaborar y trabajar el estuco. Después de haber dejado las placas secando sobre la mesa, salieron del taller, donde el maestro, antes de despedirse del cristiano convertido en aprendiz de grabador sobre yeso, lo emplazó a la mañana siguiente en el mismo lugar para continuar el aprendizaje de la siguiente etapa del exclusivo arte de obtener la decoración parietal tan del gusto de los musulmanes granadinos.

En los días que siguieron, Ismail al-Turtusí le enseñó a dibujar las inscripciones y los demás motivos que habían de pasar a la superficie del panel de yeso calcándolos con un papel cubierto con polvo de carbón. A continuación, con pequeñas gubias, espátulas y gradinas de cantero se procedía a extraer, con mucha paciencia y precisión, el yeso que rodeaba el dibujo para ir dejando, en relieve, la inscripción o el motivo que, previamente, se habían trazado y que era la porción de yeso que había que conservar.

El siguiente paso consistía en dar una aguada de cal sobre la superficie del panel de estuco para favorecer la aplicación del color. Los colores empleados más comunes eran el azul, obtenido de la azurita, para los fondos; el rojo, sacado del cinabrio, y el verde, elaborado con el óxido de cobre.

Los meses que siguieron, los pasó Fadrique en el taller dedicado a practicar y repetir las lecciones y enseñanzas impartidas por el maestro Ismail al-Turtusí, del que decían que había aprendido el noble arte de la yesería decorativa de su bisabuelo, que procedía de la lejana Tortosa, de donde le venía el apellido o gentilicio de su nombre. Escribía en un papel el lema o la frase elegida, que debía pasar a la superficie del yeso. La calcaba presionando con un punzón de madera y, luego, procedía a marcarla y rayarla con un estilete para poder comenzar a extraer el material sobrante y dejar en relieve la inscripción antes de preparar los colores y, con finos pinceles, aplicarlos. Esa minuciosa labor la estuvo realizando durante semanas hasta lograr que las letras árabes o los motivos vegetales o geométricos aparecieran nítidos, con las aristas rectas, sin rebabas, y los colores uniformes.

En los primeros días del mes de octubre del año 1366, Ben al-Mawali, lo convocó, por mediación de Ismail, a su despacho.

Fadrique se había cortado el cabello y afeitado la desordenada barba, dejando tan solo un breve bigote que le cubría parte del labio superior. A esa altura de su vida, nada permitía reconocer al barbilampiño y delicado fraile que, a la edad de catorce años, lo admitieron como postulante en el monasterio franciscano de Santo Toribio de Liébana.

—*Salam aleikum* —saludó el hijo del molinero, cuando hubo franqueado el umbral de la puerta.

—*Aleikun salam* —contestó el musulmán.

El poeta se hallaba sentado en una silla, a la manera de los cristianos, detrás de una mesa bellamente torneada.

—El maestro Ismail al-Turtusí me ha comentado que realizas notables avances en el aprendizaje del arte de la yesería, lo que no me ha extrañado, pues conozco bien tus habilidades y destrezas con el dibujo y la pintura, amigo mío —expuso el poeta áulico con cara de satisfacción.

—Las excelentes lecciones del maestro Ismail han sido las que, sin duda, han logrado que recupere, sin mucho esfuerzo, las habilidades de mi antiguo oficio —repuso Fadrique—. Al margen de la labor artesana de extraer el yeso sobrante para trazar las letras y los restantes motivos decorativos, no se diferencia demasiado de las tareas que ha de ejecutar en el *scriptorium* un buen calígrafo e iluminador de códices.

—Es cierto, Fadrique. Pero, como refiere un antiguo proverbio árabe, aunque el hortelano arroje cien veces el cubo al fondo del pozo, no logrará sacar ni un azumbre de agua si está seco.

El franciscano secularizado guardó silencio, ruborizado por las reconfortantes palabras del musulmán.

—Dos son los motivos por los que te he convocado —continuó diciendo al-Mawali—. El primero, que a partir de mañana quiero que te unas a la cuadrilla de artesanos que trabajan reponiendo las inscripciones en los estucos de la sala de la Barca. Ismail te indicará las labores que habrás de acometer.

—No sé, al-Mawali, si estaré preparado para asumir tanta responsabilidad —se excusó el cristiano.

—Ismail me asegura que es una labor que sabrás realizar a la perfección. Mañana te pones a sus órdenes y ya me contarás —dijo el poeta, dando fin a esa parte de la entrevista—. Pero, te he llamado porque quiero comunicarte el resultado de una pesquisa que te prometí que realizaría y que, hasta ahora, no he podido dar por finalizada.

Fadrique se sorprendió, pues no recordaba que al-Mawali se hubiera comprometido con él a llevar a cabo ninguna pesquisa, aunque, haciendo memoria de la última conversación que mantuvieron en el Maristán el día que el granadino lo abandonó reclamado por su compañero Ben Zamrak, creyó que sabía a lo que se refería su amigo.

—Tú dirás, mi antiguo y respetado compañero de reclusión —manifestó Fadrique.

—Estando en el Maristán, me relataste cómo habías viajado hasta Granada haciéndote pasar por musulmán, burdo ardid que fue la causa de tu detención y justo castigo. Y que toda aquella farsa se debía, únicamente, al amor fraternal y a tu afán por saber si tu hermana, raptada por los almogávares, se hallaba cautiva en alguno de los palacios de la Alhambra.

—¡Almodis! ¡Mi querida y añorada Almodis! —exclamó emocionado, al recordar que esa había sido la promesa que le había hecho al-Mawali.

—Pues bien, amigo Fadrique, después de larga y secreta indagación, he logrado saber dónde se halla recluida tu hermana —manifestó, tan emocionado como su interlocutor, el poeta granadino.

—¡Almodis! ¡Almodis! ¡El único vínculo que aún me une a mi desaparecida familia! —repetía, entre sollozos el franciscano secularizado, entendiendo que, con las palabras pronunciadas por al-Mawali, se había despejado la espesa niebla que, hasta ese momento, había cubierto de oscuridad su agitada existencia.

—¿Dónde se halla Almodis, al-Mawali? ¿Dime, dónde está? —prorrumpió el cristiano preso de una incontrolable desazón.

Su amigo, el poeta, se acercó a él y lo abrazó con ternura procurando que se calmara. Luego dijo:

—Si han transcurrido varios meses desde que inicié las pesquisas sin obtener ningún resultado, era porque nadie conocía en la Alhambra a una cautiva cristiana que se llamara Almodis. Su nombre ya no es el que le pusieron tus padres cuando vino al mundo y fue bautizada, sino uno nuevo. Aquí se la conoce como Leonor.

El joven, con la mirada perdida, casi no atendía a las palabras pronunciadas por al-Mawali. Al cabo de un rato dijo con la voz entrecortada:

—Leonor..., Leonor... ¡Mi añorada hermana! Amigo al Mawali, me colmarías de felicidad si pudieras concertar un encuentro con ella.

El poeta áulico rehabilitado lo había tomado de los hombros y acompañado hasta un diván que había en un extremo de la habitación, debajo de la ventana que daba al jardín del Mexuar. Ambos se sentaron en él.

—La que ahora se llama Leonor es la esclava favorita y más querida de la princesa Aisha, hermana del sultán —manifestó al-Mawali con voz pausada, no exenta de tristeza—. Nada se puede hacer, amigo mío, porque la poderosa princesa nunca le concederá la libertad, aunque logres que un alfaqueque aporte las doblas que se ordinario se exigen por la libertad de una cristiana joven. Olvida la búsqueda que te condujo hasta Granada. Piensa que tu hermana reside en uno de los mejores palacios de la Alhambra, que goza de un trato exquisito y privilegiado, que ya quisieran para sí muchas mujeres libres de esta ciudad, y que nada le va a faltar en lo que le resta de vida. Abandona, Fadrique, esa obsesión casi enfermiza que te consume y acepta con resignación lo que te depara el inexorable destino. Dedícate a la labor de calígrafo y artesano del yeso en la sala de la Barca, oficio en el que tienes asegurado un prometedor futuro. Quizás, algún día puedas reunirte con Almodis. Pero no será ahora.

El joven cristiano no cesaba en sus lamentos y sollozos. Al-Mawali no se apartaba de él y hacía esfuerzos para que recobrara la mesura que parecía haber perdido y aceptara la realidad que, como una pesada losa, había caído sobre su ajado espíritu. Cuando se hubo recuperado y le volvieron la cordura y la sensatez, dijo:

—Tus palabras, amigo mío, han sido como una cruel daga que ha rasgado mi alma inflamada de amor fraternal; pero sé que son palabras sensatas pronunciadas desde la prudencia y la sabiduría. Te agradezco la pesquisa que has realizado hasta lograr hallar a mi querida Almodis. Mas, con dolor de mi corazón he de aceptar tu prudente consejo y borrar de mi mente el recuerdo de que una vez tuve una hermana que se llamó Almodis y que ahora tiene por nombre Leonor. Y, como bien dices, algún día, cuando transcurra el tiempo y varíen las circunstancias, quizás pueda acercarme a ella y abrazarla.

Fadrique, siguiendo la recomendación de su amigo al-Mawali, no volvió a mencionar en su presencia el asunto de su hermana cautiva. Y, aunque había expresado ante él su firme decisión de que la olvidaría y se dedicaría en cuerpo y alma a su trabajo de epigrafista en la sala de la Barca, en lo más profundo de su ser seguía pensando que su sagrado deber era buscar la manera de llegar hasta su hermana y sacarla de su cautividad. Pero, como había señalado su mentor musulmán, la estancia de Almodis en el vigilado palacio de la princesa Aisha y el aprecio que la hermana del emir sentía por ella, hacían imposible cualquier intento de acercarse a la que ahora se llamaba Leonor y lograr el encuentro que tanto ansiaba.

Transcurrida una semana, cuando al-Mawali creyó que el dolor de Fadrique se había atemperado y la impotencia que sentía al no haber podido ver y abrazar a su hermana estaba superada, decidió hacerle un encargo importante para que se afanara en su labor de epigrafista, si es que el fracasado intento de encontrar a Almodis no le empujaba a abandonar Granada y retornar, ahora que volvía a ser un hombre libre, a tierra de cristianos. Aunque, en ese punto, poco conocía el poeta granadino la tozudez y firmeza en sus convicciones del cristiano.

Por medio del maestro Ismail, al-Mawali le envió un mensaje para que procediera a grabar y colocar, en una de las paredes de la sala de la Barca, un poema de Ben Zamrak que el sultán deseaba que decorara, en elegante letra de tipo cursivo, aquel espacio palatino remodelado. Que pensaba que, con su destreza en el manejo de la gubia y su habilidad en el trazado de la caligrafía árabe, ya demostradas, era el más indicado para acometer tan exquisito trabajo. Fadrique era consciente de que, ni por asomo, se había convertido en el más hábil de los artesanos calígrafos de la Alhambra, pero que, con ese encargo, su amigo al-Mawali quería promocionarlo e infundirle el ánimo que pensaba que le faltaba después de haber fracasado en el intento de ver y abrazar a su hermana. La traducción del poema de Ben Zamrak, que debía calcar sobre el yeso y, luego, trazar con la gubia y aplicarle los colores que estaban estipulados para esa clase de labores, era esta:

«Jamás vimos alcázar más excelso, de contornos más claros y espaciosos. Jamás vimos jardín más floreciente, de cosecha más dulce y más aromática.»

Ayudado por dos aprendices, estuvo Fadrique atareado en la preparación de los paneles de estuco en el taller, en el calco y trazado de las hermosas palabras que formaban el poema, en el alisado final y en la aplicación de los colores, dos meses, hasta ver finalizada la obra, que fue ensalzada por al-Mawali cuando acudió a la sala de la Barca para comprobar si su amigo no lo había defraudado, dada la dificultad de la labor que le había encomendado.

—Fadrique —le dijo, con una amplia sonrisa reflejada en el rostro, con la que expresaba la satisfacción que sentía—. No me equivoqué cuando admiré tus trabajos en el Maristán y, luego, logré sacarte de aquella reclusión. Entonces supe que tenía ante mí a un excelente epigrafista, aunque todavía en ciernes. Este magnífico trabajo ha venido a confirmar lo acertado que estuve al depositar mi confianza en ti.

Después del éxito alcanzado, se le encomendaron nuevos trabajos al cristiano calígrafo en la sala de la Barca y en otros lugares de la Alhambra, donde el sultán Muhammad V deseaba que se plasmaran los elogiosos poemas de sus poetas áulicos sobre los logros de su reinado, la belleza de aquellos palacios únicos y las alabanzas a la dinastía y a su dios.

Se ha de referir que Fadrique, como buen cristiano, ahora que tenía libertad para poder hacerlo, asistía todos los domingos y fiestas de guardar, a la Santa Misa que se celebraba en la pequeña iglesia que regentaban los padres trinitarios en el barrio de los Alfareros, ya mencionada, a la que acudían los pocos cautivos que tenían autorización de sus amos, así como los mercaderes castellanos, catalanes, genoveses o placentines que se hallaban de paso en Granada para vender o comprar mercancías en las alhóndigas y las lonjas de la ciudad.

La iglesia, un antiguo almacén de la seda que era propiedad del cónsul de los genoveses, micer Doménico di Mari, principal mercader en la importación de sal y la exportación de la seda granadina y de azúcar a las ciudades italianas, cuya sala principal se había convertido en la única nave de que disponía el templo, se hallaba situada en una empinada calle, a no mucha distancia de la puerta de Fajalauza. Dos frailes de la Orden Trinitaria, fray Tomás de Albi —conocido de Fadrique, porque era el que acudía a celebrar la misa dominical en el Maristán—, y fray Lorenzo de Alcañiz, originario del reino de Aragón, eran los encargados de atender las necesidades espirituales de la muy escasa población cristiana de Granada, de celebrar la misa los días festivos y hacer las exequias de los que fallecían antes de ser enterrados en el cementerio cristiano que había extramuros, frente a la puerta de Bibarrambla.

Fray Tomás, con su hábito blanco sujeto a la cintura con un cordón negro, escapulario, también blanco, conteniendo una cruz de brazos iguales, uno rojo y otro azul, y una capucha del mismo color que el hábito, lo atendía con mucha cordialidad cuando, al finalizar la ceremonia religiosa, conversaban en el pequeño atrio que precedía al edificio religioso. Esa cordialidad se intensificó cuando el hijo del molinero tuvo ocasión de relatarle cómo había logrado abandonar el Maristán, gracias a la intervención de uno de los poetas que residían en la Alhambra, y pudo ingresar como artesano del yeso en los talleres de la ciudad palatina.

Con el paso de los meses y sus ocasionales encuentros dominicales, fue naciendo entre ambos una estrecha amistad, hasta el punto de que el joven de Zuheros, que procuraba ocultar sus verdaderos sentimientos y sus planes de futuro a sus amigos musulmanes, compartía con el trinitario confidencias y secretos que hubieran sido muy comprometedores comunicárselos a los granadinos con los que convivía en la Alhambra.

—No alcanzo a comprender, amigo Fadrique —le dijo un día fray Tomás, entretanto que charlaban junto a la puerta de la iglesia—, por qué continúas residiendo en Granada siendo cristiano, gozando de libertad para salir y entrar del reino y sin que nada te ate a la gente de esta ciudad, pues no estás casado ni tienes descendencia que debas atender.

—Creo que ha llegado el momento, fray Tomás, de que le desvele cuál fue el motivo que me trajo a Granada —respondió el cristiano calígrafo, al tiempo que alejaba al trinitario de la puerta del templo y lo llevaba a un extremo del atrio para que nadie pudiera oír lo que le iba a relatar—. Cuando hace años arribé a esta ciudad, el único pensamiento que albergaba era encontrar a mi pobre hermana que había sido tomada presa por los almogávares norteafricanos en una de sus correrías, pues tenía noticias ciertas de que se hallaba cautiva en alguno de los palacios de la Alhambra.

—Siendo ese el motivo de tu estancia en Granada, entiendo ahora tu permanencia en esta ciudad —replicó el trinitario—. Lo que también infiero, es que, si aún continúas trabajando como artesano del yeso en la ciudad palatina, es porque no has logrado todavía dar con el paradero de tu hermana.

—Ese es el pesar que me corroe el alma, buen fraile —repuso Fadrique, bajando la intensidad de su voz, pues una mujer acababa de salir de la iglesia y se aproximaba a ellos—. Sé que Almodis está cautiva en uno de los palacios del sultán, pero tan alejada de mí como lo está el sol que nos alumbra. Nada puedo hacer, por ahora, para acercarme a ella. Mi amigo al-Mawali me ha asegurado que es una de las esclavas de la princesa Aisha, hermana del emir. Él cree que he abandonado los planes que tenía para sacar a Almodis de su cautiverio y que fueron la causa de mi encierro en el Maristán, pero lo cierto es que solo espero hallar la ocasión que me permita acceder a los pabellones donde reside la princesa Aisha y liberar a Almodis.

Fray Tomás se dolió de la pena y la impotencia que afligían a Fadrique y, sobre todo, de la secreta razón que le impedía retornar a tierra de cristianos, que no era otra que poder lograr la libertad de su hermana.

—Poco es lo que puedo hacer por ti, amigo mío, que no sea rezar para que el Divino Hacedor te conceda su gracia y puedas ver cumplidos tus deseos —dijo fray Tomás—. Pero has de saber que los trinitarios estamos a tu disposición para ayudarte en aquello que es la principal de nuestras misiones en este mundo: dedicarnos en cuerpo y alma a los que sufren cautividad. Y tú, Fadrique, la estás sufriendo por causa del amor que profesas hacia tu desdichada hermana.

El joven permaneció unos segundos en silencio, pensativo, asimilando la propuesta que acababa de hacerle el fraile trinitario. Al cabo de ese tiempo, dijo:

—Hay algo que podéis hacer por mí, fray Tomas.

—Pues no dudes en pedírmelo.

—Tengo un buen amigo, mi mentor, un caballero de nombre don Rodrigo de Biedma, que nada sabe de mí desde que dejé su casa cordobesa hace algo más de tres años —expuso con mucho énfasis Fadrique—. He querido escribirle para que supiera de mis desdichas y de mi actual situación como artesano en los palacios nazaríes, así como del fracaso de la misión que me había traído a esta ciudad, que no era otra que dar con el paradero de Almodis. Pero, como no confío en los correos que podrían llevar la carta a Córdoba, pues temo que la misiva sea interceptada y leída por aquellos que, seguro, me espían, hasta ahora no he encontrado modo ni ocasión de que don Rodrigo tenga noticias mías.

—Deduzco de tus palabras que esperas que alguno de nuestros hermanos trinitarios pueda ejercer, de manera ocasional, el oficio de mensajero, hacer llegar una carta escrita por ti a Córdoba y entregarla al tal don Rodrigo de Biedma sin peligro de que sea tomada y leída por los musulmanes.

—Si estáis dispuesto a correr ese riesgo, os estaría muy agradecido —manifestó Fadrique, no sin cierta aprensión, pues no deseaba comprometer a aquellos buenos religiosos, que tan relevante labor realizaban en tierras del islam, ante la justicia de los granadinos.

—Pues no se hable más —terció fray Tomás de Albi—. Escribe esa carta y tráemela el próximo domingo cuando acudas a esta iglesia para asistir al santo sacrificio de la misa.

Nosotros hallaremos la manera de que llegue al caballero cordobés, si nos proporcionas sus señas.

Iban a abandonar el atrio de la iglesia, cuando salió del templo un caballero corpulento, de rostro sonrosado y de elegante porte. Vestía una túnica de seda que le llegaba a las rodillas, sujeta a la cintura con un cordón que parecía hecho con hilos de plata. Debajo portaba unas calzas muy ajustadas de color rojo y, sobre los hombros, una lujosa capa verde adornada con una solapa de piel de armiño o de algún otro animal de pelaje blanco.

—Permíteme, Fadrique, que te presente a micer Doménico di Mari, el cónsul de los mercaderes genoveses, defensor de sus intereses en Granada y nuestro gran benefactor —dijo fray Tomás, cuando el caballero italiano se acercó—. Este joven es un reputado calígrafo que trabaja en las obras de rehabilitación de las yeserías de la Alhambra —añadió el fraile.

—Me honra conocer a alguien que se dedica a tan prestigiosa tarea —afirmó el cónsul—. No todos los días se tiene la oportunidad de poder hablar con uno de los artistas de la Alhambra y, menos, si es cristiano.

—No puedo decir menos de vos, señor Di Mari. Los genoveses son los mercaderes mejor considerados de este reino —repuso Fadrique para agradar al caballero genovés.

—Sin desmerecer la labor que realizamos en los reinos de Sevilla y de Jaén y la justa fama que hemos ganado con nuestra desinteresada ayuda a los reyes de Castilla —añadió el cónsul, y los tres rieron, sorprendidos por la presuntuosa afirmación del italiano, pues de todos eran conocidos los privilegios comerciales que obtenían los mercaderes de Génova establecidos en Sevilla a cambio de la «desinteresada» ayuda que prestaban a los reyes castellanos.

—Este buen cristiano está en Granada porque fue requerido por los encargados de las obras de la Alhambra debido a su destreza en escribir poemas y trazar motivos decorativos sobre el yeso; pero que, según me dice, cuando concluyan ciertos asuntos que lo retienen en esta ciudad, retornará a Córdoba, de donde es natural —dijo el fraile trinitario, quizás con la intención de que su amigo se ganara la confianza y el aprecio de aquel importante y prestigioso personaje de la sociedad granadina.

—En la lonja de los Genoveses, detrás de la gran mezquita, me encontrarás —señaló micer Doménico di Mari—. Si tienes necesidad de ayuda o de que interceda por ti ante los jueces o el zalmedina, con los que mantengo una estrecha relación de amistad, no dudes en visitarme. Si no me encuentras en Granada, es que estoy en Málaga, Almería o en las fortalezas de Almuñécar o Salobreña, puertos en los que arriban las cocas y carracas de la Señoría de Génova para embarcar azúcar granadina, la mejor de todo el litoral mediterráneo.

—Lo haré, señor cónsul, y le agradezco su ofrecimiento, porque en esta inestable ciudad, tan proclive a cambiar de soberano, nunca se sabe lo que nos deparará el futuro. Le aseguro que su generosa oferta de ayuda no caerá en el olvido.

Fadrique no sabía de qué manera podría ayudarle aquel personaje en la consecución de sus planes, que no eran otros que sacar a Almodis de su cautividad. Pero, como el italiano era uno de los mercaderes más ricos y encumbrados de Granada y su figura imponía respeto y admiración entre los representantes de la autoridad civil y de la religiosa, pensaba que, algún día, podría serle útil su amistad.

Se despidió de fray Tomás de Albi y del cónsul y marchó a la Alhambra para dedicarse al trabajo que lo estaba esperando, porque, aunque era domingo, debía continuar con la labor iniciada aquella mañana, puesto que el día festivo de los granadinos, como el de todos los musulmanes, era el viernes.

La semana siguiente la dedicó a redactar, recluido en su aposento, la carta que iba e enviar a don Rodrigo de Biedma por medio de los amables frailes trinitarios. Realizó varios borradores, que luego quemaba en la almenara, hasta escribir el texto definitivo, que decía lo siguiente:

«Apreciado don Rodrigo de Biedma, mi mentor y amigo: después de tres largos años de ausencia, puedo por fin escribirle estas líneas en las que voy a relatarle, de manera sucinta, las desventuras que he sufrido, así como el resultado del proyecto que, como bien sabéis, me trajo a esta ciudad de Granada. Dios ha querido que, a pesar de las grandes penalidades que he soportado, ahora me halle sin padecer laceración en el cuerpo ni aflicción en el alma, aunque aún no he logrado ver y hablar con Almodis, que es lo que más deseo y lo que me mantiene en esta ciudad. Sin embargo, sé que se halla en uno de los palacios de la Alhambra donde reside, desde que fue tomada presa, sin sufrir padecimiento alguno, como sierva y esclava de la princesa Aisha, hermana del sultán Muhammad V.

El ardid de hacerme pasar por musulmán fue, al cabo, descubierto, delito contra la religión por el que fui duramente castigado. Estuve recluido en el Maristán, que es un hospital de locos y de blasfemos, porque aseguran los jueces que la blasfemia en el islam es una grave ofensa contra Dios que solo la pueden pronunciar y mantener los dementes y los enajenados de este mundo. No obstante, el Divino Hacedor que, como dice un buen amigo musulmán, pone piedras en el camino, pero siempre deja un resquicio por el que poder seguir adelante, hizo que encontrara en ese manicomio a un poeta, castigado como yo por ofensas a la moral y a la religión, y que, una vez que hubo logrado la libertad, me sacó de aquella cárcel y me llevó con él a la Alhambra donde ejerzo, desde entonces, el oficio de calígrafo y grabador. Este buen musulmán, que se llama Ben al-Mawali, me aprecia y respeta. Es el que me ha desvelado que Almodis está viva y se halla cautiva en el palacio de Aisha. He tenido que asegurarle que no intentaré buscarla ni conversar con ella, pues es, según él, empresa peligrosa e inalcanzable, estando el palacio en el que se encuentra recluida vigilado por un destacamento de soldados noche y día y por los esclavos domésticos de la princesa. Al margen de que, según al-Mawali, Aisha le tiene un gran aprecio y nunca permitiría que fuera redimida ni por todo el oro del mundo.

Pero, deseo que sepa que no cejaré hasta dar con mi desdichada hermana y logre sacarla de su cautividad, aunque en ello me vaya la vida.

Esperando el feliz instante en que pueda abrazarle, mi buen alfaqueque, acompañado de la dulce y querida Almodis, se despide Fadrique Díaz, fraile franciscano secularizado y artesano del yeso en la Alhambra de Granada.»

El hijo del molinero plegó la carta con sumo cuidado, escribió en su dorso el nombre y la dirección del caballero cordobés y la ató con una cinta antes de ocultarla entre las páginas del libro sobre el arte de la yesería y los alicatados que había en una de las baldas de la estantería. Hasta que llegó el domingo siguiente, la guardó en su zurrón y marchó al arrabal de los Alfareros para asistir a la celebración de la misa en la iglesia de los hermanos trinitarios. Al finalizar la ceremonia, esperó a fray Tomás en el atrio del templo para hacerle entrega de la misiva que tan celosamente portaba en el morral.

Este le aseguró que, antes de quince días, estaría la carta en poder de su destinatario.

Fadrique continuó realizando las tareas que al-Mawali le encomendaba en la sala de la Barca —que era la estancia adyacente al patio de los Arrayanes que servía de acceso al palacio de Comares—, y que el cristiano epigrafista ejecutaba con otros artesanos del yeso y ceramistas peritos en el arte de la azulejería, hasta que los trabajos de restauración se dieron por finalizados en el mes de diciembre del año 1366. Estas labores consistieron en la consolidación y refuerzo de los muros maestros y en la sustitución y mejora de los paneles de estuco que contenían la epigrafía mural que adornaba la sala; buena parte de ella constituida por poemas del poeta áulico Ben Zamrak. Para acabar con los trabajos de restauración, se sustituyó la bóveda de madera que cubría la habitación con un nuevo artesonado de lacerías en forma de estrellas.

Como tenía poca labor que hacer, que no fuera practicar con las consabidas inscripciones en diferentes tipos de letras, pues le aseguraba al-Mawali que pronto se iba a acometer un gran proyecto constructivo, que estaban siendo diseñado por los arquitectos bajo la dirección de Ben al-Jatib, dedicaba parte del tiempo que no empleaba al estudio del árabe clásico —que aún se le resistía— y a las prácticas de epigrafía, a pasear por Granada, deambular por los zocos, la plaza de Bibarrambla o la alcaicería.

Hay que decir que procuraba no acercarse a la mezquita mayor y, menos, a la de los Curtidores, porque no deseaba encontrarse con sus antiguos compañeros de indigencia, Ahmed y Karim, aunque el renovado aspecto físico del hijo del molinero y las vestiduras elegantes que portaba, debían hacerlo irreconocible para los jóvenes musulmanes con los que había convivido hacía algo más de tres años. Sin embargo, aunque pareciera que el hijo del molinero había renunciado a continuar con la búsqueda de Almodis, en su mente no dejaba de urdir planes para hallar la manera de poder acceder al palacio de Aisha y ver y hablar con su hermana.

Una mañana en la que se hallaba ojeando ciertas prendas de seda que se exponían en las vitrinas de una de las tiendas de la alcaicería, se presentaron de improviso varios soldados que, dando gritos, ordenaban a los compradores y curiosos que ocupaban la calle que se apartaran.

—¡Despejad la calle! ¡Dejad paso a la princesa Aisha! —se expresaba con voz destemplada el que parecía jefe del grupo de guardias que escoltaba a la hermana del sultán.

La gente se apartó y, al poco, apareció una mujer vestida con lujosa túnica de seda amarilla, el rostro cubierto con un tenue velo del mismo color, que iba flanqueada, además de por varios soldados, por tres muchachas, también embozadas, con las que conversaba Aisha. Se detuvieron delante de la tienda en cuyo interior se había refugiado Fadrique y entonces fue cuando la vio. ¡Era ella! ¡Era Almodis! Aunque el velo le cubría la parte inferior de la cara y parte del cabello, sus ojos azules eran inconfundibles. La muchacha se separó durante unos instantes de su dueña para observar unas túnicas de seda que estaban colgadas en la puerta del comercio y fue, en ese momento, cuando se fijó en el joven que, con emoción, la estaba mirando. Pero para desconsuelo y decepción de Fadrique, aquella mirada solo expresaba indiferencia. ¡No lo había reconocido! ¡No encontró en aquellos hermosos ojos reflejada la felicidad del reencuentro! Pero ¿qué podía esperar, si hacía más de doce años que no se veían? Si era una niña de ocho años cuando él emprendió el viaje a la montaña de Cantabria para profesar en el monasterio de Santo Toribio de Liébana. Intentó atraer su atención con un movimiento de su mano, pero la enérgica reacción de uno de los soldados, apartándolo violentamente de la puerta y empujándolo hacia el interior de la tienda, impidió que Almodis reparara en su gesto.

Pudo contemplar, con el corazón palpitante y unas lágrimas de impotencia aflorando de sus ojos, como la princesa Aisha y las tres esclavas que la acompañaban, entre ellas su querida hermana Almodis, desaparecieron por el otro extremo de la calle de la alcaicería en la que se exponían y vendían los lujosos vestidos de seda y los adornos de oro y plata.

Cuando retornó a la Alhambra, se refugió en su dormitorio, triste y decepcionado. Pero si, antes de aquel frustrado e inesperado encuentro con su hermana, deseaba ardientemente llevar a término la misión que lo había empujado a desplazarse a aquella ciudad, después de haber contemplado a Almodis en la alcaicería, estaba decidido, aunque le costara la vida, a acceder al palacio de Aisha y sacar a su hermana de su encierro.

Sin embargo, parecía que sus arriesgados planes iban a quedar, de nuevo, aplazados, porque Ben al-Mawali lo convocó a una reunión en el despacho del secretario del sultán, Ben al-Jatib, a la que también asistieron el arquitecto principal de la Alhambra, Muhammad Aben Cencid, el poeta áulico, Ben Zamrak —cuyos floridos versos decoraban buena parte de la recién remodelada sala de la Barca—, y los maestros de los artesonados y del arte de la azulejería, estos últimos encabezados por el ceramista jefe, Umar al-Hach o «el Peregrino», así llamado porque había realizado la peregrinación a la Meca, largo viaje en el que empeñó casi cuatro años de su vida. Este personaje era famoso por las maravillas que había logrado realizar ensamblando mosaicos de cerámica en los zócalos del pabellón de la princesa Aisha y en el salón de Comares.

—Os he reunido con urgencia —comenzó diciendo Ben al-Jatib—, porque he de exponeros, antes de que, de nuevo, la guerra, que está por venir, nos envuelva y atosigue con sus regueros de sangre y de muertos, el ambicioso proyecto que nuestro emir, Muhammad, cuya vida Alá preserve, desea que acometamos. Un nuevo palacio en la Alhambra, sede de la realeza, que sea la admiración del mundo y el asombro de musulmanes y cristianos. Una obra de belleza jamás contemplada por hombre alguno, que sea la máxima expresión del arte de Granada y del buen gobierno de nuestro soberano. El arquitecto jefe, Muhammad Aben Cencid, al que conocéis por la acertada dirección de las obras realizadas en los dos últimos años en la sala de la Barca, os presentará los planos de construcción del nuevo edificio, del patio que constituirá su centro y de los trabajos de mampostería, yesería, artesonados y alicatados que habrán de llevarse a cabo.

Aben Cencid extendió varios planos sobre una gran mesa preparada para la ocasión.

—Estas son las obras que, inspiradas por nuestro preclaro emir, habremos de comenzar a ejecutar a inicios del año próximo.

Cuando el arquitecto jefe de la Alhambra desplegó los planos y los dibujos de los alzados y los detalles de las cubiertas ante los asombrados ojos de los convocados, una exclamación de sorpresa y de admiración se escapó de todas las gargantas.

—He aquí el proyecto, que será ejecutado en varias etapas —dijo, con aires de suficiencia, Ben al-Jatib, que había vuelto a tomar la palabra—. Empezaremos la construcción del palacio por la *Qubba al-kubra*, la Cúpula Mayor del Jardín, que será el pabellón dorado que antecederá al gran patio rodeado de pabellones en el que se han de representar los cuatro ríos del Paraíso.

Fadrique asistía sobrecogido y en silencio a aquella reunión de notables, consciente de que, si se hallaba presente en aquel excepcional momento, era por deferencia de su amigo al-Mawali que aspiraba a verlo, algún día, como maestro de las obras de yesería.

Cuando acabó el cónclave y retornó a su aposento, estaba seguro de que iba a participar en la ejecución de una construcción sublime que sería la admiración del mundo y una maravilla arquitectónica única recordada durante siglos.

—Quizás estos trabajos me permitan estar más cerca de mi añorada y querida Almodis —pensó, sin mucho convencimiento, en tanto que se recostaba en su mullido camastro y le invadía una inmensa pena.

XIII
La Cúpula Mayor del Jardín Feliz (al-Qubba al-kubra)

El emir Muhammad V, cuando se entrevistó con el rey don Pedro I en Sevilla para concertar con el monarca castellano un pacto de mutua ayuda y se sometió a su vasallaje comprometiéndose a pagarle, cada año, una gran cuantía de doblas en concepto de parias, no pudo negarse a la petición de su aliado, que deseaba erigir un nuevo palacio en la ciudad del Guadalquivir siguiendo los cánones del arte granadino, que tanto admiraba don Pedro, a proporcionarle los artistas y artesanos que el rey de Castilla necesitaba.

Para llevar a cabo su proyecto —que se ubicaría junto al palacio gótico edificado por el rey Alfonso X un siglo antes—, y que constaría de un patio central con estanque y jardines, rodeado de pabellones bellamente decorados con yeserías y alicatados representando motivos cristianos, aunque con grafía árabe, rogaba a su amigo, el sultán nazarí, que le enviase a uno de sus mejores arquitectos y a varias cuadrillas de alarifes y artistas del yeso y de los azulejos, de los que ya habían logrado realizar bellas y originales edificaciones en la ciudad palatina de la Alhambra.

El día en que Ben al-Jatib hubo reunido a los arquitectos, maestros alarifes y peritos del yeso y del alicatado, que trabajaban en la Alhambra, para presentarles el proyecto de edificación del suntuoso palacio que el emir deseaba erigir junto al de Comares, la obra sevillana se hallaba casi acabada y Muhammad V, aunque no la había podido contemplar con sus propios ojos, sabía, por medio de sus espías y de su embajador en Sevilla, que era una residencia real cuya belleza superaba todo lo construido hasta esa fecha en cualquiera de las ciudades de Andalucía.

—No ha de ser Sevilla la ciudad que posea el más hermoso palacio construido al estilo de la antigua al-Andalus —dicen que proclamó ante sus secretarios y ministros—. No será mi hermano, el rey don Pedro, el que gane honra, honores y fama con el trabajo de los arquitectos y alarifes granadinos.

Y, cuando las viejas rencillas y la pugna mantenida en el campo de batalla habían sido felizmente superadas por la paz acordada entre ambos monarcas, surgió un incruento y pacífico enfrentamiento entre los reyes aliados de Castilla y Granada: ¿cuál de ellos lograría levantar en su reino la residencia áulica más grandiosa y bella que pudiera oscurecer a la de su oponente? Y así, como una competición artística no sangrienta, surgió el proyecto de edificación del palacio que Muhammad V mandó erigir al otro lado del patio de los Arrayanes, cuya construcción se iniciaría con el pabellón conocido como la *Qubba al-kubra.*

En el mes de enero del año 1367 se iniciaron las obras de edificación de aquel primer pabellón, demoliendo algunos edificios que molestaban al proyecto, entre ellos los amplios talleres de las yeserías y los alicatados, que tuvieron que ser trasladados a un huerto que se hallaba junto a la muralla exterior, cerca de los baños de la Mezquita Real.

Fadrique se instaló en una habitación bien iluminada en la segunda planta de un edificio, colindante a los talleres, que se había construido a barlovento de éstos para evitar que el humo producido por los hornos de los ceramistas atosigara a los artesanos que residían en él.

Estaba el hijo del molinero atareado en sus estudios del árabe clásico y la epigrafía nazarí, cuando se presentó en su aposento Ben al-Mawali portando un plano enrollado debajo del brazo.

—Esta es la planta y este el alzado del palacio que los alarifes han comenzado a construir empezando por los cimientos de los cuatro muros maestros —expuso el poeta áulico, al tiempo que extendía el pliego de papel sobre la mesa que ocupaba el centro de la pequeña habitación—. Quiero que conozcas el proyecto completo, aunque por ahora solo se edificará el pabellón de la *Qubba* y las estancias anejas, que serán la residencia del emir y de su familia.

Fadrique no apartaba la mirada de las estructuras y los elementos decorativos reproducidos en variados colores sobre el papel.

—Mi interés en hacerte partícipe de lo que está por edificar y que, no dudes, será una obra arquitectónica que, por su belleza y la riqueza de los materiales empleados, superará con creces al alcázar real que nuestros alarifes están erigiendo en Sevilla, es que sepas cuál va a ser tu lugar de trabajo a partir de ahora —continuó diciendo al-Mawali—. Es mi deseo, compartido por Ben Zamrak —que ha quedado muy satisfecho de los poemas, de los que es autor, que has grabado en la sala de la Barca—, que trabajes al frente de la cuadrilla de artesanos del yeso en la decoración de este primer pabellón. Quiere que comiences grabando uno de los hermosos poemas encomiásticos de la dinastía que ha compuesto para que luzca en ese privilegiado lugar. Es este que me ha entregado para que acometas su estudio y te apliques en su reproducción.

El copista e iluminador, reconvertido en calígrafo de árabe y epigrafista de la Alhambra, se sentía abrumado por la responsabilidad que, de nuevo, su amigo estaba haciendo recaer en sus manos. Aún sin estar repuesto de la obligación que acababa de asumir y como no podía negarse, tomó el papel con el poema de Ben Zamrak que le presentaba Ben al-Mawali.

—Los muros maestros no estarán finalizados hasta mediados de este año —manifestó el poeta áulico—. Tienes, pues, cinco meses para que elabores los paneles de yeso con el poema. Una vez que estén acabados y pintados y la *Qubba* rematada en altura, los artesanos del yeso se ocuparan de colocarlos en los lugares elegidos por Ben Zamrak.

—Aunque sé que en la Alhambra hay maestros que ejecutarían mejor que yo este delicado trabajo —sostuvo Fadrique—, por la amistad que nos une y por cumplir el mandato de Ben Zamrak, al que tanto debo, me dedicaré en cuerpo y alma a escribir en la elegante letra cursiva granadina y grabar ese poema para que decore las paredes de la *Qubba*.

—Un segundo asunto te quería exponer, amigo cristiano —dijo el musulmán, adquiriendo su voz un tono de misterio y secretismo—: Cuando analices con detenimiento el plano de la *Qubba* que tienes sobre la mesa, verás que el pabellón y las salas y alcobas que la rodean y que, como te he referido, serán la residencia del sultán una vez que estén acabadas, lindan con la casa de Aisha. Debes mantenerte lejos de esas estancias cuando te desplaces a tomar medidas en los muros de la nueva edificación. No intentes acercarte a la esclava de la princesa a la que tanto aprecias. Tu prometedora carrera en la Alhambra se arruinaría. Es probable que te acusaran de intentar robar en la morada de Aisha o violar la intimidad de las esclavas y, entonces, nada podría yo alegar en tu defensa.

El de Zuheros nada dijo. Era consciente del temor que anidaba en el corazón de al-Mawali y sus sentimientos y buenos deseos hacia su persona. El poeta conocía de sobra los insatisfechos deseos de Fadrique por darse a conocer a su hermana Almodis, la cautiva que se llamaba en la Alhambra Leonor, y abrazarla y conversar con ella y, si fuera posible, liberarla de su cautiverio; pero el aprecio, el respeto y el agradecimiento que sentía hacía al-Mawali le impedía desatender el consejo que acababa de darle, aunque fuera doloroso y de difícil cumplimiento. Sin embargo, esperaba que, en el futuro, las circunstancias cambiaran e hicieran posible hallar la manera de acceder hasta Almodis sin quebrantar el compromiso adquirido con su mentor musulmán y la sincera amistad que lo unía a él.

En los meses que siguieron, los alarifes, dirigidos por el experimentado arquitecto Muhammad Aben Cencid, trabajaron en la erección de los cuatro muros maestros que constituían el espacio cuadrangular de la *Qubba*. Colocaron, con exquisita maestría, el pulido pavimento de losas de mármol traídas de las canteras almerienses, que dejaban, en el centro de la sala, una pequeña fuente circular con surtidor y un canalillo que conducía el agua hasta el patio que se construiría en la siguiente fase edificatoria.

Mientras que él se hallaba atareado en el taller componiendo los paneles de estuco con las inscripciones del poema de Ben Zamrak, las obras de la *Qubba* continuaban sin retrasos ni grandes variaciones respecto a lo recogido en los planos originales, a excepción de la cubierta de la sala, que no sería un artesonado de maderas nobles, como habían previsto en un principio los arquitectos, sino una elaborada cúpula de mocárabes coloreados, separada de las paredes por un conjunto de ventanas pareadas para proporcionar luz a la estancia. Este hábil artificio permitía que, al ser contemplada la bóveda desde el suelo, pareciera que flotaba en el aire.

Una vez que hubo llegado el mes de julio del año 1367 y quedó concluido lo estructural de la sala, la cúpula y las dependencias anejas, se procedió a decorar las paredes. La parte inferior se cubrió con un complicado zócalo de azulejos, formado por estrellas entrelazadas a modo de mosaico, y la superior con los paneles de yesería conteniendo el lema de la dinastía nazarí repetido en varias franjas, rodeado de entrelazos, hojarasca y, en el centro, el poema encomiástico de Ben Zamrak, cuyos versos, traducidos al castellano, decían lo siguiente:

«Jardín yo soy que la belleza adorna:
sabrás mi ser si la hermosura miras.
Por Muhammad, mi rey, a par me pongo
de lo más noble que será o ha sido.
Obra sublime, la Fortuna quiere
que a todo monumento sobrepase.
¡Cuánto recreo aquí para los ojos!
Sus anhelos el noble aquí renueva.
Las Pléyades le sirven de amuletos;
la brisa lo defiende con su magia.
Sin par luce una cúpula brillante
de hermosuras patentes y escondidas.
Rendido le da Géminis la mano;
viene con ella a conversar la luna.
Incrustarse los astros allí quieren,
sin más girar en la celeste rueda,
y en ambos patios aguardar sumisos,
y servirle a porfía como esclavas.
No es maravilla que los astros yerren
y el señalado límite traspasen,
para servir a mi señor dispuestos,
que quien sirve al Glorioso, gloria alcanza.
El pórtico es tan bello, que el palacio
con la celeste bóveda compite.
Con tan bello tisú lo aderezaste,
que olvido pones del telar del Yemen.
¡Cuántos arcos se elevan en su cima,
sobre columnas por la luz ornadas,
como esferas celestes que voltean
sobre el pilar luciente de la aurora!
Las columnas en todo son tan bellas,
que en lengua corredera extienden su fama:
lanza el mármol su clara luz que invade
la negra esquina que tiznó la sombra;
irisan sus reflejos, y dirías que
son, a pesar de su tamaño, perlas.
Jamás vimos alcázar más excelso,

de contornos más claros y espaciosos.
Jamás vimos jardín más floreciente,
de cosecha más dulce y más aroma.
Con permiso del rey de la hermosura
paga, doble, el impuesto en dos monedas,
pues si al alba el céfiro en las manos
deja dracmas de luz, que bastarían,
tira luego en lo espeso, entre los troncos,
doblas de oro de sol, que lo engalanan.
Le enlaza el parentesco a la victoria:
solo al del Rey este linaje cede.»

Sin embargo, al mismo tiempo que las obras del nuevo palacio se iban haciendo realidad y se erigían los demás pabellones, luego conocidos como sala de los Abencerrajes y sala de los Reyes, así como el magnífico patio porticado que representaba el Paraíso y era el eje de todo el conjunto palacial, la atención del reino nazarí se centró en la guerra que, ineludiblemente —como temía al-Mawali—, estalló con toda virulencia ese mismo año de 1367 entre Granada, que apoyaba, como vasallo que era, a su señor el rey don Pedro I de Castilla, y las tropas del pretendiente al trono castellano, don Enrique de Trastámara, con la participación de Inglaterra, en el bando del legítimo monarca, y de fuerzas mercenarias francesas y el solapado apoyo del rey Pedro IV de Aragón en el del hermanastro del rey, el Conde sedicioso.

—Don Enrique, recuperado de los últimos reveses sufridos, se ha refugiado en sus dominios del norte y se ha intitulado soberano de Castilla y de León. La mitad de la nobleza ha abandonado al rey don Pedro y ha jurado lealtad al pretendiente —confesó al-Mawali a Fadrique, cuando se vieron en la *Qubba* para supervisar algunos trabajos realizados por el cristiano—. El hermano traidor ha iniciado una guerra abierta para arrebatarle el trono ayudado por aragoneses y franceses. Al desdichado don Pedro no le queda más ayuda que la que le pueda dar el monarca de las islas que están al otro lado del Canal y la de nuestro señor, el rey de Granada, que es su vasallo y nunca lo ha defraudado, pues tiene una deuda de gratitud hacia él por la ayuda que le prestó cuando hizo la guerra al rey Bermejo para que pudiera recuperar el trono. Por ese motivo, Muhammad V partirá pronto, amigo mío, con un ejército de mil jinetes para defender su justa causa. Esa es la guerra que nos espera en los próximos años, hasta que tu rey y el mío, coaligados, logren vencer al rebelde hijo de la amante de su padre.

Lo que no sabían al-Mawali y Fadrique era que el astuto emir de Granada iba a utilizar hábilmente aquel grave conflicto armado entre cristianos, en el que se desangraría el reino vecino dividido entre los partidarios del rey don Pedro y los de su hermano don Enrique, para fortalecer su prestigio internacional, mejorar la economía del sultanato, reformar el ejército y hacer de Granada el estado más poderoso y rico de la región, posición que perduraría durante el resto de su reinado hasta que entregó su alma en las postrimerías del siglo XIV.

En una primera fase de la guerra fratricida, la balanza parecía que se inclinaba del lado del rey don Pedro y de sus aliados. En la batalla de Nájera, que tuvo lugar el 3 de abril de 1367, el ejercito petrista, constituido por fuerzas de la nobleza leal, los mil jinetes granadinos y las tropas enviadas por el rey de Inglaterra, Eduardo III, mandadas por Eduardo de Woodstock —el famoso *Príncipe Negro*—, venció a las tropas de don Enrique de Trastámara, formadas por los voluntarios franceses y los nobles que le eran fieles en Castilla y León. Aunque la victoria no fue completa, porque el pretendiente logró escapar y refugiarse en Francia.

Antes de finalizar ese año, una vez que el Príncipe Negro hubo retornado a Inglaterra con su ejército, alegando que el rey don Pedro no había cumplido lo pactado con el rey Eduardo III, don Enrique entró en Castilla con nuevas tropas mandadas por el mariscal de Francia, Bertrand du Guesclin —las conocidas como *Compañías Blancas*—. En esta ocasión se pasaron al bando del conde de Trastámara Burgos, Córdoba y Toledo. Muhammad V, entendiendo que el rey de Castilla se encontraba en una situación muy apurada, le envió otros seis mil jinetes y cinco mil infantes.

No obstante, el propósito del rey de Granada, que mantenía conversaciones secretas con el rey de Aragón y con embajadores del pretendiente don Enrique, era utilizar estas tropas en su propio beneficio. Decidió atacar a las poblaciones y fortalezas que habían declarado su fidelidad al conde de Trastámara y apoderarse de ellas, alegando —con el beneplácito de los ulemas granadinos—, que eran fortalezas que antes habían pertenecido a los musulmanes, pero que fueron conquistadas en el pasado por los cristianos. Y así, a lo largo del año 1368, atacó y tomó por asalto Priego, Iznájar, Utrera, Úbeda y Jaén. En el verano de ese año, puso cerco a Córdoba, aunque tuvo que levantarlo ante la enconada resistencia de sus habitantes.

La causa del rey don Pedro se estaba deshaciendo.

No solo por el incremento del número de adeptos que se sumaban al bando Trastámara y las victorias parciales logradas por el ejército de don Enrique, sino porque las crueles represalias con que, un rey vengativo, que parecía haber perdido la razón y el sentido de la justicia, castigaba por igual a enemigos como a amigos y aliados de los que, sin motivo alguno, sospechaba supuestas traiciones. Estos desafueros estaban haciendo que buena parte de sus súbditos lo abandonaran, cansados de persecuciones y muertes. Un estado generalizado de terror que provocaba que los gobernadores de ciudades y villas, que antes le eran leales, se pasaran en gran número al ejército del conde don Enrique.

El 14 de marzo del año 1369, ante los muros de la fortaleza de Montiel, tuvo lugar el encuentro decisivo entre ambos ejércitos. Las desmoralizadas tropas del rey de Castilla fueron derrotadas, teniendo el monarca vencido que buscar refugio en el cercano castillo. Asumiendo que todo estaba perdido, que eran muy escasos sus seguidores y que no le quedaba otra opción que entrevistarse con su hermano y acordar con él las cláusulas de una rendición honorable, dando muestra de una gran ingenuidad y olvidando los sangrientos crímenes que habían jalonado su reinado hasta ese día y los deseos de venganza de los damnificados, solicitó parlamentar con don Enrique. Este lo recibió en su tienda de campaña donde acabó con su vida dándole de puñaladas con la ayuda de su mariscal, el francés Bertrand du Guesclin.

El 23 de marzo del año 1369, de aquella innoble manera, acabó la turbulenta existencia del rey don Pedro I, llamado por sus enemigos el Cruel y por sus seguidores el Justiciero, después de un convulso reinado amenazado por la rebeldía de su hermanastro el conde de Trastámara desde que fuera entronizado en 1350 tras la muerte de su padre, el rey Alfonso XI, víctima de la Peste Negra, cuando ponía cerco a la ciudad de Gibraltar.

Parecía que aquel asesinato regio, con el que don Enrique calmaba su justificada sed de venganza por las muertes violentas de su madre, doña Leonor de Guzmán, y de su hermano, el Maestre de Santiago, don Fadrique de Castilla, por orden del rey Pedro I, había puesto fin a la larga guerra fratricida en la que había participado, con numerosa tropa y enorme habilidad diplomática, el sultán Muhammad V. Una prolongada contienda que favoreció los ocultos proyectos del emir nazarí, que no eran otros que lograr la decadencia del reino castellano, ampliar y consolidar las fronteras de su estado y establecer una ventajosa alianza con el nuevo soberano de Castilla y con el rey de Aragón. Aunque, los proyectos de expansión territorial del sultán granadino y los deseos de recuperar las ciudades conquistadas por los cristianos en el pasado, no habían acabado con la muerte de su amigo y aliado, el rey don Pedro, y la firma de un pacto con el nuevo monarca, don Enrique II.

Una mañana, Ben al-Mawali se acercó a Fadrique que se hallaba atareado en el calco de las inscripciones y emblemas que iban a adornar una de las paredes de la sala de los Mocárabes, en construcción.

—Hemos de congratularnos, amigo al-Mawali, porque la larga y dañina guerra civil que tenía dividido el reino de Castilla ha terminado —dijo Fadrique, entretanto que depositaba sobre una mesa de campaña que había junto al muro la plantilla de papel y el polvo de carbón que estaba utilizando.

El poeta áulico movió con pesar la cabeza.

—No, Fadrique. La guerra no ha finalizado. El sultán ha de vengar la alevosa muerte de su hermano, el desdichado rey don Pedro, al que tanto amaba y del que era fiel vasallo. O, al menos, ese es el motivo que alegan los capitanes del ejército y los miembros del consejo de gobierno para emprender una nueva campaña militar.

—Entonces ¿habrán de continuar las tropas de Granada asolando las ciudades de los cristianos? —expuso el de Zuheros con preocupación, pues había sabido de los asedios a Priego, Utrera y Úbeda en los que habían muerto numerosos cristianos que no eran soldados, sino menestrales y campesinos.

—Sé, por confidencia de Ben Zamrak —manifestó al-Mawali—, que el sultán prepara un poderoso ejército para dirigirse a la ciudad portuaria de Algeciras, que fue tomada por los cristianos hace unos veinticinco años, y que se halla mal equipada y peor defendida por causa de la pasada guerra. Piensa que con la ayuda de la escuadra meriní, que bloqueará el estrecho de Tarifa desde Gibraltar, podrá asediarla y conquistarla sin mucho esfuerzo, quitándole al rey don Enrique una de sus fortalezas más apreciadas.

Fadrique lanzó una mirada triste a su amigo, porque era una noticia que lo apesadumbraba. No en vano aquella ciudad fronteriza estaba habitada por sus hermanos de religión, a algunos de los cuales conocía y amaba, como el prior del convento de los padres mercedarios, fray Pedro de Tarrasa, y fray Antón Capoche, que tan generosamente le habían dado asilo y preparado el ardid con el que pudo viajar al reino de Fez.

—La suerte de Algeciras está sellada, amigo Fadrique —dijo a modo de conclusión el granadino—. El sultán está decidido a conquistar esa ciudad portuaria, purificar las mezquitas que ahora son iglesias y conventos, hacer de su puerto de nuevo la base de la escuadra nazarí y establecer en ella una numerosa guarnición.

—Que sea lo que Dios quiera, al-Mawali —exclamó el cristiano con resignación.

—El emir Muhammad ha de emprender esa campaña —musitó el musulmán—. No en vano es la Espada del Islam y el defensor de la religión. El clementísimo Alá será su fuerza y su apoyo. Te anuncio, Fadrique, que has de estar preparado para hacer un largo viaje cuando Algeciras pase a poder de los verdaderos creyentes. Ben Zamrak me ha trasladado el deseo de Ben al-Jatib de que, una vez tomada la ciudad, acudamos a ella acompañados de una cuadrilla de artesanos con la sagrada misión de borrar todo vestigio de la infidelidad y del politeísmo, arrancar de las mezquitas los símbolos cristianos y decorar los palacios con los emblemas y títulos de la dinastía nazarí.

Dicho esto, al-Mawali se despidió del calígrafo que, turbado y profundamente afligido por lo que acababa de oír, continuó con sus labores en las obras del nuevo palacio que Muhammad V estaba edificando en la Alhambra, aunque no acometía sus delicados trabajos con el mismo entusiasmo y la misma alegría que antes.

El día 1 de octubre del año 1369 el sultán Muhammad V, al frente de un ejército formado por seis mil jinetes y ocho mil infantes, además de zapadores, ingenieros y servidores de la artillería neurobalística que portaban desmontada: quince trabucos o catapultas lanzadoras de piedras y materiales incendiarios, dos primitivos cañones y cinco torres de asalto, abandonó el campamento que se había instalado en la vega, a media milla de la puerta de Bibarrambla. El emir, que se había encomendado a su Dios en una ceremonia multitudinaria celebrada en la mezquita aljama, encabezaba personalmente aquella campaña, porque deseaba que toda la gloria de la conquista recayera sobre él y que la toma de aquella ciudad fuera recordada como la gesta más sobresaliente de su reinado.

Tomaron el camino de Málaga, ciudad a la que llegaron, sin mucho quebranto, pues, aunque era entrado el otoño, el buen tiempo les acompañó durante todas las jornadas de marcha, el día 9 de aquel mes. Permanecieron dos días acampados cerca de sus murallas, para dar descanso a las tropas, y, el día 12, continuaron desplazándose, siguiendo el camino de la costa, pasando por Marbella y Estepona. Al llegar a orillas del río Guadiaro, diecinueve días después de haber abandonado Granada, se encontró el emir con una delegación que procedía de la ciudad de Gibraltar, que estaba en poder del sultán de Fez. Su gobernador, Yahya ben Rahhu, y los jefes militares de la guarnición, acudían para unirse a él y ayudarle en la relevante empresa que iba a acometer —le dijo el gobernador. Ben Rahhu le anunció, también, que la flota meriní, formada por seis galeras, cuatro naos y una decena de zabras, se hallaba fondeada en el puerto de Gibraltar esperando que él pusiera cerco a Algeciras para salir al mar, bloquear el Estrecho y cortar toda comunicación marítima de los sitiados con Tarifa y Santa María del Puerto.

El 24 de octubre acampó Muhammad V en el extenso llano que había al norte de Algeciras, frente a la puerta del Cementerio, donde antes estuvo situada la necrópolis de la ciudad que los castellanos habían profanado cuando le pusieron sitio, destrozando las tumbas y demoliendo los panteones de las familias ilustres.

La ciudad poseía un doble recinto que rodeaba dos núcleos urbanos, como se ha dicho en otro lugar de este relato, separados por el cauce de un río. Al sur se localizaba la villa pequeña, rodeada de una muralla de tapial y de un foso poco profundo y aterrado en parte. Al norte de la corriente fluvial se hallaba la ciudad grande, con los principales edificios: las alhóndigas, los baños, las atarazanas y, en la cima de una colina, el alcázar y la mezquita aljama, convertida en iglesia desde que la tomaron los cristianos. Detrás de sus muros, que eran de piedra bien labrada y estaban precedidos por un ancho foso, se podían ver las torres de las iglesias de barrio y los monasterios, que antes fueron mezquitas y oratorios, en las que se habían sustituido los dorados yamures por campanas de bronce.

Los ingenieros y zapadores recorrieron los entornos de las murallas con el fin de localizar los lugares mejor situados para poder emplazar los trabucos y los cañones. Las torres de asalto se ensamblaron y colocaron frente a la puerta del Cementerio, aunque en opinión de Abdelaziz, el ingeniero encargado de los trabucos, cañones y de las citadas torres, no sería posible utilizarlas durante el asedio, pues la anchura del foso, en ese tramo del recinto, impedía su acercamiento a los muros y a las torres que defendían la muralla.

—¿Qué sectores del recinto defensivo parecen los más vulnerables? —demandó el sultán cuando, después del reconocimiento, hubo reunido a los ingenieros y capitanes de las fuerzas se asedio en su alfaneque.

—Mi señor: la ciudad grande está defendida con muros altos de buena sillería y rodeada de un ancho y profundo foso con escarpa y contraescarpa de recia mampostería que impide el acercamiento de las máquinas de asalto —expuso el maestro de los ingenios.

—Sin embargo, no es un secreto que Algeciras ha estado desasistida durante la larga guerra entre el rey don Pedro, al que Alá haya abierto las puertas del Paraíso, y su hermano don Enrique —dijo el emir—. Sus defensores no deben superar el medio millar y estar escasamente avituallados de alimentos y de armas.

—No cabe duda, mi señor, que tan reducida guarnición, distribuida en tan extenso recinto, no opondrá una gran resistencia a nuestros soldados cuando decidáis asaltar las murallas —manifestó Abdelaziz.

—Sin embargo, quiero conocer tu opinión sobre los lugares más a propósito para concentrar en ellos los asaltos —demandó el sultán a su ingeniero, pues fiaba mucho de su experiencia en la expugnación de fortalezas.

—En nuestra humilde opinión —intervino el capitán de la infantería—, es a la ciudad pequeña a la que hay que poner cerco en primer lugar y asaltar sus murallas con escalas y garfios. Sus muros de tapial tienen menor altura, su foso está casi colmatado de tierra y, por su poco perímetro, el enclave ha de contar con un escaso número defensores. Una más exigua guarnición y el aterramiento de parte del foso nos favorecerán. Creemos que los cristianos no resistirán el asalto de nuestras aguerridas tropas más allá de una semana.

—Hágase, entonces, como dices —repuso el emir.

No estaba equivocado el rey de Granada cuando aseguraba que la ciudad había sufrido un crónico desabastecimiento y una pérdida de población en los últimos diez años a causa de la guerra civil que había asolado Castilla. Fadrique fue testigo privilegiado del declive que sufrieron las fortalezas cristianas situadas en la amenazada frontera del Estrecho cuando estuvo alojado en el convento de los frailes mercedarios nueve años antes. Pero, si ya eran el despoblamiento de Algeciras y la escasez de vituallas, los principales problemas que sufrían sus habitantes en el verano en que arribó a esa ciudad el hijo del molinero, cuando en el otoño de 1369, el sultán Muhammad V, con la intención de restituir a su territorio un enclave portuario que consideraba suyo, le puso cerco, los hombres capaces de tomar un arma y apostarse en el adarve de la muralla para defender la población no debían superar el medio millar, como refería el emir nazarí.

Siguiendo la recomendación del capitán de la infantería y del maestro de la artillería, las diversas secciones de arqueros, ballesteros y lanceros, acompañados de los zapadores con las escalas y los garfios, se desplegaron en torno a la villa pequeña, situada al otro lado del río. Antes de que comenzara el asalto, el sultán había ordenado que se posicionaran los dos cañones —que los cronistas de la época llamaban máquinas del «trueno»— en la cumbre de una colina que dominaba la puerta principal del recinto para que arrojaran sus ardientes bolas de hierro sobre aquel ingreso y las torres cercanas. Mientras tanto, en el mar, la escuadra de galeras y naves que había enviado el sultán de Fez, avisado su almiramte de la inminencia del ataque nazarí por medio de palomas mensajeras, se desplazaba desde Gibraltar para bloquear el puerto de la ciudad sitiada situándose en las proximidades de la ensenada de Getares, una acción a todas luces innecesaria, pues las embarcaciones castellanas, que se hallaban en Santa María del Puerto, no pasaban de la docena y, para mayor desazón de los defensores, habían recibido la orden del rey don Enrique de permanecer fondeadas en el río Guadalete por carecer de remos y de marinería experta.

Al tercer día de haberse iniciado el asalto de la villa pequeña por dos de sus flancos, concentrando el ataque, con mayor intensidad, en torno a la puerta que decían de Tarifa, los portones de madera, abatidos por los disparos de los cañones e incendiados cuando arrojaron contra ellos un carro colmado de heno ardiendo, se sacaron de sus goznes permitiendo la invasión de los guerreros granadinos. La matanza fue general. Murieron los doscientos defensores del enclave. Solo se perdonó la vida a las mujeres y a los niños.

El gobernador de la ciudad, asomado a la terraza del alcázar, en la villa grande, al ver como los defensores del enclave situado al sur del río habían sucumbido ante el imparable empuje del ejército musulmán, y temiendo que acabara pasado por las armas el resto de los pobladores de Algeciras, envió una delegación, encabezada por Ruy García, alcaide de las atarazanas, al campo enemigo, solicitando la rendición y ofreciendo la entrega de la población a cambio de que les dejaran abandonarla portando todo lo que pudieran llevar consigo. Muhammad V, que no deseaba hacer más daño a los habitantes de Algeciras, sino tomar el estratégico enclave para poseer en esa parte del Estrecho un buen puerto en el que tener resguardada su flota —el vecino fondeadero de Gibraltar estaba en poder de los norteafricanos—, aceptó la propuesta del gobernador y les permitió abandonar la ciudad.

Al día siguiente, el gobernador, don Lope de Sanabria, acompañado de los regidores y jurados que constituían el concejo municipal, portando los libros de actas capitulares, el Libro del Repartimiento de la ciudad, que les había otorgado el rey don Alfonso XI cuando la conquistó hacía veinticinco años, y los estandartes y pendones que ondeaban en la torre del homenaje, salieron por la puerta de Tarifa para dirigirse, abatidos por la derrota sufrida, a aquella fortaleza que aún pertenecía a Castilla. Detrás, marchaba el cabildo catedralicio, encabezado por su obispo, don Gonzalo González, portando la imagen de la Virgen, que había estado entronizada en la iglesia-catedral, antes mezquita aljama, y los frailes de los conventos trinitario y mercedario. Estos llevaban los vasos sagrados, los libros de solfa y, en unas andas, la talla de la Virgen de la Merced que había presidido, hasta ese día, el altar mayor de la iglesia de su monasterio. El obispo y el cabildo diocesano se dirigieron a Tarifa, pensando, ingenuamente, que no transcurrirían muchos meses sin que la ciudad volviera a ser recuperada por los cristianos. Los mercedarios se desplazaron hasta su casa madre de Jerez de la Frontera, en cuya iglesia depositaron la imagen de la Virgen que antes había estado en el convento algecireño y que, desde aquel día, sería la titular del monasterio jerezano.

Una estratégica ciudad portuaria que el rey de Castilla, Alfonso XI, había asediado con un ejército formado por quince mil hombres y las escuadras coaligadas de Castilla, Génova y Aragón, y que había resistido el ataque cristiano durante veinte meses, el sultán de Granada, en octubre de 1369, logró reconquistarla en menos de una semana.

Cuando todos los habitantes de Algeciras, lamentándose de su suerte, aunque dichosos por haber podido salvar la vida, la hubieron abandonado, entró Muhammad V triunfante en la ciudad portuaria al frente de sus tropas para ocupar el alcázar y, desde él, redactar las órdenes de nombramiento de los cargos de gobernador, alcaide de las atarazanas, imán de la mezquita aljama y cadí. Tres días más tarde, dejando bien abastecida y guarnicionada la ciudad, regresó a Granada.

Desde su palacio de la Alhambra, mandó a Ben al-Jatib que escribiera una extensa carta al muftí responsable y custodio del sepulcro del profeta Mahoma, en Arabia, para hacerle partícipe del gran triunfo que había alcanzado frente a los cristianos. El contenido de la sentida misiva, redactada por su secretario con carácter laudatorio, en parte, era este:

«Entonces nos dirigimos a Algeciras, puerta de esta patria, por donde vino el tranquilizador levante de la Verdad. Ruta de la conquista, cuyo fulgor resplandece desde entonces. Puerto de la travesía al que no se ha de renunciar… En cuanto a las murallas de la ciudad, que estaban bien defendida por tropas auxiliares y guarnecidas con revestimiento de pieles, se elevaban sobre las viviendas, atravesando el mar, llegándose a dudar de que hubiera hombres que así las construyesen. Por lo que se refiere a sus torres, sus órdenes y series adornaban a modo de narices salientes las caras de los cuarteles de la ciudad, y los arrecifes le daban a gustar sus lágrimas amorosas... Los muslimes lanzaron sobre ella tal cantidad de dardos que venían a ser como una sombra que ocultaba el sol. Montaron sobre altas escaleras que dominaban los edificios de la ciudad, abrieron brecha, arrojaron sobre ella el tormento y se apoderaron de la ciudad pequeña. Los sables quedaron satisfechos con el degüello y las manos con el pillaje... Después se dirigieron los esfuerzos de los fieles contra la ciudad grande y rodearon como un muro a la muralla de aquella…Se aproximaron a ella con cargas de caballería, torres fortificadas y máquinas de batir... Luego abandonó Dios a los infieles y les cortó las uñas con la mano de su omnipotencia. Entonces fue solicitado (por los cristianos) el salvo conducto para su salida, y descendieron, claudicantes, hacia los lechos de los torrentes y las praderas... Algeciras fue rápidamente purificada de su infidelidad y los altos minaretes dieron voces llamando a la oración pública y a la conmemoración general... Y se liberó prontamente a los esclavos muslimes que andaban con dificultad soportando las pesadas cadenas y enflaquecidos por las tumbas de la prisión... La ciudad recobró sus mejores circunstancias. Después de los terrores sufridos quedó tranquila y volvieron a ser abundantes sus riquezas. Esa ciudad es, entre las del islam, como un collar de la garganta».

La noticia del resonante triunfo de Muhammad V llenó de alegría el corazón de los granadinos y, muy especialmente, el de al-Mawali, ferviente defensor del sultán y de su política que, desde que ganó Algeciras, se intituló con el apodo de «al-Gani bi-llah», que quiere decir el que se satisface con Dios. Sin embargo, Fadrique sintió la pérdida de Algeciras para la Cristiandad como algo propio, con un dolor que le desgarraba y oprimía el pecho, aunque procuraba no manifestar su pesar delante de su mentor musulmán, no en vano en aquella ciudad había dejado buenos amigos de los que no sabía si seguían con vida o habían perecido de hambre o por la acción de los soldados del emir.

Unos días después de que hubiera regresado el sultán a la Alhambra, Ben al-Mawali le envió un criado con una nota en la que le decía que acudiera sin tardanza a su despacho. El poeta áulico lo recibió de pie, mientras observaba a través de la ventana, las obras que continuaban en ejecución del nuevo palacio del sultán.

—Nuestro señor ha ordenado a Ben Zamrak que escriba un poema encomiástico que enaltezca la victoria alcanzada sobre los cristianos —manifestó al-Mawali—. Esta mañana ya lo tenía redactado. Es este, amigo Fadrique —le anunció, al tiempo que le entregaba un papel con el breve poema escrito por el famoso poeta de la corte nazarí.

El calígrafo cristiano tomó la esquela y leyó la frase que contenía y que, en la lengua de Castilla, venía a decir lo siguiente: «Conquistaste Algeciras con la fuerza de tu espada, abriendo una puerta antes cerrada».

—Un verso de excelente métrica y grato significado —dijo Fadrique para satisfacer al musulmán, aunque a él le produjera un inmenso dolor tener que grabar aquella frase que expresaba la relevancia que la conquista de Algeciras tenía para el soberano de la Alhambra.

—El emir quiere que se borre una de las inscripciones que decoran las paredes de la sala de la Barca y se coloque, en su lugar, este poema que ensalza su gesta guerrera —expuso el poeta.

—Cumpliré, amigo al-Mawali, el deseo de nuestro sultán y procederé a preparar los paneles de estuco en los que se ha de inscribir el breve pero elocuente poema de Ben Zamrak.

— Mas, no serás tú el que lleve a cabo ese trabajo —repuso al-Mawali, para sorpresa del hijo del molinero—. Encarga a alguno de los calígrafos esa labor. Tú harás, como ya te dije, un largo viaje a mi lado. Iremos a Algeciras con una cuadrilla de artesanos. En esa ciudad, recién incorporada al emirato, hemos de borrar todo vestigio de la religión cristiana y devolver a las mezquitas profanadas el esplendor que antes tuvieron.

Fadrique nada dijo. Era una labor a la que estaban acostumbrados, por su oficio, los artesanos del yeso cuando era tomada una ciudad o una villa que antes había pertenecido a los musulmanes y era necesario purificar sus mezquitas, salas de abluciones y oratorios convertidos en iglesias y conventos por los cristianos. Limpiar las estancias sagradas y devolverles la pureza original, para que pudieran ser de nuevo lugares de culto de los fieles musulmanes, era una labor encomiable, según referían los imanes y ulemas. Sin embargo, a Fadrique no le agradaba tener que colaborar en un trabajo que repugnaría a todo buen cristiano, como era hacer desaparecer, en las iglesias de la ciudad conquistada por Muhammad V, las huellas de su religión, que él pensaba que era la única y verdadera. Pero, como no podía negarse, se preparó para acompañar a al-Mawali y a los artesanos en aquel desagradable viaje a la ciudad de Algeciras.

Habían transcurrido dos años desde que su amigo el poeta le desvelara el secreto que lo había traído a Granada, que no era otro que conocer el paradero de su hermana cautiva en la Alhambra. Y lo que le producía una mayor desazón y profunda tristeza, era saber que se alojaba en el palacio de la princesa Aisha, de quien era esclava, al otro lado de la *Qubba al-kubra*, a cuyo jardín podría acceder desde el patio que lindaba con el nuevo palacio del emir. Pero le estaba vedado traspasar esa frontera, pues se lo impedía la promesa que le había hecho a al-Mawali.

Sin embargo, el amor fraternal lo empujaba, con una fuerza inusitada, a contravenir dicha promesa y encontrarse con Almodis. Estaba decidido a romper ese acuerdo, acceder al jardín de Aisha y darse a conocer a su hermana. Después, hallaría la manera de poder escapar ambos de Granada y llegar a territorio cristiano. Por ese motivo, antes de partir para Algeciras se había prometido a sí mismo que accedería al palacio de la princesa nazarí para poder conversar y abrazar a la esclava que llamaban en aquella ciudad, Leonor.

No podía contar, para llevar a cabo ese proyecto, con al-Mawali ni con ningún otro musulmán, sus compañeros en el taller del yeso. Por eso ideó un plan arriesgado, pero que, con un poco de fortuna, le posibilitaría encontrase con Almodis. Aunque no ignoraba que si su artimaña era descubierta, las confortables celdas del Maristán no lo acogerían en esta ocasión. Serían las oscuras y húmedas mazmorras de la alcazaba, con toda seguridad, su inhóspita y cruel residencia hasta el día de su muerte, si no acababa antes degollado por orden del sultán.

Utilizando una de las órdenes de trabajo de al-Mawali, que conservaba en su aposento, falsificó su contenido, así como su firma, y redactó otra que se ajustaba a su plan. El nuevo texto decía lo siguiente: «Reparación del muro norte de la galería del jardín de la princesa Aisha y del estuco que contiene el lema de la dinastía que se halla deteriorado.»

Todos los habitantes de Granada sabían que los viernes, día festivo de los musulmanes, después de asistir a la oración principal en la mezquita de la Alhambra, el sultán se desplazaba, acompañado de su familia y su guardia personal, a la almunia del Generalife. Era el día de la semana propicio para llevar a cabo su proyecto. La princesa Aisha no se encontraría en su palacio y, por lo tanto, la vigilancia sería escasa, sobre todo a medio día. Sabía por el testimonio de un artesano viejo con el que había trabado amistad, que la princesa no acostumbraba a desplazarse a los pabellones de verano en el Generalife acompañada de su servidumbre, permaneciendo las esclavas y los criados en su palacio de la

Alhambra dedicados a sus tareas domésticas. Era, por tanto, ese el momento oportuno para burlar a los criados e intentar encontrarse con Almodis.

Acompañado de un aprendiz, que portaba una talega con el yeso necesario para la supuesta reparación y la caja con las herramientas, se acercó al pabellón que era la residencia de la ausente princesa Aisha, enseñó la orden de trabajo, que le servía de salvoconducto, al soldado que hacía guardia en la puerta y, a continuación, sin poder contener la inquietud que lo embargaba, accedió al jardín. En la galería porticada situada en su lado norte, se hallaban las tres esclavas de la hermana del emir. Cuando vieron al artesano irrumpir en el jardín, procedieron a cubrirse el rostro con sus respectivos velos. Una de ellas leía y recitaba poemas para deleite de las otras dos. La que tenía los cabellos rubios, que sobresalían por debajo del velo que le cubría la cabeza, la identificó Fadrique como su hermana Almodis. Escuchaban a la rapsoda sin poner demasiada atención a su declamación, mientras jugaban, con dados de marfil y fichas de colores blancos y negros, al juego de los Treinta Escaques, sobre un tablero que se apoyaba en una mesita de taraceas.

En la pared de la otra galería se hallaba el escudo en relieve con el lema de la dinastía que, según la falsa orden de trabajo, debía restaurar. Para estar más desembarazado y libre de incómodos testigos, despidió al aprendiz y se ocupó él solo de la innecesaria reparación. Al cabo de un rato, observó que las esclavas se habían percatado de la inusual presencia en el jardín y a deshora de un artesano. Él sonrió y atrajo la atención de Almodis con algunos gestos. La muchacha, extrañada por las insistentes señales que le enviaba aquel joven menestral, hizo un comentario jocoso a su compañera de juego y ambas rieron cubriéndose los labios con sus manos. La esclava cantora continuaba con su declamación. Como Fadrique insistía con sus señales, Almodis, entendiendo que era a ella a quien se dirigía el osado joven, abandonó el juego y se acercó a la galería donde trabajaba o parecía que trabajaba Fadrique. Este temblaba de emoción. Cuando estuvo a tres pasos de él, el hijo del molinero exclamó con un hilo de voz:

—¡Almodis! ¿No me conoces? ¡Soy tu hermano Fadrique!

La muchacha no supo que contestar. La sorpresa la había hecho enmudecer. Dos fichas del juego que sostenía en sus manos cayeron al suelo de mármol de la galería.

—¡Mi hermano es un fraile franciscano que profesa en un lejano monasterio situado en el reino de León! ¿Cómo vas a ser Fadrique? —exclamó la joven cautiva sorprendida y sin poder comprender por qué aquel desconocido, que había osado penetrar en el jardín que estaba prohibido a cualquiera que no perteneciera al servicio doméstico del palacio, pretendía hacerse pasar por su hermano.

—¡Soy yo, Almodis! ¡Tu hermano! ¡Abandoné el monasterio cuando supe que habíais sido apresados por los almogávares y, desde entonces, no he dejado de buscarte! ¡Y, por fin, te he encontrado, querida hermana!

La muchacha, una vez que se hubo recuperado de la sorpresa y convencida de que aquel desconocido, al que hacía quince años que no veía, era su hermano, lo abrazó sollozando y emitiendo frases ininteligibles. Al cabo de unos minutos, cesó en los sollozos y se calmó. Las dos esclavas que permanecían en la galería no salían de su asombro.

—¡Fadrique! ¡Fadrique! ¿Cuánto te he echado de menos? ¡Has cambiado tanto! —exclamó, sin dejar de abrazarlo y mirar una y otra vez el rostro curtido por el trabajo y el transcurrir de los años de Fadrique.

—¡Al fin estamos juntos, Almodis! ¡Ya nadie podrá separarnos!

Y al decir esas palabras, observó cómo el delicado rostro de su hermana se ensombrecía.

—Soy una cautiva cristiana y pertenezco a la princesa Aisha —musitó Almodis— ¿Cómo podré abandonar esta prisión, hermano mío? ¡Nunca escaparé de la Alhambra! ¡Mi destino está ligado a este palacio y, pienso, que Aisha, aunque me trata con dulzura y respeto, no dejará que regrese a tierra de cristianos!

La esclava cantora había dejado de entonar el poema.

—Ya hallaremos la manera de escapar. Ahora vuelve con tus compañeras, Almodis. He de continuar con mi trabajo para que los soldados no recelen. Pronto marcharé a Algeciras con una cuadrilla de artesanos. Cuando regrese de ese viaje, veré el modo de sacarte de esta cautividad y emprender juntos el ansiado retorno a nuestra tierra cordobesa. Continúa con tus labores, querida hermana, y espérame.

Almodis se unió a las dos esclavas que, confusas y sorprendidas, habían asistido a la tierna e inusual escena. La cautiva habló con ellas para tranquilizarlas, mientras que Fadrique se afanaba en acometer una reparación que solo existía en su imaginación. Parecía que la que llamaban Leonor estaba relatando a sus dos compañeras el encuentro familiar que había tenido lugar en aquel exclusivo jardín del palacio de la princesa Aisha.

Transcurrido un breve espacio de tiempo, Fadrique recogió las herramientas y retornó al taller del yeso como si hubiera estado realizando una reparación rutinaria en el palacio de la princesa nazarí. Al pasar por delante del soldado que guardaba la puerta lo saludó y este le devolvió el saludo con desgana.

El sábado, día 24 de noviembre del año 1369, la cuadrilla de artesanos, comandada por Ben al-Mawali, de la que formaba parte el calígrafo y epigrafista del yeso, Fadrique Díaz, se hallaba preparada para iniciar la marcha y emprender el viaje que la conduciría a la ciudad del Estrecho. Las dos acémilas, con los sacos de yeso, cal y mármol molido sobre sus lomos, y las cajas de herramientas, con los escoplos, cinceles, mazas, sierras y brochas, atadas al arca de un carro del que tiraban otros dos mulos, se encontraban extramuros, no lejos de la llamada puerta de los Carros. Esperaban los inquietos animales que el jefe de la expedición y Fadrique, como maestro del yeso, se unieran a la comitiva. Ambos aparecieron, al cabo de un rato, cabalgando sobre sendos caballos de buena planta, aunque a Fadrique, que hacía mucho tiempo que no montaba en corceles o acémilas, le costaba gran esfuerzo dominar a su rocín.

Las jornadas hasta llegar a la ciudad de Málaga, a mediados del mes de diciembre, fueron abrumadoramente lentas y, en ocasiones peligrosas, porque casi todo el camino los acompañó una tempestad de agua y viento que les obligó a detenerse a orillas de ríos desbordados, cuyos vados habían sido tragados por la tumultuosa corriente. Desde Málaga hasta Algeciras, como la andadura se hacía por un camino costero dotado, a tramos, de cantos rodados y con puentes de piedra para salvar los arroyos, las jornadas de marcha se hicieron más agradables y menos agotadoras, sobre todo, porque la lluvia los había abandonado y el cielo se presentaba sin nubes y de un azul intenso que parecía reflejar la pulida superficie del cercano mar.

—El Todopoderoso nos ha concedido su protección —dijo al-Mawali—. ¿Recuerdas el aforismo que te mencioné en una ocasión, que decía: Dios pone piedras en el camino, pero siempre deja un resquicio para que podamos continuar la marcha? Pues, en esta ocasión, se ha cumplido con creces, amigo Fadrique.

Y sonrió burlonamente, mientras que azuzaba a su caballo.

Hicieron alto dos días en las afueras de Estepona, en cuyo puerto había fondeada una embarcación que, les dijeron unos pescadores, que era de un mercader catalán que estaba descargando especias y se preparaba para embarcar uvas pasas e higos secados al sol. Al llegar al caudaloso río Guadiaro, como iba crecido y los vados se encontraban tierra adentro, a unos dos kilómetros de la desembocadura, lo atravesaron por medio de una ancha barca que hacía el oficio de puente móvil y que pasaba a pasajeros, bestias y carros de una a otra orilla por un precio fijado de antemano. Aunque, cuando al-Mawali le presentó al barquero el documento que portaba con la firma y el sello del sultán, este los pasó a la orilla meridional sin exigir nada a cambio.

El día 4 de enero de 1370 arribaron a la ciudad de Algeciras.

Entraron en ella por la puerta del Cementerio, abierta en el seno de una enorme torre rodeada por un profundo foso y a la que se accedía a través de un puente de mampostería decorado, en ambos frentes, con arcos ciegos de ladrillos rojos. Como el vano era muy estrecho, para impedir la entrada de los posibles invasores, tuvieron que dejar el carro en la zona extramuros y llevar al interior del recinto las cajas con las herramientas y los sacos de yeso y cal a lomos de las acémilas. La puerta estaba vigilada por un destacamento de soldados. Se dirigieron al alcázar, donde residía el gobernador, Muhammad ben Faray, primo del sultán. Lo primero que observó Fadrique era que se veía mucha gente de armas y muy pocos pobladores civiles dedicados a labores de compraventa en el escasamente surtido zoco que ocupaba una plazuela en la zona baja de la ciudad. Los soldados predominaban en sus calles, al margen de los imanes de las mezquitas y los almuédanos que debían llamar a la oración. Dedujo el hijo del molinero que el emir, o no había tenido aún tiempo de repoblar la ciudad, o había decidido guarnicionarla con hombres de armas y de religión postergando las necesarias campañas de repoblación. Estas consistían en favorecer la llegada de población civil: agricultores, ganaderos, menestrales y comerciantes, entregándoles propiedades y concediéndoles exenciones fiscales y privilegios. Lo cierto era que una ciudad que, según relataban musulmanes ancianos de Granada, llegó a estar habitada por más de quince mil personas antes de que la tomara el rey Alfonso XI, no sobrepasaba las mil almas, la mayor parte soldados y hombres de religión, cuando entraron, aquel día de enero de 1370, por la puerta del Cementerio para devolver la pureza del islam —según exigencias de los ulemas y del propio emir— a sus mezquitas y oratorios convertidos en iglesias.

En las zonas extramuros no se veían alquerías ni almunias. Las que hubo en la vega del río se hallaban abandonadas y las feraces huertas, que un día habían sido la despensa de los habitantes de la ciudad, estaban yermas e invadidas por la vegetación silvestre. Sin embargo, algunas parcelas de los arrabales, que fueron huertos en el pasado, habían vuelto a ponerse en producción, explotadas por medio centenar de familias de agricultores pobres. Esos eran los exiguos pobladores de aquella gran ciudad que, una vez, fue rica y populosa.

Al-Mawali se entrevistó con el gobernador de Algeciras en el alcázar. Este le dijo que, después de la severa derrota sufrida, no se esperaba ninguna reacción de los cristianos, que se hallaban desmoralizados y recluidos en sus fortalezas. Le aseguró que el mar estaba vigilado día y noche por la escuadra meriní apostada en Gibraltar y que Tarifa, que era la posesión de los castellanos más cercana a Algeciras, no contaba sino con doscientos o trescientos soldados, según habían informado las rondas y escuchas, suficientes, quizás, para defender la ciudad, pero no para arriesgarse a salir a campo abierto y atacar a los granadinos.

Al día siguiente, emprendieron los trabajos que los había llevado a aquella apartada población fronteriza. Fadrique, con una cuadrilla de artesanos del yeso, se dirigió a la mezquita mayor, que, desde 1344, había sido iglesia y catedral bajo la advocación de Santa María de la Palma. Del mobiliario y los enseres y ornamentos sagrados no quedaba ni rastro, sacados de la ciudad por el cabildo catedralicio o expoliados por los soldados del sultán. Sin embargo, donde se había vuelto a colocar la hornacina para que dirigieran los musulmanes sus oraciones, y antes estuvo el altar mayor de la iglesia, se conservaba un fresco con la imagen de Cristo Crucificado y una inscripción en letras capitales góticas que decía: «El Cordero de Dios hecho Hombre». Como había ordenado el jefe de la expedición, el poeta al-Mawali, se procedió a cubrir con cal la imagen y el texto para que se ocultaran a los creyentes, seguidores de la religión de Mahoma, aquellos testimonios de la fe cristiana. Luego, desmontaron las dos campanas de bronce, que aún se hallaban situadas en lo más alto del alminar, que fueron sustituidas por un *yamur* de bronce sobredorado. El imán de la mezquita mandó que las campanas se colocaran, sobre armazones de madera, en una de las naves laterales del edificio religioso, invertidas, para que, colmadas de aceite, pudieran utilizarse como lámparas.

Una vez purificada la antiquísima mezquita, siguiendo el ritual islámico —algunos decían fue la primera que se erigió en al-Andalus, en el año 712, por orden del general Musa ben Nuzayr—, Fadrique se dedicó a visitar otros edificios de la ciudad, entre ellos las atarazanas y el convento de los frailes mercedarios, en el que estuvo alojado hacía diez años. Lo encontró muy deteriorado: las paredes desprovistas de cal y el patio invadido por las hierbas parásitas. Pudo conversar con un musulmán que estaba encargado de adecentar la edificación y hacerla habitable, porque, le dijo, volvería a ser la sede de la escuela coránica cuando llegaran los repobladores que se esperaban. La iglesia era otra vez mezquita, pero en ella no quedaba ningún vestigio que recordara que una vez había sido templo cristiano dedicado a la Virgen de la Merced. Conmovido por la situación en que se hallaba el convento y el recuerdo de los generosos mercedarios, que con tanto amor lo habían acogido, abandonó triste el antiguo monasterio y se dirigió al alcázar donde le había asegurado al-Mawali que se alojarían los días que permanecieran en la ciudad.

Aquella noche, Fadrique durmió poco y mal, asaltado por extrañas visiones que le recordaban insistentemente su carácter de sacerdote y fiel cumplidor de los votos de la Orden Franciscana, virtudes cristianas incompatibles —pensaba el joven de Zuheros en sueños— con el repudiable trabajo que estaba realizando en aquella ciudad en favor y para gloria del islam. Cuando, en plena madrugada, se despertó bañado en sudor y temblando, tomó la firme resolución de alejarse para siempre de aquel reino de infieles, al que arribó un día por amor fraternal, pero en el que se estaba transformando, involuntariamente, en colaborador de una religión herética que abominaba. Pero no abandonaría Granada —se prometió a sí mismo—, sin haber llevado a cabo la misión que lo había conducido a aquella ciudad: sacar del cautiverio a su hermana Almodis.

Cuando, finalizados los trabajos en Algeciras, retornaran a la capital del sultanato, estaba seguro que hallaría la manera de liberarla de la humillante esclavitud que soportaba en el palacio de Aisha y que podría escapar con ella, dejando atrás los odiados muros de la Alhambra, para alcanzar el reino de Castilla y gozar, por fin, de la ansiada libertad.

XIV
El Castillo de Salobreña

Cuando, después de un largo y accidentado viaje, en el que murieron dos artesanos, ahogados cuando intentaban ayudar a unas acémilas a cruzar un río muy crecido, llegaron a la Alhambra, el día 15 de febrero de 1370, los recibió una ciudad atemorizada y casi desierta. Las familias nobles y ricas, que poseían almunias o casas de campo en la vega o en la sierra, habían abandonado Granada. Las plazas, los mercados y la alcaicería, antes lugares de encuentro de ricos y pobres, de militares y hombres de religión, de buhoneros y comerciantes que acudían de los arrabales de la ciudad o llegaban de aldeas del entorno o de ciudades lejanas, como Málaga o Almería, aparecían desoladas, como si un viento huracanado hubiera arrasado la antes populosa urbe.

—¡La peste, hermanos! ¡La peste que ha vuelto para nuestra desgracia y mata sin piedad! —susurró, casi sin fuerzas, un anciano que se hallaba sentado en el poyete que había junto al vano de la puerta de los Carros.

Los recién llegados, conmocionados al recibir la terrible e inesperada noticia, se dirigieron prestos a sus hogares, temiendo, como había sucedido veinte años antes, cuando la epidemia de peste bubónica se ensañó con la gente de

Castilla, Granada y el Norte de África, encontrar a sus deudos enfermos o fallecidos.

Lo que había acontecido, a inicios de ese año, era que un rebrote de la peste negra, que aquel verano había afectado a algunos pueblos de la Alpujarra, se propagó, con la llegada de los mercaderes y arrieros de la sierra, a la ciudad de Granada. La aglomeración de gente en tan poblada urbe y la falta de higiene en algunos barrios pobres, fueron suficientes motivos para que la mortal epidemia se extendiera, otra vez, por la ciudad, ocasionando numerosos contagios y muchas muertes. Las necrópolis tradicionales eran insuficientes para acoger a tantos fallecidos, teniendo que habilitar el gobierno del sultán espacios extramuros para que recibieran sepultura los muertos.

Pero, a esa terrible calamidad que afectaba a toda la población, tanto a ricos como a pobres, a intelectuales como a iletrados e indigentes, vino a unirse, a comienzos de ese mismo año, la inestabilidad política. Las desavenencias surgidas entre el emir Muhammad V y su, hasta ese día, leal secretario, el gran Lisan al-Din ben al-Jatib, provocó su caída en desgracia y que fuera relegado de sus cargos y recluido en su mansión, asumiendo, su discípulo Ben Zamrak, el codiciado oficio de primer secretario del sultán.

Estas turbulencias, surgidas en el seno de la aristocracia y entre los selectos miembros de la intelectualidad y de la alta administración granadina y de la milicia, dividieron y enfrentaron a los cortesanos, que ya no se sentían seguros en sus empleos y cargos y temían perder el favor de Muhammad V y del nuevo hombre fuerte, Ben Zamrak; pues muchos de ellos debían sus relevantes puestos en el gobierno y el disfrute de privilegios y mercedes a su cercanía y amistad con el influyente, pero ya depuesto, Ben al-Jatib.

Fadrique se recluyó en su aposento de la Alhambra, temiendo verse contagiado del mal si deambulada por los arrabales y barrios de la medina y frecuentaba, como era su costumbre, las plazas y los mercados. La ciudad palatina parecía ser el lugar más seguro de Granada, al estar reservado su acceso a las élites de la política y la milicia, aunque no por ello se hallaban a salvo sus moradores de la epidemia, pues se estaban dando casos de contagios entre sus exclusivos habitantes debido, quizás, a la presencia de los comerciantes y abastecedores que, residiendo fuera de los palacios, acudían cada mañana para proveer de productos frescos: harina, pescado y otros géneros de primera necesidad, a los residentes de la Alhambra.

Transcurridos tres días de su llegada a Granada, Ben al-Mawali reclamó la presencia de Fadrique en su despacho.

El poeta áulico lo recibió con el rostro contraído, el ceño fruncido por la preocupación y una expresión sombría reflejada en sus ojos.

—Amigo cristiano —comenzó diciendo—, la calamidad que se abate sobre los granadinos es dolorosa y cruel, pero, como en otras ocasiones, será necesariamente pasajera, pues el Todopoderoso suele castigar, a veces, a los creyentes con extrema dureza, pero nunca los conduce al abismo.

—Con la llegada de la primavera remitirá el mal, al-Mawali —repuso Fadrique—. Así ocurrió cuando murió el rey don Alfonso ante los muros de Gibraltar y en la réplica que asoló Tetuán hace diez años.

—Sin embargo, un mal más pernicioso y de imprevisibles consecuencias está corroyendo a la sociedad granadina —expuso el poeta.

—¿Puedes ser más explícito? —solicitó el calígrafo cristiano.

—La Alhambra ya no es el lugar apacible y seguro que conocíamos cuando emprendimos el viaje a Algeciras —dijo al-Mawali—. La caída en desgracia del influyente Ben al-Jatib puede hacer tambalearse en sus cargos a muchos encumbrados personajes que contaban, para poder mantener sus privilegios y empleos, con la amistad y el apoyo del poderoso secretario del emir.

—¿Te afectará a ti, amigo mío, este cambio en el poder?

Al-Mawali se encogió de hombros.

—Por el momento nuestros empleos y oficios van a ser confirmados, no en vano ha asumido el poder y el puesto de gran secretario del sultán mi amigo el poeta Ben Zamrak. Pero me temo que pueda haber una reacción de los seguidores del depuesto Ben al-Jatib, que son muchos y, algunos, miembros destacados de la aristocracia y la milicia. Si eso ocurriera, nuestras cabezas peligrarían, amigo Fadrique. Nos podemos ver otra vez recluidos en el Maristán acusados de tramar una supuesta insurrección contra el emir o de promover conductas inmorales o heréticas. Y no sería lo peor acabar otra vez en la casa de los locos, sino condenados a sufrir un prolongado encierro en las lóbregas mazmorras de la Alhambra.

Lo que había sucedido en los últimos meses del año 1369 era que, una vez recuperada la ciudad de Algeciras y tomada por asalto otras fortalezas fronterizas que reclamaba como suyas el sultán de Granada, como Rute y Cambil, temiendo una reacción el sagaz emir del nuevo rey de Castilla, se apresuró a firmar con este monarca un nuevo tratado de paz y amistad, sometiendo el reino, otra vez, a la humillante dependencia y al vasallaje del soberano castellano-leonés. Al mismo tiempo, estrechó su alianza y renovó los acuerdos comerciales con el rey Pedro IV de Aragón, alianza que, con algunos breves períodos de inestabilidad por la captura de navíos de comercio de uno u otro reino, perduró hasta el final del sultanato de Muhammad V.

Ese había sido el acontecimiento y el motivo que desencadenó el enconado enfrentamiento entre el sultán y su gran secretario, el hombre más poderoso del reino después del emir, Lisan al-Din ben al-Jatib, que se oponía a que Muhammad V estrechara aún más los lazos con los cristianos y sometiera el sultanato a la política y a los intereses del rey de Castilla. Desde que estuvo exiliado en África, acompañando al depuesto sultán, aspiraba a vincular el emirato nazarí con los sultanatos norteafricanos de Tremecén y Fez, pues, aseguraba, que sería en sus hermanos de religión del otro lado del mar en los que hallaría siempre un firme y leal apoyo y una amistad inquebrantable. Pero sobre todo, deseaba que las relaciones de Granada con el sultán de

Fez, Abu Faris Abdul-Aziz, gozaran de una prioridad que la firma de los acuerdos de paz y el vasallaje con Enrique II y la alianza comercial con Pedro IV imposibilitaban.

Los temores de al-Mawali estaban plenamente justificados, pues sospechaba que los aristócratas fieles a Ben al-Jatib, agraviados por la caída en desgracia de su influyente mentor y su pérdida de protagonismo, podrían urdir un plan para recuperar el poder deteniendo a Ben Zamrak y obligando al emir a restituir en sus cargos al depuesto secretario. No era un secreto que su, aparentemente, fiel discípulo, el poeta Ben Zamrak, lo había traicionado y socavado la amistad y la confianza que tenía Muhammad V en Ben al-Jatib para que el sultán lo apartara de su cargo de primer secretario y lo nombrara a él en tan relevante puesto.

Ben al-Jatib, sin apoyos en la corte nazarí y temiendo por su vida, acabó refugiándose en la ciudad de Fez, pues le habían llegado noticias de que Muhammad V iba a ordenar su detención y, luego, matarlo. Mas, como el sultán de Granada lo consideraba un personaje peligroso, porque podría sembrar la desconfianza en el corazón del emir norteafricano hacia su persona, envió a Ben Zamrak a Marruecos para que lo detuviera y lo encarcelara. El gran polígrafo fue apresado y juzgado en su ausencia por el supuesto delito de herejía. Sus libros quemados en la plaza de Bibarrambla y él condenado a muerte por apóstata. Aunque logró retrasar su ejecución, unos años más tarde, el prestigioso político y poeta granadino fue asesinado en su prisión norteafricana por orden de Muhammad V.

Pero, como el futuro político del reino de Granada era un asunto que escapaba al conocimiento y los intereses de Fadrique, sobre todo desde que había tomado la irrevocable decisión de abandonar aquel reino y regresar a tierra de cristianos, se ocupó de sus labores de calígrafo y epigrafista en las obras del nuevo palacio que ya comenzaban a llamar «de los Leones», por las doce esculturas de estos felinos que los arquitectos estaban colocando en el centro del patio porticado, a modo de surtidores. Decía la gente que, antes de traerlos a la Alhambra, habían estado adornando el patio de la rica mansión que perteneció a un judío llamado Samuel ben Nagrela, destacado poeta que había sido secretario y visir del rey zirí de Granada, Habús ben Maksane, hacía unos trescientos años.

Al-Mawali le había referido que aquellos leones representaban a cada una de las doce tribus de Israel, aunque los arquitectos procuraban mantener en secreto esa historia para no ofender a los ulemas y muftís, exaltados defensores de la ortodoxia islámica. Pero fuera ese, u otro cualquiera, el significado o la simbología de aquellas magníficas esculturas de mármol, con sus surtidores, que formaban, al conectarse a los canales que partían de las inacabadas salas que rodeaban el patio, los ejes hídricos que representaban los cuatro ríos que regaban el Paraíso de las Bellas Huríes, serían, a partir de su instalación, el elemento escultórico central que caracterizaría y daría nombre al nuevo palacio nazarí.

Estaba Fadrique reflexionando sobre la manera de poder acceder al jardín de Aisha, librar a Almodis de su cautiverio y escapar de la ciudad, cuando una noticia, aparentemente baladí, que le transmitió al-Mawali, vino a desbaratar de un golpe los planes de huida que, en secreto, estaba tramando. El mundo parecía que se le había venido encima: la princesa Aisha, enemistada con su hermano el sultán por la inesperada destitución del leal y, casi sexagenario, Ben al-Jatib, al que le unía una estrecha amistad y un profundo reconocimiento por los grandes servicios que había prestado a su hermano acompañándolo al exilio en el reino de Fez, había trasladado su residencia al apartado castillo de Salobreña, en la costa, alejado sesenta y ocho kilómetros de la capital del sultanato. Y que se había llevado consigo a su exigua corte: los soldados que constituían su guardia personal, su decena de criados musulmanes y sus esclavas Leonor, Alba y María.

Si dificultoso y muy arriesgado hubiera sido acceder al palacio de la princesa Aisha, ubicado en la Alhambra, junto a la *Qubba al-kubra* —ciudad palatina que era, desde hacía varios años, su residencia—, lograr penetrar en aquel aislado e inexpugnable castillo, que ocupaba la cima de un escarpado promontorio costero para rescatar a su hermana, le parecía una misión verdaderamente irrealizable.

El hijo del molinero, frustrados sus planes y con la ilusión perdida, convencido de que nunca lograría ver libre a Almodis, se recluyó en su aposento, donde permaneció una semana abatido, pensando en el modo de poder escalar los muros del castillo de Salobreña, burlar a los soldados de Aisha y entrar en el alcázar donde, sin duda, se hallaría su hermana. Aunque esa posibilidad, en caso de que llegara algún día a realizarse, tampoco aseguraba que pudiera hallar a Almodis y exponerle sus planes de huida, porque, ¿cómo encontrarla en el interior de aquella inaccesible fortaleza, vigilada por criados y soldados, y conversar con ella sin ser descubierto?

Todo era oscuridad y tinieblas en el alma del, antes, entusiasta fraile secularizado. Había abandonado el lejano monasterio de Santo Toribio de Liébana, cruzado en soledad los reinos de Castilla y León, viajado al sultanato de Fez disfrazado de mercedario y recalado, finalmente, en el emirato nazarí trocado en falso musulmán, con la única pretensión de hallar y rescatar a la inocente niña que fue raptada, hacia diez largos años, por los almogávares. Mas, ahora se encontraba inmerso en la tristeza y la impotencia a causa de aquel giro inesperado del destino.

Con la ayuda de Dios y la intervención casi milagrosa del bueno de al-Mawali y de sus conocimientos caligráficos —pensaba—, había logrado abandonar sin mucha laceración el Maristán y acceder al cerrado y exclusivo mundo de la Alhambra. Pero, cuando estaba cerca de conseguir lo que tanto ansiaba, el azar o la voluntad del Altísimo, le habían puesto aquella dolorosa prueba que parecía impedir, de manera definitiva, el que pudiera acceder al lugar en el que se hallaba recluida su hermana y llevarla a tierra de cristianos. No obstante, siguiendo la máxima de su amigo, el poeta áulico, debía considerar aquel obstáculo, puesto por el Todopoderoso en su camino, como una piedra que entorpecía el paso, aunque Él, en su infinita misericordia, seguro que habría dejado algún resquicio por el que poder transitar y continuar la andanza.

Como argumentaba Fadrique, con la llegada de la primavera la epidemia de peste remitió. La actividad mercantil y el bullicio en las plazas, los zocos y la alcaicería retornaron, una vez que la gente comprobó que el mal, —que algunos ulemas e imanes atribuían a la infidelidad de los malos creyentes—, cesaba y el número de fallecidos volvía a las cifras que eran normales en esa época del año.

Una mañana, al-Mawali requirió su presencia en el despacho que había pertenecido a Ben Zamrak, pues este había ocupado el que tenía el depuesto Ben al-Jatib en el Mexuar.

—¿Qué te ocurre, amigo mío? —le espetó, cuando hubo accedido a la habitación del poeta dotada de lujoso mobiliario de maderas nobles—. Te encuentro abatido y triste. ¿Acaso estás enfermo?

Fadrique no deseaba expresar ante su amigo musulmán la verdadera razón de su abatimiento. Hizo un vano intento por mostrar una sonrisa en sus labios y dijo:

—Nada me sucede. No sufro ninguna enfermedad del cuerpo ni dolencia del alma. Es la primavera, amigo al-Mawali, que me trae recuerdos de la sierra de Córdoba y de mis desdichados y desaparecidos padres y me deprime el espíritu. Pero, te aseguro, que esta melancolía pronto pasará.

Ben al-Mawali se acercó al cristiano y lo asió por los hombros,

—Sabes que puedes confiar en mí —manifestó, con voz templada—. Un día te saqué del Maristán y del severo castigo que padecías para que sirvieras al sultán y no me arrepiento de haberlo hecho; ni puedo quejarme de la labor que, desde entonces, realizas en el taller del yeso. Pero echo en falta aquellos momentos en que acudías alegre a mi despacho para anunciarme tus avances en el arte del dibujo y las inscripciones murales. Desde que volvimos de Algeciras pareces decaído y apesadumbrado. Te encuentro ausente, como si no estuvieras satisfecho con el trabajo que te encomiendo.

Fadrique no podía negar que solo la verdad salía de los labios de su amigo. Pero era plenamente consciente de que revelarle la causa que provocaba su estado de decaimiento y tristeza, solo le ocasionaría la reprobación del musulmán. Al-Mawali no alcanzaría a comprender que, solo cuando lograra sacar a Almodis de su cautividad, recuperaría la alegría y las ganas de vivir. Y si, por algún desliz, el sagaz funcionario musulmán se apercibía de los secretos planes que guardaba en su corazón, estaba seguro de que, a su pesar, lo repudiaría y le retiraría su apoyo, acabando, de nuevo, en el Maristán o en las mazmorras de la alcazaba acusado de deslealtad o enajenamiento o, como mal menor, arrojado fuera de los muros de la Alhambra por su pérdida de interés en la labor que desempeñaba en el taller del yeso.

—Estoy satisfecho con el oficio que generosamente me ofreciste y con el trabajo que realizo en las obras del nuevo palacio —respondió el cristiano—. Mi mal es venial y pasajero, al-Mawali. Cuando llegue el verano desaparecerá como desaparece la nieve en la cercana sierra y recuperaré, otra vez, el buen ánimo y la alegría que ahora me faltan.

Al-Mawali sospechaba que su amigo le ocultaba algo y que sufría un mal desconocido que no era del cuerpo, sino del alma, atormentada por alguna dolencia que no alcanzaba a columbrar, pues creía que la ansiedad enfermiza por encontrarse con su hermana había desaparecido con el transcurrir de los meses, su reconfortante labor de epigrafista y su diario trajinar en el taller del yeso. Sin embargo, como no podía hacer otra cosa que esperar que la naturaleza siguiera su curso, despidió a Fadrique con palabras amables para que este continuara con sus tareas, deseándole que Alá le concediera su gracia y le devolviera, de nuevo, el entusiasmo y la felicidad que parecía haber perdido.

Las siguientes semanas las dedicó el artesano del yeso a decorar la sala de los Mocárabes con relieves de rombos superpuestos y motivos vegetales aplicados en los muros y las pilastras en las que descansaban los bellos arcos que sutentaban la bóveda. Aquel suntuoso espacio, que recibía ese nombre porque su techo estaba formado por una espléndida sucesión de prismas de yeso bellamente coloreados que, como las estalactitas de una gruta, daban forma a la bóveda, se hallaba en proceso de decoración, una vez erigidas y terminadas las estructuras maestras por los arquitectos y alarifes.

Pero, en la tarde del día cinco de junio del año 1370, estando Fadrique descansando, tendido indolente sobre su camastro y casi vencido por el sueño, una idea se fue abriendo paso a través de su mente. ¿No se había ofrecido el cónsul de los genoveses a prestarle su ayuda si algún día la necesitaba? ¿No fue esa la conversación mantenida en el atrio de la iglesia de los trinitarios? ¿No fondeaban sus navíos de comercio en las ciudades y fortalezas del litoral de Granada, siendo Almería, Almuñécar y Salobreña puertos a los que arribaban, cada cierto tiempo, las cocas y carracas de la Señoría para descargar y embarcar mercancías? ¿Estaría dispuesto, tan relevante personaje, a participar en su proyecto, dadas las excelentes relaciones que mantenía con la aristocracia granadina y la familia nazarí? ¿No debería, su alma de buen cristiano, colaborar en la redención de una desdichada seguidora de la religión de Cristo que se hallaba privada de la libertad con que Dios a todos nos ha creado? Sin embargo —pensaba Fadrique, cuando su agitada alma se atemperaba y parecía recuperar la sensatez—, ¿no rechazaría micer Doménico di Mari su osado plan, que no era otro que entrar furtivamente en el castillo de Salobreña con la intención de hallar a Almodis, exponiéndose, como cómplice del allanamiento, a la acción de la justicia y, quizás, a su reprobación como cónsul de la nación genovesa en Granada?

Pero, como de los cobardes y pusilánimes nada se había escrito en los libros de historia, ni hubo en el pasado trovadores que cantaran sus hazañas —pensó—, se dirigiría a la sede del consulado, aneja a la lonja de los Genoveses, y solicitaría una entrevista con el cónsul micer Doménico di Mari.

Al día siguiente se encaminó, con el corazón palpitante, al edificio de la lonja, que se hallaba situado detrás de la mezquita aljama de la ciudad.

En el consulado le dijeron que el señor di Mari no se encontraba en Granada. Que había viajado a Almería para resolver un malentendido que había surgido entre el embajador de Castilla y los mercaderes genoveses de esa ciudad, a los que acusaba de haber tomado, de manera ilícita, ciertas mercancías que estaban en el puerto para que las embarcaran en una nave castellana. Que su secretario creía que se hallaría de regreso en Granada antes de acabar el mes de junio.

Carcomido por la impaciencia y las dudas, pues deseaba saber a ciencia cierta si micer Di Mari estaría dispuesto a ayudarle, esperó el retorno del genovés dedicado a sus diarias labores de epigrafista y artesano del yeso. Había decidido que, en caso de que no prosperara su propuesta, urdiría un nuevo plan para poder acceder al enriscado castillo donde estaba presa Almodis. No podía renunciar: o gozaba de la ansiada libertad en unión de su hermana o sufría el castigo que la justicia musulmana tuviera a bien imponerle.

El 29 de junio, a medio día, se hallaba Fadrique Díaz en el patio que antecedía al despacho del cónsul de los genoveses en la ciudad de Granada. Micer Doménico di Mari lo recibió con una amplia sonrisa dibujada en el rostro, abriendo desmesuradamente los brazos y manifestando con palabras amables la alegría que le producía su visita.

—Te doy la bienvenida a mi humilde casa, joven Fadrique —dijo el genovés, y al decirlo le ofrecía la silla de exótica madera africana para que tomara asiento, en tanto que él se aposentaba en un sillón en cuyo respaldo estaba grabado el escudo de la Señoría, situado detrás de una bien torneada mesa—. No hemos vuelto a conversar desde que nos presentaron en la iglesia de los padres trinitarios. Pero ¿cuál es, amigo mío, el motivo de tu visita?

Fadrique no podía ocultar su inquietud, porque sabía la importancia que tenía aquella entrevista para la consecución de sus planes. Permaneció unos segundos en silencio, ordenando las ideas que debía exponer ante aquel relevante personaje que podría convertirse, si lo creía oportuno, en decisivo partícipe y colaborador de su arriesgada aventura. Luego, procurando que sus palabras parecieran firmes y meditadas, comenzó su relato.

—Micer Doménico di Mari. El día que mantuvimos tan agradable charla, después de habernos presentado fray Tomás de Albi, no tuve ocasión de narrarle cuál era el verdadero motivo de mi estancia en Granada.

—Cierto es que solo supe de ti aquello que me refirió fray Tomás: que eras maestro calígrafo en las obras de la Alhambra, lo cual no dejaba de sorprenderme, porque, de ordinario, son musulmanes buenos conocedores de la lengua árabe los que desempeñan tales trabajos —reconoció el italiano—. Pero, al margen de mi extrañeza de entonces, ahora tienes la oportunidad de decirme cómo lograste acceder al exclusivo oficio de maestro del yeso en la ciudad palatina y cuál es la verdadera razón que te retiene en esta ciudad. Pues, sospecho, que es esa la causa por la que hoy estás sentado ante mí en este despacho.

—Si acudo a vos, micer Di Mari, es porque necesito su ayuda de manera imperiosa —repuso el hijo del molinero—. La historia que os voy a narrar comienza en el verano del año 1359, cuando una partida de almogávares norteafricanos asaltó, en mala hora, el molino que mi familia poseía en la sierra de Córdoba, en tanto que yo me hallaba profesando en un monasterio franciscano en la sierra de Cantabria. En aquella incursión, los musulmanes incendiaron algunas propiedades de cristianos y tomaron presos a los que no pudieron refugiarse en los castillos de los alrededores, entre ellos a mis padres y a mi desdichada hermana Almodis.

—Infortunado y triste episodio, muchacho —señaló el cónsul—. Pero, continúa con tu relato, que si vienes a solicitar mi ayuda, es necesario que conozca en todo y en parte las vicisitudes y desdichas que ha debido sufrir tu familia y que te han empujado a desplazarte y vivir en esta tierra que te es ajena.

Fadrique relató, con todo detalle a micer Doménico di Mari lo sucedido a su familia aquel aciago verano; su condición de fraile franciscano secularizado; cómo tuvo que abandonar el monasterio de Santo Toribio de Liébana para acudir a la frontera y averiguar lo que había sido de su familia cautiva; su paso al reino de Fez, en una de cuyas ciudades habían sido vendidos como esclavos sus progenitores; la terrible noticia de sus muertes, víctimas de la peste, y, por último, su arriesgado viaje a Granada, haciéndose pasar por musulmán, para conocer el paradero de su hermana, pues tenía noticias de que se hallaba cautiva en alguno de los palacios de la Alhambra. Por último, lo hizo partícipe de su encierro en el Maristán, cuando se descubrió que nunca había profesado la religión de Mahoma, y cómo logró ser admitido a la ciudad palatina por mediación de su amigo, el ilustre poeta Ben al-Mawali.

—Es, en verdad, sorprendente, joven, el relato que me acabas de hacer de tu tumultuosa existencia —manifestó el cónsul—. Más propio de un aventurero que de un fraile seguidor de san Francisco de Asís. Pero, ahora alcanzo a comprender el motivo de tu presencia en los talleres de la Alhambra, ciudad a la que pudiste acceder por un golpe de suerte, pues no de otra manera se entiende que abandonaras sin mácula alguna el Maristán y se te abrieran las puertas de los palacios nazaríes.

—Sin despreciar la inestimable ayuda que, sin duda, recibí de Nuestro Salvador Jesucristo.

—Claro. Sin olvidar que el Señor todo lo puede y ampara siempre a los buenos cristianos —repuso el genovés, que no quería herir los sentimientos religiosos de Fadrique.

—He logrado encontrar a Almodis y conversar con ella, señor Di Mari. Ahora se llama Leonor y es una de las esclavas de la princesa Aisha —continuó diciendo el hijo del molinero—. Estaba ideando un plan para rescatarla y llevarla a tierra de cristianos, cuando tuve que marchar a Algeciras para realizar ciertos trabajos. A mi vuelta encontré la ciudad sumida en el desconcierto y el temor por causa de la peste y por la inesperada destitución de Ben al-Jatib, el influyente secretario del emir. Entonces supe que Aisha ya no se hallaba en Granada. Se había trasladado al castillo de Salobreña con su guardia personal y su servidumbre después de haberse enemistado con su hermano, el sultán.

—Cierto, Fadrique. Ya no se encuentra en la Alhambra la princesa Aisha. E intuyo que es en ese punto en el que deseas que yo intervenga —manifestó micer Doménico di Mari.

—Un humilde calígrafo de los talleres del yeso tiene tan pocas probabilidades de acceder a ese castillo, como el diablo entrar en el Reino de los Cielos. Los mercaderes de Génova poseen, como vos me asegurasteis, salvoconductos que le permiten acceder sin traba a las fortalezas costeras a las que abastecen de productos diversos y embarcan, en reciprocidad, el preciado azúcar que, en tanta cantidad y calidad, se produce en ese litoral. Si quisierais facilitarme la entrada en ese castillo, como si fuera uno más de vuestros marineros o mercaderes, quizás pudiera encontrar a Almodis y sacarla de su cautividad.

El cónsul de los genoveses se acarició el mentón y permaneció pensativo un largo rato, reflexionando y analizando la inusual petición del joven, a la vez que sopesaba las probabilidades de éxito que tenía la propuesta de Fadrique y si podría acarrearle graves consecuencias a su persona y a su institución intervenir y apoyarlo en tan arriesgado proyecto y que, por un mal lance de la fortuna, se acabara descubriendo el engaño. Al cabo, dijo:

—Es ciertamente atrevido y peligroso el ardid que me estás proponiendo, muchacho. Pero, creo que puedo ayudarte sin que mi honor y los intereses mercantiles de Génova se vean perjudicados. Admito que tu tesón y el extraordinario amor fraternal del que haces gala merecen correr el riesgo y ofrecerte mi colaboración. Si, por desgracia, eres descubierto, siempre podré alegar que me engañaste y que eras un espía del rey de Castilla infiltrado entre los marineros de una embarcación genovesa para conocer las secretas rutas de navegación que siguen los mercaderes italianos. Te acusarían de quebrantar los pactos y los acuerdos comerciales que rigen entre el sultanato de Granada y la Señoría de

Génova y tendría que entregarte a la justicia del sultán para que esta te juzgase.

—Me parece justo lo que me proponéis —respondió Fadrique, sin poder ocultar la alegría que sentía al escuchar las palabras del genovés—. Si soy descubierto, micer Di Mari, me declararé, como decís, felón y espía de Castilla. Si se frustra la libertad de la infeliz Almodis, ¿qué puedo encontrar en esta ciudad que no sea el dolor y la pena de su ausencia? Las insalubres mazmorras de la alcazaba serán, para mí, un alojamiento placentero.

—Dame dos semanas de plazo para que pueda preparar el ardid —dijo el italiano, a modo de conclusión—. Pasados catorce días, vuelve al consulado y te expondré el plan que debes seguir para poder acceder al castillo de Salobreña como si fueras uno de nuestros mercaderes.

Transcurridas las dos semanas que le había dado de plazo micer Doménico di Mari, se hallaba, de nuevo, Fadrique, sentado frente a la corpulenta figura del cónsul de los genoveses. El diplomático extrajo de un cartapacio que tenía depositado sobre la mesa una carta y se la entregó al hijo del molinero.

—Dentro de unos quince días, la nave genovesa «Grande Meloria» se hallará atracada junto al muelle de madera habilitado en la playa, al pie del castillo de Salobreña —manifestó el italiano—. Debe desembarcar veinte tinajas con atún en salazón procedente de las costas del Estrecho para la guarnición y tres fardos con paños de Flandes para el alcaide. Y, en su lugar, cargar dos quintales del azúcar que se guarda en los almacenes de la fortaleza. La nave estará dos días amarrada en el muelle, tiempo suficiente para que puedas llevar a cabo tu plan. Has de acceder a la citada embarcación y entregar a su capitán, micer Angelo Adorno, esta carta. En ella le expongo, con todo detalle, cómo debe proceder para que puedas entrar, sin despertar sospechas, en el castillo y, si se dan las circunstancias favorables, que te ayude a sacar a la infeliz cautiva de su prisión.

—Haré como vos decís, micer di Mari —respondió el joven de Zuheros—. Antes de la fecha indicada estaré en la playa de Salobreña esperando la arribada de la nave genovesa.

—En esa talega tienes ropa de la que usan los marineros de la Señoría —dijo el cónsul, al tiempo que señalaba una abultada bolsa de tela que se hallaba depositada junto a la mesa—. Pasados cuatro días, al amanecer, debes estar en la puerta de los Carros. En el poyete que bordea ese ingreso encontrarás a uno de mis criados con la acémila que debes utilizar para desplazarte hasta la costa y una alforja con vituallas para una semana de viaje.

—Allí estaré —repuso Fadrique.

A continuación, micer Doménico di Mari, puesto de pie y con lágrimas en los ojos, abrazó al valiente hijo del molinero y se despidió de él con estas emotivas palabras:

—Que el Señor de los Cielos guíe tus pasos, muchacho, y que el santo de Asís, del cual fuiste fraile profeso y al que, sin duda, continúas venerando, te cubra con su sagrado manto, te proteja y te dé fuerzas para que logres hallar a tu hermana y, a no mucho tardar, la puedas sacar del reino de Granada y darle la libertad que ambos os tenéis merecida.

El día 19 de julio del año 1370, cuando las primeras luces del alba iluminaban las rojizas murallas de la Alhambra, salió Fadrique de la ciudad palatina por la puerta de los Carros. En un murete cercano se hallaba apoyado el criado de micer Di Mari sosteniendo, entre sus manos, las riendas de una mula que portaba sobre su grupa una alforja de cuero con las viandas para el viaje tal como le había referido el cónsul.

Cuatro jornadas estuvo en el camino el entusiasta fraile secularizado, nuevamente disfrazado, en esta ocasión con las vestiduras de marino y ayudante de mercader. Vestía una camisa blanca de hilo debajo de un juboncillo pardo, sin mangas, algo descolorido; unas calzas del mismo color, zapatos de badana usados, bonete con alas —para resguardarse del sol— y una capa de lana para protegerse del relente al llegar la noche, que el joven llevaba plegada sobre la grupa de la acémila.

Como era verano y los días se prolongaban, las jornadas de marcha podía alargarlas desde que amanecía hasta que se ponía el sol doce horas más tarde, con un descanso breve, al mediodía, para degustar un trozo de queso, un pedazo de pan y beber un poco de agua de la cantimplora de barro que portaba, si no encontraba un arroyo o manantial en el camino. El sendero, aunque estaba bien cuidado, no en vano era la vía que utilizaban los arrieros y mercaderes que se desplazaban periódicamente desde los pueblos de la costa hasta Granada para vender el pescado capturado o el azúcar, cruzaba tierras montuosas, valles encajados y algunos ríos, a esas alturas de la estación seca, convertidos en famélicos regueros, pero que en invierno debían ser violentos torrentes, pues habían arrastrado parte de la breve calzada. La segunda noche la pasó en una alquería que se hallaba situada en el llamado valle de Lecrín y que los naturales decían Padul y, la cuarta, en una aldea encaramada en la ladera de una sierra, de nombre Guájar al-Faragüit, cuyos moradores, confundiéndolo, sin duda, con uno de los mercaderes que debían frecuentar aquellos pagos, lo recibieron con mucha amabilidad, proporcionándole un buen jergón donde poder descansar y una suculenta e inesperada cena.

El día 23 del citado mes, columbró, al caer la tarde, la línea de costa y, destacando sobre el azul del mar, la enorme peña rocosa sobre la que se había erigido el castillo de Salobreña. Lo inexpugnable del enclave y el aislamiento de aquella fortaleza dejaba en evidencia cuáles habían sido las intenciones de los que la edificaron: disponer de un bastión defensivo a salvo de invasiones o, como era el caso, servir de una segura y distante residencia palatina a quien quisiera alejarse de las intrigas de la Corte, aunque, en no pocas ocasiones, se había usado, también, como prisión para encerrar a los nobles levantiscos.

Desde el altozano en que se hallaba, Fadrique podía vislumbrar todo el extenso litoral que rodeaba, por el este y el oeste, el promontorio rocoso rematado por el castillo y la interminable llanura costera teñida por el verdor que le proporcionaban las plantaciones de caña de azúcar. Entre los tupidos cañaverales destacaban las blancas paredes y los tejados de tejas rojas de los ingenios en los que se procesaba la caña, cuyo producto era comercializado por los mercaderes, sobre todo, por los genoveses, que monopolizaban su distribución y venta en las ciudades de Italia.

Como viera el falso mercader que el embarcadero de madera, que se hallaba situado cerca del castillo, al borde de los cañaverales, estaba desierto, coligió que la nave genovesa de la que era capitán micer Angelo Adorno, aún no había arribado a la endeble estructura portuaria. Descendió del altozano y se dirigió a la playa de oscura arena que se extendía en dirección oeste hasta perderse en lontananza. Donde el arenal acababa y empezaban las primeras plantaciones de caña, halló una oquedad a cubierto de la intemperie y de la brisa marina, desde la que se podía otear la ribera del mar y el embarcadero. Allí permanecería hasta que viera aparecer la «Grande Meloria», la embarcación de comercio que, según el cónsul, atracaría en aquel lugar en los siguientes días, si es que un inoportuno temporal no la había enviado al fondo del mar. Dos noches estuvo cobijado en aquel provisional refugio. Al tercer día, al caer la tarde, lo abandonó cuando vio surgir, entre la bruma vespertina que había comenzado a cubrir la playa por el este, un barco con doble castillo, uno a proa y otro a popa, y tres mástiles que arbolaban, dos de ellos velas cuadras y el tercero una vela latina, bogar en dirección al muelle de madera. Una hora más tarde, la «Grande Meloria» se hallaba amarrada al embarcadero de la playa de Salobreña. Antes de dirigirse al encuentro de micer Adorno, golpeó a la acémila en sus ancas para que se alejara y se introdujera en los espesos cañaverales que cubrían aquella parte del litoral, puesto que ya no le iba a ser de utilidad si se cumplían sus planes y el capitán genovés lo recibía y lo aceptaba como uno de sus marineros.

Se aproximó a la embarcación, portando tan solo el morral que llevaba colgado en bandolera. En la nave, los marineros se afanaban en arriar las velas y afianzar las amarras del barco a los maderos verticales que hacían la función de norays del embarcadero. Fadrique ascendió por la escala de tablazones que comunicaba el muelle con la cubierta del navío. Detrás de la balaustrada, que separaba el puente de popa de la cubierta principal, se hallaba un hombre como de unos cuarenta años, la faz renegrida —por la continua exposición al sol y a la salinidad del mar, pensó el recién llegado— y la testa cubierta con un gorro cónico de fieltro y anchas alas.

—¿Qué buscas en mi embarcación, ragazzo? —demandó con voz destemplada el que debía ser el capitán del barco cuando se hubo acercado al puente, creyendo que era un cargador del puerto o un mozo de cuerda buscando trabajo.

—Buenas tardes, micer Adorno —dijo el joven pronunciando el nombre del genovés con la intención de mostrarse amable y cercano—. Vengo de Granada y traigo una carta para el capitán de la nave «Grande Meloria».

—¿Una carta?

—Una carta del cónsul de los genoveses en la ciudad de Granada, micer Doménico di Mari —repuso Fadrique, al tiempo que extraía la misiva del zurrón. El marinero cambió rápidamente de actitud, pues no todos los días recibía un mensaje por escrito de tan alto representante de la Señoría.

—Entonces, sed bienvenido a mi barco —dijo—. Subid al puente y entregadme esa carta.

Fadrique ascendió por la escalera que comunicaba la cubierta principal con la toldilla de popa y, cuando estuvo a dos pasos del capitán de la nave, le entregó la secreta misiva. Micer Angelo Adorno la tomó, aún desconcertado por lo inusual del caso, la desplegó y comenzó a leerla con atención, labor en la que estuvo enfrascado un buen rato, sin duda porque lo que se decía en el escrito superaba con creces su capacidad de asombro. Cuando hubo acabado la lectura y, repuesto de la sorpresa causada por lo que le solicitaba encarecidamente el cónsul, dijo:

—Fadrique Díaz es tu nombre, según refiere la carta de micer Doménico di Mari. Y, también, que sois cristiano de la sierra de Córdoba.

—Así me llamo desde el día en que el cura de Zuheros me puso el agua bendita sobre la cabeza —respondió el hijo del molinero—. Pero, he tenido que usar otros nombres por necesidad que no vienen ahora al caso.

—Pues, pasa a mi cámara, Fadrique, que después de haber leído lo expresado en este escrito, hemos de hablar extensamente para poder llevar a cabo la sorprendente y atípica petición que me transmite el señor cónsul.

Y ambos entraron en el camarote del capitán de la «Grande Meloria».

Después de mantener una larga conversación, micer Adorno le dijo que cuando, al día siguiente, procedieran a desembarcar las tinajas conteniendo el atún en salmuera y los fardos con los paños flamencos, él debería acompañar a los marineros genoveses y a los cargadores al castillo como si fuera un marino más; que, una vez en el interior de la fortaleza, habría de procurar localizar a su hermana, tarea complicada y, hasta cierto punto, peligrosa; pero, como deberían hacer unos cinco viajes para trasladar toda la mercancía que transportaban en la bodega hasta el patio de armas del castillo, tendría tiempo suficiente y ocasión para deambular disimuladamente por él, buscar a la joven y entregarle una nota con determinadas órdenes. Que si no lograba localizarla y conversar con ella en alguno de los cinco viajes, habrían de dar por fracasada la artimaña y renunciar al rescate de la cautiva.

—Si consigues que Almodis reciba la nota en la que le indicarás el momento en el que debe acercarse a los almacenes del castillo —continuó diciendo el genovés—, procederemos a poner en práctica la segunda parte y la más delicada del plan: sacar a la muchacha en el interior de uno de los toneles que desembarcaremos para cargar las arrobas de azúcar sin que los soldados del sultán o los criados de la princesa se aperciban de ello.

Aquella noche la pasó Fadrique en la sentina de la embarcación con los demás marineros que se mostraron muy amigables y colaboradores, de lo que dedujo el franciscano secularizado que micer Angelo Adorno les había puesto al tanto del asunto y aleccionado para que se comportaran con normalidad, en tanto que se desarrollaba la acción de rescate, y lo trataran como a uno más de ellos.

A la mañana siguiente, comenzaron las labores de descarga de las tinajas de atún y su traslado hasta el patio de armas del castillo. El alcaide había enviado un carro tirado por dos bueyes para transportar las pesadas tinajas hasta el pie del farallón donde se iniciaba el empinado sendero que acababa en la puerta de la fortaleza, abierta en el seno de una gran torre. Como la calzada era muy estrecha, las tinajas tenían que ser descargadas del carro y transportadas, una a una, hasta el patio de armas por los marineros y dos cargadores proporcionados por el alcaide. Uno de esos marineros, era Fadrique.

Para que todas las tinajas estuvieran a buen recaudo en el patio de armas, era necesario realizar cinco viajes, como se ha dicho, puesto que en el carro solo cabían cuatro tinajas en cada desplazamiento. En los dos primeros, nada pudo descubrir el hermano de Almodis, aunque oteaba con desesperación las ventanas y el terrado de la torre del homenaje, que era donde él pensaba que debía residir la princesa Aisha con su reducida corte. En el tercer viaje, observó que unas mujeres salían a una terraza ajardinada que había en uno de los extremos del patio de armas, en el flanco que daba al mar. Aunque pudo reconocer a Almodis entre aquellas mujeres, no se atrevió a abandonar a sus compañeros, atareados con las tinajas, y acercarse a la citada terraza. Pero sería en el transcurso del cuarto viaje cuando, viendo que las muchachas continuaban solazándose en el jardín y que no había soldados ni criados en las cercanías, se aproximó al murete que lo separaba del patio de armas donde conversaban animadamente las jóvenes esclavas. Entonces, fue cuando Almodis lo reconoció y, sin poder ocultar la alegría que le había producido la inesperada presencia de Fadrique en aquella apartada fortaleza, quiso acercarse a él. Pero el joven, con un gesto imperativo, le indicó que no lo hiciera. No obstante, al mismo tiempo que le exigía que permaneciera junto a sus compañeras, dejaba sobre el murete, a la vista de su hermana, la nota que ella debía recoger. Almodis comprendió el mensaje gestual de su hermano y siguió ocupada en la charla que mantenía con las otras esclavas, aunque sin perder de vista el trozo de papel que Fadrique había dejado sobre el muro de piedra. El escueto mensaje que contenía la esquela era el siguiente: «Mañana, a medio día, cuando hagamos la última carga de azúcar, espérame junto a la puerta del almacén.»

Cuando, aun temblando por la enorme tensión soportada en el castillo, retornó al navío con sus compañeros, después de haber realizado el último viaje, y las tinajas con el atún y los fardos de paños estaban depositados en el patio de armas para que los criados del alcaide los trasladaran a los almacenes, micer Angelo Adorno dio las órdenes oportunas para que, a la mañana siguiente, se procediera a cargar los dos quintales de azúcar que tenía contratados un comerciante de Trápani y que se pusieran en las barricas o toneles vacíos que llevaban en la bodega de la «Grande Meloria».

Los amplios y pesados toneles de madera de roble, en número de diez, eran transportados en el carro hasta el pie de la escarpada muralla, que constituía la prolongación del acantilado, y, en ese lugar, en el que había una pequeña explanada, los marineros los descargaban para proceder a su posterior traslado al patio de armas y, luego, ser llevados al almacén donde estaba depositado el azúcar. Con palas de madera, una vez pesado el producto con una romana de hierro, los criados del alcaide procedían a llenar cada uno de los toneles y cubrirlos con una tapadera de madera. Después de anotar los pesos obtenidos, los marineros genoveses procedieron a fijar con clavos las tapaderas antes de sacar las barricas al patio de armas para, desde ese lugar, poder trasladarlas al navío.

De esta manera se fue ejecutando la labor de los genoveses a lo largo de la mañana, hasta que solo quedaban tres toneles por llenar con la preciada mercancía. Micer Adorno había calculado que los dos quintales de azúcar se cargaran en un determinado número de toneles, quedando el último de ellos vacío. Al acabar el proceso, el contramaestre del barco firmó el documento de recepción de la mercancía y dio la orden a los marineros para que sacaran las últimas barricas colmadas de azúcar del almacén. Cuando Fadrique comprobó que los criados del alcaide, cumplida su misión, habían abandonado el sótano donde se guardaba el producto que tan solicitado era en las ciudades italianas, salió a la galería que comunicaba con el patio de armas y esperó, con el corazón palpitante y carcomido por la ansiedad, ver aparecer a Almodis. Pero los minutos pasaban y nadie acudía desde el exterior del almacén. ¿Habría cogido la esquela que dejó sobre el muro del jardín algún soldado o algún criado del alcaide o de Aisha? ¿Habría sido la infeliz Almodis sorprendida cuando se dirigía, sin causa alguna que lo justificase, a los sótanos del castillo?

El contramaestre de la embarcación, que actuaba como ocasional encargado de los marineros cargadores, se acercó a Fadrique para decirle que no podía retrasar más la marcha sin que los soldados del alcaide sospecharan. Que tenían que retornar al barco con los toneles y el azúcar, uno de ellos vacío.

Estaban los marineros cargando sobre sus espaldas las pesadas barricas con la mercancía, cuando uno de ellos lanzó un grito apagado:

—¡La esclava! ¡Señor Fadrique! ¡La esclava que esperábamos!

Era Almodis, que embozada y envuelto su cuerpo en una capa para que no la reconociesen, se acercaba al almacén como le había indicado en su esquela Fadrique.

—¡Hermana mía! —susurró el hijo del molinero al tiempo que, acercándose a Almodis, la abrazaba tembloroso— ¡Después de tantos años de separación, por fin puedo abrazarte!

—¡Querido hermano! ¡Cuánto te he echado de menos! —respondió Almodis entre hipidos, sollozos y frases entrecortadas.

—Dejad los abrazos y los requiebros para cuando estéis a salvo en la «Grande Meloria» —manifestó el contramaestre—. Nos encontramos en grave peligro si se descubre la ausencia de la esclava y los soldados proceden a inspeccionar el contenido de los toneles. Introdúcete en ese, que se ha dejado vacío adrede, muchacha.

Apresuradamente, Almodis ocupó el fondo de la barrica a la que, previendo el uso extraordinario al que iba a ser destinada, le habían realizado varias perforaciones con un taladro para que pudiera respirar quien iba a permanecer en su interior durante el traslado desde el castillo hasta la carraca genovesa que se hallaba atracada en el cercano embarcadero.

Después de haber clavado la tapadera al tonel, Fadrique, y otro marinero de fuertes brazos, fueron los encargados de transportar la barrica que contenía el cuerpo de Almodis. Al joven de Zuheros aquel trabajo le pareció un esfuerzo placentero y liviano.

Los genoveses, transportando los restantes toneles con su cargamento de azúcar, salieron al patio de armas. El sol estaba muy alto y caía como fuego sobre el castillo de Salobreña. La plaza se hallaba desierta. Nadie deambulaba en los jardines. Solo en el adarve de la muralla que daba al mar patrullaban algunos soldados con desgana, sin que nada indicara que se hubiera advertido la ausencia de la esclava preferida de Aisha.

Al atravesar la puerta del castillo, que estaba vigilada por dos soldados, el corazón de Fadrique parecía querer salir de su pecho. Sin embargo, los toneles desfilaron ante ellos, portados por los marineros genoveses, sin que recelaran de que uno de ellos no contenía la mercancía que la «Grande Meloria» debía trasladar a Italia, sino el cuerpo de Almodis. Un cuarto de hora más tarde, las barricas de azúcar y la joven cautiva, se hallaban, a salvo en la sentina de la nave de la Señoría.

En el castillo de Salobreña los centinelas recorrían el adarve de la muralla que daba al mar vigilando indolentes los entornos de la fortaleza y el patio de armas. La calma y el silencio que imperaba en la enriscada edificación evidenciaban que la fuga de la cautiva cristiana aún no se había descubierto. Mas, a sabiendas de que no transcurriría mucho tiempo sin que la soldadesca, avisada por los criados de la princesa o por la propia Aisha, dieran la voz de alarma y se dirigieran a la nave genovesa —pues era evidente que en ningún otro lugar podría hallarse oculta Almodis—, el capitán del navío mandó desatar los cabos que lo unían al embarcadero e izar las velas para ponerlas a favor del viento y alejarse lo antes posible del litoral de Salobreña.

—¡Rumbo al puerto de Tarifa, contramaestre! —ordenó el capitán de la nave mercante, y el barco, con todas las velas desplegadas y aprovechando la suave brisa que había comenzado a soplar desde el este, surcó veloz las azules aguas del mar nazarí buscando la seguridad que le proporcionaría llegar al Estrecho y arribar a la primera ciudad portuaria cristiana perteneciente al reino de Sevilla, que no era otra que Tarifa.

XV
Retorno a Santo Toribio de Liébana

Sin haber sufrido ningún contratiempo digno de mención, a excepción de la rotura en una de las drizas de la vela latina al embocar el Estrecho con viento de costado, que tuvo que ser reemplazada sin que tal suceso representara un obstáculo para la marcha de la carraca ni hiciera disminuir su velocidad, con buen tiempo y la mar en calma, arribaron a la ensenada que forma la isla de Tarifa con la playa cercana, en el segundo día de navegación al caer la tarde. Como no tenían previsto fondear en ese puerto ni descargar mercancías, lo que hubiera sido beneficioso para el armador, pues los barcos mercantes estaban exentos del pago de ancoraje al concejo para facilitar el abastecimiento de aquella aislada población, la «Grande Meloria» estuvo anclada en la rada solo el tiempo necesario para poder desembarcar a los dos pasajeros milagrosamente sacados del reino de Granada.

—Que el Divino Salvador os proteja y os acompañe hasta que arribéis a vuestra tierra —les deseó micer Angelo Adorno, antes de que subieran al falucho que, para conducirlos a la orilla, había hecho poner en el agua con el pescante—. Nuestro próximo destino es el puerto de Trápani, en Sicilia, donde tenemos una de nuestras bases de operaciones y hemos de descargar los toneles con el azúcar —añadió—. Pero, como he de recalar en el puerto de Mallorca para cargar ciertas mercancías, aprovecharé la estancia en esa ciudad para enviar una carta al cónsul, micer Doménico di Mari, en la que le relataré, con todo detalle, lo acontecido en Salobreña y cómo, por la intervención de Nuestro Señor, sin despreciar el sutil ardid que él había ideado, hemos logrado engañar a Aisha y a los soldados del sultán y rescatar a tu hermana cautiva.

—Sin olvidar, micer Adorno, vuestra inestimable ayuda y la de los honrados marineros de la «Grande Meloria», que han sido cómplices y consumados actores interpretando sus papeles en la artimaña —dijo Fadrique, que no quería abandonar la embarcación genovesa sin que todos los tripulantes supieran cuán agradecidos les estaba.

La joven pareja de cristianos fue recibida en la playa con enorme expectación por los pescadores y otros moradores de la ciudad que habían acudido a contemplar el desembarco, recibimiento que se tornó en aplausos y emotivas frases de felicitación cuando supieron cómo habían logrado escapar del reino de Granada y las peripecias sin cuento que habían soportado y que Fadrique les relató de manera sucinta. En consideración y como reconocimiento a su hazaña, fueron los dos cristianos recibidos por el alcaide del castillo, don Rui López de Quintanilla, en la sala principal de la fortaleza. Este caballero, que tenía encomendada la defensa de la ciudad por encargo del Adelantado Mayor de la Frontera, les ofreció vestiduras más apropiadas para viajar, sobre todo a Almodis, que aún conservaba el incómodo vestido, propio de una esclava doméstica, y la capa con caperuza que portaba en el momento de su rescate.

—No puedo sino expresar mi asombro al conocer las dificultades que has encontrado, joven, en el vecino reino de Granada hasta dar con el paradero de tu hermana cautiva y lograr liberarla; y el tesón y la constancia que has demostrado —dijo el alcaide, cuando los tres estuvieron acomodados en torno a una mesa en la que unos sirvientes habían depositado una jarra de agua, unos vasos de cerámica y un plato con pastelillos de azúcar y miel—. Pero, gracias a Dios, ya estáis a salvo. ¿Hacia dónde pensáis dirigir vuestros pasos?

—Viajaremos hasta Córdoba —respondió Fadrique—. En esa ciudad reside un bondadoso caballero que nos recibirá como a hermanos y que, sin duda, no tendrá inconveniente en darnos alojamiento en su casa en tanto que reemprendemos nuestras vidas de huérfanos.

—Será un largo viaje —reconoció don Rui López—. Para haceros menos gravoso vuestro desplazamiento, he pensado que os puedo ofrecer una acémila de la guarnición con la condición de que, al llegar a Córdoba, la entreguéis en el cuartel en que se hallan acantonados los soldados del rey. El señor marqués de Salvatierra, que está a cargo de la guardia real, sabrá como devolverla a Tarifa.

—Os estamos muy agradecidos, señor alcaide, al facilitarnos el medio con que podremos desplazarnos hasta Córdoba —repuso el hijo del molinero—. Aunque estamos agotados por los lances y los contratiempos sufridos en los últimos días, nuestro deseo es partir cuanto antes y poder llegar a la casa de don Rodrigo de Biedma, nuestro benefactor.

—Pues no se ha de tratar más el asunto —dijo, a modo de conclusión el alcaide—. Pasaréis la noche en el castillo y mañana, después de que amanezca, un oficial de la guarnición pondrá a vuestra disposición una mula fuerte y sana para que os lleve, sin mucho padecimiento, a la ciudad que es vuestro destino. En su grupa encontraréis unas alforjas con dos capas de lana, para que os abriguéis por las noches, y algunas vituallas.

A la mañana siguiente, Fadrique y Almodis —que iba a la grupa de la acémila—, abandonaron Tarifa por la puerta de Jerez y tomaron la dirección de Medina Sidonia siguiendo la antigua ruta que había sido dotada de puentes y reparada en tiempos del rey Alfonso XI, y que sorteaba, por el sur, la extensa laguna de la Janda, itinerario que era bien conocido por el joven de Zuheros desde que viajó a Algeciras para cruzar el mar y arribar al reino de Fez, y así se lo hizo saber a Almodis.

—Cuando emprendí el viaje desde Córdoba a Algeciras —le refirió Fadrique, una vez que hubieron dejado atrás la ciudad y tomado el camino que, atravesando la llanura litoral de los ríos Salado y de la Jara, continuaba hasta la citada laguna—, hace ahora diez años, para pasar a la otra orilla, con la ayuda de los padres mercedarios, e intentar localizar el paradero de nuestros desdichados padres, realicé este mismo trayecto en compañía de dos amables jurados del concejo algecireño, don Alfonso Fernández y don Sancho Yñiguez, que transportaban trigo y cebada para los habitantes de su ciudad, Dios la haga retornar a Castilla y a la cristiandad.

—Háblame de nuestros padres, querido hermano —solicitó Almodis, que iba sentada en la grupa de la acémila fuertemente asida a la cintura de Fadrique—. ¿Qué fue de ellos? Aunque colijo que debieron morir en cautividad.

El franciscano secularizado tardó en contestar, porque, aunque sabía que debía narrar a su hermana todo lo acontecido en África, le dolía profundamente tener que hacerla partícipe de la triste noticia del fallecimiento de sus progenitores.

Como el relato iba a ser muy doloroso para la joven y, sin duda, le produciría una gran congoja, Fadrique pensó que debían hacer un alto en el camino y descansar debajo de una de las frondosas encinas que flanqueaban el sendero.

—Cuando abandoné el monasterio de Santo Toribio de Liébana, una sola idea se había apoderado de mi cerebro: marchar a Granada para buscaros y sacaros de la cautividad —comenzó diciendo el hijo del molinero, una vez que se hubieron aposentado en una roca que había debajo de uno de los frondosos árboles—. Luego averigüé que tú te hallabas cautiva en la capital del sultanato, pero que nuestros padres habían sido trasladados a la otra orilla donde los vendieron como esclavos en alguna de las ciudades del reino de Fez. Entonces decidí desplazarme hasta Algeciras, donde sabía que existía un convento de padres mercedarios que me podrían ayudar a cruzar el mar y desembarcar en

Ceuta. Haciéndome pasar por fraile de la redentora Orden de Nuestra Señora de la Merced, acompañando a uno de sus hermanos, viajé hasta esa ciudad y, después, a Tetuán, donde pude, al fin, tener noticias de nuestros padres. Pero para mi desgracia y desolación, un talabartero judío, al que habían servido como esclavos, nos condujo al cementerio de los cristianos donde se hallaban las sepulturas de nuestros infelices progenitores. La peste había acabado con sus vidas.

Fabrique observó como Almodis se estremecía, temblaba y comenzaba a sollozar. Guardó silencio unos instantes para respetar el dolor que estaba sintiendo su hermana. Luego, tomando sus manos, continuó con el relato.

—Cuando regresé a Córdoba, ciudad en la que me había acogido como criado y ayudante de alfaqueque un virtuoso caballero al que pronto podrás conocer, Granada se hallaba en plena guerra civil, suceso desgraciado que me impidió desplazarme a ese reino para intentar dar con tu paradero. Una vez que el sultán, Muhammad V, que había sido derrocado por su desleal hermano, hubo recuperado el trono, y la paz retornó al reino nazarí, viajé hasta su capital, en esa ocasión transformado en un falso musulmán, ardid con el que esperaba poder emprender, con menos dificultad, las indagaciones que me condujeran al palacio donde te tenían encerrada. Pero mi artimaña se descubrió, hermana, y el cadí me condenó a siete años de reclusión en el Maristán, que es un hospital para locos y blasfemos.

—¡Dios mío! ¡Cuánto has sufrido por mi causa, querido hermano! —se dolió Almodis en medio de un mar de lágrimas.

—Por fortuna o, quizás por la milagrosa intervención de san Francisco, del que sigo siendo un devoto seguidor, un buen musulmán, que también estaba preso y era mi compañero de celda, que sería exonerado de sus culpas y elevado al empleo de poeta áulico en la Alhambra, me sacó del Maristán y me dio un trabajo de epigrafista en el taller del yeso de la ciudad palatina. Luego, con la ayuda del cónsul de los genoveses de Granada, micer Doménico di Mari, al que nunca podremos agradecer cuánto ha hecho por nosotros, pude acceder al castillo de Salobreña, en el que tú te hallabas presa, y, mediante un ingenioso ardid ideado por el representante de los mercaderes genoveses, sacarte de aquella inexpugnable fortaleza y traerte a tierra de cristianos.

—¡Once años he estado cautiva y alejada de mi tierra y de ti, Fadrique! Y en todo ese tiempo no ha transcurrido un solo día sin lamentarme y llorar desconsoladamente en secreto, pensando en nuestros padres y en ti, aunque tu imagen se me aparecía difusa, porque tan solo tenía ocho años cuando marchaste al lejano monasterio de Santo Toribio de Liébana.

—Once años ansiando abrazarte, hermana mía —manifestó el hijo del molinero con los ojos inundados de lágrimas, acariciando con ternura la rubia cabellera de Almodis—. Once largos años que, por fin, han llegado a su fin.

Acabada la emotiva exposición de los hechos que había protagonizado el hijo del molinero desde que, por amor a sus desdichados padres y a su desvalida hermana, había abandonado la Orden Franciscana para recorrer media Castilla y recalar en la ciudad de Granada, sin olvidar el frustrado viaje a la extraña y peligrosa tierra africana en busca de sus progenitores, reemprendieron la marcha sumidos en un prolongado silencio, que era la expresión del sosiego y la paz de espíritu que, después de tantos sinsabores y desdichas, al fin, habían alcanzado.

Al caer la tarde, habían llegado a la orilla meridional de la laguna de la Janda, a unas tres leguas de Tarifa. Se cobijaron en una almunia abandonada, que había sido parcialmente destruida por un incendio, sin duda, durante la pasada guerra con los africanos; y allí, arropados con las capas que les había proporcionado el alcaide de Tarifa, pasaron la noche que fue fresca y ventosa, aunque estuviera en sus postrimerías el mes de julio.

En los primeros días del mes de agosto arribaron a Sevilla sin que hubieran sufrido ningún percance digno de referir, aunque agotados y enflaquecidos. Su aspecto decrépito, propio de dos jóvenes desvalidos, agotados y mal alimentados, que retornaban a su tierra natal a lomos de una acémila, infundía sentimientos de compasión en la gente, lo que les facilitaba ser acogidos con generosidad y desprendimiento por los moradores de las almunias y las villas en las que, por amor de Dios, solicitaban poder pernoctar y recibir algún alimento.

En la antigua capital del reino musulmán de Sevilla, les dijeron, estando departiendo con algunos comerciantes en el mercado de la Carne, que no acometieran el viaje hasta Córdoba en soledad, sino que buscaran la compañía de alguna cuadrilla de arrieros o mercaderes que siguieran su mismo itinerario, porque una partida de malhechores, que decían ser soldados del derrotado ejército del anterior monarca que habían sido desposeídos de sus propiedades por el rey don Enrique II para justificar sus fechorías, se hallaba oculta en la sierra de Hornachuelos amenazando a los campesinos de la comarca de Écija y a los arrieros que osaban cruzar aquel territorio con sus mercancías. Le dijeron, también, que el rey de Castilla, que deseaba que la región recobrara la paz perdida, había enviado a la sierra un destacamento de soldados de caballería, pero, fuera porque los salteadores de caminos estaban muy bien encastillados en las escabrosas montañas, fuera porque los soldados del rey no ponían todo el empeño que debían, lo cierto era que aquellos indeseables se habían adueñado de las comarcas que unían Sevilla con Córdoba impidiendo la libre circulación de mercaderes y viajeros.

Como Fadrique y Almodis no tenían intención de acabar robados o degollados en una mala venta o en un solitario recodo del camino, después de haber sufrido tantos padecimientos y haber escapado del cautiverio o de la muerte en el vecino reino de Granada, decidieron acercarse a la famosa lonja de los genoveses, situada cerca de la iglesia mayor de Santa María, pues en sus relaciones con aquellos mercaderes italianos, hasta el momento, solo bondades y excelente trato había recibido el fraile secularizado. Pensaba el hijo del molinero que ellos, que estaban acostumbrados a recorrer las rutas de comercio entre las más populosas ciudades de

Andalucía, les podrían aconsejar sobre la mejor manera de llegar a Córdoba evitando un mal encuentro con los golfines.

En la lonja le dijeron que, al día siguiente, partiría de Sevilla una comitiva de arrieros llevando veinte mulas cargadas con sardinas saladas y tinas con loza sevillana para vender en Córdoba, escoltados por una partida de soldados de la milicia urbana; que se habían emplazado, al amanecer, en la puerta en que se inicia el camino hasta esa ciudad para hacer el viaje en buena y segura compañía, y que, si les parecía bien, que podían unirse a ellos y así marcharían bien acompañados. De esa manera lo hicieron los dos hermanos, plantándose antes del alba en la puerta de Córdoba donde ya estaban preparados para comenzar la andadura los arrieros y los soldados del concejo.

—Podéis hacer el camino en nuestra compañía, aunque habréis de saber que tardaremos cinco o seis jornadas más en llegar a Córdoba —dijo el que parecía jefe de la expedición—. El motivo de ese retraso es que, para evitar la ciudad de Écija, en cuyas montañas dicen que se ocultan las partidas de salteadores, hemos decidido dar un rodeo y tomar la senda que, por el sur de la comarca, atraviesa las tierras de Osuna y Aguilar y, desde esa población, acceder a Córdoba.

—Os agradecemos vuestra buena disposición al permitirnos que viajemos con vosotros —manifestó Fadrique—. En cuanto a prolongar los días de marcha, no tenemos ninguna urgencia por llegar a la ciudad que es nuestro destino. Si el citado desvío es para dar seguridad a la comitiva alejándonos de esos soldados desleales, no hemos de poner ninguna objeción. Los arrieros y mercaderes conocéis bien estos lugares y nadie mejor que vosotros para elegir el mejor itinerario a seguir.

La caravana partió de Sevilla en dirección a Osuna, arribando a esa ciudad, que era de los caballeros de la Orden de Calatrava, sin haber sufrido ningún contratiempo, pues la climatología era buena y los golfines debían estar encastillados en la sierra, lejos de aquellos lugares que, por otra parte, para contento de los arrieros, estaban vigilados, en algunos tramos del trayecto, por parejas de frailes-guerreros calatraveños de a caballo.

Al caer la tarde del día veinte de agosto del año 1370 hicieron su entrada en Córdoba los viajeros por la puerta del Puente.

Sin dilación, pero agotados por los muchos días de cabalgada y los sufrimientos soportados en el vecino reino de Granada, los dos jóvenes se dirigieron a la mansión que don Rodrigo de Biedma poseía en la parroquia de San Pedro, cerca de la antigua iglesia de los Santos Mártires, como ya se ha referido. Un criado les dijo que su señor se hallaba en la iglesia mayor asistiendo a una ceremonia religiosa, pero que, como había reconocido a Fadrique, podían pasar y esperarle en el patio de la vivienda. Media hora más tarde hizo su aparición el caballero alfaqueque. Sorprendido por la presencia en su casa de aquellos dos muchachos desaliñados y vestidos extrañamente, se les quedó mirando sin reconocer, en un principio, a quien había sido su discípulo.

—Don Rodrigo... ¿Tanto he cambiado que no me reconocéis? —dijo el joven de Zuheros.

—¿Fadrique? ¡Fadrique Díaz! —exclamó el caballero cordobés abrazando al recién llegado cuando, al fin, hubo reconocido su voz y su ajada figura—. ¡Ciertamente no pareces el mismo¡ Nada en ti me recuerda al joven tonsurado y de tez blanquecina que una vez me acompañó a Granada, yo, a hacer un trabajo de alfaquequería, y tú, ¡a seguir el rastro de tus padres y de tu hermana!

—Pues, ya estoy de vuelta, don Rodrigo, y acompañado de Almodis, mi querida hermana que, por fin, logré sacar de su cautividad —manifestó el hijo del molinero cuando pudo librarse del afectuoso abrazo de su mentor—. Almodis, este caballero es don Rodrigo de Biedma, del que aún no he tenido ocasión de hablarte.

—Me siento honrada de poder conocerlo, señor don Rodrigo —dijo la joven—. Si mi hermano habla con tanta admiración y cariño de vos, es porque debe tenerle un gran aprecio.

—El mismo que yo le dispenso —repuso el alfaqueque—. Pero dejémonos por ahora la charla y pasemos al interior de la casa para que, mientras que mi criado nos sirve un zumo de frutas y unos buñuelos fritos al estilo judaico que ha preparado la cocinera, puedas relatarme con todo detalle lo que te ha sucedió desde que recibí tu sorprendente carta en la que me decías que habías estado recluido en un hospital de locos del que lograste salir por mediación de un buen musulmán.

Fadrique expuso a don Rodrigo de Biedma las numerosas calamidades por las que tuvo que pasar y las vicisitudes sufridas para poder acceder al vigilado palacio donde se hallaba cautiva Almodis, así como las artimañas y ardides que debió tramar para conversar con ella a espaldas de su dueña. También le relató la argucia urdida, con la colaboración del cónsul de los mercaderes genoveses de Granada, que fue la que posibilitó sacarla del castillo de Salobreña, donde estaba recluida como esclava de la princesa Aisha.

—Siento como cosa mía la muerte de vuestros desdichados padres —se lamentó el caballero cordobés—, que con tanto afán buscaste en el reino de Fez. Pero, al mismo tiempo, comparto tu alegría, querido Fadrique, por haber logrado hallar con vida a tu hermana, cuya libertad, superando enormes dificultades, perseguiste a lo largo de los años y que, al cabo, conseguiste con la ayuda, según me dices, del cónsul de los genoveses establecido en Granada. Ahora que has podido ver cumplida la promesa que a ti mismo te hiciste cuando abandonaste el monasterio de Santo Toribio de Liébana y te secularizaste, que no era otra que hallarla y librarla de sus captores, tu generosa alma puede descansar al fin. Yo os acojo como huérfanos y buenos cristianos que merecéis una mejor vida que la que habéis llevado hasta ahora. Podéis vivir en esta casa como si fuera vuestro propio hogar, amigos míos —continuó diciendo el alfaqueque—. No sé cuáles son vuestros pensamientos y proyectos, si es retornar a la villa de Zuheros, donde, por otra parte, nada os ata ya, o empezar una nueva existencia en esta ciudad de Córdoba. Lo que decidáis, será gozosamente aceptado por mí. Podéis contar con mi desinteresada amistad y mi ayuda. Ahora, descansad de tan largo y penoso viaje. Mi criado os acompañará a los que van a ser, a partir de hoy, vuestros aposentos.

Los dos hermanos estuvieron alojados, los tres meses que siguieron a su llegada a Córdoba, en la mansión de don Rodrigo, gozando de su afecto y de los servicios que les proporcionaban los atentos criados del caballero alfaqueque. Mas, como no podía ser de otra manera, con el transcurso de los días y las semanas y con el trato afectuoso del dueño de la casa, fue surgiendo en el joven y sufrido corazón de Almodis una especial atracción hacia don Rodrigo que iba más allá del agradecimiento y de la simple amistad.

El generoso caballero cordobés también mostraba hacia la muchacha un sentimiento de cariño que no podía interpretarse sino como evidente estado de enamoramiento. Fadrique veía con buenos ojos la estrecha relación que estaba naciendo, con enorme fuerza, entre su hermana y su respetado mentor. Hasta ese momento había apartado de su pensamiento la idea de retornar a la vida monástica, una vez cumplida su promesa de sacar de la cautividad a Almodis. Tener a su cargo una joven célibe, huérfana de padre y de madre, hacía recaer sobre sus hombros una enorme responsabilidad que le impedía concebir la idea de marchar a la sierra de Cantabria y volver a vestir el hábito de San Francisco, como era su ardiente e insatisfecho deseo. Sin embargo, aunque estaba comprometido con el bienestar de su desvalida hermana, ingresar de nuevo en el monasterio de Santo Toribio de Liébana y recuperar su vocación de copista e iluminador de códices, era lo que más ansiaba. No obstante, había aceptado de buen grado la obligación que, como único familiar vivo, tenía de cuidar de Almodis, anteponiendo el bienestar y la felicidad de su hermana a sus propios intereses y a su verdadera vocación.

Pero el evidente enamoramiento que había surgido entre Almodis y el bueno de don Rodrigo de Biedma, le abría las puertas de su ansiado retorno al monasterio cántabro, a aceptar, de nuevo, los sagrados votos de fraile franciscano —a los que nunca había renunciado—, y retomar su antiguo oficio de amanuense e iluminador de códices en su famoso *scriptorium.*

El matrimonio de Almodis y don Rodrigo sería, sin duda, una bendición de Dios. Para ella, porque, huérfana y sin ningún familiar conocido, habría encontrado el amor y la estabilidad emocional que proporciona una familia, después de tantos años de sufrimientos y humillaciones; y para él, porque ese afortunado enlace le eximía de la responsabilidad de tener que atender y cuidar de su hermana y le permitiría recuperar su vocación religiosa suspendida temporalmente por amor a sus progenitores y a ella.

A mediados del mes de enero del año 1371, el enlace entre don Rodrigo de Biedma y Almodis Díaz fue bendecido, ante los ojos de Dios, en la iglesia mayor de Santa María en fastuosa ceremonia celebrada por el obispo de Córdoba, don Andrés Pérez Navarro, aquel prelado de gran valentía y pundonor que, junto al Adelantado Mayor de la Frontera, don Alonso Fernández, leales a la causa de don Enrique de Trastámara, habían resistido el asedio que sometieron a la ciudad las tropas del rey don Pedro I y del sultán Muhammad V, coaligadas, tres años antes.

Una semana más tarde, Fadrique Díaz, tonsurado de nuevo en una ceremonia privada celebrada en el convento de San Pedro el Real, regentado por la Orden Franciscana, y vestido con la ropa talar que lo reconocía e identificaba como fraile de la Orden fundada por el santo de Asís, emprendió el largo viaje que lo llevaría de nuevo a la lejana sierra de Cantabria, a la que había sido su antigua morada en el monasterio de Santo Toribio de Liébana. Allí lo esperaban sus hermanos copistas e iluminadores y los valiosos códices que eran la razón de ser de su biblioteca y de su famoso *scriptorium.*

Antes de su partida, Almodis y su esposo, don Rodrigo de Biedma, se despidieron de Fadrique de Santa María en la puerta de la mansión del caballero cordobés. Se abrazaron con gran emoción, deseándose mutuamente que el Divino Hacedor les concediera una larga y feliz existencia: al fraile, en su monasterio cántabro ganando fama con su trabajo de copista, y a su hermana y a don Rodrigo, en la ciudad de

Córdoba, donde el matrimonio recién bendecido por Dios había fijado su residencia.

Montado en una mula y en compañía de otro fraile franciscano, que se dirigía al monasterio de León, emprendía el hermano Fadrique de Santa María, a los treinta años de edad, su definitivo y largo viaje hasta el monasterio de Santo Toribio; curtido por los lances, las aventuras y los padecimientos sufridos desde que abandonó, impulsado por el amor a su desdichada familia, la sierra de Cantabria, pero con el alma fortalecida y en paz, satisfecho por haber cumplido con creces el sagrado deber de todo hijo, que consistía en sacrificarse por sus deudos, sacrificio que Dios le había impuesto —pensaba el esforzado vástago del molinero de Fuente Fría—, cuando sus padres y su hermana fueron capturados por los almogávares un aciago día del año 1359.

Sin embargo, en su generoso corazón de humilde fraile franciscano supuraba una profunda y dolorosa herida, que solo el paso del tiempo lograría cauterizar: haber engañado con su postrer ardid a quien tanto aprecio y desinteresada amistad y devoción le había demostrado en los años que permaneció, como maestro del yeso, en la ciudad palatina de la Alhambra: su amigo y protector, el poeta áulico Ben al-Mawali.

Glosario

ABU-L-NUAYM RIDWÁN: Había nacido en la villa castellana de Calzada de Calatrava. Su padre fue don Egas Venegas, señor de Luque. Los granadinos lo apresaron a la edad de ocho años. Sería conducido a la Alhambra, donde lo tomó a su cargo un caballero de la Corte nazarí que lo educó en la religión y las costumbres islámicas. Pronto destacó por su inteligencia y sus conocimientos humanísticos, lo que posibilitó que llegara a ser nombrado visir y chambelán. El sultán Yusuf I le confió la educación del príncipe heredero, el futuro emir Muhammad V. Cuando este ocupó el trono lo confirmó en sus cargos, hasta que el sultán fue derrocado por su hermano Ismail en el año 1359 y los rebeldes se dirigieron a la casa de Ridwán y lo asesinaron en presencia de su familia.

ADOPCIONISTA: El que está adherido a la doctrina herética que defiende que Jesucristo no tenía desde su nacimiento una naturaleza divina, sino solo humana, por ser hijo de una mujer. Su carácter divino lo adquirió posteriormente al ser adoptado por Dios.

ALBACAR: En un castillo, recinto amurallado usado como refugio para los habitantes de un núcleo de población cercana o para acoger a los rebaños en caso de ataque enemigo.

ALBARDA: Pieza almohadillada, revestida de cuero, del aparejo de las caballerías que se coloca sobre el lomo del animal para que no se dañe con la carga.

ALFAQUEQUE: Personaje, cristiano o musulmán, que tenía como oficio rescatar cautivos, liberar esclavos o prisioneros de guerra y mediar en los conflictos que surgían entre los habitantes de uno y otro lado de la frontera. Conocía la lengua de los contrarios y sus costumbres y portaba un salvoconducto para poder cruzar la línea fronteriza sin ningún impedimento y llevar a cabo su labor.

Alfoz: Término municipal que pertenecía a una ciudad, castillo o aldea.

Almadraque: Cojín o almohadón.

Almenara: Candelero. Candelabro de varios brazos que porta, cada uno, una vela o candil.

Almogávares: En origen, eran guerreros musulmanes pertenecientes a destacamentos que, al margen de los ejércitos regulares, atacaban por sorpresa el territorio enemigo saqueando almunias, aldeas o castillos. Luego aparecieron en los reinos cristianos, llegando a ser de fama los catalanes a finales del siglo XIII y principios del XIV.

Arquivolta: Cada una de las molduras que forman arcos concéntricos decorando las portadas de una iglesia medieval por encima de la línea de imposta, generalmente perteneciente al arte románico o al gótico.

Ataifor: En el mundo andalusí, cuenco cerámico de paredes cónicas y base profunda, generalmente decorado con motivos geométricos y vidriado.

Ataracea o taracea: Labor de ebanistería que consistía en cubrir la superficie de un mueble con piezas recortadas de maderas finas y de diferentes colores, nácar u otros materiales nobles.

Azumbre: Antigua unidad de medida de capacidad para líquidos, que en Castilla equivalía 2,05 litros. Se usaba, sobre todo, para medir el vino y el aceite.

Balista: Artilugio neurobalístico, similar a una enorme ballesta, que lanzaba proyectiles de piedra o grandes y pesadas flechas o viratones sobre una ciudad sitiada.

Ben al-Jatib: Poeta, filósofo, político e historiador granadino nacido en Loja en el año 1313. Fue visir y secretario del sultán Muhammad V, al que acompañó en su exilio en Fez cuando este fue derrocado por su hermano Ismail. Las intrigas de su discípulo, el poeta Ben Zamrak, y sus discrepancias en política exterior con el emir, lo hicieron caer en desgracia teniendo que exiliarse otra vez a Fez en 1371, ciudad en la que fue asesinado por orden de Muhammad V tres años más tarde.

Ben Zamrak: Poeta áulico de la corte nazarí, discípulo de Ben al-Jatib, al que traicionó obligándole a buscar refugio en Fez. Muchos de sus poemas adornan las estancias de los palacios de la Alhambra. Una vez recuperada la ciudad de Algeciras en 1369, Muhammad V le ordenó que escribiera un poema encomiástico exaltando aquella gesta y Ben Zamrak lo hizo y estuvo decorando una de las paredes de la sala de la Barca. Dice así: Conquistaste Algeciras con la fuerza de tu espada abriendo una puerta antes cerrada.

CÁRABO: Embarcación de vela y remo usada en la Edad Media en el norte de África para el transporte de caballos, impedimenta y tropas.

COLLACIÓN: Término que, en el Medievo y la Alta Edad Moderna, servía para identificar un distrito de la ciudad similar a un barrio o parroquia. Los moradores de cada collación elegían a uno de ellos para que formara parte del concejo y defendiera sus derechos e intereses.

CORMAS: Cepo de madera con el que se sujetaban los pies o el cuello y brazos de un cautivo para obstaculizar sus movimientos e impedir que escapara.

CRÓTALOS: Pequeños platillos de bronce o latón, que se anudan con tiras de cuero o lana a los dedos pulgar y medio, y que se hacían sonar al chocarlos entre sí.

CHAMBELÁN: Alto funcionario musulmán que acompañaba al monarca como consejero y, en ocasiones, como asesor político y militar.

DARBUKA: Instrumento de percusión, característico del mundo islámico, que consiste en un cono invertido de cerámica con un parche de piel en la parte ancha para golpear con la palma de las manos.

DULZAINA: Instrumento de viento perteneciente a la familia del oboe. Está formado por un tubo cónico en el que hay siete orificios. Es muy utilizado en la música tradicional española.

ESTUCO: Masa obtenida con yeso y agua encolada y endurecida con mármol molido que se empleaba para confeccionar paneles en moldes con los que enlucir paredes interiores, grabar y pintar inscripciones y motivos decorativos o hacer molduras.

GOLFINES: Salteadores de caminos que formaron peligrosas bandas en Castilla en el siglo XIV. Se ocultaban en la espesura de los bosques y en lugares montuosos desde los que asaltaban y robaban a los viajeros que se desplazaban de una a otra ciudad.

GONZALO FERNÁNDEZ DE CÓRDOBA Y BIEDMA: Noble caballero castellano, perteneciente a la prestigiosa Casa de Córdoba, señor de Aguilar y de Priego, que sirvió con lealtad al rey don Pedro Primero cumpliendo diversas misiones diplomáticas en el reino de Granada.

HARIRA: Sopa muy nutritiva originaria del Magreb, pero que se extendió en la Edad Media a otras zonas, como a al-Andalus. Se elaboraba a base de garbanzos y carne de ternera. Era consumida, preferentemente, en la ruptura del ayuno durante el mes de Ramadán.

Mihrab: Nicho semicircular u hornacina situada en la pared orientada hacia la Meca en las mezquitas. Es el lugar al que deben dirigir los musulmanes la oración. En el caso de la mezquita de Córdoba, el muro principal no mira al este, sino al sur.

Mocárabe: Elemento arquitectónico decorativo del arte islámico de yeso pintado formando prismas yuxtapuestos y colgantes, que se colocaban revistiendo las cúpulas o el intradós de los arcos.

Mozárabe: Término con el que se designa a los cristianos que continuaron residiendo en los territorios ocupados por el islam en la Península Ibérica. Por extensión, al arte que estos mozárabes, una vez que emigraron al norte cristiano, desarrollaron al construir iglesias y objetos muebles siguiendo la tradición andalusí.

Mudéjares: Término que se utilizaba para designar a los musulmanes que continuaron viviendo en los territorios conquistado por los cristianos. Residían, segregados del resto de la población, en barrios llamados morerías o aljamas.

Oropimente: Mineral compuesto de arsénico y azufre, de color amarillo, textura laminar o fibrosa, que se utilizaba para obtener el pigmento amarillo en pintura. Era un producto venenoso.

Parias: Impuesto o tributo que pagaban los reinos de Taifas a los reyes cristianos, de manera especial a los reyes de Castilla y León, para no ser atacados por estos y para protegerlos del acoso de otros reinos vecinos.

Postulante: Persona que se halla en el primer grado de admisión en un monasterio u otra institución religiosa antes de acceder al noviciado. El período de tiempo en el que debe permanecer en ese estado, puede abarcar entre seis meses y un año.

Quirate: Nueva unidad monetaria de plata introducida por los almorávides, pero que, durante el dominio almohade, se generalizó, transformándose en piezas de plata de forma cuadrada. Continuó usándose en tiempos de los sultanes nazaríes.

Rodezno: En un molino hidráulico, rueda de madera, con palas o álabes en su circunferencia exterior, colocada horizontalmente, que recibía el chorro de agua lanzada por el saetillo, que se traducía en un movimiento rotatorio que se transmitía a la muela de piedra denominada volandera.

Saetillo: Abertura estrecha situada en la parte inferior del cubo o depósito de agua de un molino hidráulico por la que surge, a presión, el chorro de líquido que ha de mover el rodezno.

Sarawil: Calzones largos que se ajustaban a la cintura con un cordón o cinturón.

Scriptorium: Es la estancia de un monasterio medieval en la que los monjes o escribas monásticos e iluminadores se dedicaban a copiar los códices y manuscritos antiguos guardados en la biblioteca.

Tahalí: Tirante o correa que cruza el pecho y la espalda desde el hombro hasta el lado opuesto de la cintura y que sirve para sostener la espada.

Tolva: Estructura de madera con forma de cono invertido que, en los molinos harineros, estaba situada sobre la piedra volandera y que suministraba el grano a moler a la piedra solera.

Trabuco: Artilugio neurobalístico que, utilizando la fuerza producida por el contrapeso, lanzaba sobre un lugar sitiado proyectiles de piedra o materiales en putrefacción o incandescentes.

Vihuela: Instrumento de origen medieval de cuerda pulsada parecido a la guitarra, muy utilizado, en España e Italia, en épocas posteriores, sobre todo en los siglos XV y XVI. A diferencia de la guitarra, constaba de cinco cuerdas.

Viratón: Saeta corta utilizada para lanzarse con las ballestas.

Zalea: Cuero de oveja o carnero curtido que se usaba como manta o cobertor.

Zanata: Perteneciente a la confederación tribal bereber establecida en la región oriental del actual Marruecos y en Argelia. Constituyeron imperios, como el de Fez, en los siglos XIII y XIV.

Zihara: Túnica de color blanco sobre la que, generalmente, se ponía una blusa de tela suave de nombre *gilala.*

Este libro se terminó de imprimir en su primera edición, por encargo de la editorial Almuzara, el 11 de febrero de 2022. Tal día del 1606, en España, la Corte de Felipe III se traslada de Valladolid a Madrid.